겨울,

깊은

밤

겨울, 긴은

one black winter night

하정우

밤

카하)

겨울, 깊은 밤

지은이 하정우
펴낸이 이형기
펴낸곳 도서출판 가하

초판인쇄 2017년 2월 15일
초판발행 2017년 2월 22일
출판등록 2008년 10월 15일 제 318-2008-00100호

주소 서울 영등포구 양평로 67, 1209 (당산동5가, 한강포스빌)
전화 02-2631-2846 **팩스** 02-2631-1846

www.ixbook.co.kr

ISBN 979-11-300-1434-0 03810

값 10,000원

Prologue. 모든 것의 끝 ... 007

01 ... 011

02 ... 032

03 ... 047

04 ... 069

05 ... 086

06 ... 115

07 ... 141

08 ... 158

09 ... 178

10 ... 214

11 ... 239

12 ... 266

13 ... 291

14 ... 321

15 ... 352

16 ... 381

Epilogue. 끝도 시작도 아닌 어느 지점에서 ... 401

유난히도 깊은 겨울이었다. 앙상하게 가지를 드리운 나무들이 불어오는 바람에 흔들렸다. 바싹 메말라 매달려 있던 나뭇잎들이 흔들리며 소나기 같은 소리를 낸다.

삭막한 도시의 아파트 단지, 지하 주차장으로 이어지는 통로는 어두웠고 통제되어 있었다. 검은 양복을 입은 남자들이 드문드문 지키고 서 있는 모습은 마치 저승사자의 진혼곡 같았다.

에너지 절감을 위한 센서등이 깜빡깜빡해 주차장은 절반 넘게 어둠에 잠겨 있었다.

퍽. 퍽. 퍽.

무언가 깨지는 소리가 잔혹하게 너른 공간을 울렸다.

쨍그랑!

쇠막대기가 시끄러운 소리를 내며 바닥에 떨어졌다.

돌아선 남자는 뚜벅뚜벅 구두 소리를 내며 몇 걸음 걷다가 멈춰 섰다. 주머니를 뒤져 담배를 꺼내 물고 잠시 재차 몸을 더듬는다. 약간 사이를 두고 보고 있던 다른 남자 하나가 다가와 라이터를 켜주었다.

잠깐 시선이 마주쳤다.

남자는 정중하게 눈인사를 하고 다른 남자의 손을 살짝 감싸 불을 붙였다. 어른거리는 주홍색 불빛이 남자의 얼굴 위를 밝혔다가 꺼졌다.

담배는 달았다. 깊게 숨을 들이마시며 남자는 태어나서 처음으로 숨을 쉬는 것 같다는 생각을 했다.

"너, 이거!"

주차장을 울린 여자의 목소리가 평화를 깨기 전까지 남자는 침착했다.

제지하는 다른 양복들을 모두 뿌리치고 달려온 여자의 옷차림은 흐트러져 있었고 호흡도 거칠었다. 미친 듯이 달려온 것과는 다르게 여자는 남자와 눈이 마주치자 우뚝 멈춰 섰다.

남자도 그러했다. 방금 전까지 미친 듯이 달던 담배조차 모든 맛이 사라진 듯했다.

철썩!

다시 달려든 여자의 손이 날아와 남자의 뺨을 후려갈겼다. 앙칼진 힐난이 살처럼 꽂혀들었다.

"뭐하는 거야? 왜 이래?"

남자의 눈이 어둠 속에서 빛났다. 어떠한 폭력적인 순간에도 흔들리지 않던 남자였다. 그러나 지금 오르락내리락하는 가슴은 그 느린 움직임에도 불구하고 그의 심정을 대변해주고 있었다.

"네가 원했던 게 이런 거 아니었어? 내가 이러길 바랐던 거 아니었어? 왜 이래? 원하는 대로 딱 되었는데 왜 이러냐고? 이게…… 무슨 일이야?"

남자는 절망해 매달린 여자를 붙잡아 당겼다. 낭창하게 휘어진 허리가 그의 품으로 쏟아졌다.

"나더러 어떻게 하라고……."

탈진하여 허탈하게 중얼거리는 여자의 눈에 눈물이 차올랐다.

어떻게 해야 할지 모르는 것은 여자만이 아니었다. 살면서 처음으로, 생에 매달리기로 결심하고 처음으로 남자는 아무 계획도 가지고 있지 않았다.

더 이상 생에 매달리고 있지 않았다.

그리고 동시에 그 어떤 때보다도 살고 싶었다.

"다 전부 네가 이랬어. 너 때문이야! 네가 이렇게 만들었어!"

여자의 주먹질이 남자의 가슴팍을 두드리기 시작했다. 투닥투닥 장난이 아니다. 있는 힘을 다해서, 가능하다면 남자가 이대로 죽어버렸으면 좋겠다. 죽일 수 있었으면 좋겠다.

묵묵하게 주먹을 받아내던 남자도 그랬다.

모든 것을 돌이킬 수 있다면.

한참 동안 맞아주던 남자가 여자의 양팔을 움켜쥐고 눈을 맞췄다. 언제나 까마득한 겨울밤 같았던 남자의 눈이 평소와는 다른 온기로 여자를 담았다.

여자의 볼을 타고 흘러내린 눈물이 툭 하고 바닥으로 하강했다.

고개가 꺾이며 입술이 삼켜지고 그다음에는 허리가, 단단히 움켜쥔 팔 안에 온전히 체중을 실으며 젖혀진다.

긴 키스였다.

누구의 잘못일까.

우리는 왜 여기까지 왔을까.

어디까지…… 가게 될까.

01

재인은 무릎을 바짝 당겨 안은 채 어깨를 움츠리고 앞을 노려보았다. 통, 통. 하고 아스팔트 튕기는 소리와 함께 차가 흔들렸다. 컨테이너 안이었다.

"우리 여기서 숨 막혀 죽는 거 아냐?"

운행이 길어지자 두려워졌는지 아까부터 붙어 앉아 있던 여자가 다른 여자에게 속삭였다.

"저 위에 구멍 뚫어놨잖녀."

양반다리를 한 채 고개를 푹 숙이고 있던 여자가 손가락만 치켜들었다. 질문했던 여자가 고개를 젖혀 위를 바라본다. 아까부터 바닥에 조그맣고 동그란 빛이 생겼다 사라진다 했더니 뚫려 있는 구멍을 통해 새어 들어오는 것이었다.

"그래도 죽지는 말라고 배려해놨다."

"참 대단한 배려 났다! 이 미친년아! 이 상황에 감사하고 자빠져 있니? 아가리 안 다물어?"

다들 예민해져 있던 터라 천진난만한 여자에게 욕설이 쏟아졌다. 깜짝 놀라 목을 움츠린 여자가 이내 훌쩍훌쩍

울기 시작했다. 전염이라도 된 것처럼 우는 소리가 늘어났다.

컨테이너 안에는 여자들이 빼곡하게 들어차 앉아 있었다. 숨을 못 쉴 정도로 쑤셔 넣었기 때문에 바짝 당겨 앉는 것으로도 모자라 몸을 겹치고 있는 사람도 있다. 신경질적이거나 체념했거나 공격적이거나…… 컨테이너 안에 감돌고 있는 분위기는 대강 그러했다.

사연은 구구절절했다. 빚을 못 갚아 팔려 왔거나 술집 여자였거나 그도 아니면 어느 날 지나가다 갑자기 납치를 당한 케이스. 가장 나이가 많은 여자는 납치를 당해 술집에 팔려 갔는데 거기서 진 빚을 못 갚아 이쪽으로 팔렸다고 했다.

재인의 사정도 크게 다르진 않았다. 어렸을 때부터 주정뱅이였던 아빠, 언제 집을 나갔는지 기억나지도 않는 엄마, 사람보다는 짐승에 가까운 오빠 사이에서 독을 잔뜩 품은 채 자랐다. 남들은 집에서 지친 몸을 쉰다지만 중학교를 졸업하던 날 가출하기까지, 그녀는 쉬어본 적이 없었다.

오롯이 혼자가 된 후 재인은 정말 열심히 살았다. 가족의 굴레에서 벗어나 남들처럼, 딱 그만큼만 살기 위해 몸부림쳤다.

처음에는 힘들었지만 좋은 사람들의 도움으로 차츰 자리를 잡았었다. 반지하 골방이었지만 '내 방'이라고 부를 수 있는 곳도 생겼고, 돈을 많이 벌지는 않았지만 아침에 눈뜨면 가야 하는 직장도 생겼으며 알뜰하게 돈을 모아 공부라는 것을 해볼 꿈도 품었다.

모든 게 하루아침에 와장창 부서진 것은 5년 넘게 연을 끊고 살았던 오빠라는 놈이 나타났을 때였다.

"개새끼……."

건조한 눈으로 모은 팔에 얼굴을 묻으며 재인은 중얼거렸다. 울다 울다 지쳤는지 메말라버린 눈에서는 이제는 눈물도 나지 않았다.

처음에 원했던 건 돈이었다. 다짜고짜 돈 좀 없냐고 눈이 벌게져서 집 안을 뒤지던 오빠는 이미 사람이 아니었다. 어떻게 사람이 이렇게까지 바닥일 수 있을까.

없다고 단호하게 밀어내다 못해 경찰을 부른 것이 오빠의 부아를 돋웠던 모양이다. 사고를 못 막아 어디 좀 멀리까지 일하러 가게 생겼다며 마지막으로 밥 한 끼 하자는 부탁까지 내치지 못했던 것이 실수였다. 골목을 돌아서자마자 떡대 좋은 사내들이 양팔을 움켜쥐고 그녀를 봉고차 안으로 밀어 넣는데 반항할 틈도, 소리 지를 틈도 없었다.

머리가 멍하도록 쥐어박히며 여기저기 끌려 다니며 알았다. 인간 같지 않은 오빠라는 새끼가 그녀를 팔았다는 걸. 그런 경우가 꽤 많다며 여자들은 위로 아닌 위로를 건넸다.

"나쁜 새끼……."

피가 배어나도록 입술을 깨물며 재인은 눈을 감았다.

차가 멈춰 서고도 한참 동안 컨테이너박스는 열리지 않았다. 여자들은 가장 본능적인 고통에 시달렸다. 배가 고팠고, 배설하고 싶었다.

"이 안에서 싸는 년이 있으면 죽여버릴 거야!"

아까부터 말이 험해 분위기를 사납게 만들던 여자가 눈을 부라렸다. 그녀뿐 아니라 모두 같은 의견이었다. 농시에 언제 화장실에 가고 싶어질지 몰라 두려워하는 마음도 있었다. 바닥의 바닥에서도 산다는 것은 이렇게나 처연했다.

몇몇은 졸기도 하고, 몇몇은 기어이 볼일을 봐 시큼한 냄새가 나는 와중에 천장에 작게 난 구멍을 통해 아침이 되었다는 걸 알 수 있었다.

드디어 컨테이너 문이 열렸다.

"꼼짝 말고 앉아 있어! 이 쌍년들! 엉덩이 뗐다가는 다 죽여줄라니까!"

탕! 탕! 컨테이너가 시끄럽게 울어 본능적으로 빛을 향해 일어서려던 여자들은 주저앉으며 귀를 가렸다. 재인은 꼼짝도 하지 않았지만 어깨를 움츠렸다. 야구 배트가 컨테이너를 두드리는 소리에 머리가 깨질 것 같았다.

눈을 가늘게 떠 컨테이너 밖의 상황을 살피려 했지만 오랫동안 어둠에 익숙해진 눈은 쏟아진 빛 밖에 무엇이 있는지 구별해내지 못했다.

하나는 알 수 있었다. 재인은 쓰레기장에 와 있었다. 저 밖에서, 쓰레기 같은 놈들이 거친 욕설을 뱉어내며 여자들을 겁주고 있었다.

"늬들! 스물다섯 아래, 일어서!"

날아온 명령에 여자들이 움찔움찔 뒤로 물러났다.

"아악! 이년이 어딜 밟아!"

워낙 사람이 많던 공간이라 소요가 일어났다. 서로에게 욕설을 하며 머리채를 잡는 사태까지 있었다. 탕! 탕! 하고 다시 한 번 깡패들이 야구 배트로 컨테이너를 두드리고 나서야 소란은 잠잠해졌다.

"스물다섯 아래로, 기어 나오라니까 뭘 하고 있어? 내가 들어가면 늬들 다 죽어!"

기가 약한 한 명이 제일 먼저 일어섰다. 그녀를 필두로 세 명이 더 꾸물꾸물 밖으로 나갔다.

"아, 썅! 하나 더 있는 거 알거든!"

탕! 남자는 짜증 난 듯 배트를 휘둘렀다. 그의 배트가 컨테이너를 칠 때마다 종 속에 들어앉은 것처럼 머리가 울렸다.

"누구야? 빨리 나가!"

여자들은 소란을 피우기 시작했다.

"아, 너 아냐?"

"언니, 나 스물여섯이야."

"아, 그냥 나가라고! 어떤 년이야!"

재인은 끝까지 입술을 다문 채 버티려 했지만 오래가지는 않았다. 참을성 없는 깡패 새끼 하나가 성큼 컨테이너 안으로 들어서더니 플래시로 여자들의 얼굴을 비추기 시작한 거다.

"너! 나이 몇이야?"

"저, 저, 스물여덟인데요."

"이름이 뭔데?"

"홍지희요."

펄럭펄럭 남자가 들고 있던 파일을 플래시로 비추며 눈을 가늘게 떴다.

"넌 이름이 뭐야?"

"이수남인데요."

"넌?"

"진효주요."

차츰 남자의 목소리가 재인에게 다가왔다. 그녀는 어깨를 움츠리며 고개를 파묻었다. 별 의미 없는 반항이라는 것을 모르지 않았다. 지금 여기에 모여 있는 여자들의 끝에 대해서는 이미 다 들었다.

가장 운이 나쁜 경우는 통나무…… 그러니까 장기 매매의 도구가 된다고 했다. 수요가 얼마나 있느냐에 따라 다르지만 제대로 살기 힘들 확률이 높은 길. 그나마 운이 좋은 경우는 몸을 파는 거고, 가장 운이 좋은 경우는 몸을 팔긴 파는데 쪽방 같은 데 갇혀 있는 게 아니라 술집에 나가는 거라고 했다. 술집에 나가면 쉴 수도 있고 관리도 받고 용돈도 탈 수 있다고.

셋 다 죽어도 싫었다. 차라리 혀를 깨물고 죽는 게 낫다고 생각했지만 혀를 깨무는 일도 녹록지 않았다. 몇 번이나 시도한 끝에 괜스레 혀만 얼얼해지고 피 맛에 속만 뒤집어졌다.

"너! 너 이름이 뭐야?"

재인의 검은 머리 위로 플래시가 어른거렸다. 그러고 싶지 않지만 온몸이 바들바들 떨렸다. 그녀는 힘주어 무릎을 안으며 고개를 더 푹 숙였다. 그러는데 머리채가 확 틀어 잡히더니 고개가 휙 젖혀졌다. 어둠에 익숙해져 있던 동공으로 빛의 홍수가 쏟아졌다.

빛 저편에서 남자가 비릿하게 웃었다.

"신재인. 맞네."

커다란 봉고에 옮겨 타고 다시 달리기 시작했다. 창은 완전히 막혀 있었지만 공기에 희미하게 바다 냄새가 섞여 있었다. 어딜까…… 서울에서 밤새 달렸으니 부산일 수도 있다.

"운이 좋은 걸 수도 있어."

여자애들이 소곤대기 시작했다.

"스물다섯 아래만 찾았잖아. 우린 술집으로 가나 봐."

"스물다섯 이하의 장기가 필요한 거 아니고?"

"어우! 무서운 이야기 하지 마!"

"아냐아냐, 그 나이 많은 언니 있잖아…… 그 언니한테서 들었는데 가끔 예쁘장한 애들은 고위층한테 진상할 인형으로 교육한대! 그럼 노 나는 거라고 했어. 잘 먹고 잘 자고, 좋은 데서 생활할 수도 있대."

킥 하고 웃음이 나왔다. 고위층에게 진상할 인형으로 교육받는 게 노 나는 거라니…… 재인은 죽어도 받아들일 수 없었다.

집을 나온 후 그런 유혹이 없었던 건 아니다.

재인은 예쁜 편이었다. 키도 컸고, 몸매도 호리낭창하니 하늘하늘했다. 게다가 피부는 딱히 좋은 걸 바르지 않아도 하얗고 고왔다. 집 나간 엄마가 그랬다고 옆집 아줌마가 이야기해줬다. 외모는 엄마의 유산인 셈이다.

그러니 텐프로가 되면 쉽게 한 밑천 잡을 수 있다는 유혹이 없었을 리 없다. 단 한순간도 생각하지 않았던 건 그녀의 꿈이 명확했기 때문이다.

평범한 삶.

재인은 친구가 입고 있는 비싼 옷도, 매일매일 받는다는 과외도, 가족들과의 해외 여행도 부러워하지 않았다. 어렸을 때부터 죽도록 부러웠던 건 단 하나였다. 평범한 삶. 평범한 가족. 늦게 들어가면 엄마가 왜 오지 않냐고 전화를 하고, 아빠가 허허 웃으며 우리 딸이라 불러주는…… 오빠와 싸울 때에는 살벌하게 싸우더라도 남이 욕하면 싫은, 그런 지극히도 평범한 삶, 그런 가족.

매일 술에 취해 벌건 눈으로 딸의 몸을 더듬고, 동생의 교복이나 팬티까지 내다 팔다 결국에는 동생까지 팔아버리는 오빠가 아닌 진짜 가족. 반드시 그런 가족을 만들고야 말겠다는 목표가 있었기 때문에 재인은 옆길로 새지 않을 수 있었다.

태어나면서부터 그런 가족을 갖지 못했으니 반드시 만들겠다고. 누군가 옆에 있는 삶을 살고야 말겠다고 그렇게 수없이 다짐했었더랬다.

그런데 이제 와서 술집이라고? 고위층의 인형? 차라리 통나무가 되는 게 낫다. 눈도 뽑히고 심장, 간, 폐, 신장 모두 다 들어내져 텅 빈 껍데기가 되는 게 낫다.

죽어버리고 싶다.

재인은 우울증 상태였다. 간신히 지옥에서 발을 빼내 자신만의 길을 가고 있던 차 쌓아온 모든 것이 깡그리 무너지고 쓰레기장에 던져졌다. 의욕도 없고 두려움도 없었다. 혼자 죽을 힘도 없으니 누가 차라리 죽여줬으면…… 하고 바랄 뿐이다.

"저기요…… 괜찮아요?"

속닥이던 셋 중 가장 어려 보이는 아가씨가 재인에게 말을 걸어왔다. 아까 제일 처음 일어났던 심약한 아가씨다. 키도 작았고 얼굴도 여려 보였다.

"그냥 나오지 왜 버텨서는…… 얼굴 좀 봐요. 멍드는 거 아니에요? 어디 다친 덴 없는 거죠?"

끌려나오면서 얻어맞고 걷어차인 것을 걱정하는 모양이었다. 하지만 재인은 자신이 얻어맞았다는 사실조차 잊어버리고 있었다. 오빠라는 놈의 손에 봉고차에 태워지면서부터 지금 이때까지, 분노와 절망에 범벅이 되어 온갖 생각을 다 하다 지쳐버려 얻어맞아도 아, 아프네…… 하고 말 정도로 무감각해져 있었다.

멍하니 여자가 당기는 대로 얼굴을 내어주자 그녀가 걱정스러운 얼굴로 말한다.

"포기하지 마요. 살아야죠. 그쪽은 얼굴도 예쁜데 운 좋아서 좋은 사람 만나 잘 보이면, 놔줄지도 몰라요. 그런 경우도 있대요. 그러니까 희망을 잃지 마요. 빚이 있든 잡혀 온 거든…… 지금 우리한테는 그 방법밖에 없으니까."

여자의 말이 머릿속에 들어오지 않았다. 눈을 감고 외면하자 여자는 재인을 두고 다시 다른 두 명에게로 돌아가 낮은 목소리로 두런대기 시작했다. 그 목소리는 마치 이명같아 멀어졌다 가까워졌다 어지럼증을 일으킨다.

차가 선 곳은 커다란 건물의 지하였다. 세련된 내장의 엘리베이터를 타고 단숨에 상승해 최상층의 오피스에 내려 고급스러운 카펫이 깔린 복도를 통과했다. 군데군데 모여있는 남자들은 그녀들 쪽으로는 시선도 주지 않았다. 그녀들에게는 하늘이 무너지는 상황인데 그들에게는 익숙한 일과에 불과한 것 같았다.

다시 문을 열고 들어간 사무실에서 남자들은 그녀들을 꿇어앉혔다. 미는 대로 털썩 앞으로 엎어진 재인의 시선이 멍하게 흩어졌다.

제법 넓은 사무실이었다. 꿇어앉은 자세에서는 한쪽 벽면을 꽉 채운 통유리창이 담은 풍경이 모두 보이진 않았다. 저 멀리가 바다라는 것만 알 수 있을 뿐이었다. 이 방의 모든 것이 커다랬다. 통과한 문도, 떡갈나무 책상도, 검은색 가죽 소파도, 오래된 느낌의 목재 서류함도 커다랗고 전반적으로 무채색의 느낌이 났다.

누가 주인이든 지독히도 감정이 없다.

그래서일까? 공기는 난방으로 훈훈했고 바닥에는 두꺼운 카펫이 깔려 있는데도 한기가 맴돌았다.

"잘 들어."

앞장서서 여자들을 인솔하던 남자가 팔을 걷어붙이며 손에서 떼지 않던 야구 배트로 바닥을 짚었다.

"조금 있다가 회장님이 나오실 텐데, 그때 잘 보이는 게 좋을 거야. 늬들 운명이 갈리는 순간이니까 눈치가 있으면 이쁘게 굴어. 운 좋으면 팔자 필 수도 있으니까. 어차피 늬들 인생 그렇고 그랬잖아? 괜히 허튼 생각 말고 알아서 잘하란 뜻이야. 이쁘게 굴지 않더라도 소동을 피우면 가만두지 않아. 늬들 하나둘 없다고 아쉬울 거 하나 없으니까 내

손으로 직접 배 가르고 장기를 떼어줄 거야. 무슨 말인지 알아들어?"

여자들은 겁을 먹고 고개를 끄덕였지만 재인은 그냥 가만히 남자를 올려다보았다.

남자는 꼭 TV에 나오는 사람 같았다. 그리고 보면 어디선가 본 듯한 느낌이 드는 흔한 얼굴이기도 했다. 잘생긴 건 아니지만 못생긴 것도 아니다. 그냥 울퉁불퉁하게 생겼다. 갈색으로 염색한 앞쪽 머리를 와스로 세우고 작은 링 귀걸이를 했으며, 목은 굵었고 어깨부터 근육이 튼실하게 붙어 있는 것이 슈트를 입은 위로도 보였다. 키가 큰 편은 아니었지만 힘은 세 보였다. 목소리가 큰 것에 비해 실속은 없을 듯 보이는 사람이었다. 어쩌면 그냥 충성스러울 뿐인지도 몰랐다. 아까 '회장님'이라고 말할 때 존경심이 느껴졌다.

존경심이라니…… 깡패 주제에.

저도 모르게 픽 웃고 만 재인은 눈을 내리깔았다. 자꾸만 속이 뒤집혔다. 몸 안쪽 깊숙한 곳에서부터 서늘하게 피가 식는다.

"이년은 아까부터…… 너 되게 거슬려, 알아? 자꾸만 이 따위로 나오면……."

재인을 향해 인상을 쓴 남자가 다가서다 멈칫했다. 등 뒤에서 문이 열리는 것이 느껴졌다. 여자들의 고개가 절로 돌아갔지만 재인은 앞만 봤다.

"회장님."

남자들이 일사불란하게 고개를 숙였다. 카펫을 밟는 느린 발걸음 소리가 다가왔다. 무릎을 꿇고 앉아 있는 네 명의 여자들 옆으로 돌아와 앞에서 남자의 구두코가 보였다. 매끈하게 잘 닦인 검은 구두는 반들반들 비싸 보였다. 긴 다리를 감싸고 있는 슈트도, 날렵한 허리에 감겨 있는 벨트도, 눈이 부시게 하얀 셔츠, 실크 타이, 그리고……

남자와 눈이 마주치는 순간 재인은 눈을 감았다. 찌르는 듯한 감각에 머릿속이 아득해졌다가 까매졌다.

방금, 무얼 본 거지?

다시 눈을 떴을 때에도 남자는 여전히 재인을 응시한 채였다.

재인 역시 남자를 바라본다.

남자는 깊은 겨울밤이었다. 별도 달도 구름도 없이 그 자체로 깊고 차가운 밤.

"눈 내리깔지 못해? 어디 회장님을 곧장 바라봐?"

뒤통수를 턱 하고 치는 손매는 무식했다. 약해질 대로 약해져 있던 재인의 몸이 앞으로 엎어지며 남자의 발 옆으로 코가 박혔다.

수치감이 확 끼쳐 올랐다.

아주 잠깐 눈이 마주친 것만으로도 재인은 남자가 속까지 차가운 냉혈한이라는 것을 알 수 있었다. 어쩌면 냉혈한이라는 말은 어울리지 않을지도 몰랐다. 죽어 있는 시체도 그보다 따뜻하리라. 그의 눈동자는 아무것도 비추지 않는 얼음처럼 이질적이었다.

그러나 동시에 무언가 불같은 호승심을 일으키는 남자였다. 설명할 수 없지만, 처음 봉고차에 태워진 이후 여기까지 올 때까지 그 누가 무슨 짓을 해도 아무 감정도 들지 않았던 재인이다.

수치심이라니, 뭐가 있다고 수치심.

"가게로 보내."

남자가 손가락을 움직여 가장 왼쪽에 앉아 있던 여자와 두 번째에 앉아 있던 여자를 가리켰다.

재인이 거칠어지려는 숨을 누르려 노력하는 동안 짧고 굵은 목소리에 의해 여자들의 운명이 갈렸다.

남은 건 아까 재인을 챙겨주었던 여자와 재인이었다. 잠깐 무심한 시선이 그녀들을 담았다 내려놓았다.

돌아서서 책상으로 가 서류를 집어 드는 남자는 이미 여자들에게 흥미를 잃은 뒤였다. 서류를 뒤적이는 남자의 손가락은 길고 섬세했다.

그리고 그것이 재인의 비위를 건드렸다.

"늬들은 운 좋았다."

두 명이 먼저 끌려 나가자 야구 배트를 들고 있던 남자가 히죽 웃고는 일어나 하고 명령했다. 거친 손길에 몸이 획하고 딸려 올라갔다.

"아!"

오래 무릎을 꿇고 앉아 감각이 없어진 다리가 요동쳤다.

재인이 앞으로 고꾸라지는 바람에 남자가 쯧 하고 혀를 차고 들고 있던 야구 배트를 내려놓았다. 그리고 그녀를 일으키려 손을 내밀었을 때다.

노리고 있던 재인은 그가 내려놓은 배트를 움켜쥐고 앞으로 내달렸다.

"저! 저!"

무방비였던 남자들은 재인을 붙잡지 못했다. 그녀의 목적은 하나였다. 쓰레기 대장을 죽여버리는 것. 똘마니들은 상관없었다. 다 죽일 수 있다면 좋겠지만 그게 안 된다는 걸 아니 원흉이라도 죽여버리고 죽을 생각이었다.

저놈이 꼭대기야. 그러니까 제일 나빠.

단숨에 책상으로 뛰어들며 배트를 있는 힘껏 휘두른다. 다른 남자들은 제대로 반응도 못했을 만큼의 속도였다.

빡!

윙 하는 바람 소리를 내며 휘둘러진 배트에 깨어진 것은 남자의 머리가 아니었다. 정확히 조준했건만 남자가 든 팔에 맞은 배트는 요란한 소리를 내며 부러져 나갔다. 그와 동시에 남자는 민첩하게 몸을 돌려 순식간에 그녀의 팔목을 비틀어 잡았다.

"악!"

엄습하는 통증에 비명을 지르며 재인이 배트를 놓쳤다. 부러져 나간 배트가 바닥으로 떨어졌다. 그대로 남자는 그녀의 팔을 비틀어 등 뒤로 고정해 허리를 꺾게 했다. 꼼짝 달싹 못하고 바닥을 내려다본 채로 그녀는 치욕에 떨었다. 젖 먹던 힘까지 끌어냈는데도 남자에게는 아무런 타격도 주지 못한 듯했다.

"이 미친년이!"

큰 소리를 냈던 똘마니들이 그녀의 팔을 비틀어 잡은 남자의 눈치를 살피고는 입을 다물었다. 야구 배트를 빼앗기고 멍하게 있던 남자가 살기등등하게 다가왔다.

"형님, 괜찮으십니까? 아, 아니…… 회장님."

등 뒤로도 재인은 남자가 싸늘해졌다는 것을 알 수 있었다. 천박하게 욕설을 뱉어내던 남자들과 사납게 다가서던 남자 모두 기가 죽어 눈치를 보기 시작한 걸 보면 단순히 느낌만은 아니었다.

"데리고 가."

남자가 툭 하고 재인을 밀었다. 중심을 놓쳐버린 그녀는 앞으로 고꾸라져 눈치를 보는 남자의 발치에 쓰러졌다.

"교육은 제대로 시키고."

남자의 말에 재인이 고개를 휙 돌렸다.

"절대로 안 될 테니까 그냥 여기서 죽여."

"이, 이 완전 또라이 같은 년이!"

당황하여 남자가 재인의 입을 틀어막으며 어깨를 움켜쥐었다가 비명을 질렀다. 입안으로 들어온 손가락을 그녀가 꽉 깨물어버린 것이다. 인정사정 봐주지 않는 발길질이 날아들었다. 하지만 종잇장처럼 날려 떨어져서도 그녀는 꿈쩍도 않았다.

"지금 죽여. 제발 죽여. 나는 절대로 네 맘대로 안 될 거니까."

모두가 당황하고 있었다. 등 뒤에 서 있는 여자도, 도열해 있던 남자들도, 물려서 터져버린 손을 움켜쥐고 있는 남자도. 하지만 재인을 똑바로 보고 있는 남자는 아니었다. 그의 눈에는 아무것도 떠올라 있지 않았다. 그래서 그녀는 그에게 덤벼들 수 없었다. 그의 눈을 똑바로 보고 있는 동안에는 아니었다. 할 수 있을 것 같지 않았다. 아까처럼 차라리 기습이라면…….

"그래?"

다소 느린 느낌이 드는 대답에는 아무런 감정도 실려 있지 않았다.

"어디 한 번 보지. 누가 이기나."

남자가 등 뒤의 남자를 쳐다보았다. 그것으로 충분했다. 재인을 움켜쥔 남자들은 이번에는 실수하지 않겠다는 듯 으스러뜨릴 듯한 힘으로 그녀를 끌고 나갔다. 그게 아니라도 어차피 힘으로 붙으면 승산은 없었다.

"절대로 네 맘대로 안 될 거야! 절대로!"

끌려 나가면서 소리를 질렀다. 무의미하다는 것은 누구보다 잘 알고 있었다. 하지만 그렇게라도 하지 않으면 미쳐버릴 것만 같았다.

"하! 정말……."

재인과 여자를 방 안으로 밀어 넣은 남자는 신경질적으로 넥타이를 늦췄다. 솥뚜껑 같은 손이 치켜 올라갔지만 내려쳐지지는 않았다.

"어이구! 진짜 성질 같아서는……."

으르기만 할 뿐 남자는 때릴 생각은 없는 것 같았다.

"왜? 때려보시지?"

"이게 진짜……."

계속 덤벼대는 재인의 머리를 주먹으로 퉁퉁 밀며 남자가 으르렁댔다.

"네가 잘나서 내가 참는 줄 알아? 늬들은 이제 상품이야. 자기 상품을 망가뜨리는 바보가 어딨어?"

"아까는 발길질만 잘하더라."

"이, 이게?"

"늬들 맘대로 안 될 거야. 헛힘 쓰지 마."

"회장님이 한 번 해보자고 하셨지? 한 번도 회장님 말대로 안 된 적 없어."

"이제 보게 될 거야."

"하! 진짜! 이게 입만 살아서."

남자가 가소롭다는 듯 그녀를 노려보았다. 그러고는 밉살스럽게 덧붙인다.

"생각 바뀌면 말해."

그러더니 옆의 여자를 향해 말했다.

"너, 너도 연대 책임이야. 늬들 둘은 이제 하나로 묶여서 교육받아야 하니까…… 이년 생각 바뀌게 잘 구슬려보라고. 그때까지 늬들은 굶는 거야."

돌아서려던 남자가 문득 생각났다는 듯 돌아서더니 손가락으로 재인이 아닌 다른 여자를 겨눴다.

"넌 12번. 그리고……."

손가락이 재인에게로 향했다.

"넌 13번이야. 이제 이름은 잊어."

쿵 하고 문이 닫혔다. 재인이 달려들어 문고리를 비틀어보았지만 무의미한 짓이었다. 꿈쩍도 않는 무거운 문은 절망 그 자체였다.

"고집부리지 말고 말 듣는 게 어때요?"

등 뒤에서 들리는 목소리에 재인은 문에 등을 기대고 돌아섰다.

여자의 목소리는 여전히 조용했지만 약간 날카로워져 있었다. 재인이 난리를 부리는 게 마음에 들지 않는 모양이었다.

"이길 수 없는 고집을 왜 부려요?"

"죽을 거야."

"왜 그래야 하는데요? 나는 죽기 싫어요."

"더러운 새끼들한테 몸 팔면서까지 목숨 부지하고 싶지 않아."

"그건 당신 맘이지만⋯⋯."

여자가 한숨을 쉬었다.

"지금은 내 목숨도 달려 있으니 나는 설득하는 수밖에 없겠네요. 살고 싶거든요. 진심으로. 개똥밭에 굴러도 이승이 낫다는 말이 괜히 나온 게 아니에요. 살아야 언젠가 내 동생도 만날 수 있지 않겠어요?"

"동생?"

"큰 수술을 받아야 하는 동생이 있어요. 나는 내 발로 여기에 왔어요. 여기까지 올 줄은 몰랐지만⋯⋯."

여자가 한숨을 내쉬었다.

"내 이름은 정미영이에요. 당신은?"

재인은 입을 꾹 다물고 고집스럽게 고개를 돌렸다. 여자의 사연 따위는 알고 싶지 않았다. 동정할 생각도 없고 여력도 없었다. 이런 곳에 스스로 왔다는 이유도 듣고 싶지 않다.

미영이 다시 한 번 한숨을 내쉬었다.

"고집을 버리는 건 빠르면 빠를수록 더 좋을 거예요."

"몇 끼 굶는다고 해서 죽지 않아."

"굶어본 적 없군요. 하루만 굶어도 생각이 달라질 거라는 데 걸죠."

미영은 묘한 표정을 짓더니 바닥에 누워버렸다.

방 안에는 아무것도 없었다. 침대, 옷장 등의 가구는 고사하고 두 사람을 넣고 문을 잠가놓고는 이불 한 장 놓아두지 않았다. 바닥은 차가운 시멘트로 훈훈하게 난방이 들어오고 있던 사무실과 달리 냉골이었다.

"저들은 진심일 거예요. 마음대로 안 되면, 우리는 쓸모없으니까."

숨만 몰아쉬던 재인이 자리에 주저앉았을 때 미영이 덧붙였다.

그걸 끝으로 방 안에서는 침묵이 시작되었다.

02

CCTV가 담아낸 흑백의 화면 속에서는 두 여자가 웅크리고 있었다. 한 여자는 몇 번이나 문을 두드리며 애원하다 지쳐 헝클어진 머리채를 늘어뜨린 채 문 근처에 몸을 구부리고 있었고, 다른 여자는 움직이는 법을 잊어버리기라도 한 것처럼 침대 구석에 등을 동그랗게 말고 앉아 앞만 뚫어지게 노려보고 있다.

둘 다 뺨이 홀쭉하게 들어가 있고, 많이 지쳤다. 화면은 마치 정지 화면인 것처럼 꼼짝도 않은 채 멈춰 있었다.

"13번은 독해요. 너무 독해요."

정배가 원중의 눈치를 슬쩍 살피고 말했다.

보통 하루만 굶겨도 애원하며 뭐든 시키는 대로 하겠다고 한다. 바닥에서 냉기가 풀풀 올라오는 겨울이면 더 말할 것도 없었다. 그런데 벌써 사흘째인데 여자는 꼼짝도 않았다. 물 한 모금 들여놓지 않았으니 슬슬 탈수 증상이 일어날 때였다.

"저렇게 독한 애는 그냥 포기하는 게 낫지 않아요? 나중에라도 문제가 되면 머리 아프잖습니까."

"눈이 좋아."

한 마디도 않고 있던 원중이 짧게 뱉어냈다.

"김 의원은 보통은 아니지. 들이댄 애들을 맘에 들어 하는 법이 없어. 시시한 애로는 안 된다는 뜻이야. 다른 걸 들이밀어봐야지. 길들여진 샴 고양이 같은 거……."

"길들여진 샴 고양이?"

"비싸고 도도하지만 자기에게는 고분고분한 스타일. 그런 치들이 원하는 거지. 거기에 쟤는 얼굴도, 몸매도 김 의원 스타일이군."

"회장님, 쟤는 느낌이 좋지 않습니다."

"내가 물어봤던가?"

느리게 돌아온 반문은 차가운 경고와 함께였다.

"아, 아닙니다."

정배는 얼른 꼬리를 내렸다. '네깟 것의 판단은 궁금하지 않다.'는 날 선 심기를 무시할 정도로 그는 눈치가 없진 않았다. 그에게 있어 원중은 항상 어려운 사람이었다. 나이로 따지면 그보다 두 살이나 어린 데다 외모로 보면 열 살쯤 차이가 나게 보는 사람도 있을 지경인데 원중의 앞에 서면 도무지 기를 펼 수 없는 이유는 알다가도 모르겠다.

"끝까지 해봐."

차게 말한 원중이 몸을 일으켰다.

두툼하게 근육이 붙어 있는 정배의 어깨를 두드려주고 원중이 산뜻한 발걸음으로 나섰다. 언제나 원중의 곁에 그림자처럼 따라붙는 양희가 말없이 뒤를 따랐다.

전국 규모의 인신매매, 성매매, 마약 등 거칠고 더러운 일을 마다하지 않던 조직 흑야회를 원중이 접수한 것이 3년 전이었다. 선대 회장이었던 김형태가 뇌졸중으로 쓰러지고 겨우 26세였던 회장의 등장에 다들 망조가 들었다며 침을 뱉었지만 그는 차근차근 조직을 장악하고 세력을 확장했다. 그 어느 때보다도 잔혹하고 비열하며 물불을 가리지 않는 방식으로.

검경은 이를 갈았지만 사업은 보다 더 안전하고 효율성 있게 굴러가기 시작했다. 심지어 합법적으로 탈바꿈하기까지 했다. 동시에 김 의원이 부상했다. 본디 흑야회가 뒷돈을 대는 정치 인사는 한둘이 아니었지만 선대 회장 때에는 관계가 없던 인물이었다.

"저는 마음에 들지 않습니다."

사무실에 들어서서 문을 닫자마자 양희가 말했다.

"어떤 의미에서요?"

자리에 앉으며 원중이 무심하게 물었다.

"김 의원의 영향력이 너무 큽니다. 균형을 맞추기 위해서도 슬슬 다른 쪽에 힘을 실어주셔야 하지 않겠습니까?"

돌아온 대답에 원중이 고개를 들고 양희를 바라본다.

김형태가 회장일 때에도 2인자였던 주양희는 나이로 보나 경력으로 보나 지금도 명실공히 흑야회의 2인자였다. 45세, 결혼도 하지 않았고 돈 욕심이 많지도 않은 그에게는 오직 조직뿐이었다. 그랬기 때문에 김형태의 병이 길어지자 차기 회장은 주양희가 되는 게 아닐까 다들 예측해왔다. 어처구니없이 어린 회장의 등장이 용납되었던 것은 그의 뒤에 주양희가 서 있었기 때문이었다. 그러나 주양희가 왜 원중을 인정했는지는 아무도 몰랐다. 원중 본인조차도.

"걱정이 많아지셨군요. 이사님도 많이 늙으셨습니다."

양희의 입가에 희미하게 미소가 서렸다. 무표정할 때에는 보이지 않았던 입술 바로 위의 상처가 미소를 짓자 눈에 띄었다.

"좀 더 오래 살다 보면, 걱정하는 게 안 하는 것보다 낫더군요."

원중은 양희를 빤히 쳐다보았다. 그는 양희를 존중했다. 진심으로 그러했다. 김형태가 원중을 데리고 와 키우는 내내, 양희는 존중받는 것이 마땅할 행보를 보여주었다. 그리고 원중이 이 자리에 앉아 있는 지금에도 그는 결코 무시할 수 있는 사람이 아니었다.

"걱정 안 하셔도 됩니다."

책상 위에 팔꿈치를 괴고 깍지를 끼며 원중이 짧게 대답했다. 더 설명이 필요하냐는 얼굴이었다.

양희는 잠시 망설였다. 그의 눈은 허공의 한 점에 정지되어 있었지만 원중은 그가 생각에 잠겨 있다는 것을 알 수 있었다.

'걱정하지 않아도 된다.'는 한 마디에서 많은 것을 읽는 중일 터다.

12번도 나쁘진 않았지만 특히 13번은 정말 완벽한 김 의원의 스타일이었다.

김 의원은 놀라울 정도로 한결같은 취향을 자랑했다. 찾아내서 바쳐대다 보니 더 이상 남아나는 아이가 없을 정도로. 키, 몸매, 목소리, 성질머리, 거기에 말을 받아치는 속도나 눈동자를 돌리는 순간순간의 느낌, 머리카락의 감촉, 희미하지만 진한 살 냄새까지…… 남자를 미치게 만드는 것이 뭔지는 몰라도 김 의원이 13번에게 홀딱 빠질 것이라는 건 알 수 있었다.

남자는 결코 자신의 스타일에 무심해질 수 없다.

그리고 마음이 움직이는 순간이 허점을 드러내는 순간이다.

"13번이 방아쇠가 될 거라고 생각하십니까?"

지독히도 조심성이 많은 김 의원이다. 결국 스캔들로 엮을 수밖에 없다. 어떤 식이든 가장 더럽고 지저분하게, 다시는 못 일어서도록.

"사랑에 빠질 거라고요. 저 김 의원이? 13번에게?"

"전 그런 느낌이 들었습니다."

잠깐 사이를 두고 원중이 차게 덧붙였다.

"아니어도 손해 볼 건 없고."

그런 원중을 물끄러미 바라보던 양희가 고개를 끄덕였다.

"그렇다면…… 교육을 해보고 결정해도 늦지는 않겠지요."

양희 역시 인정하는 것이다. 여자는 많지만 정말 쓸 만한 여자는 많지 않다. 신재인은 제대로 교육만 된다면 체스판에서 결정적인 역할을 할 수도 있을 자질이 보이는 말이었다.

"그러죠."

원중이 산뜻하게 대답했다. 그리고 대수롭지 않게 덧붙였다.

"그럼 이제 최 박사를 부를까요?"

주치의를 찾는 의도를 알 수 없어 눈을 껌뻑이는 양희를 향해 원중은 아까 재인이 공격했던 팔을 들어 보였다.

"부러졌어요."

나쁜 놈들.

욕설을 중얼거리며 재인은 눈을 감았다. 눈을 떠도, 감아도 앞이 가물거렸다. 분명히 움직이지 않고 있는데도 천장과 바닥이 빙글빙글 돌아 울렁댔다.

며칠이나 지났을까. 시간이 이렇게 느릴 수가 없었다.

정미영의 말은 옳았다. 재인은 굶어본 적이 없었다. 개차반 같은 집구석이지만 먹을 게 없진 않았다. 기껏해야 한 끼나 두 끼 정도 못 먹거나 부실했던 것 정도일 뿐, 그래도 학교에 가면 이렇게 저렇게 무언가를 주워 먹었다.

이렇게 생으로 며칠을 물 한 모금 마시지 못한 건 처음이었다.

생각보다 더한 지옥이었다. 머릿속에 아무것도 떠오르지 않고 오직 먹을 것, 먹을 것, 먹을 것뿐이다. 짜장면, 피자, 치킨, 콜라, 쌀밥에 뜨거운 스팸, 참치를 넣은 김치찌개, 두부를 썰어 넣은 된장국과 달걀을 톡 까 넣은 순두부찌개, 아니면 그냥 따뜻한 물이라도.

아아, 물이라도.

바닥에서 올라오는 냉기는 살을 에는 듯했고, 잠깐 눈을 감았다 뜨면 밝았다 어두워졌다…… 시간 감각이 점점 이상해졌다. 몸의 이상은 곧장 정신에 영향을 미쳤다. 미쳐버린다는 게 뭔지 알 것 같았다.

"그만 포기해요. 제발."

몸을 모로 세우고 문 앞에 누워 웅크리고 있던 미영이 눈만 치떠 재인을 바라보았다. 그녀의 양볼은 해골처럼 움푹 파여 있었다. 눈도 처음과는 달라졌다. 묘하게 윤기가 없고 동자가 불안하게 흔들린다.

아마 재인 역시 그런 모습이리라. 욕구만 남아서, 사람같지 않게 푸석거려 생기 하나 없는.

"나쁜 놈들."

목소리가 갈라져 나왔다. 입안도, 입술도 바짝 말라 가뭄의 논밭처럼 쩍쩍 갈라져 움직일 때마다 비릿한 피 맛이났다.

"제발 그만해요!"

미영의 눈이 뾰족해져 재인을 할퀴었다. 지금 미영에게 있어 가장 악역은 재인이었다. 우습게도.

"버티는 이유가 뭐예요, 대체."

재인에게 다가오려 몸을 일으켜보려던 미영이 다시 팔에 얼굴을 묻었다가 힐난조로 물었다.

"난 너 같은 모지리가 아니거든."

"뭐라고요?"

"나쁜 건 저 새끼들인데 넌 날 미워해."

"!"

미영이 움찔했다. 한없이 날카롭던 눈매에 혼란이 깃들었다.

"저 새끼들한테는 이길 수 없으니까 만만한 날 미워해."

"이봐요⋯⋯ 신재인 씨."

"난 죽어도 몸을 팔지 않을 거야."

재인의 말에 미영이 하아 하고 허탈한 웃음을 흘렸다.

"누가 그래요? 죽는 게 몸 파는 것보다 낫다고."

"내가."

미영은 아예 입을 다물어버렸다. 다시 시계가 채각채각 차가운 소리를 내기 시작했다.

.

.

.

재인은 눈을 떴다.

사방이 캄캄했다. 아무것도 변하지 않았다. 낯선 방, 그리고 그 방의 가구인 것처럼 눈을 감기 전과 조금도 다르지 않은 자세로 웅크리고 있는 미영. 천장. 차가운 바닥. 이제 아예 감각이 없어진 몸.

시간이 얼마나 지났을까?

재인은 다시 눈을 감았다.

.

.

.

도대체 내가 왜 이러고 있어야 해. 뭘 잘못한 거야? 그냥 열심히 살았을 뿐인데. 아빠, 엄마, 오빠…… 가족이라고 부르는 사람들이 기둥 노릇을 해준 적이 없어도 원망한 적도 없는데. 그냥 내 앞길은 알아서 하면 된다고 그렇게 노력했는데. 왜 이렇게 된 거지. 왜 내가 이런 고통을 당해야 해.

나 같은 건 아무것도 아니야. 아무도 날 사랑하지 않지. 내가 원했던 건 그냥 따뜻한 말 한 마디가 당연한 관계였어. 안녕 하고 인사하면 안녕 하고 돌아오는. 그런데 왜 그걸 가질 수 없지? 왜 아무도 날 사랑하지 않지? 왜 나에게 따뜻하게 말해주지 않아. 왜 내가 죽어도 상관없어? 왜 나는 아무것도 아니야? 응? 왜?

왜 가질 수 없어?

눈앞이 핑글핑글 돌고 걷잡을 수 없는 분노가 치솟았다 차갑게 식어 가라앉기를 반복했다. 여자 둘이 갇혀 있는 방 안에서는 모든 것이 왜곡되었다. 제대로 생각하고 있는지, 아니, 살아 있기는 한 건지도 알 수 없었다.

"물…… 무울……. 물만 주…… 세…… 요……."

헐떡거리며 미영이 문을 두드리기 위해 손을 쳐들었다가 힘없이 떨궜다. 두 사람 모두 이제 미라처럼 말라 있었다. 살집이 있던 편이 아니었기 때문에 팔목부터 시작해 온몸이 뼈와 가죽만 남은 것처럼 앙상했다.

이제 재인도 앉아 있지 못했다. 자세를 무너뜨리지 않으려 했지만 되지 않았다. 언제 쓰러졌는지도 모르게 뺨을 차가운 바닥에 댄 채였다. 멍하니 허공을 보다가 눈을 감았다 다시 뜨기를 반복했다.

"제발…… 포기해요."

갈라진 목소리로 미영이 말했다. 몇 번이나 저 말을 들었는지 모르겠다. 왜 저렇게 살고 싶어 하는 걸까? 동생 때문일까? 물은 적도 없는데 미영은 동생의 병원비 때문에 몸을 팔았다고 이야기했다. 덕분에 동생은 살 거라고. 생을 얻은 거라고. 동생을 다시 만날 수 있다면 뭐든 할 수 있다고.

그런 사람이 있다는 건 사람을 약하게 만드는 걸까? 누군가를 위해 비참하게라도 살고 싶어진다는 게 말이 될까?

그때였다.

"죽으면 끝…… 이에요."

몸을 웅크린 채 마치 혼잣말처럼 미영이 중얼거렸다. 그
것이 방아쇠를 당겼다. 빠르고 강하게 탄실을 박차고 튀어
나온 총알은 재인의 심장 한복판에 직격했다.

죽으면 끝.

그랬다. 천국이나 지옥 따위가 있을 리가 없었다. 그렇
다면 신성원, 오빠인지 개새끼인지 모를 그 나쁜 새끼한테
지옥행은 떼놓은 당상이겠지만, 그런 게 있을 리 없다. 그
런 게 있으면 세상이 이따위일 리가 없지. 나쁜 놈들이 이
따위로 살 리가 없지.

재인만 억울해지는 거다. 신성원도, 그녀를 죽게 만든
깡패 새끼들도 쓰레기처럼 그녀의 시체를 치우고 까맣게
잊을 것이다.

아무것도 아닌 것이다.

그럴 수는 없다. 아무것도 아닌 걸로 태어나서 아무것도
아닌 걸로 죽을 수는 없었다.

재인은 찢어지는 것 같은 목구멍으로 간신히 약간의 침
을 넘겼다.

"사, 살……."

목소리가 잘 나오지 않았다. 눈앞이 빠르게 무너져 내렸
다. 손을 쥐었다 폈다. 신경과 근세포들이 죽어 있기라도
한 것 같았다. 살아 있는데, 정신은 아직은 살아 있는데 몸
의 절반쯤은 벌써 죽어버린 걸까.

"사…… 사……."

일단 한 번 마음이 무너지기 시작하자 걷잡을 수가 없었다. 벌레처럼 몸을 바둥대며 재인은 어떻게든 목소리를 내려 몸부림쳤다.

"사…… ㅅ…… 살르…… 살려줘!"

혀끝에 턱 막혀 있었던 말이 소리가 되어 나오는 순간 발작과도 같은 광기가 재인을 덮쳤다.

"살려줘! 이 나쁜 새끼들아! 살려줘! 원하는 대로 해줄 테니 살려달란 말이야! 이 나쁜 새끼들아! 살려줘!"

어디서 힘이 났는지 무심하게 기계음을 뱉고 있는 카메라를 향해 주먹질까지 했건만 문은 열리지 않았다.

회광반조.

마지막 힘이었던 걸까? 소리소리 질러대던 재인의 머리로 띵 하고 바늘이 통과한 것 같은 예리한 아픔이 지나갔다. 머리부터 발끝까지 전기가 직격한 것처럼 저릿하더니 몸이 천천히 통나무처럼 앞으로 고꾸라졌다.

흐려지는 의식의 마지막을 붙잡은 것은 다짐이었다.

절대로 용서하지 않겠다. 단 한 명도, 그 어떤 것도 절대로 용서하지 않겠다. 절대로.

반드시 모든 것을 갚아주리라.

가장 치명적이고 절망적인 방식으로.

❄

"뭐?"

반응을 보인 것은 주양희였다.

꿈쩍도 않고 시트에 기대 냉랭한 얼굴을 하고 있는 원중과 달리 양희의 반응은 보다 직접적이었다. 미간에 못마땅한 주름을 잡고 거친 주먹을 쥔 채 성큼 다가와 정배의 멱살을 움켜쥐었다. 정배 역시 덩치로 치자면 둘째가라면 서럽건만 목이 획 뒤로 젖혀지며 중심을 잃고 비틀댔다.

"이 새끼가 지금 뭐라고 하는 거야."

"주 이사님, 놓으세요."

조용한 원중의 목소리에 당장이라도 한 대 내려칠 듯 허공으로 솟아올랐던 주먹이 내려왔다. 내팽개치듯 정배의 멱살을 놓은 양희가 매섭게 그를 쏘아본다.

"그만두세요. 현 실장이 처리할 문제가 아니었습니다."

원중의 말이 정배는 반가웠다. 역시 회장님이다 싶고, 괜스레 주 이사가 원망스러워진다.

다른 문제라면 몰라도 김 의원과 관련한 문제라면 1부터 10까지 모두 원중에게 보고하라고 명령받은 터였다. 명령이 그러한데 알아서 끊고 해결한다는 건 불가능했다. 그라고 해서 신재인이 지껄이는 말도 안 되는 소리를 전달하고 싶을 이유가 없었다.

"그러니까 최고의 대우를 원한다?"

원중이 기가 차다는 어투로 말하며 낮게 웃었다.

"손도 못 대게 합니다. 완전 미친 계집애예요."

정배가 면목 없다는 듯 머리를 조아렸다.

탈진해 쓰러져 죽다 살아난 주제에, 팔에 링거를 꽂고서도 신재인의 눈빛은 전혀 죽지 않았다. 눈을 똑바로 맞춰오며 "상품이랬지. 그렇다면 최상급의 상품이 될 거야. 그렇게 취급해줘."라고 했다. 무슨 미친 소리인가 싶으면서도 어쩐지 그 눈을 보고 있자면 머뭇거리게 되는 지점이 있었다. 별것 아닌 계집애가 뭐 저리 당당해 싶어 어이가 없다가도 딱히 반박할 말이 떠오르지 않는 거다.

그래서 정배는 머리에 먹물이 든 계집애들이 싫었다. 꽤 좋은 대학을 다니는 계집애들도 돈 벌겠다며 가게를 찾아오는 경우가 있었지만 그때마다 골치가 아팠다. 지들의 권리니 뭐니 따져대고 그러지 않더라도 녹진녹진한 구석 하나 없이 눈을 치켜뜨고 있으면 괜스레 이쪽에서 기가 죽는 것이다. 신재인이 딱 그랬다. 정미영은 그래도 사근사근한 구석이 있는데 신재인은 정배가 제일 싫어하는 스타일이었다. 김 의원이 멍청한 여자들은 딱 질색한다니 별수는 없지만 짜증스럽기 그지없었다.

"계집애들 비윗장을 다 맞춰줄 수는 없는 거 아닐까요?"

주양희가 떨떠름하게 의견을 제시했다.

"그럴까요?"

속내를 알 수 없는 얼굴로 원중이 무심하게 대꾸했다.

"물론 가장 좋은 건 자발적인 거죠. 어차피 12번을 먼저 보낼 거니 천천히 길들이는 방법도 있겠지만."

"……만?"

솔직히 정배는 자신이 없었다. 신재인을 빼 왔을 때에는 말 그대로 굶어 죽기 직전이었다. 대개 그 정도면 혼이 나간다. 발밑을 기어도 기는지 모르고 발바닥을 핥으래도 정성이 들어간다.

정미영이 딱 그랬다. 뭐든 시키는 대로 다 하겠다고 마음 먹는 것이 당연했다. 여기에서 딜을 걸 생각을 하다니 보통 계집애는 아닌 것이다.

"12번은 제대로 교육해서 먼저 준비시키고."

원중이 일어나며 의견을 정리했다.

"13번은 아파트로 보내."

"예?"

양희와 정배가 동시에 얼어붙었다.

"직접, 하시게요?"

"그걸 요구한 거 아닌가?"

원중이 싱긋 웃었다. 그는 고개를 숙여 자신의 왼팔에 시선을 두었다. 신재인이 휘두른 야구 배트가 부러져 나가던 감각이 아직도 선연했다.

03

짙은 선팅이 되어 있는 차 안에서 재인은 창 밖을 내다보았다. 창 밖은 한창 겨울로 눈이 왔는지 거리가 온통 새하얗다.

미영과는 단 한 마디도 나누지 않는 사이였는데도 따로따로 떨어지자 불안해졌다. 애써 무시하려 하고 있지만 한 치 앞도 볼 수 없는 상황에서 멘탈을 굳게 지키기가 쉽지 않았다.

"어디로 가는 거야?"

단 한 마디도 건네지 않으리라 했던 결심을 깨고 재인은 옆좌석에 타고 있는 정배에게 물었다. 불쾌한 시선이 흘깃 왔다가 떨어졌다.

"입을 꿰맸나, 귀가 멀었나."

비아냥거린 재인은 다시 시선을 창 밖으로 돌렸다. 본다고 해서 다 기억할지는 모르겠지만 만약을 위해서라도 어디로 끌려가는지 정도는 보아두고 싶었다.

"봐도 소용없어."

그런 마음을 눈치챈 것처럼 현정배가 비웃었다.

"도망칠 수 없을 테니까."

"그건 내가 알아서 해."

"너 자꾸 말 짧게 할래?"

"너도 말 짧잖아."

"이게 진짜!"

정배가 손을 획 쳐들었지만 재인은 눈도 꿈쩍 않았다.

"못 때린다는 거 알고 있는데 겁낼 줄 알아? 상품이라며. 상처 나게 안 한다며. 기껏해야 네가 할 수 있는 게 굶기는 것 정도라는 걸 아는데 뭐가 무섭겠어?"

재인의 말에 정배가 묘한 표정을 지었다.

"진짜 할 수 있는 게 그뿐인 줄 알아? 까불지 마. 봐주니까 지가 특별한 줄 알고 까불다가 차라리 죽는 게 더 나은 꼴을 당한 계집애가 한둘이 아니야."

"너야말로 겁주지 마."

회심의 협박이 통하지 않자 정배의 눈이 대번에 사나워졌지만 재인은 꿈쩍도 하지 않았다.

"기껏해야 통나무? 뭐 그런 거겠지. 그런 걸로는 협박 안 돼. 장기? 죽으면 그만인데 떼어내든 말든 무슨 상관이야. 난 죽는 거 안 무서워."

"하!"

정배가 헛웃음을 웃더니 어이없다는 얼굴로 재인을 봤다.

"살려달라고 애원할 땐 언제고? 똥 누러 갈 때 맘 다르고 똥 싸고 나올 때 맘 다르다더니!"

"죽는 게 무섭지 않댔지 누가 죽는댔니?"

놀려대자 정배의 머리에서 김이 폴폴 나는 것이 보였다.

"하룻강아지 범 무서운 줄 모른다더니. 세상엔 별별 사람들이 다 있어. 그 취향 맞춰주려고 우리가 하는 일이 어디까지인 줄 알고 까불어? 스너프 필름이 뭔지는 알아?"

"좋겠다. 별별 짓 다 해서. 너네 엄마가 널 낳았을 때에는 그런 거 찍는 애로 키우고 싶지 않았을 텐데."

"뭐…… 뭐? 이, 이게 정말!"

욱 하는 성질을 누르지 못한 정배의 주먹이 재인 쪽의 창문을 후려쳤다. 쾅 하고 순간 차체가 흔들릴 정도의 충격이 번졌다. 움찔하지 않은 것은 아니었지만 재인은 눈을 깜빡이지 않기 위해 힘을 꾹 주고 버텼다. 오히려 방금의 행동으로 증명이 된 셈이다. 현정배는 아무리 열을 받아도 그녀에게 손대지 못한다.

"너 진짜 뭘 믿고 이렇게 까불어?"

"나도 모르겠는데, 뭐가 있긴 한가 봐. 까부는 게 통하잖아."

"통한다고? 지금 네 맘대로 되고 있다고 생각해?"

"아닐 건 또 뭐야?"

"회장님은 네 생각대로 안 될걸?"

"어이구? 우리 형님이 복수해줄 거예요? 나한테 맞았다고 이를래?"

재인을 노려보던 정배가 등을 시트에 거칠게 기대며 팔짱을 꼈다. 굳게 다문 입술이 분노로 희미하게 떨리고 있었다.

흥 하고 코를 실룩인 재인은 고개를 창 밖으로 돌렸다. 막 차가 고급 아파트의 지하 주차장으로 내려가는 중이었다.

아파트는 컸다. 재인으로서는 처음 보는, 있을 거라고 생각해본 적도 없는 아파트였다.

최근 완공된 럭셔리 아파트는 계단식 건물로, 한 층당 네 집이 공유하고 있는 공간을 맨 꼭대기 펜트하우스는 독채로 지어놓았다. 정배가 재인을 밀어 넣고 사라진 공간이 그 펜트하우스였다.

집 전체가 한눈에 들어오지 않아 재인은 미색 대리석의 차가운 느낌이 나는 거실에 엉거주춤 서 있었다. 눈동자를 굴려보았지만 이 집에 '그 남자'가 있는지 없는지 짐작할 수 없었다.

왜 그런 생각을 했는지 모르겠다. 교육을 한다는 같잖은 소리를 들었을 때, 그렇다면 '그 남자'에게서 받겠다고.

이제 와서 재인을 움직이는 것은 두 가지였다. 하나는 복수심. 그것이 그녀를 팔아넘긴 오빠와 깡패 새끼들에게 모두 어떻게든 죗값을 치르게 하고야 말겠다는 강렬한 마음이라면 다른 하나는 보다 현실적이고 원론적인 바람이었다.

살아남자. 복수를 할 수 있을 때까지 살아남자.

구체적인 방법은 몰랐다. 하지만 다른 깡패들은 별 의미 없다는 건 알았다. 회장이라는 놈, 그놈이 진짜였다. 그놈의 눈에 들어야 뭐든 할 수 있었다.

무슨 일이라도 할 거야.

못할 일이 없었다. 아무리 생각해도 그랬다.

"무슨 생각을 그렇게 열심히 할까?"

뒤통수를 잡아채는 것 같은 낮은 목소리에 재인의 몸이 굳었다. 돌아보자 '그 남자', 차원중이 문기둥에 기대 그녀를 바라보고 있었다.

키가 큰 남자였다. 단순히 키가 큰 것뿐 아니라 뼈대도 굵고 팔도, 다리도 길쭉길쭉했다. 그래서 근육이 붙어 있는 것이 잘 티가 나지 않는 매끄러운 몸매의 소유자였다.

칠흑에 가까운 검은 머리나 눈동자에 서늘함을 더한 것은 사람을 똑바로 응시해오는 시선. 묘하게 어려운 남자였다. 현정배는 깡패 새끼라 무시할 수 있었던 재인도 그의 눈을 마주 보기가 쉽지 않았다.

"어떻게 하면 여기서 도망갈까 생각하는 건가?"

천천히 소파 쪽으로 걸어와 등받이를 잡은 원중이 이쪽으로 오라는 듯 손을 까딱까딱했다.

"그런 생각 안 했…… 어."

"그래?"

원중은 기분이 좋아 보였다. 그럼에도 불구하고 청량하게 웃는 얼굴이 차게 느껴진다는 건 이상한 일이었지만.

"괜찮아. 도망가고 싶으면 도망가."

재인이 꼼짝도 하지 않자 다가와 그녀의 손을 잡아 끌어당기며 원중이 대수롭지 않게 말했다. 당황스러울 정도였다. 움켜쥔 손도, 당기는 힘도 예상외로 부드럽고 예의 바르다. 단단히 마음먹고 있던 재인은 어지럼증을 느꼈다.

"하고 싶은 건 해야지. 사람은 하고 싶은 걸 못하면 병이나."

태연하게 지껄이며 재인을 소파에 앉힌 원중이 허리를 굽혀 시선을 맞추며 물어왔다.

"뭐 먹을래? 굶으면서 제일 먹고 싶었던 게 뭐야?"

유동식 단계를 거쳐 일반식으로 넘어가면서도 재인은 식욕을 모두 채우지 못했다. 병원식은 지독히도 맛이 없었다. 그래서 윤기가 반지르르 흐르는 짜장면을 보자마자 위장이 요동치기 시작했다.

"먹어."

자리에 앉으며 원중이 말했다. 식탁 위에는 짜장면에 탕수육까지 차려져 있었지만 젓가락은 하나뿐이었다. 그는 먹을 생각이 아예 없는 얼굴로 턱을 괸 채 그녀를 보고 있다.

"괜찮아. 먹어."

당장이라도 그릇에 달려들고 싶은 충동을 누르며 숨을 몰아쉬자 원중이 웃었다. 참고 있는 게 다 보인다는 걸 알수 있었다. 하지만 도저히 눈을 짜장면 그릇에서 뗄 수가 없다. 입에 침이 고이고 맛을 상상하고…… 언제까지 참을 수 있을까?

결국 재인은 젓가락을 들었다.

처음에는 그래도 자제해보려 노력했으나 길진 않았다. 젓가락질이 점점 빨라지며 코가 그릇에 박혔다. 입과 볼이 온통 짜장 소스로 범벅이 되어도 닦을 여유 따위 없었다. 마구 젓가락질을 하다 탕수육을 우악스럽게 입안으로 밀어 넣기를 반복할 뿐이다. 뺨이 부풀고 이가 아플 때까지 씹고, 씹고, 또 씹고.

"천천히 먹어."

정수기에서 뜨거운 물과 찬물을 섞어 따라 온 원중이 재인의 앞에 컵을 밀어주었다. 그의 다정한 행동에 재인이 멈칫했다.

"왜?"

의심스럽다는 시선을 원중에게 꽂은 채 재인은 젓가락을 움직였다.

이 남자, 생각했던 것과 달랐다.

첫인상은 마냥 차갑기만 한 겨울밤 같았는데 하는 행동은 묘한 구석이 있다. 다정한 것 같은데 서늘하고 평범한 것 같은데 어딘지 위험하다. 긴장하고 있어서일지도 모른다. 아니면 입안을 채워오는 기름진 맛 탓인가? 제대로 생각할 수가 없었다.

"다 먹었어?"

다 먹은 정도가 아니라 배가 찢어질 것 같았다. 오래 굶어 쪼그라들 대로 쪼그라들었던 위장이 한계까지 늘어난 듯했다. 동화책 속의 배 속에 돌덩이를 넣고 꿰맨 늑대처럼 움직이기가 거북했다.

또, 차원중의 시선.

차분히 앉아 가만히 응시하는 차원중의 시선에는 몸 둘바를 모르게 하는 무언가가 있었다. 방금 전까지 이성을 잃고 음식을 삼켜댔던 것에 자괴감이 들었다. 불안감에 속이 메슥거리기 시작했다.

"우욱!"

말라붙었던 위장에 기름진 음식이 퍼부어져서일까, 차원중을 쳐다보고 있는 동안에 구역질이 치밀어 올랐다. 목구멍을 타고 알싸한 감각이 역류했다.

"어어? 여기서는 안 돼."

벌떡 일어난 차원중이 성큼 다가와 재인의 입을 틀어막고는 거의 들다시피 일으켜 욕실 문을 열고 밀어 넣었다. 간발의 차로 그녀는 변기를 끌어안고 먹은 것을 모두 토해냈다. 등을 적당한 힘으로 탁탁 두드리는 손에 입에서 마치 쏟아지듯 채 씹지 않았던 짜장면과 탕수육이 덩어리져 변기 속으로 하강했다.

"봤지? 소화시키지 못할 짓을 하면 일어나는 일이야."

몇 번이고 토한 끝에 먹은 걸 다 게워냈다 싶었을 때 원중이 타월에 손을 닦으며 말했다. 뭐? 하고 올려다보았지만 그의 표정은 읽기 힘들었다.

"감당할 수 없는 짓은 하지 마. 그러면 다치는 건 너야."

타월을 뜨거운 물에 적신 원중이 널브러진 재인의 앞에 꿇어앉아 입가를 닦아주었다.

"앞으로 네가 해야 할 일에서 가장 중요한 건 자제란 뜻이야."

"자…… 제?"

"상대의 비위를 맞춘다는 건 그런 거지. 몸 파는 사람들은 모두 자신을 자제하고 대가를 받는 거거든."

재인이 원중을 노려보았다.

"그런 눈 하지 마. 몸을 파는 건 너만이 아니야. 나라고 다르겠어? 약자는 모두 몸을 팔아. 달리 팔 게 없으니까."

적당한 온도의 타월이 느리게 재인의 얼굴을 닦아냈다.

"짜증 나겠지. 참아. 모욕적이겠지. 참아. 산다는 건 원래 그런 거야. 그게 아니면 대가를 치러야 해."

지금, 도망치고 싶으면 도망쳐야 하지만 대가를 치를 거라고 경고한 건가? 이런 방식으로? 먹고 싶다고 해서 먹으면 이렇게 괴롭게 토해내야만 한다고?

"됐다."

원중이 몸을 일으키고는 타월을 라탄 바구니에 탁 던져

넣고는 손을 닦았다.

"씻고 나와. 혼자 씻을 수 있지?"

그런 그의 동작 하나하나를 유심히 보던 재인은 원중이 욕실을 막 빠져나가려 할 때 물었다.

"아까 자신을 자제하고 대가를 받는댔지? 내 대가가 뭐야?"

원중이 멈춰 섰다. 등을 돌린 채 잠시 서 있다가 천천히 고개를 돌렸다. 눈이 마주쳤을 때 그는 설핏 웃고 있었다.

"목숨."

욕실 문이 닫혔다.

재인은, 차원중이라는 남자가 웃으면서 사람을 칼로 찌르고도 남을 인종이라는 것을 확신했다. 방금 그는 그녀의 몸을 통해 교훈을 새겼다.

❄

온통 알 수 없는 짓거리들이 시작되었다.

차원중이 무슨 짓을 할까 잔뜩 몸을 긴장시키고 있었는데 커다란 집 어디에서 그가 자는지도 알 수가 없었다. 절대로 잘 수 없을 거라 생각했는데 일단 곯아떨어지자 말 그대로 꿀잠을 잤다. 단 한 번도 겪어보지 못한 푹신한 침대와 청결한 시트는 천국이 따로 없었다.

아침에 나가보니 식당에 정갈한 밥상이 차려져 있었다.

자기를 제주댁이라고 소개한 여자와는 금방 친해졌다. 마흔셋이라는 여자는 붙임성도 있고 음식 솜씨도 좋았다.

그러고 나서는 영어 선생이 왔다. 황당하고 당황했지만 시키는 대로 테스트를 받고 발음을 교정했다. 사적인 말은 단 한 마디도 하지 않은 여선생이 딱딱한 얼굴로 수업을 마치고 나간 다음 잠깐 TV를 보고 있자니 키가 땅딸막하고 안경을 쓴 남자가 들어와 국어 수업을 시작했다. 맞춤법에 특히 중점을 둔 수업이었다. 절대로 틀리면 안 된다고 했다. 띄어쓰기조차도.

점심을 먹고 나서는 정치역사 수업이었다. 필요한 것만 가르친다고 했다. 중학교도 간신히 졸업한 재인으로서는 생전 처음 듣는 이야기가 많아 재미있었다. 피상적으로만 알고 있던 이야기들을 심도 있게 듣는 것은 옛날이야기를 듣는 기분이었다.

마지막은 필라테스 선생이었다. 다소 민망하게 타이트하고 노출이 심한 옷을 입은 선생은 재인에게 같은 옷을 입히고 천천히 몸매를 훑었다. 마치 시장에 나온 상품이 된 느낌이라 얼굴이 붉어졌다.

"자세가 좋지 않군요. 자세가 곧 그 사람의 스탠스를 설명하죠. 허리는 항상 꼿꼿이 세우고 어깨는 펴고 가슴은 내밀어야 해요."

고문 기구같이 생긴 틀 안에 몸을 끼워 넣고 당기고 밀고 하는 일은 괴로웠다. 언젠가 TV에서 유명한 다이어트 선생이 하는 걸 보았을 때에는 따라 하고픈 욕망이 있었는데 막상 해보니 몸이 따라주질 않았다.

"허리에 힘!"

한 시간이 어떻게 흘러갔는지 모르게 시키는 대로 하다 보니 온몸이 땀으로 흠뻑 젖어 있었다.

"수고하셨어요."

깐깐한 얼굴을 한 여선생이 옷을 갈아입고 나가자 제주 댁이 다가와 씻고 나오라고 말한다.

"회장님 들어와서 식사하신다고 하셨어요. 오늘은 연어 구이를 만들어볼까 해요."

숨을 헐떡이며 누워 있던 재인이 아연하게 제주댁을 바라보았다.

"내가…… 만들어요?"

"요리도 배워야 한다고 말씀하셨어요."

깊게 한숨을 내쉰 재인은 벌렁 누워버렸다. 이걸 뭐라고 생각해야 좋을지 모르겠다. 얻어맞고 강간당할지 모른다는 위협만 생각하다가 갑자기 당하는 일에 도무지 정신을 차릴 수가 없었다.

씻은 후 편안한 회색 티와 그보다 좀 더 짙은 색의 바지로 갈아입고 나온 원중이 자리에 앉았다. 국을 한술 뜨는 그 모습을 빤히 보던 재인이 날 선 목소리로 물었다.

"뭐하는 짓이야?"

"뭘?"

아무렇지도 않게 국을 맛본 원중은 숟가락을 내려놓더니 젓가락으로 연어의 붉은 살점을 단정하게 조각내어 입 안에 넣었다. 잠깐 입술을 움직이던 그가 젓가락을 내려놓는다.

"짜."

"뭐?"

"김 의원은 혈압과 혈당을 조절하고 있어. 이렇게 짠 걸 내놓으면 난리칠걸."

재인이 말없이 원중을 노려보았다.

"왜? 그럼 네가 지금 뭘 하는 중이라고 생각했는데?"

여전히 웃는 낯으로 원중이 말했다. 처음에는 당혹스러울 정도로 부드러운 웃음이었는데 본색을 알고 나니 프라이팬으로 갈기고 싶은 욕구가 치솟았다.

"야한 생각 했구나?"

원중이 놀리듯 말하는 바람에 재인의 얼굴이 빨개졌다. 하지만 뭐라 항변할 틈도 없이 그가 단호하게 덧붙인다.

"거기까지 가려면 넌 아직 멀었어."

"하! 웃겨! 여자면 되는 거 아냐? 다들 발정난 개 같아가지고."

도발적인 재인의 언사에도 원중은 꿈쩍도 않았다.

"싸구려 빵을 먹어도, 된장찌개에 밥을 먹어도, 프랑스 요리 코스를 먹어도 배는 부르지. 하지만 동네 슈퍼에서 파는 500원짜리 빵을 50만 원 주고 사 먹는 멍청이는 없어. 내가 널 안고 싶은 생각이 들지 않는 이상 김 의원은 말할 것도 없지."

잠깐 사이를 두고 원중이 자르듯 덧붙였다.

"언어 교육도 받아야겠군. 천박하게 말하는 버릇 고쳐."

"아웃!"

그날 밤, 재인은 결국 성질을 내며 몸을 일으켰다. 안 하던 일을 하루 종일 한지라 몸도, 정신도 피곤한데 잠이 오지 않았다. 설핏 눈을 가늘게 뜨고 경멸하듯 쳐다보던 차원중의 시선이 마치 달라붙은 듯 뇌리를 떠나지 않는다.

깡패 새끼 주제에. 잘난 척은!

속에서 천불이 났다. 차원중이 깡패라는 걸 알고는 있는데 막상 대할 때에는 현정배처럼 마구 무시할 수 없는 게 분했다. 왜 그런지는 모르겠지만 겨울밤처럼 차가운 그 눈빛이 볼수록 싫었다.

"안 돼."

침대 위에 엎어지며 재인은 신음했다.

지고 있다.

이러려던 게 아닌데 휘둘리고 있다.

어쩔 수 없다. 아무리 마음을 독하게 먹으려 해도 집을 나왔을 때와는 수준이 달랐다. 그때는 그냥 어떻게든 살아보려고 할 때였다. 굳이 따지자면 좀 더 낫게 살고 싶다는 바람이 있었다. 아버지나 오빠의 행패를 무서워하지 않고 편하게 자고 편하게 먹고, 사람들과 웃으며 인사하고 열심히 일하고……. 하지만 지금은 차원이 달랐다.

일단 뭘 어떻게 해야 좋을지를 전혀 알 수 없었다. 마음이 왜 이럴까. 왜 차원중의 웃는 얼굴에 마음이 흔들릴까.

천하의 나쁜 놈인데, 따지고 보면 신성원과 쌍벽을 이룰 정도로 개 같은 놈인데 얼굴 좀 잘생겼다고, 말 좀 곱게 한다고, 그깟 되도 않은 훈계 좀 한다고 기분이 왜 이래…….

무엇보다…… 눈앞의 욕구에 쉽게 무너진다.

먹을 것, 그리고 편한 침대와 화려한 집, 뭔가 있어 보이는 선생들…… 이런 것들이 자꾸 마음을 흐트러뜨린다. 절대 넘어가지 않으려 했는데 어느샌가 허둥대고 있다.

안 돼. 이러면 안 돼.

다시 한 번 목표를 되새겨본다. 되갚아주는 것. 차원중을 비롯한 깡패 새끼들, 그리고 신성원에게 죗값을 치르게 해주자. 일단은 거기까지만. 거기까지만 생각하자.

몸을 일으켜 세운 재인이 자세를 바로하고 크게 심호흡을 했다.

저들이 바라는 것처럼 되지는 않을 것이다. 절대로 끌려가서 원하지도 않는 순간 인형처럼 다리를 벌리는 노리개로 끝나지는 않을 것이다.

그러기 위해서는…….

❄

아직 해도 뜨기 전의 새벽, 방문을 열고 나왔던 원중은 문고리를 잡은 채 움직임을 멈췄다. 어둠과 고요가 가라앉아 있어야 하는 집 안, 주방 쪽에 환하게 불이 들어와 있었다. 시계가 가리키는 시각은 새벽 6시, 아줌마가 오기에는 이른 시간이다.

누가 있는 건지 짐작하기는 어렵지 않았다. 드나들어야만 하는 사람 외에는 원중이 머무르고 있는 이 층은 철저히 통제가 되고 있었다. 주방에 있는 사람은 이 집에서 나갈 수 없.는. 사람이다.

"뭐하는 거지?"

주방 앞에 선 원중은 눈을 가늘게 뜬 채 뒤돌아서 있는 그녀에게 말을 걸었다. 앞치마를 두르고 가스레인지 앞에서 찌개를 맛보던 재인이 고개를 돌려 어둠을 등지고 서 있는 그를 본다.

"씻고 나와. 아침 준비 다 됐어."

다시 상을 차리기 시작한 재인을 원중은 말없이 보았다.

아무렇지도 않은 척했지만 재인은 등에 꽂히듯 박혀 있는 원중의 시선을 민감하게 느끼고 있었다. 등골이 서늘해지고 식은땀이 났다. 이를 악물고 시작한 일이었지만 과연 잘하고 있는 건지 더럭 의심이 났다. 째깍째깍. 있는지도 몰랐던 거실의 시계 소리가 마치 금방이라도 터질 듯한 폭탄 소리 같았다.

탁 하고 문 닫히는 소리가 났을 때에야 재인은 원중이 욕실로 들어갔음을 깨달았다.

"후유……."

저절로 한숨이 새어나왔다. 만만치 않은 남자였다. 이기기 위해서는 그녀도 만만치 않은 여자가 되어야만 했다.

같은 날 9시, 원중이 집으로 돌아왔을 때 재인은 거실 테이블 위에 책을 놓고 무언가를 열심히 베껴 쓰고 있었다. 그가 씻고 나올 때까지도, 문이 열렸을 때 잠깐 일별한 것이 전부로 그녀는 오롯이 하는 일에만 집중했다.

"뭘 하는 거지?"

"맞춤법, 틀리면 안 된다며?"

다가간 원중이 책을 집어 들었다. '태백산맥'이었다.

"뭔지는 알고 베껴 써?"

"역사 공부랑 한 방에 하려고 그래."

"열심히 하는군."

칭찬 같지 않은 칭찬에 재인은 슬쩍 원중을 쏘아보고는 다시 책을 반듯이 놓고 베끼기 시작했다. 반대편으로 돌아가 맞은편 소파에 앉은 원중이 담배를 피워 물었다. 매캐한 담배 연기 냄새가 코끝을 찔러왔다.

"그만 쳐다봐."

참다못한 재인이 연필을 쥔 채 고개를 들었다.

상체를 약간 숙인 채 재인을 보고 있던 원중이 시선은 그대로 둔 채 고개만 살짝 비틀어 담배를 빨았다. 하얀 담배 끝이 빨갛게 타들어가는 모습이 선명하게 눈을 어지럽힌다.

"……왜?"

하얀 연기와 함께 한 템포 느리게 질문이 날아왔다.

"왜 그렇게 쳐다보는데? 불편하잖아."

"신기해서."

"뭐가 신기한데?"

"변화가 너무 빨라."

"……."

"날 죽이겠다고 배트를 휘두르고 죽어도 늬들 맘대로는 되지 않겠다고 했지만 굶어보니 생각이 달라졌다까지는 이해하겠어. 그래도 기가 죽어 보이진 않았거든."

"너도 굶어봐. 생각이 달라질걸?"

원중이 낮게 웃었다.

"기가 죽어서 최고로 교육시키라고 현정배를 윽박질렀어? 굉장히 특이한데?"

다시 담배가 원중의 입술 사이로 사라졌다. 남자다운 턱선에 반해 그의 입술은 얇고 지나치게 붉게 느껴졌다. 어디선가 들은 적이 있는 것 같다. 입술이 얇은 남자는 믿지 말라고. 무슨 말을 하든 진심이 아니라고.

"내가 무슨 생각을 하는지 궁금해?"

한참 후에 묻자 여전히 시선을 떼지 않은 채 원중이 눈썹만 슬쩍 올렸다. 잠깐 생각하는 듯했던 그는 짧게 대답했다.

"별로."

"……."

"무슨 생각을 하는지까지는 몰라도 돼. 그냥 네가 할 일만 제대로 하면."

"내가 뭘 했으면 좋겠는데?"

"어떤 남자 하나를 녹여줬으면 좋겠어."

"김 의원?"

"그렇지."

원중이 기분 좋게 웃으며 짧아진 담배를 재떨이에 눌러 껐다. 그러고는 새 담배를 물고 양 손을 모아 담뱃불을 붙였다. 찰칵찰칵 라이터의 소리와 함께 그의 얼굴 위로 주홍빛이 깜빡이다 제 색을 찾았다.

"왜?"

"그래서 그 사람이 망가졌으면 좋겠거든."

원중의 목소리는 다소 비현실적일 정도로 낮은 부분이 있었다. 통유리창 가득히 차 있는 야경과 멀리 보이는 검은 바다, 천장에서 쏟아지는 밝은 빛과 반짝이는 대리석 바닥, 이 모든 것이 어우러져 지독하게도 정적으로 느껴진다.

"왜?"

"귀찮아서."

"그럼 관계를 끊으면 되잖아."

"그랬다가는 더 귀찮아지거든."

"망가뜨리는 건 뭐야?"

"죽으면 제일 좋고."

깊이 생각해보지 않았다는 듯 원중은 어깨를 으쓱했다.

"사랑은 원래 사람을 미치게 만들잖아. 그 정도도 괜찮아. 그 정도만 해도 내가 미쳐서 날뛰다 죽은 것처럼 보이게 죽일게."

"살벌한 소리를 눈 하나 깜빡 않고 하네."

"살벌했어?"

미소를 짓는 얼굴은 너무나 달콤해서, 살벌하기는커녕 누가 보면 사랑의 밀어라도 속삭이는 듯했다.

"머리를 앞으로 세운 깡패가……."

"현 실장?"

"별놈이 다 실장이네. 그럼 그 현 실장인지 뭔지가……."

현정배를 무시하는 재인의 말투에 원중이 가볍게 웃었다.

"나한테 13번이라고 했어. 같이 있던 여자는 12번이라고."

"그래."

"그렇다는 건 우리 앞에 열한 명의 여자가 있었다는 거야? 그 김 의원이라는 사람에게만?"

"그래."

"그럼 다른 여자들은 어떻게 됐어?"

"모르지."

"모르는 게 말이 돼?"

"일단 보낸 여자 일을 내가 어떻게 알아? 카메라라도 달란 얘기야? 남의 침실을 들여다보는 취미는 없어."

이 남자가 말문이 막히는 일이 있기나 할까?

처음, 이 남자가 겨울밤 같다고 생각했던 것은 짙게 드리워진 어둠의 장막 뒤로 무엇이 있는지 알 수 없기 때문이었다. 지금도 그랬다. 태도는 달라졌지만 여전히 무슨 생각을 하는지 전혀 알 수가 없었다.

"어쨌든 너한테는 좀 더 기대하는 게 있어."

"왜?"

"잘해낼 수 있을 것 같아서."

두 번째 담배를 끄며 원중은 팔을 뻗어 재인의 뺨을 어루만졌다.

눈을 비스듬히 깔고 있던 재인은 일어나서 성큼 멀어지는 원중을 눈을 가늘게 뜨고 노려보았다.

잘해낼 수 있을 것 같아서…… 라고?

그 이상을 할 것이다. 결코 용서할 수 없다. 이야기를 하면 할수록, 그가 동요 없이 평온하면 할수록 분노가 치밀어 올랐다. 쓰레기 같은 짓은 다 하고 다니면서, 남의 인생을 멋대로 쥐락펴락 나락으로 떨어뜨려놓고는 그것에 대해 아무런 죄책감이 없다. 옳고 그름을 아예 모르는 것 같은 남자를 완전히 무너뜨려주리라. 자신이 저지른 일이 뭔지 뼈저리게 느끼게 해주리라. 가장 원하는 것을 부숴주겠다.

"잘해낼 수 있을 것 같아서?" 입안에 쓴맛이 돌았다.

처음 듣는 말이었다. 네가 잘해낼 수 있을 것 같다는 말.

누군가 신재인이라는 인간에게 기대를 한 것은 태어나서 처음이었다.

잘해낼 수 있을 거라고. 잘해낼 수 있을 것 같단 말이지.

반드시 기대 이상으로 잘해내어주겠다고, 재인은 이를 악물었다.

04

"괜찮은데요."

각 선생님이 보내온 성적표를 보고 양희가 한 말이었다.

"12번과 비교할 수가 없어요. 아니, 지금까지 중 가장 훌륭하네요."

원중은 만족스럽게 미소만 지었다.

"독기는 결국 양날의 검이라는 겁니다."

원중의 말에 양희가 그의 얼굴을 바라보았다.

"그렇군요. 그리고 보면 깡다구도 있는 편이고……. 김 의원이 푹 빠지겠어요. 그럼 이제 슬슬……?"

"12번은 어떻습니까?"

대답한 건 정배였다.

"12번의 경우에는 교육과 동시에 약물을 투여했습니다. 아직까지 중독 증상은 보이지 않지만 슬슬 의존도가 높아지고 있고요."

여자들을 교육시켜 그냥 김 의원에게 진상하는 것은 아니었다. 그렇다면 좀 독한 애들이라면 말 잘 듣는 척, 협조하는 척하다 김 의원 앞에서 안면을 몰수할 수도 있다. 어느 정도 구미에 맞도록 교육하는 목적은 물론 김 의원의 취향에 맞추기 위한 것도 있지만 말 잘 듣는 인형을 만들기 위한 시간을 벌려는 목적도 있다.

가장 간단한 건 약이었다. 몸이 망가지지 않을 정도로, 티 나지 않게 중독시키면 오히려 피부도 좋아지고 감각이 예민해진다. 오래 쓰면 몸이 썩어들고 정신이 돌겠지만 잠깐 쓰고 버릴 인형에게는 더할 나위 없는 화장이었다.

"13번은……."

"천천히 하죠."

주양희가 조바심을 내듯 하는 말을 원중은 다시 한 번 잘랐다. 묻듯 쳐다보는 그의 시선을 똑바로 마주하며 원중이 덧붙인다.

"최고의 상품에는 그에 맞는 대우를 해줘야 하지 않겠습니까?"

양희가 맞닿아오는 시선을 피하지 않고 응시했다. 원중의 말은 틀린 적이 없었다. 지금까지 나오는 결과만 보아도 그가 말한 대로였다. 그러나 계속 드는 그저 느낌…… 그것이 불길했다. 설명하기 어렵지만 오랫동안 바닥 생활을 한 그는 때론 설명할 수 없는 느낌이 가장 정확하다는 것을 믿고 있다. 신재인, 그 여자에게서 나는 냄새는 분명 위험했다. 원중도 말하지 않았던가? 양날의 검. 지금 당장 좋은 냄새가 난다고 해서 그게 독 향이 아니라고 판단할 수는 없는 것이 아닐까?

"아직 교육을 시작하지 않으셨다고 들었습니다."

뜬금없이 튄 양희의 말에 원중의 눈빛이 날카로워졌다.

원중이 정배를 쳐다보자 그가 허리를 척 굽히고 사무실을 나갔다. 가라앉은 눈빛의 원중과 고개를 약간 숙이고 있는 양희를 둘러싼 공기는 싸늘했다.

"언제부터 내 집 안에서 일어나는 일들까지 보고받으셨습니까?"

"죄송합니다. 그런 건 아니었습니다. 다만 중요한 상품이다 보니……."

"나에게만 맡겨둘 수는 없었다?"

"……아니요."

양희는 어금니를 악물었다. 실수였다. 원중이 불쾌해하는 것은 당연했다. 조직에서 더 뿌리가 깊은 것은 양희 쪽이더라도 엄연히 서열이 있었다. 티내면 안 된다는 것은 기본 중의 기본이었다. 원중이 양희를 접어주는 면이 있으므로 더욱 그러했다.

"죄송합니다. 실수했습니다."

무릎을 꿇은 양희가 이마를 바닥에 댔다.

실력 있는 2인자의 운명은 언제나 그러했다. 1인자에게 가장 큰 우방, 동시에 가장 큰 적. 눈 밖에 나면 순식간에 쥐도 새도 모르게 사라질 수 있다는 것을 절대로 잊어서는 안 된다.

그대로 굳어버린 듯 꼼짝도 않는 양희를 내려다보는 원

중의 시선이 차가웠다.

"몸이 예뻐요."

필라테스 강사가 함빡 웃음을 지으며 칭찬했다. 뭐야?
하는 눈빛으로 슬쩍 강사를 쳐다본 재인은 다시 허리에 힘
을 주며 몸을 늘였다.

처음에는 이게 다 뭐하는 자세냐 싶어 짜증을 냈는데 확
실히 왜 돈 들여 하는지 정확히 이해할 수 있었다. 두 달이
채 지나지 않았는데 재인 스스로가 놀랄 정도로 몸 선이 달
라졌다. 더 살이 빠졌다거나 그런 건 아니었다. 그냥 라인
이 달라졌다. 계속 관리를 받고 있는 얼굴이 아닌 몸의 피
부도 미묘하게 광택이 나고 탱글거렸다.

"원래부터 예쁜 몸이었는데 오래 방치해뒀나 봐요. 운동
신경도 있는 편이고……."

계속되는 칭찬에 들뜨지 않으려 노력하며 재인은 입을
꼭 다물었다.

죽기 살기로 하는데 잘하지 않을 리가 없다. 올림픽에 나
가는 거면 모르겠지만 그냥 수업받고 진도를 빼는 거라면
열심히 하면 분명히 나아진다. 공부도, 관리도, 운동도 소
홀하지 않았다. 사람이니 반복되는 일상, 게다가 아무리
집이 운동장만 하다 해도 집 밖으로는 나가지 못하는 일상
에 스트레스를 받지 않을 리가 없었다. 하지만 이를 악물
고 멘탈을 지켜내는 목적은 단 하나였다.

차원중의 마음에 들어야 했다. 믿게 만들어야 했다. 진짜 그녀가 할 맘이 들었다고 그에게서 인정을 받아야 일단 여기에서 벗어날 수 있었다.

그러고 나면…… 두고 보라지. 믿는 도끼에 발등 찍힌다는 게 뭔지 발이 없어질 때까지 알려줄 거다.

그러기 위해서는 뭐든 할 수 있었다. 매 시간, 그와 얼굴을 마주할 일이 있을 때마다 그녀는 온 힘을 다해 웃으며 그것만 생각했다.

제주댁과는 사이가 좋았다.

제주댁은 별생각이 없는 전형적으로 사람 좋은 아줌마였다. 좌우명을 묻는다면 '좋은 게 좋은 거다.'라고 대답하지 않을까?

"솔직히 말해서 직업에 귀천이 어딨답니까. 내가 일을 다녀보니까 이 집 회장님만 한 분도 없고요."

잘 반죽된 도우를 펼쳐놓고 오븐에서 초벌구이를 한 등심을 꺼내며 재인은 입술을 비틀었다. 직업에 귀천이 없다는 말은 이럴 때 쓰는 말이 아니지 않을까?

"처음에는 나도 좀 무섭고 그랬는데 겪어보면 나쁜 사람 없다고…… 규칙만 잘 지키면 별문제 없을 거라고 했어요. 나도, 재인 양도. 보수도 후한 편이고 나쁠 것 없잖아요."

제주댁은 이 일이 아주 마음에 든 듯했다.

"처음에는 하도 겁을 줘서 어떻게 하나 했는데……."

073

제주댁 역시 박복한 결혼으로 인생을 망친 케이스였다. 도박에서 손을 끊지 못하던 남편 때문에 집을 팔고 전세금을 날리고, 끝내는 거액의 빚을 지고 쫓기는 신세가 되었다고 했다. 몸으로 때우라는 말에 험한 생각도 했는데 다행히 손재주 좋은 게 이렇게 빛을 발했다며 웃는 얼굴은 천진난만했다.

"나이가 있고 얼굴도 못나서 어디 술집 같은 데 팔 수도 없었겠지만요."

컨테이너를 타 본 경험이 있는 재인에 비해 제주댁은 비교적 이들에게 악감정이 많지 않았다. 오히려 갚아야 할 돈을 못 갚고 있다는 미안한 마음까지 품은 듯해 재인으로서는 어이가 없을 정도였다. 하고 싶은 말은 많았지만 참은 것은, 제주댁을 100% 믿지 못하기 때문도 있었다. 아직까지는 그랬다. 만약 제주댁이 그녀의 편이 되어준다면 일은 좀 더 쉬워지겠지만 말을 함부로 했다가 깡패들에게 고해바치기라도 한다면 일을 그르치게 되니까.

"재인 양도 손재주가 있어서 가르치는 맛이 나요."

고기를 도우로 싸 예열해둔 오븐에 넣고 플레이팅을 할 준비를 시작하자 제주댁이 흐뭇하게 말했다.

"그냥 열심히 하는 거죠."

"어디서도 참 사랑받을 타입이에요."

"제가요?"

재인이 픽 웃었다.

어렸을 때 아빠와 오빠는 그녀를 못 잡아먹어 안달이었다. 눈빛이 나쁘댔나…… 계집애가 드세댔나…… 자기들 앞에 무릎 꿇고 벌벌 떨지 않는다고 뱉어내던 욕설이 아직도 귀에 선했다. 단 한 번도 따뜻한 말을 들어본 기억이 없었다. 물론 재인도 진 적은 없었다. 한 대 맞을 것도 두 대 맞았던 건 못된 성격 탓이었는지도 모른다.

그래도 집을 나와 도움을 받은 편의점의 사장님은 좋은 사람이었다. 어린 아이가 열심히 살려고 한다고 폐기할 필요 없는 음식도 줬다. 편의점만은 아니었다. 아르바이트를 하는 곳마다 사랑받았던 이유는 간단했다. 따지지 않고 재지 않고 정말 죽도록 일했었다. 돈도 돈이지만 칭찬받고 관계를 맺는 것이 좋았기 때문이다.

그러고 보면 항상 애정을 갈구했다. 평범한 가족을 갖고 평범한 삶을 살고 싶다는 바람 뒤에는 사랑을 주고 사랑을 받고 싶다는 욕구가 숨어 있었다.

그래봤자 남남이었으니 어느 선 이상은 넘지 못했었다.

무엇보다 재인이 자신이 없었다. 한 번도 사랑받아 보지 못한 그녀는 선을 몰랐다. 어디까지 사람에게 다가가도 되는지, 상대를 어디까지 다가오게 해야 하는 건지.

「너한테는 좀 더 기대하는 게 있어.」

「잘해낼 수 있을 것 같아서.」

박복한 팔자. 처음 받는 기대가 이따위라니.

문득문득 두려워진다.

죽도록 선생들의 수업을 따라가고 잠을 줄여가며 아침저녁으로 원중의 비위를 맞추다 보면 혐오감이 엷어진다. 그가 웃으며 칭찬하는 것에 진심으로 기뻐졌다가 아연해져 마음을 식힌다. 방심시키려다가 방심하게 되는 일만은 절대 피해야 했다.

아아, 사람 마음은 왜 이리 연약할까. 왜 이리 바보 같을까.

"에구!"

제주댁의 목소리가 잠깐 망연해졌던 마음을 파고들어왔다. 고개를 돌리자 그녀가 휴대전화를 들여다보고 있었다. 심장이 쿵 하고 떨어졌다.

지극히 평범한, 아니, 평범하다기엔 화려한 가정집이지만 이 펜트하우스에는 특성이 하나 있었다.

컴퓨터도, 전화와 TV도 없다.

제주댁도, 수업을 하러 오는 선생들도 휴대전화를 들고 오지 않았다. 이 집에는 바깥과 소통할 수 있는 어떤 연결점도 없었다. 아침 일찍 제주댁이 출근하고 나서야 원중이 나간다. 그러고 나서는 하루 종일 선생들이 왔다 갔다 하다가 원중이 오고 나서야 제주댁이 퇴근한다. 변하지 않는 하루하루의 일정이었다.

"미, 미안해요. 애가 아파서 내가 휴대전화를 가져왔어. 그러지 말라고 한 건 알지만 걱정이 돼서……. 비밀로 해줘요, 제발."

"아, 아뇨. 저한테 미안할 일이…….."

서로가 허둥거리는 이상한 상황이 벌어졌다. 두 사람 모두 어쩔 줄 몰라 하는 중이었지만 재인의 머리 쪽이 좀 더 복잡했다.

휴대전화.

112에 신고할 수 있다.

위치 추적, 이런 것도 가능하지 않을까.

아니, 아니, 그렇게 될 리가 없다. 제주댁은 자신이 누구에게 고용된 건지 정확히 알고 있었다. 전화를 쓰게 해줄 리가 없다.

그렇다면 이건 시험일까? 너무 고분고분하게 나오는 신재인을 차원중이 시험하고 있는 중일까?

"저, 재인 양…….."

순간적으로 오가는 수많은 생각 때문에 머리가 다 뻐근한데 제주댁이 조심스레 재인의 팔을 건드렸다.

"예, 예?"

"내, 내가 잠깐만 나갔다 오면 안 될까? 병원이 요 앞이라 30분, 아, 아니, 25분만 갔다 오면 될 것 같아요. 우리 애 검사 결과가 나왔다는데 안 좋은가 봐. 안 좋은가 봐."

"그, 그건…….."

저도 모르게 재인은 주춤했다. 이건 또 예상치 못한 상황이었다. 제주댁이 나간다고? 그럼…… 이 집은 어떻게 되는 거지?

그동안은 감히 현관문을 열어볼 생각도 하지 못했다. 늘 누군가와 함께 있으니까.

만약 제주댁이 자리를 비운다면 이 집에는 재인 혼자다. 어쩌면 문을 열고 도망치는 일이 가능하지 않을까?

아니야. 이런 일이 일어날 리가 없어. 아무리 머리 나쁜 깡패 새끼들이라지만 이렇게 바보처럼 일을 하겠어? 시험이야. 차원중이 어떤 놈인데. 처음 왔을 때 짜장면과 탕수육을 먹였던 걸 기억해. 이렇게 쉬운 인간은 아니지.

하지만 어쩌면, 제주댁의 돌발 행동은 예측하지 못했던 게 아닐까? 이렇게까지 사람이 순수하고 멋대로라는 생각을 못했던 거라면? 도박으로 남편을 폐인으로 만든 집단이 그래도 자기를 죽이진 않고 살려줬다며 고맙다고 생각하는 인간이니 휴대전화 금지령을 어길 거라고는 상상하지 못했다면?

하늘이 준 기회다!

뭐가 옳은지는 알 수 없었다. 가만히 있는데도 숨이 차올랐다.

제주댁은 상황의 심각성을 전혀 모르고 있을지 모른다. 도박으로 자신의 인생을 망친 남편도 원망하지 않는 성격의 여자다. 재인이 갇혀 있다고 해도 자기가 부탁하면 도망치지 않을 거라고…… 생각할 수도 있을까?

"어, 어디 가면 내가 아주 고, 곤란해지는 거 알지?"

절실한 얼굴로 제주댁이 발을 동동 굴렀다.

"……."

"가만히 있을 거지? 응? 내가 금방 뛰어 갔다올게. 응?"

제주댁은 벌써 옷에 팔을 끼우는 중이었다. 상당히 다급해 보였다.

오, 맙소사. 이건 함정이 아니야.

제주댁은 정말 재인을 믿고 있었다. 팔려 온 여자, 갇혀 있다는 걸 알면서도 자신을 위해 도망가지 않을 거라고 순진하게 생각하고 있었다.

"어디 가면 안 돼. 꼭 여기 있어, 응?"

바보같이! 지금 죽고 사는 순간인데 누굴 믿어. 왜 믿어. 기회란 단 한 번뿐일 수도 있는데 누가 그걸 놓쳐?

"네."

머리는 전혀 딴생각을 하고 있으면서 입이 멋대로 대답했다. 숨 한 번 쉬기도 전에 벌써 쿵 하는 소리와 함께 티리릭 오토록이 잠기고 있었다.

잠깐 동안 집 안은 적막에 가까운 고요가 내려앉았다.

주방에 우두커니 선 채 재인은 점차 귓속을 차오르는 심장 소리를 들었다. 두 달 만에 그녀는 처음으로 혼자가 되었다.

오토록의 비번은 모르지만 안쪽에서 잠긴다는 건 알고 있다. 나갈 수 있다.

땡. 땡. 땡.

깔끔한 인테리어의 주방에 빌트인으로 박혀 있는 오븐이 요리가 다 되었음을 알리는 작은 종소리를 내며 울었다. 순간 흠칫했던 재인은 깊은 한숨을 내쉬며 시계를 바라보았다.

25분. 제주댁은 25분이라 말했었다. 그때까지 남은 시간은 20분.

쿵쾅쿵쾅 뜨겁게 두드려대는 맥박 소리 때문에 재인은 머리를 감싸 쥐었다. 손끝이 바들바들 떨렸다. 가슴이 무언가 걸리기라도 한 것처럼 꽉 막혀 숨을 제대로 쉴 수가 없었다.

땡. 땡. 땡.

빠르게 움직여 오븐으로 다가간 재인은 오븐의 문을 열었다. 뜨거운 공기가 확 퍼져 나왔지만 그녀는 꿈쩍도 않은 채 멍하니 서 있었다. 빵과 고기가 섞인 고소한 냄새가 났다. 페이스트리는 생각했던 것 이상으로 잘 부풀어 있었다. 그대로 꺼내 플레이팅만 하면 될 것 같은 모습이었다.

재인은 시계를 보았다. 5분이 더 지나 있었다. 이제 남은 시간은 15분.

발이 저절로 움직였다. 방 안으로 뛰어들어 옷을 좀 더 껴입었다. 현정배가 정리해놓고 간 옷장에는 두꺼운 외출복은 없었다. 필요가 없기 때문이었다.

이상해 보이지 않을 정도로만 옷을 껴입고 빠르게 돌아나와 현관문 앞에 섰을 때에는 조금 망설였다. 이대로 문을 열고 나갔는데 앞에 깡패들이 서 있으면 어떻게 하지? 아니, 그럴 리는 없다. 선생님들이 드나들 때에도, 제주댁이 출근할 때에도, 집 앞에 누가 서 있는 기색은 전혀 없었다.

고개를 돌려 시계를 보았다. 눈만 감았다 떠도 시간이 썽 둥 베여 나간다. 벌써 10분이 지나 있었다. 망설일 틈이 없었다. 이제는 5분밖에 남지 않은 거다.

용기를 내어 재인은 문고리를 돌렸다. 찰칵 하는 소리와 함께 놀랄 정도로 큰 목소리로 오토록이 "문이 열렸습니다."라고 말했다.

복도에는 아무도 없었다. 머리가 아플 정도로 아드레날린이 분출하며 심장이 온몸에서 뛰기 시작했다.

달려 나가 엘리베이터 버튼을 눌렀다. 성급하게 두 번, 세 번, 네 번…… 누가 보면 미친 여자라 할 정도로 조급하게 버튼을 눌러댔다. 7층에서 멈춰 있던 숫자가 천천히 상승했다.

어떻게 해야 하지? 여기서 나가서 근처에 아무 가게나 들어가서 전화기를 빌려달라고 해야 할까? 경찰서가 어디에 있는지 알면 좋을 텐데……. 아니, 택시를 타고 경찰서에 가달라고 할까? 어떻게 해야 하지?

덜널덜덜 떨면서 어깨를 웅크리고 있자니 엘리베이터 문이 열렸다. 구르다시피 엘리베이터를 타고 다시 미친 여자처럼 숫자 1이 새겨진 버튼을 누르기 시작했다. 자꾸만 무릎이 꺾여 등을 엘리베이터 벽에 대고 다리에 힘을 주었다.

엘리베이터 문이 닫히고 올라왔을 때보다 더 천천히 숫자가 하강하기 시작했다. 고개를 젖히고 신의 계시나 되는 것처럼 간절하게 변하는 숫자를 쳐다보았다. 목구멍을 타고 기이한 소리가 절로 새어나왔다.

숫자가 14층에서 멈췄을 때에는 머리가 다 아플 지경이었다. 하지만 겨우 깨달았다. 멀리 가지 않아도 여기서 타는 사람에게 휴대전화를 빌릴 수 있다면!

하지만 문이 열리는 순간 재인은 절망했다. 무표정하게 엘리베이터 문 앞에 서 있는 건 현정배와 비슷한 덩치를 가진 어깨들이었다. 통성명을 하지 않아도 그들이 누군지 알 수 있었다. 어떻게 안 걸까? 어떻게?

맨 앞에 서 있던 어깨가 입술을 비틀며 엘리베이터를 타려는 순간 질린 표정으로 서 있던 재인은 냅다 발길질로 그의 낭심을 걷어찼다. 전혀 예상치 못한 공격에 재인의 두 배쯤 될 법한 남자가 으헉! 하는 소리를 내지르며 고꾸라졌다. 그와 동시에 엘리베이터 문이 닫히기 시작했다. 당황한 다른 남자들이 닫히는 문을 잡으려 했지만 전혀 정신을 차리지 못한 채 길을 막고 웅크린 덩치 때문에 용이하지가 않았다.

문은 닫혔다.

숫자가 다시 하강하기 시작했다.

거칠게 튀어나왔던 욕설이 멀어지기 시작했다.

우당탕 하는 발소리가 울렸다.

재인은 본능적으로 남자들이 계단으로 뛰어 내려오고 있다는 사실을 깨달았다. 속이 바짝바짝 타기 시작했다. 귀가 아플 정도로 심장이 비명을 질러댔다.

될까. 할 수 있을까.

숫자가 적어질수록 온몸의 근육들이 긴장하고 속이 뒤집힐 것처럼 아파왔다. 문이 열리면 덩치들이 지키고 서 있다 그녀의 뒷덜미를 낚아채 도로 아파트에 처넣을 거라는 두려움, 그러면 다시 굶거나 혹은 그 이상으로 끔찍한 일을 겪을지도 모른다는 즉물적인 공포가 그녀를 사로잡았다.

하지만 숫자가 1이 되고 엘리베이터 문이 열리는 순간 재인은 아무것도 생각하지 않고 내달렸다. 복잡한 생각을 할 수 있을 만한 정신 상태도 아니었다. 그저 여기서 도망가야겠다는 생각밖에 나지 않았다.

옆 엘리베이터는 아직 7층에 머무르고 있었고 계단을 따라 달려 내려오는 남자들도 아직은 기척이 없었다.

미친 듯이 달려 나오다가 재인은 한 번 넘어졌다. 마음이 몸보다 먼저 달려 나갔기 때문이다.

진정하자. 진정해. 차분해지자.

주문처럼 중얼거리며 재인은 앞으로 달렸다. 일단 남자들을 피해 도망가는 게 먼저였다. 어떻게든 이 근처를 벗어나야만 했다.

큰길로 달려 나간 재인은 택시를 찾아보았지만 없었다. 그래서 또 달렸다. 방향도 모르는 채 우선은 좀 더 넓은 길로, 사람이 많은 곳으로, 가능하면 경찰이 있는 곳으로, 그렇게 기도하며 달렸다.

"저기! 좀 도와주세요!"

마침내 사람과 마주쳤을 때 저도 모르게 매달려보았지만 역효과였다.

미친 여자처럼 머리를 푼 채, 계절을 감안하면 다소 가벼운 옷차림으로 하얀 숨을 내뱉으며 달려가는 재인을 사람들은 피했다. 미쳤다고 생각하는 건지 아니면 남의 일에 끼어들고 싶지 않은 건지는 몰랐다.

지켜주지 않아. 누군가 날 지켜주지 않아.

큰길로 가자. 더 큰 길로. 그래, 경찰을 찾아야지.

두려움에 사로잡혀 몇 번이나 뒤를 돌아보고, 그러느라 몇 번이나 넘어지며 재인은 큰길로 나갔다.

차량이 많은 거리, 낯설게 그녀를 바라보는 눈빛들…… 사람이 많다. 이 정도면, 괜찮을 것 같다. 안도감이 해일처럼 밀려오며 숨이 다 막힐 지경이었다.

"태, 택시!"

길 한쪽에 정차되어 있는 택시를 발견하는 순간은 구원이었다. 손을 번쩍 들며 크게 소리를 지르고 달려가 택시문을 열고 올라탔다. 무언가를 듣고 있던 택시 기사가 깜짝 놀라 눈을 휘둥그렇게 뜨고 재인을 쳐다보았다.

"아저씨! 경찰서로 가주세요!"

인상을 찌푸린 채 택시 기사가 재인을 위아래로 훑어보

았다. 이 여자가 제정신이야? 하는 얼굴이었다.

"아저씨, 저 말짱해요. 납치를 당해서 그래요! 제발! 경찰서에 데려다주세요!"

다급하게 매달려보았지만 기사의 얼굴은 영 펴질 기미가 보이지 않았다.

"출발하라고!"

미친 듯이 소리를 지르자 기사는 마지못해 차를 출발시켰다. 그러면서도 표정은 영 좋지 않았다.

"거 안전벨트 매소! 벌금은 내가 내니까."

재인은 이해할 수가 없었다. 납치를 당했다고 경찰서에 가자는데 기사는 벌금을 걱정하고 있다.

"경찰서로 가요! 제발!"

"아, 알았으니 소리 지르지 마요! 요즘 젊은 아가씨들이란……."

투덜대며 기사는 핸들을 확 꺾었다. 잔뜩 힘이 들어가 있던 재인의 몸이 관성을 못 이기고 훅 뒤로 밀려 시트에 부딪쳤다.

"안전벨트나 매요. 경찰서에 가려면 한참이니까."

기사가 다시 한소리를 했지만 재인은 멀어져가는 거리를 보고 있었다. 멀리 서 있는 새로 지은 듯한 아파트. 그녀가 방금 도망 나온 그 아파트가 멀어지고 있었다.

얼핏 납득하기 어려울 정도로 쉽게 도망친 거다.

그동안 이를 갈았던 것이 허무할 정도로.

05

"하! 이 와중에도 눈깔에 독기는 안 빠지네!"

정배가 거칠게 재인의 턱을 잡고 고개를 치켜들게 했다. 몇 대 얻어맞자마자 부풀어 오른 뺨이 우악스럽게 쥐이자 쓰려와 그녀는 이를 악물었다.

어리석었다. 기사의 태도가 이상하다는 걸 눈치챘어야 했다.

택시는 돌고 돌아 어떤 건물의 지하 주차장으로 들어갔다. 그냥 봐도 경찰서는 아닌 곳이었다. 멍청했다고 생각했을 때는 이미 너무나 늦은 뒤였다.

허무할 정도로 쉬웠던 탈출은 허무할 정도로 쉽게 끝났다.

"그러니까 기집애들은 사정을 봐주면 안 된다니까?"

재인의 머리채를 움켜쥐고 마구 흔든 정배가 그녀를 내팽개치자 흔들거리던 눈앞이 캄캄해졌다. 그녀는 그대로 엎드려 숨을 몰아쉬었다. 살이 터졌는지 쇠 맛이 비릿하게 입안을 채웠다.

"왜 입을 다물고 있어? 따박따박 말대꾸도 잘만 하더

니."

"할 말이 없으니까 그러지."

엎드린 채 재인이 쏘아붙였다.

"내가 도망치지 않을 거라고 생각한 병신한테 무슨 말을
해?"

"뭐? 너…… 뚫린 입이라고!"

"너네 회장은 그러더라. 도망치고 싶으면 도망치라고.
하고 싶은 건 해야 한다던데?"

입술을 실룩거리면서도 정배는 별말을 하지 못했다. 원
중이 할 법한 이야기라는 걸 알기 때문이었다.

"이 씨팔 기지배가!"

억지로 목소리에만 힘을 주며 정배는 괜스레 발길질을
했다. 왜 이 계집애만 보면 열이 오르는지 알다가도 모르
겠다.

시멘트 바닥에 대강 칠을 한 회벽 지하실이었다. 축축했
고 뭔지 모를 비릿한 냄새가 나고 있었다. 문은 단단한 철
문에 작은 창이 나 있고 쇠창살이 박혀 있어 얼핏 교도소나
심문실 같은 인상을 풍겼다.

재인과 정배가 대치 상황이 되어 눈싸움만 하고 있는데
쿵! 하고 무거운 소리가 들리더니 뚫린 창살 사이로 시끄러
운 소리가 들리기 시작했다. 와글와글 섞여드는 목소리 중
그녀는 제주댁의 목소리를 감지해냈다.

"서, 설마."

모골이 송연해졌다. 까맣게 잊고 있었다!

끼이익 하는 시끄러운 쇳소리와 함께 문이 열리고 제주 댁과 남자 하나가 앞으로 고꾸라져 바닥에 쓰러졌다. 둘다 겁에 질린 기색이 역력했다. 뒤를 이어 차원중과 주양희가 무표정하게 들어섰다.

"회장님."

정배가 척 소리가 날 것 같은 느낌으로 허리를 굽혀 인사했지만 일별도 하지 않은 채 원중은 고개를 비스듬히 기울이고 재인을 바라보았다. 이윽고 완벽하게 무표정했던 그의 표정에 약간 균열이 갔다. 입꼬리를 설핏 올리며 그가 평소와 조금도 다르지 않은 목소리로 말을 걸었다.

"아쉬워할 건 없어. 설사 경찰서까지 도착하는 데 성공했다고 해도 결과는 같았을 거니까."

원중의 말에 재인은 쇼크를 받아 멍하니 그를 쳐다보았다. 하필 재수가 없어도 한통속인 기사의 차를 타냐고만 생각했었는데 경찰도? 그런 게 가능해?

"설마 대한민국이 다 네 맘대로라는 건 아니겠지."

"글쎄, 어디까지일까?"

가볍게 고개를 끄덕이는 원중의 표정은 의심할 만한 구석이 전혀 없었다.

"적어도 여기서는 그래. ⋯⋯내가 도망가고 싶으면 해보라고 했던 거 기억해?"

마치 어린아이에게 말하는 것처럼 원중이 물었다. 재인

은 멍하니 고개를 끄덕일 수밖에 없었다.

"하고 싶은 일은 해야지. 나도, 너도."

원중이 가볍게 한숨을 내쉬었다.

"다만 거기에 대한 책임만 지면 되는 거야."

무슨 소리인가 싶어 눈을 가늘게 뜬 재인은 이내 제주댁과 함께 끌려온 남자의 얼굴을 알아보았다. 도망치다 만났던 어깨였다. 그녀에게서 낭심을 걷어차이고 쓰러졌던.

"혀, 형님!"

엎드린 채 부들부들 떨고 있던 남자가 원중에게 매달렸다. 그 손을 냉정히 떼어낸 원중이 한 걸음 물러섰다. 대신 나선 건 양희였다. 한 걸음 앞으로 나가며 양희가 칼을 빼내어 들었다. 천장에 매달린 쨍한 형광등의 불빛이 날카로운 칼날에 반사되어 번쩍였다.

"자, 잠깐!"

저도 모르게 소리를 지르며 일어났던 재인이 채 무릎을 펴지 못했을 때 남자의 배에 칼이 꽂혀 들었다. 끄으윽 하고 기이한 소리를 내며 남자의 몸이 무너져 내렸다. 칼은 들어갔을 때만큼이나 빠르게 빠져나왔다. 붉은 피가 퍽 소리를 내며 허공으로 흩어졌다. 짙은 피 냄새가 코끝으로 끼쳐들었다.

"안 돼!"

같은 칼이 제주댁을 찌른 것은 비현실적인 장면에 완전히 굳어버린 재인이 눈도 깜빡이지 못하고 쳐다만 보고 있을 때였다. 단말마의 비명을 질러낸 제주댁의 몸이 천천히 무너졌다. 비릿한 피 냄새가 농도를 더했다.

잠깐 공백에 가까운 침묵이 지나갔다.

"우욱!"

재인이 허리를 꺾고 토악질을 시작했다. 제대로 먹은 게 없어서인지 목이 당겨지고 속은 뒤집히는데 벌린 입술 사이에서는 아무것도 쏟아지지 않았다. 장이 꼬이는 듯한 통증이 배에서 목으로 치밀어 올라 입안을 헤집었다.

허리를 굽히고 있는 코앞에 언젠가 보았던 구두가 다가들었다.

"네가 하고 싶은 대로 한 대가야."

고개를 들자 원중이 내려다보고 있었다.

"또 하고 싶으면 맘대로."

"이! ……이!"

주먹을 움켜쥔 재인이 달려들었으나 이내 양손을 결박당한 채 붙잡히는 신세가 되어버렸다. 원중은 그저 그녀의 손목을 쥐고 있을 뿐인데 마치 묶이기라도 한 것처럼 꼼짝도 할 수 없었다.

"골치 아픈 건 딱 질색이야."

짐짝을 둘러메듯 재인을 어깨에 멘 원중이 성큼성큼 지하실을 빠져나갔다.

"이거 놔! 이거 놔! 이 미친놈! 나쁜 놈! 살인자! 절대로 용서하지 않을 거야! 절대로!"

"아아, 그래. 꼭."

미친 듯이 울며 몸부림치는 재인을 꽉 붙든 원중의 커다란 손이 철썩 그녀의 엉덩이를 두드렸다. 얌전히 굴라는 경고가 섞인 폭력이었지만 그녀는 아랑곳 않고 울부짖었다.

이러려던 건 아니었다. 제주댁을 다치게 하고 싶었던 건 아니었다. 아니, 아니지. 알았지. 비겁하게 도망치지 말자. 죽일 줄 몰랐다고도 하지 말자. 어떤 놈들인지 알았잖아. 몰랐던 건 아니잖아. 다만 내 목숨이 더 소중했던 거지.

사람을 믿은 제주댁의 잘못이라고 생각 안 했어? 정말?

"아아아아아아아아아아아!"

도대체 뭘 잘못했길래 이렇게 된 걸까? 다 싫다. 다 밉다. 절대로 용서하지 않을 거다. 절대로. 그녀 자신조차도.

미친 듯이 날뛰는데도 원중은 꼼짝도 않았다. 묶인 것과 같은 구속감이었다. 재인이 아무리 힘을 써도 원중으로서는 왱왱대는 모기를 상대한다는 듯 대수롭지 않은 얼굴이다.

재인이 진이 빠진 몸을 축 늘어뜨릴 때까지 그랬다.

"까불지 마."

원중이 인상을 약간 찡그린 채 턱짓을 했다. 양희가 잽싸게 담배를 꺼내 원중의 입에 물리고 불을 붙였다. 여전히 원중의 양팔은 재인을 결박한 채다. 그 밉살스러운 얼굴을 향해 그녀가 이를 갈았다.

"날 차라리 죽이지 그랬어? 이제 난 죽어도 네 맘대로는 안 돼."

"처음에도 그랬지만 중간에 마음이 바뀌었잖아? 마음은 또 바뀔 거야. 사람이란 게 원래 그래."

"바뀐 적 없어! 그때에도 지금도 널 죽이고 싶은 마음뿐 이야!"

담배를 핀 원중의 입술이 비틀렸다.

"네 생각보다 넌 강하지 않을걸?"

웃는 얼굴이 이렇게 차가울 수도 있다는 사실이 재인의 뼛속 마디 하나하나까지 파고든다.

"부디 그 맘 그대로 가지라고."

재인이 더 이상 반항할 의지가 없다는 것을 눈치 챈 원중이 한 손을 풀고 손가락에 담배를 끼웠다. 하얀 연기를 뱉 어내는 입술…… 그녀를 쳐다보는 눈빛은 아무것도 비추 지 않는 검은 밤처럼 얼어 있기만 했다.

"할 수 있으면."

"살인자!"

"살인자이기만 하겠어? 그러니 조심하라고. 앞으로 뭘 할 거든 지금보다는 신중하길 추천하지."

재인이 몸을 비틀자 한쪽 손으로 얼른 허리를 잡아 자신 의 몸에 바짝 붙여 고정한다. 덕분에 시선이 가까워졌다. 내려다보는 눈을 똑바로 쏘아보자 희미하게 웃음이 어리 는 순간은 잔인하도록 달콤했다.

"이번 탈출극은 굉장했어. 집 밖으로 나가게 한 거야 이쪽 실수라 쳐도 엘리베이터에서는 대단하더군."

거의 칭찬하는 것처럼 들리는 목소리였다. 베어낼 듯이 날카로운 눈동자가 아니었더라면.

"절대로 네 맘대로 되지 않을 거야."

시선을 마주칠 자신이 없어 눈을 감은 채 재인은 이를 악물었다. 그러나 보이는 것은 없어도 아무 말 없이 쳐다보는 눈빛은 너무나 선명했다.

"그건…… 두고 보자고."

서늘하게 훑어 내리는 눈동자의 온도는 빙점 이하.

첨벙!

아무렇게나 내던져진 욕조의 물이 크게 파랑을 일으키며 흘러넘쳤다. 젖은 옷이 몸에 치덕치덕하게 달라붙었다. 긴 머리카락이 이마와 목덜미를 휘감는다.

"씻고 나와. 머리를 식히고, 자."

획 돌아서며 원중은 넥타이를 벗어 던졌다. 바닥에 던져진 타이는 그녀가 몸부림치느라 잡아 뜯어서 구깃구깃 주름이 가 있었다.

성큼성큼 나가는 뒷모습에서 방금 무슨 일이 있었는지 짐작하기 어렵다.

뜨거운 물 속에서 재인은 무릎을 모아 끌어안았다. 몸을 움츠리자 짙은 김이 숨을 틀어막는 것 같았다.

다시 그 아파트다.

제주댁이 죽었다.

재인이 공격했던 이름 모를 남자가 죽었다.

사람이 죽었다.

너무나 쉽게.

모든 것은 너무나 비현실적이었다.

그저 피 냄새만이 선명할 뿐.

겁 없이 소리 질러댔던 상대들이 어떤 남자들이었는지 뼈저리게 깨닫게 되었다. 조직 폭력배니 깡패니, 인신매매에 장기 매매, 마약 등등 별별 험한 소리를 다 들어놓고도 TV에서 뉴스를 보는 것처럼 비현실적으로 멀게 느껴졌던 일들을 눈앞에서 경험하고 나니 끔찍한 정도가 아니었다.

차라리 차원중과 함께 있을 때가 더 나았다. 그때에는 미워해야 하는 대상이 눈앞에 있으니 집중할 수 있었다. 혼자가 되자 온몸이 부들부들 떨리는 것이 멈추지 않았다.

온몸이 아프도록 긴장한 채 재인은 물이 완전히 식을 때까지 꼼짝도 않고 닫힌 문을 노려보았다. 깊은 곳 어디에선가 삐꺽삐꺽 건조하게 무언가 비틀리는 느낌이 났다.

"후!"

짧은 숨을 끊어 내쉰 원중은 상체를 일으키고 파란 어둠 속에서 홀로 빛을 발하고 있는 시계에 시선을 주었다.

AM 4:11. 마지막으로 시계를 확인했을 때부터 30분도 지나지 않았다.

쪼개듯 잔 시간마다 꿈자리가 사나웠다. 평소에도 깊은 잠을 못 이루는 편이었지만 오늘 밤은 특히 심했다.

한참 동안 어둠을 노려보던 원중은 결국 잠을 포기하고 몸을 일으켰다.

주방으로 가 크리스털 잔을 꺼낸 원중은 장식장의 문을 열고 잡히는 대로 아무 술이나 꺼내 따랐다. 창 밖에서 흘러 들어온 미약한 빛이 크리스털 잔과 술에 반사되어 은은하게 흐트러졌다.

두 잔을 연거푸 들이켠 원중은 창가에 주먹을 대고 그 위에 이마를 얹었다. 깊은 숨을 내쉬자 차가운 밤공기를 품고 있던 창이 부옇게 흐려지며 뜨거운 얼굴을 식혀준다.

기분이 별로 좋지 않았다. 얼마 전부터 계속 그랬다.

오랫동안 원중은 감정이라는 것을 별로 느끼지 않고 살아왔다. 일부러 그런 것은 아니고, 언젠가부터 그냥 그랬다. 원하는 것도 아예 없었다. 살아 있는 것만으로도 충분하다고 그렇게 생각했었다.

살기 위해선 그래야만 했다. 그 이상은 사치였다.

무언가 달라진 것은 김형태가 뇌졸중으로 쓰러진 이후였다. 살아 있는 것 이상의 무언가가 필요할지도 모른다는 것을 깨달았다. 그러나 긴 시간 동안, 아니, 어쩌면 살아온 모든 시간 동안의 습관이 바뀌기란 쉬운 일이 아니었다.

그것은 어쩌면 간신히 잡고 있는 균형의 상실을 의미한

것일 테니까.

차원중처럼 적이 많은 남자에게 그것이 과연 현명한 일일까?

아까 지하실에서는 왜 그렇게 화가 났을까?

"젠장."

이를 악문 채 발아래에 펼쳐진 별빛 같은 도시의 바다에 시선을 두던 원중이 천천히 허리를 펴고 고개를 돌렸다. 푸른 어둠에 잠겨 있는 거실에서 유령 같은 형체가 그를 응시하고 있었다.

신재인이었다.

"자라고 했을 텐데?"

약간 짜증 섞인 말을 내뱉었을 때에야 원중은 재인이 빈손이 아니라는 것을 발견했다. 그녀는 오른손에 과도를 들고 있었다. 헛 하고 헛웃음이 나오는 순간 그녀가 칼을 치켜들고 덤벼들었다.

"나쁜 새끼!"

들고 있던 빈 잔이 쨍그랑 소리를 내며 떨어져 깨져나갔다.

원중은 칼을 쥔 양손을 번쩍 치켜든 채 있는 힘을 다해 달려오는 재인을 슬쩍 몸을 비틀어 피했지만 날카로운 칼날이 얇은 셔츠를 자르고 들어와 스쳤다. 내키지는 않았지만 재인이 다시 덤벼들려 했기 때문에 그는 발을 슬쩍 뻗어 그녀의 배를 걷어찼다. 힘을 조절한다고 했지만 가녀린 몸이 반으로 꺾이며 그대로 뒤로 훅 날아갔다. 재인의 손에 있던 칼이 바닥으로 떨어졌다. 민첩하게 다가와 칼을 멀리 차낸 원중이 거친 호흡을 뱉어내고는 엎어져 있는 재인의 머리채를 휘감아 쥐어 고개를 꺾게 했다.

"이로써 나를 죽이려 한 게 두 번째군."

미묘하게 감정이 섞이지 않은 목소리였다. 아니, 정확히 말하자면 감정을 섞지 않으려 애쓴 목소리였다.

"내 맘대로 했으면 백 번도 더 죽였어! 죽여버릴 거야! 살인자!"

원중이 이를 갈아대는 재인을 찬찬히 뜯어본다. 그냥 버릴까? 주양희나 현정배가 걱정하는 게 뭔지 안다. 이런 일을 하면서 제일 골치 아픈 건 잃을 게 없는 인간들이다. 반드시 돌출 행동을 하게 되어 있고 반드시 피곤해진다.

"죽이려고 했는데 능력 없어 못 죽인 너와 능력 있어 죽인 나의 차이가 네 머릿속에서는 대단한가 보지?"

악을 써대던 재인이 멈칫하고 원중을 올려다보았다. 발악하길 멈추자 약간 인상을 찌푸린 채 그녀를 내려다보던 그는 귀찮다는 듯 움켜쥐고 있던 머리채를 휙 내팽개쳤다. 그러고는 팔목을 붙잡아 창가에서 들어오는 빛에 비춰 본다.

"상처가 났잖아!"

손바닥에는 피가 흥건했다. 몰랐는데 그를 찌르려다 칼이 미끄러지며 그녀가 더 크게 베인 듯했다. 원중 역시 셔

097

츠가 붉게 젖어가고 있지만 그렇게 상처가 큰 것 같진 않았다.

"그렇게 칼을 쥐고 덤비면 제대로 찌른다 해도 다치는 건너야."

"사람 죽이는 기술에 능해서 좋겠어."

비아냥대자 픽 웃은 원중이 그녀의 손을 놓고 일어나 장식장 아래에서 구급상자를 꺼냈다. 상자를 테이블 위에 올려놓은 그가 다시 다가와 그녀를 번쩍 안아들고 소파에 앉힌 다음 마주 앉았다.

"아!"

소독 솜이 닿는 순간의 고통에 저도 모르게 재인이 비명을 지르자 원중이 조소했다.

"남을 죽이려 했으면서 이 정도가 아파? 원래 나쁜 짓을 할 때에는 더 고통스러울 준비도 되어 있어야지."

"하! 왜 깡패 짓을 한대? 말하는 걸 들어보면 정치 같은 거 해야겠어! 자기가 엄청나게 견강부회하는 거 알아?"

"견강부회도 알고…… 공부 열심히 한다더니 진짜였구나. 이제 말투만 좀 고치면 그럭저럭 대화를 나눌 만한 여자가 되겠어."

비아냥거리는 것에 관해서는 아무래도 원중 쪽이 한수 위였다. 게다가 자신을 찌르려 한 것에 대해 화를 내는 것 같지도 않았다. 도무지 알 수가 없어져 재인은 그가 그녀의 손을 꽉꽉 눌러 지혈하며 붕대를 감는 것을 내려다보았다.

"생각보다는 상처가 안 깊다. 꿰매지는 않아도 될 것 같아. 그래도 내일 아침 일찍 병원에 가. 상처가 남으면 곤란하니까."

"곤란할 건 뭐야?"

"김 의원은 상처 없는 걸 좋아해. 내가 왜 너 마사지 시켜가며 관리한다고 생각해?"

언제나 나쁜 이야기를 뻔뻔하게 한다. 상대가 언제나 차분하니 이쪽만 흥분하기도 어렵다.

재인은 도저히 이해할 수 없어 원중을 바라보았다. 그는 그녀에게 이상하다고 했지만 그녀가 생각하기엔 차원중 쪽이 몇 배나 이상했다.

"너 좀 이상한 것 같아. 진짜 원래 다들 이렇게 치밀하게 깡패 짓을 해?"

어이가 없어 묻자 원중이 낮게 웃었다.

"날 키운 게 정치가였으면 정치가를 했을지도 모르겠다. 하지만 유감스럽게도 내 양부가 깡패라서. ……결정적으로 굳이 다를 것도 별로 없다고 생각해."

재인은 원중을 노려보았다. 양부?

무방비하게 말하는 듯했던 원중은 다시 입을 다물고 셔츠를 걷어 올렸다. 처음에는 팔만 걷어붙이려 했는데 찢겨서 너덜너덜한 천이 자꾸 상처를 건드리자 인상을 쓰고는 셔츠를 벗어버린다. 근육이 잘 잡힌 어깨와 가슴, 복부가

드러났다. 묘하게 남자다운 몸이었다. 노골적으로 근육을
키운 현정배나 그냥 보아도 싸움꾼인 주양희와는 달리 원
중은 슈트를 입고 있으면 그냥 잘빠진 모델 스타일에 가깝
게 보였다. 하지만 의외로 벗은 몸은 탄탄했다. 아까의 민
첩함이 충분히 이해가 되도록 잘 단련된 근육들이 긴 팔과
너른 어깨, 단단한 복근을 감싸고 있었다.

상황에 어울리지 않게도 재인은 고개를 돌려버렸다. 미
치기라도 한 건지 귓불이 느리게 붉어지는 것이 느껴졌다.

"괜찮아?"

소독 솜으로 팔뚝에 길게 그어진 상처를 닦아내며 원중
이 묻다가 멈칫했다. 고개를 틀고 있는 그녀를 보는 눈빛
이 가늘어졌다.

"뭐, 뭐가 괜찮아?"

입술을 꾹 다물고 있던 재인이 대답하자 원중이 소독 솜
을 내려놓고는 가볍게 숨을 내쉬었다.

"배. 살살 걷어찬다고 하긴 했는데."

그제야 재인은 아까부터 배가 당기듯 아픈 이유를 기억
해냈다. 제정신이 아니었던 참이라 그 와중에 맞은 일은
기억에서 증발한 모양이었다.

"노려보지 마. 정당방위니까."

놀리듯 웃은 원중은 자신의 팔에는 붕대를 감지 않은 채
구급상자를 덮었다. 그러고는 고개를 약간 기울인 채 재인
을 물끄러미 쳐다본다. 그의 상처에 다시 피가 맺히기 시

작했다. 그것이 신경 쓰였던 재인은 못마땅하게 눈만 치켜
떠 그를 바라보았다. 신경은 쓰였지만 그런 티를 내고 싶
진 않았다. 알아서 제대로 치료했으면 싶은 마음은 우스웠
다. 그녀가 낸 상처였고, 분명 몇 분 전까지 살의는 진심이
었다. 머리가 돌아버리기라도 한 것 같았다.

"그거 알아?"

조용한 목소리로 원중이 말했다.

"성질이 못된 개를 길들일 때에는 누가 위인지를 명확히
보여줘야 해. 설사 등을 돌리고 있어도 절대로 덤벼들 수
없게 내가 너보다 위라는 걸 보여주는 거지."

무슨 뜬금없는 소리인가 하고 재인이 원중을 본다.

"그런데 짖는다고 해서 다 성질이 못된 개는 아니거든.
때로는 겁에 질려서 사나워진 개도 있단 말이야. 그때에는
거리를 천천히 좁히는 거야. 친구가 되는 거지. 나도 그렇
게 생각하면 쉬워져. ······내일 잡아먹을 거라도 말이야."

"왜 갑자기 개 타령이야? 옛날에 개에 물렸던 생각이라
도 난 거야?"

어이가 없어 재인이 물었다. 그녀는 개든 고양이든 짐승
은 딱 질색이었다.

말이 끊겼는데도 기분 나쁜 기색 없이 피식 웃은 원중이
손을 뻗어 재인의 양볼을 손으로 감쌌다. 농밀해진 거리에
그녀가 움찔하고 어깨를 긴장시켰다.

"고양이보다는 강아지가 취향이긴 해."

시선이 마주친 채로 두 사람은 멈춰 섰다. 원중도 움직이지 않았고 재인도 그랬다.

그녀의 시선만이 움직여 붉은 핏방울이 맺힌 그의 팔에 닿았다. 방금 그녀가 낸 상처였다. 죽도록 미운 남자. 그러나 뺨을 감싸고 있는 손은 따뜻했다. 왠지 미묘하게 안타까운, 알 수 없는 느낌이 들었다. 그녀의 시선이 떨어지듯 아래로 움직여 붕대가 감긴 자신의 손을 본다. 그러고 나서는 다시 올라와 여전히 그녀를 담고 있는 그의 눈동자를 직시한다.

"남자를 볼 때에는……."

미동도 없었던 원중이 천천히 입을 열었다.

"너무 오래 응시하지 마."

"……왜?"

원중이 고개를 숙여 재인의 입술 가까이까지 입술을 움직였다.

"거짓을 들킬까 봐 겁을 내거든."

입술이 닿았다.

처음에는 그저 윗입술과 윗입술이, 아랫입술과 아랫입술이 마주 닿는다. 마치 노크하듯 그 사이로 혀가 파고들어온 건 그다음이었다. 천천히 입술과 입술 사이를 열고 들어온 혀가 깊숙이 입안으로 들어오며 입술이 입술을 삼켰다. 뭉클하고 뜨거운 감각이 입안을 가만히 채우더니 꿈틀거리며 헤쳤다.

어느새 원중의 손이 재인의 양팔을 잡았다가 한쪽 손이 등 뒤로 돌아가 움찔거리는 몸을 붙잡아 고정했다.

재인은 저도 모르게 양손을 꽉 움켜쥐었다. 순식간에 붕대가 감긴 손에 열이 오르기 시작했다. 허벅지에도 힘이 들어가 근육이 빳빳하게 굳는다. 점점 몸을 밀고 들어오는 원중은 마치 불덩어리인 것처럼 뜨거웠다. 이해할 수 없을 정도로 숨이 막혔다. 모든 피부와 혈관이 파열될까 봐 무서울 정도로 내달렸다. 무언가 알 수 없는 것이 몸 안을 휘저어 머리 위로 치솟았다. 뇌가 하얗게 불타올랐다. 뭐가 뭔지 생각하기도 전에 완전히 그의 품에 안겨 그의 입술을 받아들이고 있었다.

"하아아아아아아……."

몸은 원중의 손에 맡긴 채 고개를 완전히 뒤로 젖히고 재인은 막혀 있던 숨을 길게 내뱉었다. 한계까지 오그라들었던 폐가 부풀어 올랐다 뜨거운 숨을 토해낸다.

나른하게 늘어졌던 몸이 번쩍 허공으로 솟아 올랐다.

"앗!"

저도 모르게 재인은 손을 뻗어 원중의 목에 팔을 감았다. 알 수 없는 어둠을 닮은 그의 눈동자가 무심하게 그녀를 응시했다 떨어져 나갔다.

성큼성큼 움직여 그는 곧장 그의 방으로 들어갔다. 침대에 재인을 눕히고 바로 기어 올라와 몸을 겹쳐온다. 양손으로 그녀의 양손을 깍지 끼어 잡아 올리고는 코로 그녀의 코를 비볐다. 생전 처음 경험하는 행위에 그녀가 어쩔 줄 모르고 숨을 멈추며 허둥댔다.

"가만히 있어."

재인의 입술 바로 근처에서 그의 입술이 속삭였다. 그저 몸을 겹치고 있는 것뿐인데도 무섭도록 관능적이었다. 숨을 제대로 쉴 수가 없어 아까부터 그녀는 입을 벌리고 있었다. 심장이 쿵쾅거리면서 뛰는 것이 정수리에서 느껴질 정도였다.

원중은 그녀의 목덜미 근처에서 오래 시간을 끌었다. 부드러운 살에 입을 맞추고 혀끝으로 도드라진 뼈를 살살 핥으며 움찔거리는 반응을 즐겼다. 가는 목선을 따라 코를 묻고 얼굴을 움직이는 것은 마치 고양이의 그루밍 같았다. 그것은 충분히, 애정 행각이었다.

"눈을 감아."

눈을 뜬 채 어지러이 시선을 돌리고 있던 재인은 그녀를 보지도 않고 명령해오는 원중의 말이 떨어지자마자 눈을 감았다. 그리고 숨을 멈췄다. 자꾸만 가슴이 들썩이는 것이 맞닿은 몸을 통해 원중에게 고스란히 전해지는 것이 싫었다.

싫었다.

차라리 강제로 당하는 것이면 더 나았을 텐데. 실컷 미워하고 저주하고 원망을 품었을 텐데.

이러면…… 무슨 생각을 해야 하는지 알 수 없어진다.

재인은 짜장면을 생각하고 탕수육을 생각했다. 그 기름지고 혀를 유혹하던 감미로운 맛. 결국에는 토해낼 수밖에 없었다. 차원중은 그녀가 소화시켜내지 못할 것임을 알면서도 먹도록 내버려둔 것이다. 참담할 정도로 아무것도 아닌 신재인을 끊임없이 되새겨준다. 천하의 나쁜 놈. 덤벼도 결코 이길 수 없고, 그러니 화를 내지도 않는다. 방금 뭐라고 했지? 개와 고양이…… 개를 길들이는 법…….

엉망진창인 머릿속으로 짜장면, 탕수육, 개, 고양이, 칼, 피…… 모든 것이 엉켜들었다.

날이 갈수록, 생각을 할수록, 차원중이 보통 나쁜 놈이 아니라는 것에 확신이 선다.

이길 수 있을까?

마음먹은 것을 몽땅 되갚아줄 수 있을까?

"손 내리지 마."

단호하게 명령한 원중이 그녀의 손을 머리 위에서 겹쳐 고정해놓고는 자신의 손을 내려 그녀의 셔츠 아래로 밀어넣었다. 무얼 입었는지도 자각 못하고 있었는데 무섭도록 허름하게 대강 걸치고 있었다는 것을 새삼 깨달았다.

그의 손이 가슴을 감싸 쥐고 손가락 끝으로 예민하게 곤두선 끝을 문질렀을 때에는 마치 거대한 파도에 삼켜지는 느낌이 온몸을 휘감았다. 미묘하게 매만지던 손이 한 움큼 가슴을 쥐고 주무르는 동안 다시 입술 선이 가는 목을 쓰다듬다 내려와 쇄골 쪽으로 움직였다. 그의 가는 머리카락이 흐트러지며 향기가 코끝을 어지럽혔다.

가슴을 어루만지던 손으로 배와 허리선을 쓸어내린 원중은 그녀의 셔츠를 끌어올리고 간단하게 브래지어 후크를 풀었다.

"하아!"

허전해진 가슴을 들썩이며 재인이 숨을 몰아쉬었다. 이내 그가 손가락으로 둥근 가슴 선을 두드리다 유두를 삼켰다.

"학!"

예상치 못한 감각에 재인이 허리를 들썩였다. 머릿속이 순식간에 텅 비었다. 크게 한입 머금은 그의 혀가 축축하게 살점을 어루만지다가 예민하게 바르르 떠는 유두를 건드리자 저릿저릿 전기가 통하는 것 같았다. 그녀는 저도 모르게 손을 내려 그의 어깨를 잡았다.

"명령을 어기는 건 곤란한데."

도로 손을 올려 누르며 야단을 치듯 힘껏 가슴을 빨자 악! 하는 통증이 지나갔다. 하지만 그조차도 온전한 통증이라기에는 애매했다. 굉장히 낯선, 그러면서도 여자로서는 알고 있는 듯한 쾌감이었다.

다리 사이가 뻐근하게 당겨오며 처음으로 재인은 여성으로서의 흥분이라는 것을 느꼈다. 몸과 몸이 맞닿은 곳이 무섭도록 자극적이어서 그대로 흐물흐물 녹아버리는 것 같은 느낌이 들었다. 그런가 하면 몸속 깊이 어딘가에서는 이렇게 뜨거웠던가 싶은 체온이 느껴진다.

재인이 어쩔 줄 모르고 벅찬 호흡을 감당하며 감각의 소
용돌이 속에 몸을 맡기고 있는 동안 원중은 재인의 판판한
배 위에 입술을 미끄러뜨리고 움푹 들어간 배꼽을 핥아 올
렸다.

"허리 들어봐."

거역하는 것은 되지 않았다.

헐렁하게 입고 있는 트레이닝복과 팬티를 단숨에 벗겨
내자 재인이 신음 소리를 내뱉었다. 그녀의 골반은 자그마
한 편이었다. 도드라진 뼈를 입안에 넣고 굴리자 그녀의
다리가 바르르 떨렸다.

트레이닝복을 무릎에 걸치게 둔 채로 원중의 손가락을
그녀의 다리 사이로 움직였다. 예민한 부위로 침입하는 손
길에 움찔했던 재인은 그가 몸을 올려 가슴을 물고 핥자 으
응 하며 고개를 도리질 친다.

매끄러운 살을 살살 핥다가 예민한 부위에 입을 맞추고
몸으로 눌러 무게를 실어 꼼짝도 못하게 구속하며 원중은
손가락으로 젖은 여성을 문지르고 팽팽하게 긴장되어 있
는 클리토리스 쪽으로 올라갔다. 톡 하고 건드렸을 뿐인데
도 공포 영화를 보듯 눈을 꽉 감고 있던 재인은 숨을 들이
켜며 고개를 젖혔다.

원중은 고개를 젖힌 채 할딱거리는 입술에 입을 맞추며
천천히 손을 움직였다. 위아래로, 혹은 원을 그리며……

천천히 자극하자 세워진 무릎을 바르르 떨며 양손으로 그의 어깨를 잡는다. 미는 것도 그렇다고 당기는 것도 아닌 애매한 상태로 그의 어깨를 잡은 손에 힘이 들어갔다.

삽입 없이 거의 절정을 맞을 때까지 흥분시킨 원중은 그녀의 옷을 마저 벗겨내고 천천히 젖은 통로 안으로 손을 밀어 넣었다. 닫혀 있어 좁은 통로가 그의 손가락을 꽉 물었다. 젖어 있었음에도 첫 진입은 쉽지 않았다. 자신의 몸 안으로 침입해오는 낯선 살덩이를 느낀 그녀의 몸이 경직되기 시작했다.

"아…… 그……."

재인이 몸을 바르작대자 원중이 답답하다는 듯 그녀의 뒷덜미를 잡고 고개를 고정해 자신을 보게 만들었다.

"반응이 왜 이래? 너……."

원중의 눈빛이 흐려졌다.

"설마……."

잠깐 생각하는 표정이었던 그가 입술을 깨물었다. 그러고는 내뱉듯 말했다.

"가만히 있어. 힘을 빼."

그러고 나서는 뭐라 대답할 틈도 주지 않고 입을 맞춰버렸다. 이번에는 거친 키스였다. 숨을 거의 틀어막아버릴 듯한, 모든 신경을 다 앗아가버리는 그런 키스.

고개가 뒤로 꺾였다. 뜨거워진 혀가 숨을 막을 듯 밀려와 깊이까지 박혀들어 호흡을 막는다. 입술 안쪽의 여린 살과

간지러운 목 안쪽의 살을 쓸어 핥더니 등을 당겨 자신의 몸에 작은 몸을 바짝 붙인다. 그러면서 아래쪽에서는 손가락을 두 개째 삽입해 움직인다. 천천히, 마치 공간을 확보하는 것처럼 착실하게 그녀의 안을 넓혀오는 동작은 신중하게까지 느껴졌다.

재인은 원중의 어깨에 이마를 묻으며 그를 붙잡았다. 모든 신경이 그의 입술과 손이 행하는 일에 집중되어 있었다. 태어나서 단 한 번도, 그 누구도 그녀를 이런 식으로 어루만져주지 않았다. 온몸이 저릿했다. 그녀에게 붙어 있는지도 몰랐던 장기까지도 떨고 있었다.

"기다려."

원중이 갑자기 몸을 떼자 재인은 거의 허전함을 느꼈다. 다시 안아주었으면 좋겠다. 뭘 하든 계속 했으면 좋겠다.

그는 아랫도리를 벗어던지고 침대 옆의 협탁에서 콘돔을 꺼냈다. 찌익 하고 봉투 찢는 소리가 났다. 그러고는 다시 그녀의 위로 올라왔다. 하지만 이번에는 몸을 겹쳐오지도 않고 키스를 해주지도 않았다.

세운 무릎을 잡은 그가 그녀를 가만히 쳐다보았다.

"힘을 빼."

다리를 벌리고 들어온 원중이 그녀의 엉덩이를 잡아당기자 몸이 약간 들려 올라갔다. 어떤 사람과도 이렇게 밀접한 거리에서 맞붙어 있어본 적이 없는 재인에게 이런 자세는 거의 경악 수준이었다. 특히 알몸을 서로에게 붙인다

는 것…… 그것은 상상 이상으로 간격을 허무는 무언가가
있다.

"아플 거야."

커다란 손으로 재인의 양쪽 골반을 단호하게 잡으며 원
중은 경고했다. 그의 경고는 지나치게 간단해서 불안했지
만 탁해진 목소리에는 기묘하게 안심되는 지점이 있었다.

"아……?"

처음 원중의 남성이 닿았을 때에는 그저 약간의 물음표
같은 느낌이었다. 둔탁하고 뜨거운 것이 묵직하게 닿은 느
낌…… 하지만 다음 순간 그가 하반신을 붙여왔다. 다리와
다리 사이에서 그가 위치한 것이 선명하게 느껴진다고 느
끼는 순간 몸이 찢겨나갔다.

"아악!"

저도 모르게 그녀는 비명을 지르며 몸을 비틀고 발버둥
을 쳤다. 그러나 그는 월등한 체중과 완력으로 그녀를 제
압하고는 몸을 밀어 넣었다. 깊이. 상상도 못한 깊이까지.

"날뛰지 마! 더 아파!"

조급한 목소리로 소리를 지른 그가 그녀의 어깨를 붙
잡아 눌렀다. 눈물이 맺힌 채로 재인이 그를 노려보았다.
방금까지의 들뜬 감정은 어디로 갔는지 사라지고 지독한
고통뿐이었다. 강제로 절반으로 쪼개지고 있는 듯한 감
각…… 다리 사이에 불기둥이라도 쑤셔 넣은 것 같았다.
먼 옛날 그런 형벌이 있었다고 어디선가 들은 적이 있다.

"제길. 나도 쉬운 일은 아니라고. 가만히 있어. 제발."

어째서인지 원중 역시 숨을 몰아쉬고 있었다. 그의 얼굴이 약간 붉어져 있는 것이 흥분 때문인지 아니면 참고 있기 때문인지는 모호했다. 하지만 그가 그녀의 안에 깊이 몸을 밀어 넣은 채 그녀를 꽉 붙잡고서 기다리고 있다는 것은 확실했다.

죽을 것 같은 고통이 느리게 사그라졌다. 단숨에 꿰뚫린 상처가 아물듯 헐떡이던 숨도 가라앉았다. 금세라도 두 쪽이 날 것 같던 몸뚱이는 그를 품은 채 말짱했다.

재인은 마지막 숨을 몰아쉬며 원중을 쳐다보았다. 아직까지도 그가 그녀의 안에 들어와 있다는 사실이 낯설었다. 그녀를 가르고 있는 아픔은 이제 날카롭다기보다는 둔탁하고, 예리하다기보다는 묵직했다.

"좋아. 하지만 아직 끝이 아냐."

끝이…… 아냐?

멍하니 원중이 한 말을 되새기고 있는데 그가 움직이기 시작했다. 사라졌던 통증이 고스란히, 아까보다 더 날카롭게 돌아왔다.

재인은 다시 비명을 지르며 몸을 웅크리려 했다. 하지만 원중은 멈추지도 않고 놓아주지도 않았다. 거대하게 부푼 남성이 내장을 다 뽑아낼 것처럼 밀려나갔다가 다 뭉그러뜨릴 기세로 박혀왔다. 숨이 턱턱 막혔다. 끝나지 않을 것처럼 몸이 흔들렸다.

III

비명을 지르다 지르다 지쳐 재인이 늘어지자 그는 허리를 굽혀 그녀의 가슴 위에 입을 맞추고는 허리를 거칠게 밀어 넣으며 사정했다.

"젠장. 너무……."

그대로 몸을 재인의 몸 위에 겹치며 그가 인상을 찌푸렸다. 무언가 맘에 들지 않는 얼굴이었다.

"너 진짜 처녀였어?"

원중이 믿어지지 않는다는 말투로 물어오는 바람에 아랫도리가 그대로 빠져버릴 것 같은 아픔에 더해 재인의 분노가 터졌다.

"꺼져!"

주먹을 움켜쥐고 휘두르자 원중이 큭큭 낮게 웃으며 몸을 굴려 떨어졌다. 하지만 그녀가 삐거덕대는 몸을 일으켜 때리려 덤벼들자 양팔을 제압해 잡고 제 품에 넣고서 다리로 가둬버린다.

섹스는커녕 키스도 오늘이 처음이었다고 하면 기절초풍을 할까.

"반전이 많은 아이로군."

처녀를 잃는다는 건 대단한 일이라고 생각했는데 아니려나.

재인에게 있어서는 오히려 방금 그의 품에서 느꼈던 감정이 훨씬 수치였다. 다정한 태도에 순간적으로 몰입해 몸을 열어주었던 그 마음이 강한 분노를 일으키다 못해 눈에 눈물로 맺힌다. 자기 자신이 이렇게나 약해 빠진 멍청이라는 사실을 견딜 수 없을 것 같다. 우는 모습을 보여주고 싶지 않아 이를 악문 채 손으로 얼굴을 가리자 그는 별 반응 없이 그녀를 안고 머리를 쓰다듬어주었다.

맨살이라는 것은 정말 놀라운 위력이 있는 것이라 그에게 안긴 채 울면서 그녀는 혼란을 느꼈다. 그러한 혼란이 말끔히 씻겨나간 것은 울음을 그친 그녀를 놓아주며 일어선 그가 한 말 때문이었다.

"배울 게 많겠군, 너는."

일어선 그는 잠깐 알 수 없는 표정으로 그녀를 내려다보다 이렇게 말했다.

"앞으로는 섹스 후에 울지 마, 13번. 남자를 김새게 만드니까."

성큼성큼 큰 걸음으로 그가 방에 딸린 욕실에 들어가는 걸 본 재인은 깨달았다.

차원중은 단 한 번도 신재인이라는 이름을 부른 적이 없었다. 그에게 있어 그녀는 13번이었으니까.

그가 씻고 나왔을 때 그녀는 없었다. 피 얼룩이 묻어 있던 시트도.

그대로 바람처럼 방을 나서 거실을 가로지른 원중은 그녀의 방문 앞에 서서 귀를 기울였다. 그는 희미하게 물소리가 나는 것을 확인한 후에야 설핏 눈썹을 치켜 올렸다 내리고 돌아섰다.

자신의 방문을 닫고 잠시 방 한가운데에 서서 원중은 잠깐 생각에 잠겼다. 눈빛, 눈물, 악물어 가늘게 떨리던 붉고 붉은 입술.

그다지 오랜 시간이 지나지 않아 그는 벗어놓은 재킷을 들어 아까부터 무시하고 있던 휴대전화를 꺼내들었다. 그리고 미뤄두었던 답 문자를 적기 시작했다.

〈내일부터 13번에게도 약물을 투여하도록 하지.〉

버리는 것은 언제든 할 수 있을 것이다.
언제든.
지켜볼 만큼 지켜보고, 갈 만큼 간 후에도 늦지는 않을 테지.
전송 버튼을 누른 그는 잠깐 휴대전화로 턱을 톡톡 두드리다 이내 고개를 젓고 침대 위로 올라갔다. 아침까지는 몇 시간 남지 않았다.

06

한숨도 못 잔 채 뒤척이던 재인은 일어나 주방으로 갔다. 겨우 두 달여의 습관이었을 뿐인데도 무서웠다. 몸이 제멋대로 냄비를 꺼내 물을 끓였다.

아, 오늘 제주댁은 오지 않지.

모든 것이 믿어지지 않았다. 어제 일어난 일들. 제주댁, 이름 모를 남자, 탈출, 택시 기사, 그리고⋯⋯.

재인은 가슴이 한계까지 부풀도록 숨을 들이마셨다 내쉬었다. 가슴께가 뻐근해질 때까지 숨을 참다 토해내도 조금도 시원하지 않았다. 머릿속이 엉망진창이었다. 잔뜩 엉클어놓은 실타래가 꽉 들어찬 것처럼 갑갑했다. 또, 슬펐다.

엄마가 집을 나갔을 때에도, 아빠에게 얻어맞았을 때에도, 가출했을 때에도, 오빠가 자신을 팔아넘겼을 때에도 화가 났을 뿐 슬프지는 않았다. 그런데 지금은 슬펐다. 도대체 이 감정이 무언지 이해할 수 없었다. 그저 머리부터 발끝까지 진득한 젤리 같은 푸른 액체가 가득 차서 넘실대는 것만 같다.

"흑!"

재인은 얼굴을 손으로 가렸다. 손가락 사이로 눈물이 툭 하고 떨어져 가스레인지 위에 얼룩졌다. 눈물이 뚝뚝 떨어지는 얼굴로 그녀는 손을 내려다보았다. 탄탄히 감아놓은 붕대는 감은 사람의 손재주를 말해주듯 깔끔했다.

한참 동안 손을 내려다보던 재인의 시선이 칼이 꽂혀 있는 나무 블록 쪽으로 향했다.

평상시보다 약간 늦게 일어난 원중은 당황스러웠다. 기억도 안 나는 어린 시절을 제외하고는 단 한 번도 늦잠이라는 것을 자본 적이 없는 그였다. 오래된 불면은 고질병에 가까웠다.

몸을 일으킨 원중은 잠시 한쪽 눈을 찡그리고 방 안을 둘러보았다. 무언가 방 안의 분위기도 달라져 있는 것 같았다. 정사의 흔적은 모두 싸안고 사라진 고양이인 척하는 강아지 때문에 다를 것도 없는데도 느낌이 그랬다.

가뿐하게 좋았던 그의 기분이 깨진 것은 별생각 없이 방문을 열고 나왔을 때다. 멈칫 걸음을 멈추고 그가 인상을 찌푸렸다. 거실은 고요했지만 기묘한 위화감이 있었다. 오랫동안 험한 세계에 몸을 담았던 원중은 그 무엇보다도 이런 감각이 위험하다는 것을 알고 있었다. 잠깐 그대로 서서 촉각을 곤두세우던 그는 빠르게 움직여 주방으로 갔다.

"젠장!"

소리를 지르며 달려간 원중이 엎어져 있는 재인의 어깨를 틀어잡아 돌려 눕혔다. 핏기 하나 없이 창백한 몸이 힘없이 나풀거렸다. 웅덩이져 있던 피가 걸쭉하게 왼팔을 따라 올라왔다.

손가락을 작은 코 아래 대어보고 날렵하게 목을 짚어 경동맥이 뛰고 있는지까지 확인한 그는 휴대전화를 가져와 신경질적으로 번호를 눌렀다.

"당장 최 박사 끌고 날아와."

할 말만 하고 휴대전화를 던진 그가 그녀를 번쩍 안아들고 방으로 옮겼다. 걸음걸음 가는 길에 짙게 붉은 피가 뚝뚝 떨어져 내렸다.

상처는 깊었지만 운이 좋았다. 동맥은 건드리지 않고 정맥만 끊어낸 통에, 게다가 죽을 줄도 몰라 물에 손을 담그는 일 따위는 하지 않았던 탓에 혈액 유실량이 많지 않았다.

재인이 눈을 뜬 것은 해가 서쪽 산턱에 걸려 있을 때였고 불을 켜지 않은 방 안에는 어둠이 묻은 노을이 넘실대고 있었다. 창 밖을 바라보고 서 있는 등은 차원중이었다.

힘없는 눈으로 잠깐 그를 보았던 재인은 다시 눈을 감아버렸다.

얼마나 지났을까? 매캐한 담배 냄새가 가라앉은 방 안의 공기에 섞여들었다. 또 잠이 들었던가. 다시 눈꺼풀을 밀어 올리자 이번에는 어둠이 완전히 내려앉은 밤을 담은 창틀에 엉덩이를 대고 앉아 이쪽을 보고 있는 원중과 눈이 마주쳤다. 그는 손가락 사이에 담배를 끼운 채 물끄러미 그녀를 바라보고 있었다. 시선이 마주쳤음에도 두 사람 모두 미동도 하지 않았다.

먼저 움직인 것은 원중이었다.

그는 천천히 손을 움직여 느릿하게 담배를 한 모금 빨았다. 어둠 속에서 재가 붉게 타올랐다 짙게 죽었다. 시선은 여전히 그녀에게 붙박인 듯 움직이지 않았다. 그의 시선 때문일까? 방 안에는 기묘한 침묵이 떠다니고 있었다.

막 불을 붙였던 담배가 다 탈 때까지 원중의 시선은 느릿느릿 재인의 얼굴 위를 기어 다녔다. 불가해한 퍼즐을 보는 눈이었다.

이윽고 담배를 비벼 끄며 그는 묘하게 인상을 찡그렸다. 처음 보는 얼굴이었다.

"나를 찌르거나 아니면 너 자신을 찌르거나 둘 중 하나밖에 할 줄 모르는 건가?"

온몸을 축 늘어뜨리고 베개에 얼굴을 묻은 채로 재인은 아무 말도 않고 다시 눈을 감았다. 만사가 다 귀찮았다.

"죽고 싶어?"

대답은 돌아오지 않았다.

"대답해봐. 왜 그랬어?"

재인이 여전히 반응이 없자 성큼 다가와서는 거칠게 팔

을 잡아 일으켰다. 눈을 뜬 그녀가 그를 똑바로 노려보았다.

"말해봐. 암만 생각해도 모르겠으니까. 나를 죽이고 싶은 것까지는 이해가 가. 그런데 또 뭐야? 태도의 변화가 너무 빠르다고 했지. 타이밍도 이상해. 도무지 모르겠으니까 말로 해봐. 왜 죽으려고 했어? 새삼?"

원중을 노려보는 재인의 눈시울이 붉어졌다. 울지 않으려 이를 악물고 있어 턱이 바들바들 떨렸다. 금세 그렁그렁해진 눈으로도 우는 모습은 보이고 싶지 않은지 고개를 틀어버린다.

"왜 울어?"

기가 막힌다는 듯 말한 원중이 재인의 턱을 붙잡아 고정했다. 억지로 버텨내던 눈물이 중력을 이기지 못하고 또르르 하강해 그의 손가락 위로 번졌다. 선연하게 뜨거운 감각에 그가 약간 인상을 찌푸렸다. 턱을 쥐고 있는 손의 악력이 강해졌다.

"말해. 왜 울어?"

"분해서."

떨리는 목소리로 재인이 쏘아붙였다. 온몸에 힘이 하나도 없지만 악은 시퍼렇게 남아 있었다.

"뭐가 새삼 분해?"

무심코였지만, 원중은 반복해서 핵심을 정확히 짚고 있었다. '새삼'이라는 말, 그것이 전부나 다름없었다.

신재인은 밟히고 꺾인 꽃이었다. 더는 분할 것도 없고 속상할 것도, 서운할 것도 없는 나락의 꽃. 문제는 '새삼' 분하다는 것이다. '새삼' 속상하고, '새삼' 서운하다.

그것이 핵심이었다.

분한 것이 분하고 속상한 것이 분하고 서운한 것이 분하고, 이 모든 것이 다시 분했다.

"내가 너한테 왜 죽고 싶어졌는지까지 보고해야 해? 그냥 기분이 그랬다! 어쩔래?"

"뭐?"

"놔, 이거!"

재인이 원중의 손아귀에서 벗어나기 위해 몸부림을 쳤다. 발작적인 몸부림에 순간 그녀를 놓친 그가 닥치는 대로 휘젓는 손에 자신을 방어하듯 팔을 올렸다가 무서운 기세로 어깨를 잡아 눌러 눕혔다.

"가만히 있어!"

거칠게 찍어 누르며 원중이 소리를 질렀다.

꼼짝도 못하고 눌린 채 재인은 이를 앙다물고 그를 노려보았다.

알면서 당한다는 것, 그것만큼 한심한 일이 없었다. 재인을 절망케 한 것은 그 부분이었다.

차원중이라는 남자를 부숴버리겠다고 작정했었다. 속인다고 생각하며 비위를 맞추고 원하는 것을 제공하리라 마음먹었었다. 그리고 가열차게 복수하겠다고.

하지만 그에게 거짓으로 웃어 보이며, 얼핏 다정한 목소리를 새겨들으면서 무언가 달라져버렸다. 다 거짓인 걸 알면서도, 그가 웃으며 사람을 칼로 찌르고도 남는 사람이라는 걸 알면서도. 그렇게라도 웃어주는 사람을 만난 적이 없어서, 다정하게 말해주는 사람을 만난 적도 없어서…… 달라져버렸다는 것도 몰랐는데 달라져 있었다.

그것을 깨달은 것은 그에게 안기면서였다.

"좋았어."

갈라지고 탁한 목소리로 툭 내뱉는 재인의 말을 처음 원중은 알아듣지 못했다. 눈이 가늘어지고 날렵한 턱이 살짝 기울어졌다.

"네가 입을 맞추는 것도, 날 안아주는 것도 좋았어."

그의 눈동자가 흔들렸다.

"언젠가는 꼭 죽여버리겠다고 맹세했는데…… 비위 맞추고 시키는 대로 한 것도 다 거짓말이었는데…… 좋았다고!"

부서뜨릴 듯 움켜쥐고 있던 손의 힘이 설핏 약해졌다.

"망했어!"

소리를 휙 지르며 재인이 이마로 그를 들이받았다. 방심한 탓에 평소와 달리 제대로 들어가 뻑 하는 소리와 함께 원중은 그녀의 손을 놓치고 뒤로 물러났다. 그러고는 얼큰하게 뜨거워지는 미간에 손을 댄 채 어이가 없다는 듯 그녀를 쳐다본다.

"네가 천하의 쓰레기라는 걸 다 아는데 내가 미쳐버렸단 말이야!"

재인은 진심으로 그를 죽이고 자신도 죽고 싶었다. 거친 숨을 몰아쉬며 정신없이 욕설을 내뱉는데 눈물이 계속 쏟아졌다. 그녀의 눈에서 쏟아지는 게 맞나 싶을 정도로 멈춤 없이. 금세 눈앞이 흐릿해졌지만 그녀는 소리를 지르는 것을 멈추지 않았다. 몸 안의 수분이 다 빠져나오는 게 아닌가 무서워질 정도로 눈물이 펑펑 쏟아졌다.

도대체 이게 무슨 일이란 말인가. 사람이 어떻게 이렇게 간사하고 멍청하단 말인가.

어떻게 좋을 수가 있어. 어떻게 신경 쓰일 수가 있어. 어떻게…… 이게 진짜일 수가 있어.

방 안은 간헐적으로 흐느끼는 소리 외에는 물에 잠기기라도 한 것처럼 고요했다. 그 고요를 깨뜨린 것은 원중의 웃음소리, 정확히 말하면 헛웃음이었다.

"하!"

허탈한 듯, 어이가 없는 듯, 처음에는 끊기던 웃음소리가 점점 크게 이어졌다.

"알았어."

한참 동안을 웃던 원중이 다가와 시트를 움켜쥐고 있는 손을 붙잡아 펴고 힘이 들어가 있는 어깨를 눌러 도로 눕혔다. 그가 옆에 걸터앉자 그의 무게로 침대가 기울어졌다. 그러고는 놀라울 정도로 다정한 목소리로 말했다.

"무슨 말인지 알겠으니까 그만 울고 자. 의사가 하루 종일 정신 못 차리고 잘 거랬는데 약에 강한 모양이군."

커다란 손이 다가와 눈을 쓸어 감겼다. 그러고도 한참 동안 눈 위에 손을 올리고 있다. 체온이 높은 손이 덮은 눈을 몇 번 깜빡이던 재인은 이내 포기하고 몸에서 힘을 뺐다. 그러자 끅끅 목구멍으로 치받쳐 오르던 울음이 차차 잠잠해졌다.

다시 나른해지며 가물가물해지는 정신 사이로 달칵 하는 라이터 소리와 함께 매캐한 담배 냄새가 스며들었다.

어렸을 때 아빠가 피우는 담배 냄새는 더러웠다. 오빠 놈이 침을 찍찍 뱉어내던 것도 입을 찢어버리고 싶은 마음이 들었었지. 그런데 어째서인지 차원중의 손가락 사이에서 타는 담배는 아득하다.

어째서인지. 어째서인지.

그리고 이윽고 완전히 암전.

❄

재인은 며칠 동안은 꼼짝도 못하고 누워 있어야만 했다. 팔의 상처도 상처였지만 그동안의 스트레스가 다 폭발해서인지 지독한 몸살감기에 시달렸던 것이다. 열이 높고 몸에 힘이 들어가지 않아 밥 한 술 뜨기도 어려웠다.

앓는 동안 시중을 들어준 것은 낯선 여자였다. 차가운 인상으로 나이가 꽤 들어 보였지만 잘 관리된 몸매의 소유자이기도 했다. 깐깐한 느낌의 사감 선생님 같은 인상으로 원중은 그녀를 '손 여사'라고 불렀다.

손 여사는 재인의 이마 위에 얼음주머니를 갈아 놓아주기도 하고 약을 먹이거나 링거를 갈았다. 의사가 매일 다녀가긴 했지만 간단한 주사 같은 건 직접 놓기도 했다. 처음에는 식사를 못했지만 차츰 유동식을 먹을 수 있게 되자 죽을 끓여주었는데 제법 맛났다.

손 여사는 제주댁과 달리 재인에게 한 마디도 걸지 않았다. 경계한다기보다는 원래 그런 성격인 듯했다. 원중에게도 똑같이 대했으니까. 처음 며칠은 아예 말을 못하는 여자인가 생각했을 정도였다.

"오래 일을 봐주셨던 분이야. 본가에 계셨는데…… 이번 일로 여기에 믿을 만한 사람이 필요하다는 걸 알게 되었지."

"왜?"

"네가 믿을 만하지 않으니까?"

원중은 여전히 느슨하고, 알 수 없는 미소를 지었다.

"나를 두 번이나 공격했으면서 좋았다고 말하고, 살아야겠다고 그 난리를 쳐놓고 금세 팔목을 끊어놓고. 미쳤다고 쳐도 곱게 미치진 않았지."

"본가가 따로 있어?"

"여긴 내 집이고…… 양부가 지내시던 집이 있지. 지금은 병원에 계시지만."

"흥. 깡패질 해서 돈은 많이 버나 보네."

버릇없이 콧방귀를 뀌어도 그는 여전히 상관 않는 얼굴이었다.

차원중은 매일 저녁 재인의 방으로 들어와 상태를 확인했다. 손 여사에게서 간단한 보고를 받을 때의 얼굴은 마치 오랫동안 알아온 이모를 대하는 청년 같아 보이기도 했다. 재인을 보는 눈도 여전했다.

아파서 혼란스럽긴 했지만, 재인이 막 눈을 떴던 그날 노을 속에서의 그는 무언가 조금 달랐던 것 같기도 하지만, 한참 앓고 난 후에 그를 보니 재인은 확신할 수가 없었다. 지금은 여전히 여유만만하고 빈틈이 많아 보이면서 동시에 어디를 찔러야 좋을지 알 수 없는 모습일 뿐이었다.

"한가하게 구는 건 오늘까지야."

손 여사와 대화를 나누고 들어온 원중은 침대에 걸터앉아 재인을 내려다보았다.

"열도 내렸고 체력도 많이 회복되었다더군. 내일부터는 다시 일정을 돌리라고 지시했어."

"일정?"

"그래. 다시 공부해야 할 거 아냐."

재인은 원중을 빤히 쳐다보았다.

열이 심해 땀을 많이 흘리는 바람에 손 여사는 그녀에게 헐렁한 셔츠 하나만을 입히고 얇은 이불을 여러 장, 그리

124

125

고 무게감 있는 이불을 덮어주는 쪽을 택했다. 하지만 하루 종일 침대에 있다 보면 답답해져 이리 걷어차고 저리 걷어차게 된다. 처음에는 헐벗은 상태로 있는데 원중이 방에 아무렇지도 않게 드나드는 것이 당황스러웠지만 금세 익숙해져버렸다. 그래도 그의 시선이 늘어진 셔츠 사이로 드러난 목덜미와 쇄골, 그리고 어깨선을 따라 움직이는 것까지 눈치 못 챌 정도는 아니었다.

공기가 그렇게 팽팽해지는데 모를 수가 없다.

그러는 데는 재인도 한몫했다. 왜인지는 본인도 몰랐지만 그가 그녀를 보고 있을 때면 은근히 목선이 예쁘게 보이도록 움직인다든지 그를 말끄러미 응시하는 앙큼한 짓을 했다. 그래놓고 자기 머리통을 두드리고 싶어질 정도로 싫어졌지만 그가 방에 들어오면 절로 몸에 힘이 들어갔다.

뭐하는 짓인지 알 수가 없다.

"왜?"

"뭐가 왜야?"

시선을 여전히 재인의 목덜미에서 떼지 못한 채로, 원중은 담배를 꺼내 물었다. 찰칵 하고 귀를 긁는 소리가 나더니 담배 끝이 빨갛게 달아올랐다.

"내가 왜 공부를 해야 하냐고."

"알잖아. 김 의원한테 보내려고 하는 거."

후 하고 담배 연기를 뱉어내며 원중은 태연하게 말했다.

"언제?"

"내가 필요할 때. 점점 확신이 들어. 너라면 김 의원이 사족을 못 쓸 것 같아. 칭찬이야."

하 하고 재인이 헛웃음을 웃었다. 뭐라고 쏘아붙이려고 하는데 목이 콱 막히면서 기침이 터져 나왔다. 마른 목구멍이 쥐어짜이듯 경련하며 거친 소리를 냈다.

"이런."

담배를 문 채 일어선 원중은 앞쪽으로 그녀의 어깨를 살짝 안고 다른 손으로 툭툭 등을 두드려주었다. 그러다가 가벼운 움직임으로 방을 나서더니 따뜻한 물을 가지고 온다. 얼핏 다정한 연인의 행동이다.

속으로는 세상 나쁜 생각은 다 하면서 겉으로는 더할 나위 없이 자상하다.

기침을 진정시키기 위해 주먹으로 가슴을 두드리던 재인이 물 컵을 받기 위해 손을 내밀자 그가 슬쩍 손을 뒤로 뺐다. 뭐하자는 건가 어이가 없어져 그녀가 그를 올려다보았다. 그의 입꼬리가 설핏 올라간 것 같아 보이기도 했고, 아닌 것 같기도 했다. 그러든 아니든 어이가 없는 건 바뀔 게 없었다.

"안 줄 거야?"

"주세요. 해봐."

저도 모르게 재인이 인상을 찡그렸다. 사납게 노려보자 그가 낮게 웃더니 그녀의 손에 물 잔을 쥐여주었다. 그러고는 담배를 손가락 사이에 끼우고 길어진 재를 떨어냈다.

잠깐 동안 물 잔을 쥔 채 그 모습을 보고 있던 재인이 정확히 원중의 얼굴을 노려 잔을 던졌다. 고개를 틀어 피하긴 했지만 비싼 양복 어깨가 젖어들었다. 시선이 잠깐 마주쳤다.

"성질머리 하곤."

전혀 화난 기색 없이 원중은 다시 물을 떠다주었다. 아무 일도 없었다는 듯. 경고 한 마디를 붙이지 않았더라면 재인으로서는 방금 자신이 저지른 일이 꿈이었나 싶을 정도다.

"다시 던지면 물 안 줄 거야."

움찔한 재인은 물을 그냥 마시기로 결정했다. 던지는 건 한 번으로 족하다. 그녀가 물을 마시기 시작하자 그는 만족스러운 얼굴로 담배를 한 번 빨고 연기를 내뿜었다.

"됐어?"

물 컵을 절반 정도 비운 재인이 컵에서 입을 떼며 호전적으로 물은 바로 그 순간이었다.

손이 거칠게 당겨지더니 담배를 쥔 손이 등 뒤를 감쌌다. 원중이 물을 마시고 잔을 놓았다. 쨍그랑 하고 물 잔이 깨지는 소리와 함께 원중의 입을 통해 물이 재인의 입안으로 옮겨 왔다. 고개가 꺾이며 물이 꿀꺽꿀꺽 넘어갔다. 그러고도 한참 동안 입술을 부비고 혀로 입안을 훑은 후에야 그는 그녀를 놓아준다.

입술이 떨어졌을 때에는 두 사람 모두 숨이 거칠어져 있었다. 원중은 계속해서 손가락 사이에 끼우고 있던 담배를 눌러 껐다.

"뭐한 거⋯⋯."

말을 끝내기도 전에 다시 한 번 몸이 당겨졌다. 다시 한 번 키스. 잡아먹을 듯이 거칠고 영혼을 빨아내는 것처럼 강렬하게.

"빚지는 성격은 아니야. 무섭다는 걸 알거든. 채권 추심을 많이 해서."

재인을 놓아주며 원중은 눈을 빛내고 웃었다.

"이!"

이를 악물며 손을 치켜들었지만 허공에서 붙잡혔다. 세 번째로 입술이 맞부딪쳤다. 좀 거칠게, 마치 삼키듯 입술을 덮고 안쪽의 여린 살을 마구 헤집어놓는다. 그러다가 그대로 무게를 실어 침대 위로 쓰러뜨렸다. 잡은 팔을 침대에 짓눌러 꼼짝도 못하게 한 그가 잠깐 위에서 그녀를 내려다보았다. 무심해 보이는 태도였고, 눈빛도 전혀 흔들리지 않았다. 다시 잠잠해진 호흡까지⋯⋯ 어디에서도 흥분의 징조는 보이지 않았다. 하지만 아주 자세히 보면, 무뚝뚝한 것에 가까운 짙은 눈동자 깊은 곳 어딘가가 희미하게 일렁이고 있었다. 그가 고개를 숙이더니 속삭였다.

"내가 고양이인 척하는 강아지를 특별히 더 좋아한다고 말한 적 있나?"

훗 하고 옅은 숨결이 귓가를 간질이고 목덜미에 입술이

내려앉았다.

뜨거운 체온이 목에 낙인처럼 눌리자 재인은 굳어서 고개를 비틀었다. 그러자 그는 턱을 쥐어 고정하고는 귓불 가까이의 여린 살을 살짝 핥았다. 그리고 뺨에 입을 맞추고, 다시 입술에…… 처음에는 천천히, 가볍게 입술을 문지르고 윗입술과 아랫입술을 번갈아가며 빨다가 뜨거워진 혀가 입술을 가르고 들어왔다. 느릿하게 혀와 혀가 엉켜들었다. 그는 결코 서두르지 않았다. 꼼짝도 못하고 구속당한 것을 잊을 때까지 집요하게 핥고 쓰다듬고 어루만져온다.

"하지 마!"

"왜?"

"난 환자야!"

원중이 웃었다.

"남자를 모르는군. 아픈 여자와는 더 하고 싶어져."

"미친 변태!"

숨을 멈추고 버텨내던 재인의 입술 사이로 희미한 신음이 새어나왔다. 몸이 뜨거워지는 것을 막을 방법을 그녀는 몰랐다.

원중은 헐렁한 셔츠 안으로 손을 넣어 배를 어루만지고, 아직도 희미하게 열이 남아 있는 옆구리를 쓸어 올려 단숨에 가슴에 도달했다. 브래지어를 하고 있지 않은 가슴이 그의 손아귀를 꽉 채웠다. 단단한 무릎이 그녀의 허벅지 사이를 벌리고 들어왔다. 묵직한 무게가 고스란히 여린 몸 위로 쏟아졌다.

"아……!"

견딜 수 없을 것같이 저릿한 감각에 재인이 숨을 헐떡이자 그가 달래듯 코끝으로 그녀의 코끝을 비볐다. 그리고 아기에게 키스하듯 몇 번이고 입술을 부딪친다.

원중이 상체를 일으켜 단정하게 채워져 있던 셔츠의 단추를 풀기 시작한 모습에 재인은 당황스러워 주춤 뒤로 물러났다. 침대 헤드의 끝까지 도망쳐 다리를 세운 채 낯선 눈을 한 그녀를 보고 그가 웃었다.

"왜?"

대답할 말을 찾을 수가 없어 몸을 돌려 도망치려다 허리를 붙잡혀 도로 눕혀졌다. 당황스럽게도 그녀는 하의는 속옷을 제외하고는 아예 입지 않은 상태였다. 항상 두꺼운 이불을 덮고 있어 무방비했는데 이렇게 되고 나니 노출감에 머리가 어질어질했다. 그는 그동안 단 한 번도 욕망을 드러내지 않았었다. 착각이었을까?

커다란 손이 가는 허벅지를 쓸어 올리고 예민한 부분을 위아래로 훑다가 젖은 사이로 파고들어왔다.

"하, 하지 마!"

어쩔 줄 모르고 다리를 밀어내며 재인이 바르작댔다.

"괜찮아. 저번보다는 덜 아플 거야."

"시, 싫어!"

도망치려고 했지만 되지 않았다. 온몸에 키스를 퍼부으며 몇 번이나 오므라드는 무릎을 다시 벌린 원중이 젖은 통로를 확인하고는 그대로 밀고 들어왔다. 속도는 충분히 조절하고 있었지만 그녀에게는 버거웠다. 묵직하게 몸을 가르고 들어오는 감각에 그녀는 숨을 멈췄다. 느리게, 하지만 깊이 들어온 뜨거운 남성이 끝까지 완전히 침입해 들어오자 두 사람 모두 움직임을 멈췄다.

"괜찮지?"

원중의 물음에 재인은 대답할 수가 없었다. 뭐가 괜찮냐는 건지 알 수가 없었다.

괜찮은 건 아무것도 없었다.

왜 이렇게 되고 마는 걸까? 자신의 팔을 그을 정도로 그가 미웠는데, 그녀 자신이 싫었는데, 이렇게 된 상황이 저주스러웠는데 어쩌다 또 이렇게 되어버렸는지 모를 노릇이었다. 눈 하나 깜빡하지 않고 차원중은 잘도 자신이 원하는 대로 상황을 끌고 간다. 마치 그러는 게 당연하다는 것처럼. 그의 호흡은 거칠어져 있었고 그녀의 안쪽 깊이 파묻고 있는 그의 일부는 더 이상 단단할 수 없을 정도로 단단하고 불타는 듯이 뜨거웠다. 이 모든 것은 지극히도 온당하게 느껴졌다.

"허리를 조금 꺾어봐."

원중이 '괜찮지?' 하고 물은 것과 같은 어조로 말했다. 그녀가 움직이지 않자 손을 뻗어 허리와 침대 사이로 쑤셔 넣고는 완력으로 당긴다.

"아!"

허리가 꺾이며 안쪽을 꽉 채우고 있던 감각이 선명해졌다.

"덜 아프지? ……아니야?"

묻는 목소리에는 웃음기가 묻어 있었다. 노려보려 하는데 그가 몸을 뺐다가 다시 깊이 묻어왔다.

"읏!"

재인은 저도 모르게 어깨를 움츠리며 허리를 뺐다. 하지만 가는 허리를 단단히 잡고 있던 손이 다시 자세를 원위치시켜놓는다. 아까보다 더 허리를 당겨 안아버리고는 그가천천히 하체를 움직이기 시작했다.

"아읏! ……앗!"

아픔. 분명히 처음에는 아픔이었다.

여린 살이 깊이 쓸려 들어오고, 다시 뜨겁게 밀려 나가기를 반복하면서 움찔움찔 몸이 떨렸다. 하지만 매끄러운 움직임이 반복되자 고통 사이로 점점 알 수 없는 감각이 섞이기 시작했다. 내벽 전체를 뜨겁게 압박해오는 감각에 숨이거칠어지고 고개가 뒤로 젖혀졌다. 몸이 덜컥덜컥 그의 리듬에 맞춰 흔들렸다.

자제하듯 절제되었던 움직임이 점점 풀리며 속도가 빨라지기 시작했다.

"아앗! 앗! ……아!"

가늘고 하얀 허벅지가 사정없이 떨리다가 본능적으로 그의 허리에 부벼졌다. 그가 손으로 그녀의 다리를 잡아 자신의 몸에 붙이고 턱을 굳게 물었다. 엉덩이가 들리며 결합이 깊어졌다. 커다래진 그녀의 검은 동공 위로 천장의 조명 빛이 산란했다. 그의 이마에서 굵은 땀방울이 판판한 그녀의 배로 떨어져 번졌다. 짧고 강하게 쳐올리는 힘은 이제 절정을 향해 달려가고 있었다.

"아아!"

재인의 눈앞이 하얗게 번지더니 어둠으로 까맣게 무너지기 시작했다. 전기가 저릿하게 온몸을 머리부터 발끝까지 내달렸다. 경련하듯 바들바들 떠는 가는 몸을 안은 채 원중은 사정했다. 강하게 휘감아오는 그의 체온을 느끼며 그녀는 가늘게 숨을 몰아쉬었다.

"아프지 마."

몸을 겹친 채 재인의 귓가에 대고 원중이 속삭였다.

"하고 싶은 대로 못하잖아, 내가."

아아, 하느님.

언제 잠들었는지도 몰랐는데 눈을 떴다. 재인은 어둠이 내려앉은 천장을 가만히 보다가 다시 눈을 감았다. 그러고 나서 또 눈을 떴을 때에는 창 밖이 부옇게 밝아오고 있었다. 다시 눈을 감으려다 목이 말라 몸을 일으켰을 때였다. 문을 덩그러니 막고 선 그림자가 있었다.

"……거기서 뭐해?"

거실에 있던 1인용 소파를 끌어다놓고 깊이 파묻혀 있던 그림자가 날아온 질문에 움직였다. 명도의 차이가 있을 뿐 밤에 물든 어둠은 형체를 구별할 수 없었지만 재인은 그가 픽 웃었음을 알 수 있었다.

"자다 깨서 이번에는 반대쪽 손을 끊어놓은 걸 볼까 봐."

"안 그래."

"좋아서 그랬다며. 장담하는데 어젯밤도 좋았을 거거든."

훅 찌르고 들어오는 말에 재인이 원중을 노려보았다. 그를 표현할 수 있는 말이 막 생각이 났다. 얄미웠다. 잘 웃고, 다정하게 말하고, 그런가 하면 잔인하고, 또 무심하고 자기밖에 모르고…… 그 모든 것을 합치면 그가 하는 한 마디 한 마디가 얄밉다.

한참을 노려보던 재인이 불쑥 물었다.

"남자를 어떻게 망칠 수 있어?"

"응?"

담배를 피워 물던 원중이 설핏 눈썹을 치켜 올렸다.

"김 의원을 망쳐놨으면 좋겠다며. 가능하면 죽고 싶게 만들라고 하지 않았나? 아니면 죽고 싶을 만한 일을 하게 만들라고 했었나? 여튼. 어떻게 그렇게 만드냐고."

대답하지 않고 원중은 후 하고 담배 연기를 뿜어냈다. 그러고는 묘한 표정으로 그녀를 쳐다보았다. 빙글거릴 때와는 확실히 다른 표정이었다.

"말하기 싫으면 관둬. 내가 알 필요 없지, 뭐."

빤히 쳐다보는 시선을 견디기 힘들어 재인은 불퉁하게 말하곤 도로 누워버렸다. 이불을 머리끝까지 뒤집어쓰자 잠시 후 차분한 목소리가 들렸다.

"아니, 헷갈려서 그래."

"뭐가?"

"김 의원을 망치려고 묻는 건지, 날 망치려고 묻는 건지."

지나치게 솔직한 말에 재인의 입꼬리가 저도 모르게 당겨졌다.

"알긴 아나 보지. 내가 널 망치고 싶을 거라는 걸."

"알지."

원중이 다가와 다정하게 입술을 누르더니 이불을 홱 올려 얼굴까지 감싸고 꽉 눌러버린다.

"콜록! 콜록! 콜록!"

숨이 막혀 콜록대며 재인이 이불을 확 내렸을 때에는 벌써 저만치 물러간 다음이다.

"알면서 나쁜 짓 하는 게 더 나빠!"

"모르고 하나 알고 하나 똑같아. 하지만 굳이 말하자면 난 모르고 하는 놈이 더 나쁘다고 생각하는데."

"왜?"

"자기가 지옥 갈 줄도 모르고 살 거잖아."

잠깐 생각했던 재인은 고개를 끄덕였다.

"그 말이 맞네."

"그래?"

다시 담배에 불을 붙이면서 원중은 가볍게 웃었다.

"동의해주니 기쁘군."

"넌 나쁜 놈이지만 기분 나쁘진 않아. 그런데 신성원은 달라. 그건 아마 그 새끼가 모르고 있기 때문일 거야. 자기가 얼마나 쓰레기인지."

"저런."

원중은 싱긋 웃었다. 재인은 다시 그가 빙글거리는 상태로 돌아갔음을 깨달았다. 미묘한 차이였지만 그 사이에는 못 알아볼 수 없을 정도로 분명한 간극이 존재했다.

잠깐 생각하던 재인은 무뚝뚝하게 물었다.

"신성원이 누군지는 알아?"

"몰라."

"모르는데 묻지도 않아?"

"내가 알아야 하나?"

"관심이 없군."

"네 과거에는 관심 없어. 그 새끼가 뭐하는 새끼든 넌 다시는 그 새끼를 못 볼 거거든."

재인은 가만히 원중을 바라보았다. 원중 역시 말없이 담배를 빤다.

"……오빠야."

한참이 지나고 나서야 재인이 침묵을 깬다.

"친오빠. ……가족 정말 엿 같지. 아빠는 주정뱅이에 변태고, 엄마는 그런 남자와 결혼할 정도로 남자 보는 눈이 없는 데다 그래놓고 가정을 버리고 도망갔고. 오빠는 날판 쓰레기고."

원중이 물고 있는 담배 끝이 빨갛게 타올랐다 까맣게 재로 내려앉는다.

"엄마를 닮았군."

원중 역시 한참이 지나고 나서야 불쑥 내뱉었다.

"뭐?"

이해가 안 간 재인이 물었는데 원중이 이번에는 좀 더 영혼이 담긴 얼굴로 웃고 있었다.

"너 말이야. 남자 보는 눈이 좀 수상한 거 보면 엄마를 닮은 게 아닐까?"

딱히 비아냥거리는 기색은 아니었지만 태연하게 찔러오는 말에 재인의 얼굴이 붉어졌다.

"누가 널 좋아한대?"

원중이 웃었다. 그러고는 재인의 말투를 흉내 내어 맞받아쳤다.

"누가 날 좋아한대?"

"나가!"

담배를 손가락에 끼운 채 그는 세상에서 가장 웃기는 농담을 들은 사람처럼 웃고 있을 뿐이다.

"나가라고! 잘 거니까!"

"내가 눈을 떴을 때에도 네 손목은 양쪽 다 무사할 거라고 약속해?"

"살아 있는 거에 되게 집착하네."

"그건 그래."

심플한 인정에 재인은 원중을 바라보았다. 미소가 잔상처럼 남아 있지만 눈은 진심이었다.

"살아 있는 게 중요해?"

"그것 말고 더 중요한 걸 말해봐."

재인은 눈을 깜빡였다. 그녀를 똑바로 응시하고 있는 원중은 100% 진심이었다.

"내가 이 꼴로 살아 있는 게 의미가 있다고?"

"네 꼴이 어때서 그래?"

허공의 한 점에서 두 사람의 시선이 마주 닿았다. 움직이는 것은 커튼 사이로 스며든 아침의 햇살을 타고 유영하는 먼지들뿐이다.

먼저 시선을 뗀 것은 재인 쪽이었다.

"다시는 멍청한 짓 안 해. 나가. 더 잘 거야."

웃으며 원중은 자리에서 일어났다. 하지만 담배를 비벼 끄고 돌아서려다 다시 고개를 돌린다.

"내 방에 갈래?"

"뭐?"

재인은 씩씩대느라 그의 말을 못 들었기 때문에 짜증스

럽게 물었다. 그런 그녀를 바라보는 원중의 시선은 읽기 힘들었다. 뭔가 의문스러운 것 같기도 하고 아니면 별생각 없는 것처럼 보이기도 했다. 그러더니 한참 후에 느릿하게 말했다.

"나도 잘 거거든. 내 방 베개는 꽤 괜찮은 거위털 베개거든. 헝가리산이라나 뭐라나…… 이불하고 세트였는데 꽤 비쌌어."

차근차근 설명하는 얼굴은 도무지 어디까지가 진심이고 농담인지 알 수가 없었다.

"내 방에 가서 자자."

속을 알 수 없이 웃고 있는 원중의 얼굴을 쳐다보고 있던 재인이 고개를 절레절레 젓더니 물었다.

"거위털 베개가 정말 그렇게 좋아?"

원중이 픽 하고 가볍게 웃음을 흘리더니 손을 내밀었다.

07

심리학이 어디까지 학문이고 어디까지 사이비인지는 몰라
도 사람이 끊임없는 합리화의 과정을 거친다는 것은 부정
할 수 없을 듯했다.

처음 하나하나 다 뜯어 죽여도 모자랄 것 같던 재인의 마
음은 어느새 까짓 거 그렇게 원한다면 뭐든 해주지 하는 데
까지 발전해 있었다. 그것이 차원중의 술수라는 것을 모르
지 않았다. 심지어 그는 그 사실을 숨기려 하지도 않았으
니까 모르면 바보다. 그럼에도 불구하고 당해주고 싶은 마
음이 든다는 건 확실히 어리석었다.

그것이 미친 것만은 아니라는 것을 재인은 '태백산맥'을
읽으며 배웠다. 역사 선생과 국어 선생이 동시에 추천한
'태백산맥'은 그녀에게 있어 말 그대로 교과서였던 셈이다.

"여기에 염상구라는 놈이 나오거든. 깡패야. 아주 못된
놈이고. 그런데 이놈이 또 여자를 좋아해. 진심은 아닌 것
같은데 또 가끔은 진심인 것 같기도 하고…… 중요한 건
그 여자가 사실 남편이 있는 여자란 말이야. 외서댁이라
고…… 그런데 너무 예쁘니까 이놈이 이 여자를 거의 협박

해서 자거든. 한 번도 아니고 애를 낳을 때까지 계속! 문제
는…… 이 여자가 처음에는 염상구를 진절머리 나게 싫어
한단 말이야. 당연한 일이잖아. 남편도 없고 아무도 지켜
주지 않고 힘없는 여자니 당하긴 했는데 좋을 리가 없어.
그런데 말이야."

재인이 책을 팔락팔락 넘겼다.

"여기서 이렇게 말하거든. '싫지만 몸을 자꾸 섞으니 싫
어하는 마음이 덜하고 몸이 뜨거워지는 것은 왜일까, 불결
한 모습 보이기 싫어 뒷물을 하려는 마음은 무얼까.' 이거
말이야. 다 이런가 봐. 응? 사람들은 다 이래? 아니면 여자
가 이래?"

재인의 물음에 냉장고를 정리하던 손 여사가 뭐래? 하는
얼굴로 그녀를 쳐다보았다. 무표정한 얼굴이었다.

"응? 내가 이상한 거 아니지? 내가 머리가 모자란 거 아
니지?"

재인을 빤히 쳐다보던 손 여사가 다시 시선을 냉장고로
돌렸다.

"찜찜해서 묻는 건데 단 한 번 대답을 안 해주네."

대답을 목 빠지게 기다리던 재인도 포기하고 다시 책으
로 시선을 움직였다. 같은 문장을 몇 번이나 노려봐서 마
침내 눈앞이 가물가물해질 때까지 그녀는 눈을 부릅떴다.
어지러워져 책 위의 글자들이 춤을 추는 것 같아 눈을 감고
그녀는 고개를 젖혀 소파 등받이에 머리를 댔다. 눈이 시

릴 때까지 뜨고 있어서 그런지 눈꺼풀 속이 총천연색으로 번쩍였다. 가만히 있는데 세상이 뱅글뱅글 도는 것 같은 느낌을 즐기고 있으려니 현관문이 열리는 소리가 나고 뚜벅뚜벅 다가오는 발소리가 들렸다. 그리고 이내 이마 위에 차가운 손이 얹혔다.

"오늘도 공부 열심히 했어?"

눈을 뜨자 원중의 얼굴이 거꾸로 보였다.

"어차피 듣고 왔을 거잖아."

"그래도 네 입으로 듣는 건 또 다르지."

이마에서 손을 뗀 원중은 그녀가 들고 있던 책을 집어 들더니 휘리릭 넘겨 보았다.

"매일 이 책이군. 다른 책은 없어?"

"있어. 하지만 이 책이 좋아."

"왜?"

"여러 가지 배울 게 많아."

"예를 들면?"

"내가 미치지 않았다는 거."

원중이 고개를 갸우뚱했다.

"뭔가 책이 잘 못 가르치고 있는 느낌인데……."

무슨 뜻인지 몰라 잠깐 눈동자를 굴리던 재인은 이내 뭐? 하고 발끈했다.

"내가 미쳤다는 뜻이야?"

"그렇겐 말 안 했어."

웃으며 팔팔 뛰는 재인을 밀어내고 소파에 앉은 원중이 피곤하다는 듯 눈 사이를 문질렀다. 그를 따라 이동한 시선에 걸린 양희를 재인은 그제야 발견하고 눈이 휘둥그레졌다.

주양희를 마지막으로 본 건 도망쳤던 날, 지하실에서였다. 표정 하나 변하지 않고 칼질을 하던 그 모습.

첫날 사무실에서 봤을 때에도 그랬고 원중이 양희와 붙어 다닌다는 건 대강 눈치챘지만 집 안까지 들어온 건 처음이었다.

노골적으로 굳어가는 공기에 원중이 흘깃 재인을 쳐다보았다. 그러더니 몸을 살짝 틀어 손을 소파 등받이 위에 얹으며 주방을 향해 말한다.

"손 여사님, 오늘은 그만 들어가시죠."

문간에서 기웃거리는 양희를 못 본 척하고 주방을 정리하던 손 여사가 손을 딱 놓고 일어섰다. 주방 뒷방으로 들어가 옷을 갈아입고 가방을 챙겨 온 그녀가 허리를 굽혀 인사했다.

"그럼 이만 들어가보겠습니다."

"수고하셨어요."

느긋하게 앉은 채, 하지만 충분히 다정하게 인사를 건네자 손 여사가 쓱 주양희의 앞을 지나쳤다. 그녀를 따라 시선이 움직였던 양희가 원중에게 인사했다.

"그럼, 저도 들어가보겠습니다."

"네. 내일 뵙죠."

원중은 역시 비슷한 태도로 인사를 했다.

내내 재인은 눈을 가늘게 뜨고 있었다. 뭐지? 뭔가 방금 이상한 게 있었는데?

쿵 하는 소리와 함께 오토록이 잠기는 소리가 나자 재인은 몸을 돌려 원중을 똑바로 바라보았다.

"뭐야?"

"뭐가?"

재인의 목소리가 표독스러운 데 반해 원중의 목소리는 느릿느릿 여유로웠다. 그러면 그녀 역시 언성이 낮아지게 된다. 그러지 않으려고 해도 자꾸 목소리가 높아지거나 말이 빨라지는 것을 그의 말을 듣고 깨닫는 거다.

"저 남자, 그리고 아줌마."

"흠?"

뭘 묻는 건지 모르겠다는 듯 눈썹을 치켜 올리며 원중이 담배를 물었다. 그의 긴 손가락이 테이블 위의 라이터를 가져와 불을 붙이는 걸 보고 있다가 재인이 다그쳤다.

"저 남자 싫어."

"네가 뭘 싫어하는지 상대가 알게 만들지 마."

잠깐 사이를 두고 원중이 덧붙였다.

"상대도 널 싫어하는 게 확실해지면 말하는 것도 나쁘지 않겠다."

재인이 미간을 찌푸린 채 원중을 쳐다보았다. 담배 연기를 내뿜은 그는 가볍게 숨을 내쉬고는 알았다는 듯 그녀의 머리를 헝클었다.

"저 두 사람은 부부야."

"뭐어?"

말 그대로 깜짝 놀라 재인이 소리를 질렀다.

저 피도 눈물도 없을 것 같은 남자와 바늘로 찔러도 피한 방울 안 날 것 같은 여자가 부부?

"나이 차는 좀 있지만, 주 이사가 많이 좋아하지. 손 여사를."

"허!"

"재미있는 이야기 해줄까?"

진짜 재미있는 이야기를 하는 것처럼 원중이 눈꼬리를 길게 늘였다. 지겨운 심리학이나 남자 유혹하는 법이 아니면 차원중이 할 이야기가 없다는 걸 아는 재인이 떨떠름하게 물었다.

"뭔데?"

"손 여사가 주 이사보다 연상이야. 다섯 살. 손 여사는 한 번 자고 버리려고 했는데 주 이사가 하도 매달려서 어쩔 수 없이 결혼했다더군."

담배 연기를 후 뱉어내며 원중이 가볍게 웃었다.

엘리베이터 문이 그들의 집이 있는 7층에서 열릴 때까지 양희와 손 여사는 한 마디도 하지 않았다. 아예 모르는 사람처럼 떨어지는 숫자판만 보고 있던 그들은 엘리베이터 문이 열리자 동시에 내렸다.

"저 아이, 엄마 오리 따라다니는 병아리 같군."

오토록 번호를 누르는 손 여사 한 걸음 뒤에 서 있던 양희가 혼잣말을 하듯 중얼거렸다.

"역시 회장님이 잘 다루시는 것 같지?"

마지막 버튼을 누르려다 말고 손 여사는 고개를 돌려 양희를 바라보았다. 그러고는 그대로 시선을 맞춘 채 띠릭하고 손을 움직인다. 명백히 눈에 한심한 기색이 어려 있었다.

"왜?"

쌀쌀맞게 문을 열고 들어가는 손 여사를 쫓아가며 양희가 물었다.

"남자들이란 도대체 아는 게 뭐야?"

"……뭐?"

가방을 내려놓고 짧은 머리를 모아 묶으며 손 여사는 욕실로 들어갔다. 쾅 하고 문이 닫혀버렸기 때문에 양희는 질문에 대한 대답을 듣지 못했다.

젊었을 때부터 행동대장으로 앞장서서 험한 일을 해온 데다 말이 없고 표정이 무뚝뚝해 사람들은 주양희를 어려워했지만 손 여사는 예외였다. 단지 다섯 살 연상이라는 위치 때문은 아니었다. 성격이었다. 김형태 회장을 대할 때에도 그녀는 흔들림이 없었다. 물론 차원중의 앞에서도.

처음 관계를 가질 때에도 그랬었다.

술기운에 어쩌다 차 안에서 스킨십이 불붙었을 때만 해도 주양희는 연애가 시작된 줄로만 알았다. 모텔까지 차를 끌고 가 모텔비를 계산한 건 손 여사였다. 불같은 밤이 지나고 아침에 눈을 떴을 때 손 여사가 곁에 없는 걸 보고서 가슴이 덜컥 떨어져 내렸었더랬다.

아무리 쫓아다녀도 촌스럽게 굴지 말라는 한 마디만 했던 손 여사는 기어이 주양희의 눈에서 눈물을 보고야 연애를 해주겠다고 약속했다.

지금 생각하면 진짜 연애를 시작하기까지, 연애를 하는 도중, 결혼을 우기기까지 늘 불안했었다.

욕실 앞에 엉거주춤 서서 머뭇거리던 양희는 에이 하고 돌아서서 냉장고에서 물을 꺼내 벌컥벌컥 들이켰다. 함께 산 지 벌써 5년째인데도 그녀 앞에서 꼼짝도 못하는 자신이 싫었다.

하지만 더 싫은 건 그녀의 말을 대강 무시할 수 없다는 것이다.

"아까 무슨 소리야?"

씻고 나온 손 여사가 습습한 습기를 머금은 채 나오자마자 양희는 쫓아가 따졌다.

"뭘?"

"회장님이 13번을 제대로 길들이고 있는 게 아니란 소리야?"

손 여사가 타월로 머리를 털다가 어이없다는 듯 그를 바라보았다. 적지 않은 나이에도 불구하고 그녀는 여성미를 놓치지 않고 있었다. 원래 자그마한 편인 몸매는 군살은 좀 붙었지만 여전히 날씬했고 염색을 잊지 않는 머리카락은 검고 싱그러웠다.

"길드는 게 13번만은 아닐 거라는 뜻이야."

양희는 눈을 가늘게 떴다.

"그거 알아?"

가볍게 한숨을 내쉰 손 여사가 양희를 똑바로 바라보았다.

"화투를 칠 때에도 선수끼리 쳐야 기술이 들어가지?"

"……응."

"초보가 거기 끼어들면 판이 이상해진단 말이야. 예측이 안 되니까 선수들이 기술을 걸 수가 없어. 걸어도 잘 안 먹히고, 타이밍이 나빠지면 오히려 패가 말리기까지 해."

"그래."

"13번이 그런 초보가 아니길 바랄 뿐이야."

단호하게 말한 손 여사가 화장대 위의 펌프 병을 쿡 눌러 손바닥에 스킨을 문지르기 시작했다.

어깨를 시트 위에 누른 채 허리를 살짝 들어 휘게 만든 재인이 길게 숨을 뱉어내며 몸을 이완했다. 매끄럽게 빛나는 살결을 어루만지며 입을 맞추던 원중이 픽 웃음을 뱉었다.

"왜?"

"뭐가?"

"왜 자꾸 웃어? 웃음이 너무 헤픈 거 아냐?"

"내가?"

까분다, 라고 말하는 것처럼 손가락으로 그녀의 이마를 톡 튕긴 원중이 그대로 커다란 손으로 그녀의 양뺨을 감싸고 꾹 눌렀다.

"아야! 아아!"

뜬금없이 센 압력에 재인이 버둥대다 그의 벗은 배를 주먹으로 가격했다. 인정사정없는 주먹질에 선명하게 복근이 잡혀 있는 단단한 배를 움츠리며 원중은 또 웃었다.

"또, 또 웃지. 아무래도 수상해. 이런 식으로 흘리고 다니는 질 나쁜 남자들이 많다고 생각했어."

"흘리는 건 모르겠지만."

재인의 몸을 타고 앉으며 원중이 단정하게 말했다.

"질 나쁜 건 맞지."

재인의 양팔을 옭아매 시트에 누르는 그도, 그를 똑바로 바라보며 턱을 치켜드는 재인도 완벽한 나신이었다.

어느샌가 두 사람은 옷을 벗고 뒹구는 것에 상당히 익숙해졌다. 처음에는 부끄러웠던 재인도 아무렇지도 않아하는 원중의 탓인지 빠르게 적응해버렸다. 옷을 벗는 과정도, 몸을 부비는 과정도 처음처럼 부끄럽다거나 추잡하다는 생각이 없었다. 그냥 사람이라는 느낌…… 그냥 차원중, 그냥 신재인이라는 느낌이 다였다.

그래도 입장을 잊은 것은 아니었다.

일단 원중이 잊도록 내버려두지 않았다.

"눈."

"쳇."

투덜대면서도 재인은 고개를 돌렸다. 언제나 지적받는 부분이었다. 사람을 빤히 쳐다보지 말라는 거다. 남자들은, 그런 걸 싫어한다고.

하지만 재인은 김 의원인지 뭔지를 만나면 이렇게 빤히 쳐다보지 않을 것 같았다. 일단 멀리 갈 것 없이 손 여사만 해도 있는 둥 없는 둥 생각하는 그녀였다. 가끔 으르렁대는 현정배는 말할 것도 없고 주양희 역시 눈에 띌까 봐 걱정스러울 정도다.

재인이 빤히 쳐다보는 건 원중뿐이었다.

그는 보면 볼수록 신기한 사람이었다.

처음 봤을 때의 느낌은 이제 사라지고 없었다. 그때에는 참 싫었던 것 같은데, 싫은 걸 넘어서 혐오스러울 정도였는데, 아니, 지금도 분명히 어딘가는 그런데 막상 보고 있으면 좀 달랐다.

생각하는 걸 포기하고 내키는 대로 하자 마음먹은 후, 차 원중을 볼 때마다 느껴지는 것이 있다.

차가운 겨울밤, 가라앉은 겨울밤, 남색의 짙은 빛이 보일 듯 보이지 않게 일렁이는 무언가는 지독히도 외로운 밤바다를 떠올리게 만들었다. 오직 삭막한 겨울바람만이 스치고 지나가는 바다.

비단 깊이 들여다보지 않더라도 외모만으로도 시선이 가는 것도 사실이다.

원중은 체격이 좋았다. 필라테스 선생이 재인에게 "몸이 예쁘다."고 한 것은 원중에게 고스란히 적용되는 말이었다. 어깨가 반듯하고 넓었다. 그 위에 꽤 보기 좋은 근육들이 붙어 있어 그녀는 그 등에 매달리는 게 좋았다. 탄탄한 가슴 근육과 꽉 조인 복근, 날렵한 허리선도, 딱 힘이 잡혀 있는 엉덩이도 남자라는 것이 신기할 정도로 아름다웠다. 옷을 입고 있을 때에는 잘 드러나지 않는 근육이 두꺼운 허벅지와 튼실한 장딴지도 남자다워 좋다.

"나는 운동을 해도 근육이 잘 안 생겨. 그 강사 사기꾼 아냐?"

재인이 자신의 팔을 쓰다듬으며 말하자 담배에 불을 붙이던 원중이 설핏 눈썹을 치켜 올렸다.

"넌 근육 붙으라고 운동하는 거 아냐. 근육은 붙여서 뭐 하게?"

"근육이 예쁜 것 같아."

"근육이 예뻐?"

"응. 너 보면 그래."

원중이 담배 연기를 들이마시다 말고 콜록 작게 기침했다. 그러더니 어이없다는 듯 그녀를 바라보았다.

"남자가 예뻐?"

"넌 예뻐."

심란한 표정으로 담배를 빠는 얼굴이 재미있어 재인은 몸을 뒹굴 굴려 무릎을 꺾고 유혹적으로 웃었다.

"가운데 달려 있는 건 안 예쁘지만."

콜록콜록, 이번에는 좀 더 선명하게 원중이 기침을 했다.

"까분다."

"단단해져 있을 때에는 좀 예쁜 것 같기도 해. 단단하게 만들어도 돼?"

"못하는 말이 없군."

원중은 손을 뻗어 재인의 이마를 톡 하고 때렸지만 그렇게 힘이 들어가 있지 않았다. 표정도 화가 난 기색이 없다. 그래서 그녀는 용기를 내어 기어가 그의 허벅지 위에 손을 얹었다.

"안 돼."

눈을 가늘게 뜨며 원중이 짧게 경고했다. 하지만 여전히 그녀의 손을 치우지도 않고 밀어내지도 않는다.

재인은 손을 천천히 다리 안쪽으로 미끄러뜨렸다. 뜨거운 맥박이 펄떡이는 깊이까지 손을 밀어 넣자 손이 닿기도 전에 축 늘어져 있던 원중의 남성에 힘이 들어가는 것이 육안으로 확인되었다. 저도 모르게 일어선 남성에 손을 뻗자 잽싸게 날아온 그의 손이 허공에서 그녀의 손을 붙들어 잡는다.

"안 된다고 했지."

"왜?"

"여자가 적극적이면 매력 없어."

"꼰대!"

소리를 지르자 어이없다는 표정을 짓더니 웃고 만다. 싫지 않은 것이다. 아니, 좋은 것이다.

재인은 원중의 감정에 민감했다. 그것 외에는 신경 써야 할 것이 없었으므로 더욱 그랬다. 그는 화가 나면 단호했고 싫은 경우에는 칼을 내리치듯 사정을 보아주지 않았다. 대개 멋대로 하게 내버려두는 이유는 자기도 싫지 않기 때문이었다.

"그럼 오늘만 적극적이고 앞으로는 안 그럴게."

"뭐?"

"뭐가 적극적인지 알아야 안 할 수도 있잖아. 오늘 해보고 괜찮은 행동만 말해줘. 아니면 나중에 사고칠지도 몰라."

잠깐 원중은 표정 없이 재인을 바라보았다. 오래는 아니었다. 이내 실소하고 만 것이다.

"논리 교육은 그만 시켜도 되겠어. 천재인 것 같아."

"내가 잘한다는 소리는 들었어. 어렸을 때에도, 공부할 환경은 아니었는데 성적은 나쁘지 않았단 말이야."

앉아 있는 원중의 무릎 위로 기어오른 재인이 양팔을 그의 어깨에 둘렀다. 그렇게 허리를 세운 그녀에게 시선을 고정한 채 그는 담배 연기가 그녀에게 향하지 않도록 고개를 돌려 뿜어냈다. 그러고는 담배를 비벼 끄고 그녀의 가는 허리를 양손으로 잡는다.

"난 네가 담배 피우는 것도 좋아."

"냄새 나는데?"

"그건 싫은데 담배 피우는 모습이 섹시해."

재인은 손을 올려 남자다운 선의 이마를 짚었다. 잘생긴 얼굴인가? 잘 모르겠다는 생각을 했다. 얼핏 잘생긴 것 같기도 하고 그렇다기보다는 거의 예쁜 것에 가깝지 않나 싶기도 했다. 참 보기 좋은 얼굴이었다. 선이 단단하면서도 우락부락하지 않아서 마음에 들었다.

짙은 눈썹 선을 따라 손을 움직이던 그녀는 그의 양뺨에 손을 대고 천천히 고개를 숙여 입을 맞췄다.

마치 어떻게 하나 보자는 듯이 그는 고개를 살짝 들어주기만 한 채 그녀가 하는 대로 두었다. 그녀가 입술을 겹치고 작은 혀끝으로 아직 담배의 쓴맛이 남아 있는 입술을 핥다가 단단한 이가 지키고 있는 안으로 넣을 때까지…… 그는 꼼짝도 않고 가만히 있었다.

재인이 그의 입안을 핥다가 반응 없는 것에 지쳐 몸을 빼고 노려보았을 때다.

그때까지 꼼짝도 않고 고개를 치켜들고 있던 그가 단숨에 그녀의 허리를 낚아채더니 돌려 눕혔다. 순식간에 시트에 등을 대고 누운 그녀를 내려다보는 눈빛은 덤덤했다.

"아직 멀었군."

"거짓말하지 마."

"거짓말?"

"남자는 흥분한 게 눈에 보인단 말이야."

원중이 웃었다.

"미안한데 얘가 흥분했다고 진짜 흥분한 게 아니야. 이 건 피가 몰리면 그냥 커지는 것뿐이야."

재인이 눈살을 찌푸렸다. 생각하지 못했던 부분이었다.

"남자를 미치게 만들려면 네가 여자라는 것만으로는 안 돼."

"도대체 어떻게 미치게 만드는 건데? 끝까지 말 안 해줄 거면 시작도 말든가!"

어쩐지 분해져서 재인은 톡 쏘아붙였다. 원중은 느긋하 게 빙그레 웃었다. 그래서 그녀는 그의 말이 거짓이 아님 을, 그녀의 서툰 유혹은 그를 조금도 흥분시키지 못했다는 것을 알았다. 그의 얼굴에서 저 여유를 완전히 뜯어내고 나서야 동등하다는 말을 붙일 수 있으리라.

원중은 천천히 몸을 숙여 겹쳐오며 입술을 바짝 그녀의 입가에 붙였다. 뜨겁게 눌러오는 체온과 그의 미묘한 움직 임, 다리 사이를 찔러오는 공격적인 남성…… 그녀는 그를 흥분시키는 방법을 몰랐지만 그는 그녀를 다루는 법을 정 확히 알고 있었다.

"남자를 미치게 만든다면 때론……."

약간 낮아진 목소리로 원중이 속삭였다.

"전부를 가질 수도 있지."

그대로 원중이 입을 맞춰왔다. 양손을 깍지 끼어 잡으며 몸을 길게 이완해 호흡을 불어넣으면서.

"널 위해 모든 걸 다 버리게 만들어. 스스로, 기꺼이."

맞닿은 몸의 모든 신경이 마치 잔잔한 호수에 불어온 바람이 일으킨 물결처럼 잘게 떨었다.

"너 말고는 아무것도 중요하지 않다고 생각하게 만들란 말이야."

"어떻게?"

가빠지는 숨을 누르며 물었지만 대답은 돌아오지 않았다. 아직도 경계하고 있는 걸까? 재인이 파멸시키려는 것이 차원중 자신이라고?

망치려는 것은 누구인가. 김 의원인가 아니면 차원중인가.

재인 스스로도 모르는 대답을 원중에게 해줄 수는 없는 일이었다.

매끄러운 재인의 몸과 탄탄하게 근육이 잡힌 원중의 몸이 문질러지며 서로의 피 속에 남성과 여성의 서로 다른 호르몬을 소용돌이치게 한다.

재인의 혼이 나갈 때까지 입을 맞춘 원중은 몸을 세우며 전혀 감정이 담기지 않은 목소리로 명령했다.

"다리 벌려."

08

세란 병원의 특실, 조심스럽게 움직이던 간병인은 병실 문이 열리자 얼른 인사를 하고 자리를 비웠다. 몇 달째 일어날 기미를 보이지 않는 환자를 맡기며 요구한 것은 간단했다. 성심성의를 다해 보살피되 방문자가 오면 자리를 비킬 것.

그리고 알려고 하지 말 것.

간병에 필요한 나이와 바이털 등 기본적인 정보 외에 아는 것이라고는 환자의 이름이 '김형태'라는 것뿐이었다. 뇌졸중이 왔고, 그 후로 영영 일어나지 못하고 있다고.

떡대가 좋은 경호원 둘이 지키고 서 있는 복도를 지나 휴게실로 가며 간병인은 어깨를 들썩였다.

"하이구야…… 무슨 조폭 대장이라도 되는 것 같네. 다들 왜 이렇게 인상을 쓰고 있어?"

하지만 좋은 일자리라고 생각하며 다시 한 번 되뇌는 것이다.

성심성의를 다해 보살피되 방문자가 오면 자리를 피하고, 알려고 하지 말자. 절대로, 알려고 하지 말자.

조폭 대장이든 살인범이든 무슨 상관이겠는가.

몸에 붙는 하얀 카디건에 짙은 남색 치마를 단정하게 입은 손 여사는 쎅쎅 가쁜 숨을 내뱉고 있는 김형태를 착잡한 심정으로 내려다보았다. 뇌졸중으로 쓰러지기에는 아직 젊은 나이였다.

나쁜 짓을 많이 했다는 사실은 부정할 수 없지만 김형태는 아주 나쁜 사람은 아니었다. 적어도 손 여사에게는 그랬다.

눌리고 억압받는 사람이 다 그런 건 아니겠지만, 가진 것 없이 당하기만 했던 김형태는 성정이 불같은 사람이었고 타고난 주먹을 이용해 건달로 나서며 폭력배의 길로 들어섰다. 머리가 좋아 나쁜 짓도 잘했다. 처음에는 제 권리를 찾겠다는 마음이었지만 살다 보니 달라졌다. 나쁜 짓이란 나쁜 짓은 몽땅 다 했다. 당하고 살지 않으려다 남을 해치게 된 경우였다.

하지만 내내 손 여사는 김형태가 안쓰러웠다. 그런 그에게도 한 번쯤, 남들처럼 살 수 있었던 기회가 있었기 때문이다. 그 기회를 박탈당하고 무너지는 남자를 보는 것은 녹록한 일이 아니었다. 그가 한 모든 험한 짓, 나쁜 짓, 잔혹한 짓에 대한 변명은 될 수 없지만 적어도 안쓰러운 마음이야 가질 수 있는 게 아니겠냐고…… 그녀는 그렇게 생각했다.

"죄송해요."

조그맣게 말하며 손 여사는 말라붙은 김형태의 손을 쥐었다.

"도저히 새 회장님을 미워할 수 없네요. 내가 어떻게 해야 좋을지 모르겠어요. 잘하고 있나요, 저?"

꼼짝도 않는 손에는 그래도 온기가 남아 있어 김형태가 아직 살아 있음을 뚜렷하게 보여주고 있었다.

"……당신하고 너무 똑같아서요."

숨 막힐 듯한 정적…… 김형태는 아무 말도 없었다. 어쩌면 영원히 아무 말도 못할 것이다.

"오셨습니까."

막막한 심정으로 주기적으로 하강 곡선을 그리고 있는 모니터를 보고 있는데 등 뒤에서 감정이 느껴지지 않는 목소리가 들렸다. 뜨끔한 손 여사는 한숨을 지우고는 김형태의 손을 놓고 뒤로 돌아섰다.

문간에 기대어 선 채 서늘한 눈을 하고 있는 것은 차원중이다.

"오셨어요?"

허리를 굽히며 인사하고 한쪽으로 물러나자 원중이 뚜벅뚜벅 걸어와 침대 곁에 섰다. 양부인 김형태를 바라보는 눈빛은 색이 없었다.

"괜찮으세요. 안색도 나쁘지 않으시고……."

"집은 어떻게 하고 오셨습니까."

"현 실장이 대신 지키고 있어요. 수업 중이라 어차피 마주칠 일은 없을 것 같아서 잠깐 나왔고요."

변명을 들으면서도 원중은 딱히 표정의 변화가 없었다. 얼핏 따지고 싶지도 않았다는 얼굴이었지만 어릴 때부터 그를 봐온 손 여사는 그의 눈빛에서 읽을 수 있는 게 있었다. 언젠가부터 항상 그랬다.

차원중이라고 해서 태어나면서부터 깊은 겨울밤 같은 눈을 가졌던 것은 아니었다.

손 여사가 처음 원중을 안았던 그날, 그는 몹시도 맑은 눈으로 사람을 쳐다보는 아이였다. 귀염성이 있었고 애교도 있었다. 뽀얗게 생긴 얼굴에 웃는 상(相)…… 누구나 좋아할 만한 아이…… 심지어 김형태조차도 그를 보며 웃음을 되찾았다.

분명 그랬었다.

"회……."

"자리 비우지 마세요.."

잠깐 동안 손 여사는 잘라 말한 원중을 쳐다보았다. 무언가 해야 하는 말이 있을 법도 한데 입만 말랐다.

"들어가보겠습니다."

결국 그녀는 그저 인사를 하고 돌아섰다.

또각또각 발소리를 내며 나간 손 여사가 문을 닫고 나서도 원중은 한참을 움직이지 않았다.

병실에 가습기가 내뿜는 습기 어린 소리와 모니터가 간헐적으로 울리는 소리, 그리고 병자의 숨소리가 가득 찼다.

올 필요는 없었다. 어차피 누가 온들 김형태는 알 수 없는 사람이었고, 보고는 하루 한 번씩 꼬박꼬박 받고 있었다. 하지만 원중은 때때로 병원에 들렀다. 하루하루 마르고 시들어가는 김형태를 확인했다. 그래야만 했다.

"아버지."

대답이 돌아올 리 없지만, 사실 대답이 돌아오길 기대하지도 않지만 원중은 무거운 목소리로 김형태를 불렀다.

정식으로 입적된 것은 아니었다. 하지만 아버지라 부르라 했으므로 아버지라 부르고 자랐다. 그래서 그 외에 다른 이름으로 부를 생각을 해보지 않았다.

원중은 손을 내뻗어 꼼짝도 않는 김형태의 손 쪽으로 향했다가 닿기 직전 다시 거둬들였다.

"언젠가 피 한 방울 안 섞였어도 가족이면 닮는다고 하셨지요. 아버지와 제가 가족이긴 했던 모양입니다."

차갑게 말한 원중은 김형태를 가만히 내려다보았다. 그러고는 더더욱 차갑게 덧붙였다.

"그래도 끝은 닮지 말아야지…… 애써 노력 중입니다만."

대답이 없는 병자를 바라보는 시선은 깊은 겨울밤.

❄

　김으로 흐린 거울을 손으로 쓱쓱 문지른 재인은 거울 속에 비친 자신의 몸을 바라보았다. 필라테스와 마사지로 가꾼 몸은 한눈에도 이 집에 들어왔을 때와 달랐다. 수분이 다 말라버리기라도 한 것처럼 버석버석 말라비틀어져 있던 몸은 적당히 보기 좋을 정도로 살이 올랐고 윤기가 돌았다.

　"단순히 그것만은 아닌 것 같단 말이야."

　고개를 갸우뚱거리며 재인은 거울 속 모습을 유심히 뜯어보았다.

　거울을 보면서 이리저리 꾸밀 정도로 한가한 유년을 보내지 못한지라, 거울을 많이 들여다보게 된 것은 최근이다. 그러면서 알게 된 것이 의외로 자기 자신의 얼굴이나 몸의 모양에 대해 잘 몰랐다는 거다.

　눈, 코, 입의 모양이라든지 귀, 목, 어깨는 뜯어보면 뜯어볼수록 낯설었다. 특히 최근에는 더 그랬다. 정확히 어디가 변한 건지는 모르겠는데 몸의 모양이 묘하게 달라졌다. 여전히 마른 몸이지만 곡선이 좀 더 생겼고, 부드럽게 느껴졌다.

　"가슴이 좀 커졌나?"

　양손으로 가슴을 받쳐 든 채 몸을 틀어 한껏 라인을 만든 재인은 고개를 숙여 아래를 내려다보았다. 하얗고 둥근 곡선 끝에 달린 여린 베이지 빛의 젖꼭지는 제 눈으로 보기에도 썩 색스러웠다.

어렸을 때부터 가슴은 컸다. 엄마가 그랬다고 동네 아줌마들이 이야기해줬다. 하기야 하얀 피부나 얼굴, 몸매 모두 엄마를 닮았다고 했다. 아빠는 그래서 더 재인을 싫어했다. 엄마를 닮아서 징그럽게 이기적이고 건방지다고……

재인의 생각에 가장 이기적인 사람은 아빠였지만 그는 그렇게 생각하지 않았다. 온통 불만투성이였다. 자신만 선한 사람이었다. 그래놓고 나쁜 짓을 할 때에는 무섭도록 뻔뻔했다. 친딸의 몸을 더듬는 눈은 믿고 싶지 않을 정도로 음흉했었다. 오빠 역시 제 아비를 닮아 제 여동생을 길거리 창녀만도 못하게 여겼다.

그러니 신재인이 징그럽게 이기적이고 건방지다면 엄마가 아니라 가족력이다. 그냥 원래 그런 거다.

하지만 아니라고 믿고 싶다.

신재인은 좋은 사람이라고, 옳다고, 그저 환경이 엿 같아서 지금은 더러울 뿐이라고 생각하고 싶다. 그러지 않으면 무너질 것 같으니까.

자기 자신을 싫어하는 것보다는 차라리 남을 미워하는 게 낫다. 거울 속에 마주 보이는 눈빛을 혐오하기 시작하면 세상 그 누구도 사랑해주지 않을 테니.

「내가 이 꼴로 살아 있는 게 의미가 있다고?」

그러나 그것은 얼마나 어려운 일인지.

누군가에게는 숨 쉬는 것보다 더 쉽다는 자기 자신을 소중히 여기고 사랑하는 일이, 사랑을 받아본 적이 없는 신재인에게는 얼마나 낯선 일인지.

단지 살기 위해서, 버티기 위해서 자기 자신을 사랑하기 위해 노력해야 한다는 것이 얼마나 처연한지.

한참 동안 거울을 보던 재인이 욕실에서 나왔을 때 원중은 소파에 앉아 있었다. 저도 모르게 얼굴이 환해지며 그녀가 달려가 그의 품에 폴짝 뛰어들었다.

"언제 왔어? 어떻게 이렇게 일찍 왔어?"

"뭘 일찍 와?"

원중이 읽고 있던 신문을 내려놓으며 재인의 허리를 감싸 안았다.

"아직 낮이잖아. 항상 밤이 되어야 왔으면서."

"내 집이야. 나 오고 싶을 때 오는 거지."

"치……."

입을 비죽인 재인은 그래도 기뻐서 재잘대기 시작했다.

"그럼 오늘은 집에서 밥 먹지 말고 나갈까?"

"나가?"

재인을 무릎에 앉힌 채 다시 신문에 손을 뻗다가 원중이 멈칫했다.

"응. 나 밖에 나가고 싶어. 어떻게 단 한 번을 안 내보내? 햇빛을 안 받으면 구루병인가 그런 거 생긴댔어. 선생님이 그랬어."

"그럴 리 없어. 너 비타민 D 따로 챙겨 먹고 있어."

"우루루 먹는 그 약들? 그런 거 다 소용없어. 다리가 약해진다고."

"하루에 한 시간씩 트레드밀을 돌리면서 무슨 소리야? 필라테스는 어쩌고?"

"그거랑 다르다니까."

"같아."

"손 여사가 해주는 밥 맛없어!"

애꿎은 손 여사까지 붙잡고 늘어지자 원중이 난감한 기색으로 담배를 집어 들었다. 그녀가 매달린 한쪽 팔은 그냥 둔 채였다.

원중이 한쪽 손만을 이용해 어렵사리 담배를 물고 불을 붙이는 동안 고집스레 그의 팔에 매달려 있던 재인은 그가 첫 연기를 내뿜자마자 다시 졸라댔다.

"뭔가 비싸고 맛있는 걸 먹고 싶어!"

미간을 약간 찡그린 채 재인을 엄하게 쳐다보던 원중은 이내 픽 웃고 말았다.

"왜 웃어? 야단 안 쳐?"

"왜 야단을 쳐?"

"남자는 여자가 조르는 거 싫어해……. 막 이래야 하는 거 아냐?"

재인이 자신의 말투를 흉내 내자 원중은 재미있어했다. 낮게 웃고는 더 해보라는 듯 자세를 잡는다.

"글쎄, 보통은 확실히 그렇지만 오늘은 그럴 맘이 들지 않는군. 이런 방식이라면 또 모르겠어."

세상에서 가장 소중한 걸 안고 있는 것처럼 자신의 팔을 안고 있는 재인의 이마를 톡 건드린 원중이 담배 연기를 깊게 들이마셨다.

"좀 덜 애 같고 더 섹시하다면 좋겠지만."

"그래?"

재인은 발딱 몸을 일으켜 다리를 벌리더니 원중의 허벅지 양쪽에 다리를 두고 무릎을 대고서 허리를 곧추세웠다. 원중은 양팔을 소파 등받이에 얹은 채 어떻게 하나 보려는 눈으로 팔만 꺾어 담배를 피운다. 그런 그의 셔츠 깃을 잡으며 그녀가 속삭였다.

"덜 애 같고 섹시하면 같이 외출할 거야?"

"이건 저번에도 실패한 방법 같은데?"

"그러니까 성공하면 데리고 나갈 거냐고."

"좋아."

절대 성공할 리 없다는 듯 원중은 산뜻하게 말했다. 담배를 피우는 그의 손길은 그저 한가로웠다.

"약속했어어?"

다짐하듯 말한 재인은, 약간은 어린애 같았던 말투와 달리 얼굴에서 웃음기를 지웠다. 그렇다고 무표정한 건 아니었다. 원중이 귀가 닳도록 말하지 않았던가? 남자는 무표정한 걸 싫어한다고.

원중은 약간 턱을 치켜든 채 시선을 그녀에게 두고 있다. 지금 이때까지 단 한 번도 그녀가 그를 휘저어놓은 적은 없었으므로 명백히 얕잡아보고 있는 것이다.

재인은 입가에 살짝 유혹적인 미소를 띠었다. 입술은 웃고 있지만 눈은 아니었다. 본디 그녀는 웃으면 반달처럼 휘는 눈매를 가지고 있었지만 지금은 그냥 길게 늘이기만 했다. 웃는 것도, 웃지 않는 것도 아니었다. 그저 그를 바라본다.

"흠……."

그녀의 표정이 마음에 들었는지 원중이 낮은 콧소리를 냈다.

재인은 손을 뻗어 느슨하게 늦춰져 있는 그의 넥타이를 풀어냈다. 살살 매듭을 풀어내고 양끝을 잡고 슬쩍 잡아당겼다가 느슨하게 놓고는 순식간에 휘리릭 당겨서 바닥에 던져버린다.

그러고는 셔츠의 단추를 하나 더 풀었다.

약간 옷매무새가 흐트러지긴 했지만 여전히 원중은 꿈쩍도 않았다. 들고 있던 담배가 짧아지자 팔만 움직여 끄고는 꽁초를 대강 던져버린 채 마음대로 해보라는 듯 몸을 내어준다.

"이젠 내 차례."

재인은 살짝 몸을 빼어 부끄럽다는 듯 웃고는 맨 위의 단추를 빼고는 몽땅 잠갔던 셔츠의 단추를 하나 더 풀었다. 손 여사가 있어 샤워하고도 옷을 다 입고 나왔는데 잘했다 싶었다.

원중의 눈빛이 약간 달라졌다.

이제 원중의 시선은 그녀의 얼굴이 아니라 약간 더 드러나 셔츠 사이로 보이는 쇄골에 향해 있었다.

방금 샤워를 해 물기를 머금은 피부는 싱그러웠고 깨물면 물이 튈 듯 반짝이고 있었다.

"하나 더?"

대답이 필요하지 않은 질문을 던지며 재인은 셔츠 단추를 하나 더 풀었다. 세 개가 풀린 단추 사이로 가슴골이 드러났다. 노골적이지 않을 만큼, 그러나 충분히 상상력을 자극할 정도로.

"담배 가져와."

원중이 낮은 목소리로 말했다.

그의 목소리에 담긴 무언가 음습한 것이 재인은 마음에 들었다. 하지만 휘말리지 않고, 상큼하게 고개를 끄덕이고 뒤로 손을 뻗어 담뱃갑을 집어 왔다. 그러나 그가 손을 뻗었을 때에는 바로 넘겨주는 대신 고개를 절레절레 젓고는 피한다.

뭐하는 거지 하고 쳐다보는 그의 입술에 검지를 누른 재인은 유혹적인 시선을 고정한 채 담배를 꺼내 입에 물었다. 그의 눈이 가늘어졌다. 그녀가 라이터를 켜고, 두 사람의 눈동자에 주홍빛 불빛이 어른거리고, 시선을 마주친 채 담배에 불을 붙이는 과정에서 그는 별다른 반응을 보이지 않았지만, 재인은 그의 목울대가 울컥 움직인 것을 분명 확인했다. 슬쩍 고개를 젖히는 두 눈에 어리는 감정은 분명 욕정이었다.

담배에 불을 붙인 재인은 거의 실패할 뻔했다. 목구멍으로 넘어간 연기가 지독하게도 썼기 때문이다. 기침을 터트리며 분위기를 망칠 위기를 간신히 넘기고 나서야 그녀는 손가락 사이에 담배를 끼운 채 여유롭게 연기를 후우 내뱉었다. 그러고는 손을 움직여 그의 입술에 담배를 물려주었다.

원중은 고개만 살짝 틀어 담배를 받아 물었다. 날렵한 턱 선이 가슴을 두근거리게 만드는 것을 무시하고, 그녀는 그가 담배를 빨길 기다려 다시 담배를 손가락 사이에 끼웠다. 그리고 담배를 자신의 입술로 가져와 정확히 그가 물었던 자리를 물고는 깊게 흡입했다. 이번에는 아까의 실패를 되살려 목구멍으로 넘어가지 않도록 조심한 다음, 그의 벌어진 셔츠 깃 사이로 후우 담배 연기를 뿜어냈다.

그리고 도발하듯 그를 쳐다봤다.

손가락 끝을 가슴 위에 겨누고 천천히 아래로 내려서 셔츠 위로, 멈출 듯 말 듯 느릿느릿, 재인 자신조차 숨을 쉬고 있는 건지 알 수 없는 긴장 상태로 벨트 위를 눌렀다가 불툭 튀어나온 위험한 부위로 미끄러지려 할 때였다.

웅크린 야수가 풀숲에서 튀어나오는 것처럼, 민첩하게 팔을 움직인 원중이 그녀의 손에서 담배를 걷어치우고 그녀의 입술을 덮쳤다. 입술 안으로 그가 뱉어내지 않았던 담배 연기가 들어와 곧장 목구멍으로 쏟아졌다.

"콜록! 콜록! 콜록!"

익숙하지 않은 자극에 재인이 기침을 터트리며 가슴을 들썩였다. 고개를 저으며 양손으로는 원중의 어깨를 마구 두드렸지만 그는 놓아주지 않았다. 그대로 입술을 삼킨 채 그녀가 연기를 모두 삼킬 때까지 호흡을 놓지 않고 버렸다.

"허억! 놔! 이거!"

거의 숨이 넘어갈 상황에서야 풀려난 재인은 거친 숨을 몰아쉬며 아찔해진 눈앞을 수습했다. 눈도 코도 매워서 눈물이 찔끔 났다.

"내가 이겼어. 네가 먼저 움직였잖아."

기침을 하고 가슴을 두드리며 재인이 소리 질렀다.

"내가?"

"그래! 인정해! 이 거짓말쟁이!"

"어차피 나쁜 놈인데 거짓말 정도는 일도 아니야."

"거짓말쟁이! 거짓말쟁이! 거짓말쟁이!"

하지만 지난번 침대 위에서의 완패를 인정할 수밖에 없었던 것처럼, 이번에 재인은 그가 흔들렸다는 것을 알 수 있었다. 가라앉아 있었지만 눈빛 깊숙한 곳에서 돌던 윤기는 분명히 평소의 그와는 다른 느낌이었다. 죽기 직전의 사람처럼 느리게 뛰던 맥박이 잠깐 흔들려 제 템포를 잃었다는 것이 맞닿은 피부를 통해 느껴졌었다.

　무엇보다…….

　"그래서 나갈 거야, 안 나갈 거야?"

　바닥에 떨어진 담배를 주워 재떨이에 눌러 끄는 원중을 향해 보챘을 때 그가 이렇게 말한 것이다.

　"나가."

　그것은 항복의 깃발이나 다름없었다.

　손 여사가 해주는 밥은 맛없다고 소리를 질렀었지만, 솔직히 말하자면 요리 솜씨는 인정하고 있었다. 단순히 맛있다 정도가 아니라 종류도 다양했고, 그 다양한 모든 음식이 다 어느 수준 이상이라는 건 쉽지 않은 일이었다.

　그래서 막상 현정배가 운전대를 잡은 차에 탔을 때, 재인은 뭘 먹고 싶은지 얼핏 생각해낼 수가 없었다.

　"너는 먹고 싶은 것도 없으면서 몸 안 좋은 회장님한테……."

　단박에 타박해오는 현정배의 목소리에 재인이 눈을 크게 떴다.

"아파?"

정배를 싹 무시하고 원중을 쳐다보며 매달리듯 물은 재인을 내려다보는 원중은 덤덤했다.

"괜찮아."

"어디가 아픈데?"

손을 뻗어 이마를 짚어보자 따끈했다.

"열 있네?"

현정배 보란 듯이, 재인은 원중의 머리를 감싸듯 안고 당기며 몸을 기댔다. 엉겨 붙는 것이 귀찮기도 하련만 원중은 별다른 반응 없이 내버려둔다. 순전히 정배의 부아를 돋우기 위한 행동이었다.

아니나 다를까, 이중으로 열이 오른 정배가 눈이 튀어나올 듯 룸미러를 노려보았다. 기가 죽을 그녀가 아니었다. 원중 모르게 메롱까지 날려주고는 유세를 떤다.

"나 몸이 허한가 봐. 머리를 앞으로 이상하게 세운 근육 떡대 남자 귀신이 보여."

원중이 픽 웃었다.

"그 귀신이 자꾸 노려봐. 꺄아!"

원중에게 달라붙어 뺨을 비비면서 슬쩍 보니 룸미러 속에서 정배가 꼬르륵 숨이 넘어가는 표정을 짓고 있었다. 쌤통이었다. 십년 체증이 다 내려간다는 게 이런 걸까.

"현 실장."

장단을 맞춰 놀아주듯 원중이 정배를 불렀다. 별 도리 없이 현정배가 시선을 치웠다. 하지만 부글부글 끓고 있는 속을 대변하듯 운전석에서부터 열기가 확확 올라온다.

"어디로 모실까요?"

이를 악물고 말하자 원중이 뭐가 먹고 싶어? 하고 묻듯이 재인을 내려다보았다.

재인 쪽으로 말하자면, 나와서 좋은 데다 현정배의 속을 뒤집어놓으니 더 바랄 것이 없었다. 뭘 먹어도 상관없긴 했으나 그녀는 신중하게 고르기로 했다.

"짜장면 먹을래."

"짜장면?"

어처구니없다는 듯 원중이 인상을 찌푸렸다. 그도 그럴 것이 외출하겠다고 잔뜩 졸라대 나와놓고는 집에서도 시켜 먹을 수 있는 음식인 것이다.

"응, 짜장면."

잠깐 재인을 내려다보던 원중은 그럼 어쩔 수 없다는 듯 정배를 향해 간략하게 말했다.

"흑월루로 가."

재인은 몰랐지만 흑월루는 얼마 전 청담동에 오픈한 화려한 성채 같은 중국요리 전문점이었다. 독특한 인테리어 때문에 방송을 몇 번 타면서 사람이 몰려 유명해졌지만 그 레스토랑이 흑야회의 소유라는 사실을 아는 사람은 별로 없었다.

"예."

마지못해 대답한 정배가 차를 출발시켰다. 그러면서 보이지 않게 째려보는 건 잊지 않았다.

원중과 재인이 흑월루로 들어간 후 땅바닥에 침을 찍 뱉고 욕설을 웅얼거리는 정배 옆에 선 것은 양희였다.

"이사님, 저 기집애…… 괜찮은 거예요?"

따지듯 물어오는 정배에게 양희가 뭘? 하고 묻듯 쳐다보았다. 속을 잘 드러내지 않는 양희와는 달리 정배는 사납고 속이 천박할 정도로 곧이곧대로 드러나는 타입이었다. 잘 보이는 속의 대부분은 충성스러움과 원중에 대한 동경이었으므로 별 문제 없지만 최근에는 불만이 섞여 있었다. 다름 아닌 신재인 때문이다.

현정배에게 있어서 신재인은 겪어본 적도 없는 황당한 재앙이었다.

"혹시 말이에요, 이사님. 회장님 여자 취향 아세요?"

"모르지. 여자를 곁에 둔 적이 없으시잖아."

역시 속을 드러내지 않은 채 양희가 중립을 지키며 말했다. 하지만 그런 눈치도 없이 정배는 배를 가르고 하고 싶은 말을 드러냈다.

"설마 김 의원과 겹치는 건 아니겠죠?"

결국 양희도 인상을 찡그리고 말았다.

"말 함부로 하지 마. 누가 들으면 어떻게 하려고 해?"

"그럼 도대체 왜 저렇게 받자해주시는데요? 오냐오냐하

시니까 저 기집애가 지가 형수님이나 되는 것처럼 굴잖아요! 정말 맘에 안 들어요."

"회장님이 알아서 하실 거야. 어디 주제넘게 나서?"

"끼고 있는 거야 그렇다고 쳐요. 회장님 속이야 저 같은 놈이 어찌 알겠어요. 그래도 이건 아니죠. 어리광을 받아주고 기를 살려놓으면 우리 일도 힘들어져요. 일은 할 수 있게 해주셔야죠!"

"12번은 언제 보내?"

터지는 정배의 불만을 막으려는 듯 양희가 목소리를 높였다. 눈치는 없어도 그 목소리에 서린 경고까지 모를 정도로 정배는 멍청하지 않았다.

"준비는 다 됐어요. 근데 솔직히 12번은 얼굴만 반반하지 근성이 없어서 안 되겠어요. 김 의원 미친놈이 바로 흥미를 잃을 것 같은 느낌이에요. 또라이 새끼!"

"또! 또! 또! 12번도 싫고 13번도 싫고. 어쩌자는 거야? 현 실장은 말을 조심해야겠어."

"하아…… 돌아버리겠네, 정말."

"또! 또!"

"이것저것 다 맘에 안 들어요. 답답해요. 환장하겠다고요!"

"좀 참아. 어차피 12번 가고 나면 조만간 13번도 보내게 될 거야. 그때까지면 되는데 뭘 그래?"

"그건…… 그렇죠."

간신히 납득한 정배가 화려한 홍등이 달린 흑월루를 올려다보았다. 긴 겨울에서 짧은 봄을 지나 여름으로 접어들려는 계절, 한낮, 강한 붉은빛과 검은빛의 조화로 아찔한 위용을 자랑하는 거대한 건물이 도저히 알 수 없는 내일처럼 그들을 도도하게 내려다보고 있었다.

09

"쯧!"

혀를 차며 경고를 날리는 현정배의 목소리에 미영이 꼬불꼬불하게 세팅한 머리를 만지던 손을 얼른 내려놓았다. 하지만 긴장한 터라 테이블 아래에서 손가락을 꼼지락거리는 것까지는 어쩔 수가 없었다.

현정배의 말에 따르면 운 좋으면 팔자 고치는 거라고 했다. 하지만 영어 공부도, 역사 공부도 별로 잘하지 못했다. 운동만은 좋아하는지라 모두 섭렵했지만 김 의원의 마음에 들지 자신이 없었다.

고급스러운 찻잔에 담긴 홍차를 물끄러미 바라보다 미영은 목이 타는 것을 느끼고 물을 약간 마셨다. 간단한 과자가 작은 접시에 담겨 있었고, 맛있어 보였지만 손댈 엄두가 나지 않았다.

현정배가 보여준 사진 속의 김 의원은 못나지 않았다.

나이는 좀 있었지만 배가 불룩하거나 대머리도 아니었고 오히려 몸매는 좋은 편이었다. 잘 관리한 몸매랄까…… 약간 예민하게 생긴 얼굴이나 희끗한 머리도 싫지 않다.

잘 보여서 신세 역전을 할 수 있지 않을까 기대하게 된다.

채각채각 시계 소리가 크게 들리고 자꾸만 축축해지는 손바닥을 허벅지에 문질러 닦았을 때였다. 굳게 닫혀 있는 문이 열리더니 김 의원이 들어왔다.

"안녕하세요."

살짝 몸을 일으키며 미영은 수백 번 연습한 대로 세련되게 인사했다. 투명한 안경알 너머로 찌르는 듯한 시선이 그녀를 훑었다.

김주환.

흔히 독사라고 불리는 그는 한때는 변호사로 온갖 비리에 관여하다 바로 그것을 무기로 정계로 진출한 사람이었다. 비열하기로는 둘째가라면 서럽다 소문이 났고, 그 소문 때문에 적이 많지 않았다. 그에게 당한 사람들은 대개 똥이 더러워서 피하지 무서워서 피하냐며 고개를 절레절레 내젓곤 했다.

그렇다 해도 그가 주기적으로 조공을 받을 정도로 흑야회와 밀접한 관계라는 것을 아는 사람은 별로 없다. 남의 치부를 쥐고 있는 만큼 자신의 치부를 관리하는 데 철저했기 때문이다. 나쁜 짓을 한다는 사실을 숨기지 않지만 얼마만큼 나쁜지는 비밀로 하는 꼴이랄까.

이 조심성이 김 의원의 입지가 흔들리지 않는 이유였다. 그를 노리는 수많은 적들에게는 악재겠지만.

"흠……."

콧소리를 흘린 김 의원의 입꼬리가 쓱 올라갔다.

"이번에는 귀여운 아가씨로군."

그가 고개를 끄덕이자 현정배가 허리를 숙여 보이고 나
갔다. 방 안에는 이제 두 사람만 남았다.

다가와 의자를 빼내어 앉는 김 의원의 모습은 지극히도
젠틀했다. 미영을 바라보는 눈빛 또한 날카롭긴 했지만 음
흉한 데 없이 담백했다. 상류층 중년 신사의 전형 같은 모
습이었다.

"그래, 한번 아가씨 이야기를 해봐요."

찻잔을 살짝 들어 차 맛을 본 김 의원이 빙그레 웃었다.
그의 반응이 나쁘지 않은 것 같아 안심하면서도 미영은 묘
한 불안을 느꼈다. 그것이 무엇인지 선뜻 떠오르지 않았지
만 김 의원의 완벽한 매너는 위화감이 있었다.

"좋아하는 게 뭐죠?"

"아, 저는 골프와……."

김 의원이 몹시도 좋아한다는 골프 이야기를 꺼내던 미
영은 비로소 불안의 정체를 깨달았다.

'이번에는'이라고 말했다. 김 의원은.

현정배는 미영에게 12번, 그리고 신재인은 13번이라고
했다.

그렇다는 것은 1번도 2번도 3번도…… 그렇게 11번까지
가 이미 지나갔다는 이야기다. 그 여자들은 어디로 간 걸

까? 팔자를 고쳐서, 어딘가에서 잘 살고 있는 걸까? 그런
가? 그게 말이 되나?

"골프와?"

멍한 미영을 김 의원이 부드럽게 재촉했다. 쪼르르르,
그의 손에서 따라지는 차의 빛깔이 유난히도 붉었다.

❄

트레이너는 커다란 봉투와 함께 왔다. 봉투 속에는 헬스
복과 각종 기구, 그리고 골프용품이 들어 있었다.

"골프?"

선물을 받은 것처럼 하나하나 뜯어보던 재인이 고개를
들어 트레이너를 보았다.

"자세까진 제가 잡아드리고 그 뒤에는 다른 선생님이 오
실 거예요."

잠깐 뚱하게 있던 재인은 가타부타 없이 고개를 끄덕였
다.

이제 재인은 낯모를 사람들이 오가며 그녀를 가르치는
것에 대한 거부감이 거의 완전히 사라진 상태였다. 누군가
오는 것도, 가는 것도 그녀의 소관이 아니라는 것은 확실
히 배웠다. 다만 친해지는 법도 없었다.

제주댁의 비극 이후로는 마음을 쉬이 열지 못하는 것이
다.

제주댁.

끊임없이 운명의 가혹한 주먹에 얻어맞으며 재인은 그녀를 해친 것에 대해 길게 마음 품지 않는 법을 배웠다. 잊지는 않되 새기지도 않는 거다. 그것은 너무나 괴로운 일이었다. 그저 언젠가는 반드시 되갚아주겠다는 마음만 접어놓은 채 할 수 있는 일을 하는 거다.

하지만 자신이 남을 해한 문제에 대해서는 그럴 수가 없었다.

연속해서 몰아쳤던 불행의 어떤 부분도 그녀의 잘못이 아니라고 생각해온 재인이지만 제주댁에 한해서는 자기 자신에게 유죄를 선고한 터다. 원칙을 따지자면 끝도 한도 없고 잘잘못을 가리는 일은 어렵지만 그녀가 느끼는 것은 분명히 죄책감이었다.

재인이 움직일 기색을 보이지 않자 잠깐 기다리던 트레이너가 재촉했다.

"유연성이 좋다고 필라테스 강사님께 들었습니다. ……옷 갈아입고 오시겠어요?"

40분 근력 운동을 하고 20분 휴식 후 골프 자세를 배웠다. 필라테스도 처음에 할 땐 죽을 맛이었지만 근력 운동에 비할 바가 아니었다. 쥐어준 덤벨을 들고 시키는 대로 움직이려니 팔도 다리도 후들거렸다.

그러나 정말 고통은 골프였다. 제대로 치는 게 아니라 자세를 잡는 거다 보니 트레이너의 언성이 점점 높아졌다. 손끝 하나, 어깨의 모양, 가슴의 방향, 허리를 트는 정도, 골반의 위치, 허벅지와 다리를 벌리는 정도, 발끝이 향한 위치…… 몸이 그녀의 몸이 아닌 것만 같았다. 사지가 따로 논다는 뜻이 뭔지 정확히 알 수 있는 상황. 게다가 근력 운동을 마친 후다. 처음이라 살살 했다고 하지만 온몸이 벌벌 떨리기 시작했다.

"아뇨. 아뇨. 자…… 보세요. 이렇게……."

뒤에서 트레이너가 덥석 안아왔다. 정확히 말하자면 안 았다기보다는 등 뒤에서 자세를 잡아주려 하는 거지만 백 허그에 가까운 자세였다.

양팔을 꽉 잡힌 채 어쩔 줄 몰라 하던 재인은 트레이너의 허벅지가 다리 사이로 들어오는 바람에 다시 놀랐다.

"자, 잠깐! 놔봐!"

야멸치게 뿌리치자 트레이너가 당황한 얼굴로 화가 난 재인을 응시했다.

"아니, 저, 저는……."

트레이너가 변명하듯 더듬거렸다.

"자세를 잡아드리려면 어쩔 수 없어요. 하지만 싫으시다 면 좀 더 조심해보……."

"싫어! 절대 싫어!"

트레이너가 싫은 건 아니었다. 따지고 보면 그는 키도 컸 고 몸도 좋았고 서글서글하게 좋은 인상이었다. 하지만 등 뒤로 와 닿는 다른 남자의 가슴의 느낌…… 마치 탄력이 좋은 굵고 차가운 뱀이 몸을 휘감은 것처럼 끔찍했다.

"예예. 그러시다면 가능한 한 터치는 줄여볼게요."

달래듯 말하는 트레이너는 전혀 기분 나빠 보이지 않았다. 오히려 놀란 재인을 다독이려는 듯 양손을 살짝 들어 손바닥을 내보이고 차분차분하게 설득한다. 그럼에도 불구하고 상한 기분은 조금도 나아지지 않았다. 오히려 더 불쾌할 뿐이다. 뭐 이렇게 부비는 게 당연하고 사연스럽고 쉬워?

재인은 그를 노려보다 획 돌아서서 방으로 뛰어 들어가 문을 쾅 닫아버렸다.

"진짜야! 이상해! 성추행 당한 것 같아, 나. 다리 사이로 무릎이 들어왔다니까?"

"자세 잡을 땐 다 그래."

골프채를 잡고 스윙을 하며 원중은 대수롭지 않게 대답했다. 퍼팅 연습기 위를 정확히 굴러간 하얀 공이 구멍으로 쏙 들어갔다.

"아냐! 이상했다고! 그럼 골프를 배우는 사람들은 다 그렇게 끌어안고 한단 말이야?"

"네가 너무 못해서 그런 거 아니야? 양손으로 잡아줄 수 있는 게 한계가 있으니까 다리까지 쓴 거겠지."

"뭐야? 넌 날 안 믿어? 아니면 트레이너 뭐시깽이를 더

믿는 거야?"

"아니, 날 믿는 거야."

골프채로 바닥을 짚으며 원중이 재인을 바라보았다.

"너도 내 말을 믿어. 죽고 싶은 게 아니라면 너한테 손 안
대. 자기가 가르치는 여자가 누구 건지는 정확히 알고 있
을 테니."

당당한 것을 넘어 거의 오만한 수준의 발언은 재인의 입
을 완벽하게 틀어막았다. 할 말을 잃고 서 있는 그녀를 향
해 원중이 손을 내밀었다.

"이리 와봐."

"왜?"

어쩐지 여유작작한 태도가 꼴 보기 싫어 통명을 부리자
원중이 말없이 내밀었던 손바닥을 살짝 위아래로 흔든다.
잔말 말고 어서 오라는 뜻이다.

말을 듣고 싶지 않은데 끝까지 버텨 이기는 것 또한 상
상이 가지 않아서 재인은 주뼛주뼛 일어서 다가갔다. 손이
닿을 만한 거리에 서자 그가 그녀의 팔목을 홱 잡아당겨 품
에 가둔다. 등과 가슴이 맞닿았다. 백허그하는 것 같은 자
세다. 아까 트레이너와 비슷하지만 좀 더 등을 푹 감싸고
있다.

"자, 채를 잡아봐."

거리낌 없이 몸을 붙인 채 원중이 귓가에 속삭였다.

덩치만 따지자면, 키는 원중이 컸지만 몸은 트레이너가

더 좋았다. 하지만 우락부락한 트레이너의 몸보다는 적당히 탄탄한 원중이 더 좋다고 재인은 생각했다. 귓가에 닿는 낮은 숨결이나 간질이는 듯한 저음의 목소리도 좋았다.

"아니아니, 힘을 빼. 로봇이야?"

설핏 웃으며 원중이 몸을 흔들었다. 그녀의 등과 그의 가슴이 맞닿아 있는 상태였기 때문에 몸이 같은 속도로 살래살래 움직였다. 어쩐지 그게 간질간질 달콤해 재인은 쿡 웃고 말았다.

"엉덩이를 흔드는 걸 좋아하는군."

장난을 치며 원중이 몸을 좀 더 흔들었다. 엉덩이까지 온몸이 살랑살랑 흔들렸다.

"하지 마!"

"힘을 빼면 그만두지. ……자아, 얼른 힘을 빼."

힘을 빼지 않으려야 그럴 수가 없었다. 결국 숨을 헐떡일 정도로 깔깔 웃으며 재인은 원중의 품에 완전히 몸을 맡겼다. 그제야 몸 흔드는 것을 멈춘 원중이 재인의 양손 위에 손을 겹치고 크게 스윙을 한다.

"어떤 느낌인지 알겠어? 원을 그린다는 느낌이야. 치는 게 아니라 밀어낸다는 기분으로, 물 흐르듯이……."

"흠, 글쎄."

원중은 진지했지만 솔직히 말하자면, 재인은 아무 생각이 없었다. 있다면 원중에게서 좋은 냄새가 난다는 것 정도? 그의 품이 무척이나 따뜻하고 편안하다는 것 정도?

등을 감싸고 있는 그의 가슴에 살짝 몸을 기대며 재인은 중얼거렸다.

"원래도 난 운동은 못했어."

"그래 보여."

"뭐?"

자기야 알고 있던 사실이지만 원중이 너무 순순히 인정하니 뾰족해져 재인이 고개를 돌리려 했지만 그는 꽉 잡은 채 놓아주지 않았다.

"재능이 없으면 연습이라도 해야지. 자. 다시."

다시 한 번 골프채가 크게 원을 그렸다.

"다리."

원중의 발이 자꾸만 애매하게 꼬이는 재인의 발 사이를 툭툭 쳐 거리를 벌리고 이상하게 구부리고 있는 다리의 오금을 무릎으로 밀어 교정한다. 진정한 몸과 몸의 대화라고 해야 하나⋯⋯ 미묘하게 이상한 기분이 들었다.

원중과 몸을 섞은 게 한두 번이 아닌데 자존심 상하게도 재인은 그와 닿을 때마다 좋았다. 그의 체온은 묘하게 뜨거워 기분이 좋았다. 안아오는 태도나 잡는 손길은 무신경한 것 같지만 다정한 구석이 있었다.

그가 움직이는 대로 인형처럼 멍하니 있는데 갑자기 머리통이 꿍 쥐어박혔다.

"운동하랬더니 집중 안 하고 느끼고 있어?"

"뭐? 뭐?!"

원중에게서 획 떨어져 나간 재인의 얼굴이 순식간에 빨개졌다. 아니, 온몸이.

"내, 내가 언제?"

"아니야?"

원중이 가볍게 고개를 기울이며 놀리듯 물었다.

"그런 것치고 얼굴이 너무 빨간데."

채를 내려놓고 다가온 원중이 재인의 어깨를 잡고 장식장 쪽으로 돌려세웠다. 장식장의 뒷면에 박힌 거울에 비친 그녀의 얼굴은 확실히 제철을 만난 토마토를 능가할 정도로 잘 익어 있었다.

"네가 쓸데없는 소리를 하니까 이런 거잖아."

"내가? 난 그냥 해본 소리야. 정곡인 것 같지만."

말도 안 되는 소리 하지 말라는 듯 웃으며 원중이 가볍게 담배를 물었다. 그는 쉴 새 없이 담배를 피웠다. 재인과 있을 때면 특히 더 그랬다. 어느 정도냐 하면, 항상 오른손으로는 담배를 피우고 그녀는 왼손으로만 상대한다는 느낌이다. 길지도 않은 하얀 담배 따위에 질투한다는 건 웃겼지만 어쩐지 화가 날 때가 한두 번이 아니었다. 어깨를 움츠리고 담뱃불을 붙인 그가 고개를 들길 기다려 재인은 주먹을 날렸다. 하지만 언제나 그렇듯 그 시도는 무위로 돌아갔다. 첫 연기를 내뿜으면서도 그는 별로 어렵지도 않게 슬쩍 피하며 헛방질을 하는 그녀의 팔목을 붙잡아 당겨 꼭 끌어안아버리는 것이다.

"툭하면 주먹질. 성질 죽여."

"성질나지 않게 하면 되잖아."

"나니까 봐주지, 김 의원은 사정 안 봐줄 거야."

"김 의원한테는 나도 안 이래."

"그래?"

왼쪽 손을 재인의 앞으로 돌려 감싸 안고 오른손으로 담배를 피우며 원중은 시큰둥했다. 그것이 네가 행여나 그러겠다는 뜻인지, 아니면 그러거나 말거나 상관없다는 뜻인지 그녀로서는 알 방법이 없었다. 그렇다고 해서 되물을 마음은 들지 않았다. 알아서 뭐하냐는 자조적 심정이 깔려 있는 것이다. 어쩌면 알고 싶지 않은 걸지도 모르고.

그의 팔을 풀고 나가자면 못 나갈 것도 없는 상황이지만 그녀는 양손으로 그의 왼팔을 잡은 채 가만히 있었다.

"그럼 어떻게 할 건가?"

"미치게 하라며?"

"그렇지."

"나한테 미치게 만들어서 망가뜨리면 되는 거잖아."

원중이 낮게 큭큭 웃었다.

"그렇지. 그렇게 쉽지."

"잘할 수 있을 것 같아."

"기대할게."

대충인 대답에 재인이 엉덩이로 원중의 중심을 툭 치며 인상을 썼다.

"하나도 기대하지 않는 것 같은 목소리로 기대한다고 하지 마. 거짓말쟁이!"

"기대하는 거야, 정말로. 다만."

재인을 안은 채로 몸을 구부려 원중은 재떨이에 담배를 눌러 껐다. 그와 같은 기울기로 재인의 몸이 구부러졌다 펴졌다. 그녀는 그를 놓지 않았지만 손은 간단히 풀려버렸다.

"보통의 경우 망가뜨리랬더니 망가져서 오더라고."

"무슨 소리야?"

재인을 놓은 원중은 그대로 미련 없이 성큼 걸어가더니 소파에 털썩 드러누웠다.

허전해진 등 뒤가 아쉬워 조르르 쫓아가 옆에 앉자 원중이 엄지와 검지로 미간을 눌렀다. 어떻게 설명할까 고민하는 얼굴이었다.

"쉽지 않은 일이란 소리지."

"그러니까 말해줘. 어떻게 하면 남자를 미치게 만들 수 있어?"

원중이 재인을 보며 비스듬히 웃었다. 곧게 바라보는 눈이 말하는 바를 선뜻 짐작하기 어려웠다.

"관둬!"

짐짓 삐진 듯 고개를 외로 꼬며 재인이 콧잔등에 주름을 잡았다.

"넌 다정한 척하지만 하기 싫은 이야기는 한 마디도 안

해. 사람을 미치게 하라면서 방법도 안 가르쳐주는 게 어딨어? 그럼 넌 개과천선해라! 방법은 안 가르쳐줄 거야. 알아서 해!"

"하하하!"

차원중이 맑게 웃었다.

아무렇게나 술술 다 말해주는 것 같은 차원중이지만 곰곰이 생각해보면 제대로 말해주는 건 하나도 없었다. 특히 그 자신에 대한 것은 특히 말하지 않는다. 그가 좋아하는 것, 싫어하는 것 같은 사소한 취향까지도 절대 언급하는 법이 없다.

"잘 몰라서 그렇지."

"거짓말쟁이!"

"내가 남자 미치게 하는 법을 어떻게 알아?"

"그럼 지금 너도 모르는 일을 나더러 하라고 시키는 거야?"

소파에 비스듬히 기댄 채 살짝 미소를 지은 얼굴로 원중이 재인을 쳐다보았다. 내려뜬 시선은 그 어떤 때보다도 고요했고, 아무것도 읽을 수 없었다. 그냥 얼굴만 보면 차원중이 어떤 사람인지 도저히 알 수 없었다. 무릎을 꿇은 채 처음 사무실에서 조우했을 때, 그리고 피비린내 나는 지하실에서 맞부딪쳤을 때…… 이 모든 것을 겪고도 그가 미소 짓고 있을 때면 이 남자에 대해 다시 생각하게 된다.

"그렇게 되었나."

순순히 인정하는 얼굴은 마치 '좋은 남자' 같다.

"그럼 힌트 하나 줄까?"

상체를 세운 원중이 팔을 재인의 허리에 감아 당겨 입술을 바짝 붙이며 속삭였다.

"뭔데?"

옅은 숨이 얼굴에 닿자 저도 모르게 눈을 감으며 재인이 대답했다. 코끝에 원중의 체취가 와 닿는다. 마르고 깊은 겨울밤 같은 향기.

"내 것을 나눠 갖는 게 정말 싫어. 심지어 나눠 가져야 할 대상이 내가 좋아하는 것이라도 그렇더군."

입술이 마주 닿았다. 아주 가볍게, 그리고 뜨겁게.

"널 나누고 싶지 않다는 생각이 들게 만들어. 오롯이 혼자, 나만의 것이라고 착각하게 만들어. 가지고 싶게 만들어."

원중이 무슨 말인지 전혀 알아듣지 못해 눈을 깜빡이는 재인을 붙잡아 눕히고 몸을 겹쳤다.

"그걸 위해서는 죽어도 좋다고 생각하게 만들어."

"그럼 돼?"

"그럼, 내가 널 빼앗아 올게."

원중은 목덜미에 뜨겁게 입을 맞춰왔다. 이내 깊게 파인 셔츠 아래 드러난 쇄골과 윗가슴에도. 그러고 나서는 옷을 벗기기 시작한다. 커다란 손이 등허리를 감싸 맨살을 어루만지고 셔츠를 벗겨낸다. 순식간에 나신이 된 그녀의 살 냄새를 맡으며 입술을 누르는 그의 남성은 어느새 크게 부풀어 올라 있었다.

"김 의원이 미쳐버리게?"

재인의 질문에 원중이 가슴 위로 입술을 미끄러뜨렸다.

"아니면 죽여버리는 것도 괜찮고."

눈이 마주치지 않았는데도 재인은 원중이 농담을 하고 있는 중이 아니라는 사실을 느낄 수 있었다. 100% 진심이다.

"그래도 미쳐버리겠지. 더 좋은 건."

뜨거운 혀가 살갗을 간질이고, 입술이 바짝 돋아 서 있는 유두를 삼키고 핥아 애무한다.

"김 의원의 손으로 널 죽이게 만드는 거지. 갖고 싶은 걸 스스로 부쉈을 때 어떤 표정일지 궁금하군."

아니, 농담이겠지.

재인은 가슴이 한계까지 부풀 때까지 숨을 들이마셨다. 이게 진심이라는 건 말도 안 된다. 이렇게 다정하게 어루만지며, 사랑스럽게 애무하며, 뜨거운 몸을 겹친 채, 욕망으로 부풀어 오른 살덩이를 비비면서 이런 이야기를 진짜로 할 수는 없다.

그럼 어디까지가 진심?

어디까지가 농담?

묻기 전에 원중이 입을 막아왔다. 오늘따라 그의 몸이 유난히도 뜨거웠다. 작은 몸을 휘감아 당기는 완력도 거의 폭력적이라고 할 정도로 거칠다. 별다른 전희 없이 바로 들어온 그의 남성이 사정을 두지 않고 진퇴를 거듭했다. 땀방울이 튕겨 오르고 거친 숨이 엉겨들었다. 뻐근하게 밀고 들어왔던 부피감과 아래가 빠질 것 같은 상실감이 반복된다.

이상할 정도로 재인도 빨리 감각이 끓어올랐다. 마치 벼랑 끝에서 섹스하는 느낌, 당장 몸 한 번만 잘못 뒤채도 천 길 낭떠러지로 추락할 것만 같은 위기감이 절정을 당긴다.

몸은 더 이상 밀접할 수 없을 정도로 깊이 맞물려 있지만 그가 다른 생각을 하고 있다는 걸 재인은 알 수 있었다.

퍽퍽퍽 박아오는 몸짓에 묘하게 안타까운 느낌이 들었다. 정확히 설명할 수 없지만.

머릿속이 텅 비어 진공 상태로 터지기 직전까지 몰아붙이는 원중의 힘을 고스란히 받아들이며 재인은 문득 깨달았다.

원중은 어떻게 알고 있는 걸까.

정말 갖고 싶은 것을 부숴버린 적이 있는 걸까. 그것 때문에 사람이 미쳐버릴 수 있는 것을 어떻게 알고 있는 걸까.

재인을 안아주는 커다란 손, 어리광을 받아주는 눈빛, 휘감아오는 다리, 속삭이는 목소리와 뜨겁게 파고드는 남성…… 이 모든 욕망을 무서우리만큼 허망하게 만든 사람은 누구일까.

짙은 핏빛은 차라리 검은색이라는 걸 알게 된 것은 자신의 손을 통해서였다. 피범벅이 된 손을 내려다보며 원중은 욕지기를 느꼈다. 머리가 아득해져 눈을 감았다 떴지만 여전히 피 묻은 손은 그의 눈앞에 있었다. 비명을 지르고 싶어도 입을 벌릴 수 없는 순간. 두통이 점점 심해졌다. 귀에서 이명이 왕왕대며 울다가 귀신 울음소리같이 찢어졌다. 그대로 머리가 두 쪽 날 것 같은 통증에 그는 눈을 꽉 감았다. 체압이 높아지며 금방이라도 온몸이 부풀어 터질 것 같다.

그리고.

그는 눈을 떴다.

방이다.

침대 위다.

베개에 얼굴을 묻은 그의 눈앞에는 곤히 잠든 재인의 얼굴이 있었다. 꿈을 꾼 것이다. 늘 꾸는 꿈.

미동도 않은 채 원중은 그대로 재인의 얼굴에 시선을 고정했다.

사랑보다 쾌락을 먼저 배운 강아지는 아무것도 모르는 순진무구한 얼굴로 고른 숨을 뱉고 있었다. 뭔가 신경 쓰이는 얼굴이었다.

손을 뻗어 이상할 정도로 꽉 쥐고 있는 주먹을 설핏 펴주고 그는 느릿하게 작은 손을 쥐었다. 귀찮다는 듯 약간 찡그린 얼굴이 다시 수면 아래 잠기기를 기다려 얇은 손가락 사이에 단단한 손가락을 밀어 넣어 깍지를 낀다. 잠결에 손을 빼내려 비틀던 그녀는 놓아주지 않자 이내 포기하고 다시 쌕쌕 가지런한 숨을 토해냈다.

푸른 회색빛이 가라앉아 있는 방 안에서 재인은 마치 창백한 인형 같아 보였다. 금 하나 가지 않은 인형은 곧 망가지고 깨져 산산조각으로 부서질 터였다.

그 모습을 생각하자 기분이 나빠졌다. 잡고 있던 손을 놓고 원중은 일어났다.

아무렇게나 던져두었던 타월로 하반신을 가리고 성큼 걸어 주방으로 간 그는 차가운 물을 벌컥벌컥 들이켰다. 금세 머리가 쨍해지며 어릿해졌다.

사람을 믿지 않겠다고 생각한 건 굉장히 어린 나이부터였다. 세상에서 가장 못 믿을 종족이 사람이라는 것, 선악을 넘어서 그저 사람이란 물건이 그렇게 만들어졌다는 것, 세상에서 유일한 진리는 인간은 생각하는 갈대라는 것…… 그것이 그의 깨달음이었다.

그는 재인도 전혀 믿지 않고 있었다. 사실 누구도 믿지 않았다. 믿기에 사람의 마음이란 지나치게 유약했다.

내려놓은 컵에서 손을 떼지 않은 채 원중은 한참 인상을 찌푸리고 서 있었다.

그가 보고 있는 것은 식탁 위의 쟁반에 담긴 약병들이었다. 히알루론산이라든지 프로폴리스, 비타민에 잠을 푹 자게 해준다는 멜라토닌 등 주로 피부나 면역에 좋은 건강 보조제들이었다.

잠깐 알 수 없는 표정을 지은 원중은 그중 하나를 집어 들었다. 분명 재인이 뭔지도 모르면서 먹으라니까 입안에 털어 넣었을 약이었다. 손안에서 약병을 굴리며 그는 생각에 잠겼다. 얼마나 시간이 지났을까? 개수대로 가서 알약을 모두 쏟아붓고는 물을 틀었다. 눈을 가늘게 뜨고 하얀 정제들이 녹아 소용돌이치는 것을 확인한 그는 약병을 닫고 제자리에 돌려놓았다.

돌아서서 다시 침대로 돌아가며 약간 인상을 찡그리고 있었지만, 다시 침대에 누웠을 때에는 바로 잠들 수 있었다.

❄

밥을 먹고 평상시처럼 약을 오독오독 씹어 먹던 재인의 머리 위로 물음표가 뾰로롱 떠올랐다. 어제만 해도 반 넘게 차 있던 약병 하나가 텅 비어버린 것이다. 라벨을 확인해보니 스트레스 해소에 좋다던가, 두통에 좋다던가…… 별 약을 다 먹는다 생각했는데 의외로 효과가 좋아 몰래 한두 알씩 더 먹던 약이었다.

"약 떨어졌어."

재인의 말에 거실을 정리하고 있던 손 여사가 고개를 돌렸다.

"이거…… 떨어졌다고."

공중에 쳐든 약병을 좌우로 흔들자 손 여사의 눈이 가늘어졌다. 다가와서 약병의 라벨을 확인한 후에는 좀 더 의심의 빛이 떠올랐다.

"약 다 어쨌어?"

"뭘 어째? 어제 먹고 오늘 먹으려고 보니까 이런데."

"아직 떨어질 때 안 됐잖아."

"그래서 뭐? 내가 이 약을 한꺼번에 다 먹기라도 했다는 거야? 뭐하러?"

어처구니가 없어 재인이 손 여사를 노려보았다. 먹으면 묘하게 기분이 편해지는지라 몰래 한두 알 더 먹었을 뿐이다. 이렇게 동이 날 정도로 씹어 삼킨 기억은 없다.

"위험한 약이야. 많이 먹으면 안 돼."

"아! 안 먹었다니까!"

"여기에 너 아니면 나뿐인데 내가……."

손 여사가 말을 멈췄다. 그녀의 눈이 이번에는 다른 색으로 가늘어졌다. 뭔가 짚이는 듯 눈동자가 비스듬히 기울어지며 생각이 많아졌다. 이 집에 드나드는 다.른.사.람에게 생각이 미친 것이다.

"왜 말을 하다 말아."

의심받은 것 같아서 기분 나쁜 것 반, 스스로도 무언가 이상하다고 느끼는 것 반을 더해서 재인이 손 여사의 옆구리를 쿡 찔렀다. 하지만 손 여사는 벌써 예의 찔러도 피 한 방울 안 나올 것 같은 자세를 회복한 상태였다.

"정말 네가 안 먹었어?"

"안 먹었다니까!"

"알았어, 그럼."

손 여사가 휙 돌아서서 거실로 돌아갔다. 하던 일을 마저 하는 것이다. 냉랭한 그녀의 태도에 분한 재인은 이를 갈았지만 그녀도 손 여사에게 말을 거는 건 어려웠다. 원중이나 현정배, 주양희와는 또 다른 의미로 손 여사는 불편했다.

때마침 들어온 트레이너가 안녕하세요 하고 인사를 해와 재인은 입을 비쭉이며 운동실로 향했다.

처음에 부딪쳤던 것에 비하면 트레이너와의 사이는 좋은 편이었다.

아직 스물일곱 살밖에 되지 않았다는 남자는 어렸을 때부터 운동을 좋아해 이것저것 찔러본 끝에 나이에 비해서는 훌륭한 경력을 가지고 있다는 것을 알 수 있었다. 하지만 나이는 속일 수 없는지 쉬는 시간을 포함해서 두 시간 정도를 같이 보내는 동안 순진한 티를 드러냈고, 재인은 그것이 마음에 들었다. 정확히 말하자면 그녀가 시비를 걸고 강사가 발끈하는 그런 관계였지만 의외로, 어느 정도는 말이 통한다고 할 수 있었다.

"혼자서도 연습을 좀 하시라고 했잖아요."

"재미없어."

"그래도 하셔야죠. 이러시면 절 오래 보셔야 해요. 자세가 잡혀야 제가 빠지고 다른 선생님이 오실 거거든요."

"넌 겨우 자세만 가르칠 능력으로 날 가르치려고 왔어?"

"능력이 없는 게 아니라!"

욱해서 언성을 높였던 강사가 가볍게 한숨을 내쉬며 코끝을 찡그렸다.

사실 재인이 강사에게 따따거리는 이유 중 하나는 그가 귀여웠기 때문이다. 처음에는 인상이 안 좋았는데 보면 볼수록 순박해 보이는 것이 필라테스 강사나 다른 선생님보다 나았다. 자격지심인지 몰라도 다른 사람들은 은연중에 무시하는 것이 느껴졌는데 그에게는 그런 게 없었다. 시골, 그것도 완전히 깡촌 출신이라더니 그래서인지도 모르겠다. 나이로 따지면 오빠인데 한참 동생같이 느껴지기도 했다.

"봐요! 또 엉덩이가 들어가잖아요. 이래서는 스윙을 해도 힘을 못 받아요."

"내가 날 어떻게 봐?"

"저 거울을 왜 세워놨겠어요? 자세가 이렇게…… 허리에 힘 주고요. 팔은 쭉 뻗어요."

벽 한 면을 다 채우고 있는 거울을 향해 강사가 먼저 자세를 잡아 보였다. 시큰둥하게 쳐다보며 그녀는 일부러 엉덩이를 더 당겼다.

골프는 재미없었다. 운동 쪽은 다 재미없다. 필라테스도 그랬고 근력 운동도, 유산소는 말할 것도 없고 골프도 진짜 싫다.

"아, 진짜! 이렇게요!"

강사가 손을 확 뻗어 가는 허리를 붙잡아 자세를 잡았다.

"허벅지에 힘 줘요. 자꾸 왜 움직여요?"

강사의 손이 허벅지 위를 눌렀다. 엉거주춤하게 잡았던 자세를 발딱 일으켜 세우며 재인이 반항했다.

"손대지 말랬지!"

"나도 손대기 싫어요!"

강사도 이제는 많이 친해진 터라 바로 반격해온다.

"그런데 되는 게 있어야죠! 보기에는 내가 아무 생각 없이 하는 것 같아 보여도 프로그램이 다 있는 건데 벌써 며칠째 진도가 안 나가잖아요."

"프로그램은 무슨 프로그램."

"필라테스 한 것도, 근력 운동하는 것도, 골프도 다 이유가 있어요. 필라테스로 근육을 단단하게 하고 근력 운동으로 늘려주는 거고요. 골프는 필요하다면서요. 필드까지 나가는 건 몰라도 적어도 예쁘게는 쳐야죠."

"몰라. 내 일 아니야."

뻔뻔하게 나가자 강사가 말문이 막혀했다.

"난 근육 늘려서 예쁘게 보일 일도 없고 골프 칠 때

뭐…… 치고 싶은 적도 없지만 예쁘게 쳐서 뭐하게? 다 알면서 모르는 척한다? 내가 뭐하는지 너 다 안담서?"

"아니, 그…… 저……."

얼굴이 시뻘게져 더듬대는 강사를 보며 실실 쪼개고 있는데 똑똑, 열린 문을 두드리는 소리가 났다. 손 여사였다.

"시간 지났어요."

손 여사가 무표정하게 흘깃 강사를 쳐다보았다. 어쩔 줄 몰라 하는 강사를 보면서 재인은 비로소 너무 놀렸니 미인한 마음이 들었다. 정상적인 사람이라면 대꾸하기 어려운 이야기를 뻔뻔스레 할 때마다 그녀도 자신이 점점 이상해진다는 생각을 했다.

뭐가 정상이고 뭐가 정상이 아닌지 잘 모르겠다.

그럼에도 불구하고, 자꾸만 바라게 되는 것.

지금이 이상하더라도 여기까지만 이상했으면 좋겠다. 더는 가지 않았으면 좋겠다. 불합리한 바람일지 몰라도 이 이상한 행복이 그치지 않았으면 좋겠다고 생각하게 된다. 가진 것은 이게 전부였으므로.

하지만 재인은 원하던 것을 단 한 번도 가져본 적이 없었다.

이번도 마찬가지였다.

약을 가져온 것은 현정배였다.

여전한 인상을 한 그는 별다른 인사 없이 성큼 들어오다 손 여사와 마주치고는 얼른 예의 바르게 고개를 숙였다. 하지만 재인에게는 일별도 없이, 아니, 살짝 눈을 흘기고 부엌으로 쑥 들어가 약병을 내려놓았다.

쫓아 들어가자 바로 잔소리가 날아왔다.

"이거 비싼 거야. 어디서 잃어버리고 또 달래?"

"누가 먹는대? 난 안 먹어도 그만이야."

"먹어야 하니까 먹이지. 잘 챙기란 말이야."

"내가 안 잃어버렸다니까!"

분해서 미치고 팔짝 뛴다는 게 이런 기분이구나 하고 재인이 두 주먹을 쥐고 팔팔 뛰었다. 분명 어제 먹을 때만 해도 남아 있었는데 하룻밤 사이 증발해버린 걸 그녀가 증명할 방법이 없었다.

그리고 말은 바른 말이지, 달라고 한 적도 없는 약을 먹이면서 비싸다느니 어쨌다느니…… 자기들 필요해서 하는 일에 생색내는 건 정말 천박하다고 생각한다.

"까불지 마! 어디서 소릴 질러?"

안 그래도 재인이 눈엣가시였던 정배가 눈을 부라렸다. 하지만 질 재인이 아니었다.

"내가 왜 소리 못 질러? 내 집에서!"

"뭐?"

기가 차다는 듯 정배가 혀를 끌끌 찼다. 그의 눈빛에 진심으로 한심하다는 기색이 떠올랐다.

"이게 미쳤나, 진짜. 여기가 왜 네 집이야? 주제 파악을 해야지. 회장님이 받자해주시니까 네가 애인이라도 된 것 같아?"

"살고 있으면 내 집이지. 그럼 여기 살지도 않는 네 집이야?"

말문이 막힌 정배가 웃! 하고 인상을 구겼다. 그러거나 말거나 재인이 무시하고 돌아섰을 때다.

"아무것도 모르는 기집애가!"

쏘아오는 정배의 목소리에는 뭔가 의미심장한 것이 있었지만 재인은 억지로 모르는 척했다. 그녀라고 해서 눈치가 없을까? 자신의 입장을 잊은 것도 아니었다.

일부러 발걸음을 더 빨리하는 재인의 뒤통수에 악에 받친 정배의 비아냥이 꽂혀든다.

"네가 왜 13번인지 알아? 이 모자란 기집애야. 앞에 왜 열두 명이나 필요하겠어? 네가 뭔지나 알고 까부는 거야, 뭐야?"

"옷 벗어."

"아, 제가 도와드릴……."

"말대꾸하지 마."

젠틀하기까지 했던 김 의원은 침실로 들어서자 약간 태도가 바뀌었다. 어딘지 단호해지고 차가워졌다. 아까부터 눈 한 번 맞추지 않았다.

"옷이나 벗어."

내내 긴장을 놓고 있지 않았지만 한층 더 기가 죽어 미영이 부스럭부스럭 옷을 벗었다.

언제나 옷을 벗는 것에는 수치심이 뒤따랐다. 몸을 판다는 원죄적인 감정 때문일지도 몰랐다. 팔 것이 이뿐인데 어쩌랴 뻔뻔하게 마음 먹어보겠다고 결심해도 쉽지 않았다. 재인을 설득했던 말은 사실 자기 자신에게 하는 말이었다.

죽고 싶다고 느끼는 건 신재인만이 아니었다. 다만 미영은 그렇게 독한 짓을 실행에 옮길 힘이 없을 뿐이었다.

옷을 다 벗고 침대에 들어가 시트로 몸을 가리는 것을 천천히 지켜본 김 의원은 자신도 옷을 벗기 시작했다.

그가 옷을 벗는 방식은 기묘했다. 넥타이부터 시작해서 차근차근 옷걸이에 거는 것은 마치 의식을 치르는 것 같다. 마지막 드로어즈까지 남김없이 벗고 알몸이 되어 깊게 숨을 들이마셨다가 내쉬는 모습도 의식을 집행하는 제사장 같은 부분이 있었다.

한참 동안 숨을 들이마시고 내쉬는 데 집중하던 김 의원이 고개를 돌려 미영을 바라보았다. 순간 섬뜩해진 그녀가 숨을 멈췄다. 눈빛이 완전히 달라져 있었다. 사납고, 잔인하고…… 마치 곧 죽을 먹이를 앞에 둔 육식 동물처럼 무미건조하게 날이 서 있는 감각에 온몸에 소름이 돋는다.

"어……."

뭐라고 말을 해야 할 것 같은데 머리가 텅 비어 쩔쩔매는 동안 김 의원은 천천히 다가왔다. 그러고는 침대 아래로 몸을 굽혔다.

그가 꺼내 든 것은 검고 윤기가 나는 채찍이었다.

"의, 의원님!"

"시트 걷어."

"아, 저…….."

겁에 질려 시트를 당기자 채찍이 날아와 휘감겼다. 시트 위였음에도 놀랄 정도로 날카로운 감각에 미영이 비명을 질렀다.

"말 안 들으면 더 아플 거야. 시트 걷어."

수치심과 공포, 절망에 휩싸여 미영은 시트를 걷어냈다.

"빨리 우는군. 재미없게."

짜증 난다는 듯 말하며 김 의원이 채찍으로 눈물이 뚝뚝 떨어지는 턱을 치켜 올렸다. 딱딱하게 닿아오는 채찍의 감각과 매끈하게 잘 가꾼 나신 위로 휘감기는 김 의원의 눈빛에 미영은 어째서 그녀가 12번이었는지 깨달을 수 있었다.

그녀는 버리는 카드인 것이다. 사디스트 성향을 가진 김 의원은 고급스러운 야생마를 길들이는 것을 좋아했고 신재인은 아마도 딱 그의 취향일 것이었다. 대들고 맞부딪쳐 오는 그녀를 때리고 망가뜨려 무릎 꿇리는 쾌감을 느낄 때까지 정미영은 땜빵에 지나지 않았다.

"엎드려. 등을 드러내."

"……."

"빨리."

뚝뚝 떨어지는 눈물을 닦을 생각도 못하고 미영은 웅크려 등을 드러냈다. 숨을 한 번 몰아쉴 틈도 없이 날카로운 채찍이 하얀 등을 뱀처럼 휘감았다.

"알아? 김 의원은 여자를 반쯤 죽여놓고 섹스하는 걸 좋아해. 완벽하게, 티끌 하나 없는 여자의 몸에 상처를 내고 너덜너덜할 때까지 찢어놓고 제 물건을 박아댄다고."

"현 실장!"

터지듯 쏘아붙이는 정배의 말에 놀라 뛰어온 손 여사가 그의 뺨을 갈겼다. 노려보는 눈빛은 화가 단단히 나 있었다.

"나가."

단호하게 말하며 손가락질하는 손 여사를 불만스럽게 쳐다보긴 했지만, 정배는 재인의 얼굴에 떠오른 충격만으로도 충분히 만족스러웠다. 어쩌면 일을 망쳤다고 혼날지 몰랐지만 지금 당장 뻔뻔한 신재인의 얼굴을 무너뜨린 것만으로도 속이 시원했다. 그동안 뒤집혀 있던 속이 간신히 진정된 느낌이다.

"간다고요. 가요."

건들거리며 돌아서던 현정배가 뒤를 흘깃 보며 비웃었다.

"넌 곧 고깃덩어리 신세야. 너만 빼고 다 알고 있던 거라

206
207

니까?"

"현 실장!"

"네에 네에 갑니다!"

가는 척하던 현정배가 고개를 휙 돌리더니 한 마디를 더 붙였다.

"그리고 너, 뭐 네가 형수라도 되는 것 같은 착각이 들지? 회장님이 받자해주시니까? 그런 년들이 한둘이었는지 알아?"

"현 실장!"

"멍청한 년이 뭘 알아야 말이지! 그럼 회장님이 여기에서 안 주무시는 날엔 어디서 주무시겠냐?"

참지 못하고 손 여사가 현정배의 멱살을 잡아 밀어냈다.

쿵 하고 문이 닫혔다. 방 안에 어색한 공기가 흘렀다.

「망가뜨리랬더니 망가져서 오더라고.」

멍하니 선 채 재인은 이제야 모든 퍼즐이 맞춰졌다고 생각했다. 뭔가 이상했지. 그렇게 쉬울 리가 없었지. 이놈들이 그냥 몸을 파는 것 정도가 큰일이라고 생각할 정도로 녹록하게 나쁜 놈들이 아니겠지.

"맷집이 좋아야겠어."

조그맣게 중얼거리면서 재인은 손을 그러쥐었다. 잘 관리되어 날카로운 손톱이 손바닥으로 파고들며 정신이 반짝 난다.

「그리고 너, 뭐 네가 형수라도 되는 것 같은 착각이 들지? 회장님이 받자해주시니까? 그런 년들이 한둘이었는지 알아? 여기서 안 주무시는 날엔 어디서 주무시겠냐?」

아아, 그렇겠지. 그 생각을 못했던 건 아니겠지. 안 했던 거지.

안 하려고 노력했겠지.

지금 당장, 싫으니까 괴로우니까 또 피한 거지. 피하면 어떻게 된다는 걸 알면서도 멍청해서. 멍청해서. 짜장면과 탕수육이 달콤하다고 욱여넣으면 어떻게 되는지 알았으면서도 막상 눈앞의 성찬에 등 돌릴 수 없을 정도로 어리석은 거지.

그래서 나락으로 추락하는 거다.

손 여사는 입술을 깨문 채 굳은 듯 서 있는 재인을 가만히 쳐다보았다. 시선을 비스듬히 내린 채 그녀는 꼼짝도 않고 있었다. 오른쪽 뺨 아래가 설핏 파들거리는 것을 제외하고는 말 그대로 석상이나 다름없었다. 심지어 손 여사가 그녀를 바라보는 것도 모르는 것 같았다. 하지만 이내 흡 하고 숨을 들이마시더니 다부진 표정이 되었다. 그러고는 획 돌아서서 방으로 뛰어 들어갔다.

이상한 이야기지만 손 여사는 안쓰러운 마음이 들었다.

흑야회의 손에 떨어지는 여자들은 솔직히 거기서 거기…… 하나같이 밑바닥 인생들이었다. 그것이 그녀들의 잘못이든 아니든 중요치 않았다. 변할 것이 없다는 것.

지구 반대편에서 굶어 죽어가는 아이들, 전쟁 지역의 난민들, 여성 인권이라는 것이 아예 존재하지 않는 나라에서 제 가족의 손에 살해당하는 여자들…… 손 여사는 세상에서 일어나는 모든 불행에 마음을 쓸 생각이 없었다. 불필요한 감정 소모였다. 비슷하게, 사연 많은 여자들에게도 관심을 끊은 지 오래였다.

"안쓰럽네."

문이 닫혀 있는 재인의 방을 보며 손 여사는 중얼거렸다. 신경 쓰이게 만드는 것도, 안쓰러운 기분이 들게 만드는 것도 재주라면 재주일 것이다. 그것도 저렇게 지랄맞고 말버릇이 나쁜 아이인데.

고개를 저은 손 여사는 휴대전화를 꺼내들어 양희에게 문자를 보내기 시작했다. 현정배가 쳐놓은 사고는 어떻게든 수습을 해야 할 것이다.

"흑!"

훌쩍훌쩍 간헐적으로 새어나오는 소리를 제외하고 방안은 적막했다. 약간 재미없다는 표정의 김 의원은 옷을 다 입은 후 쌀쌀맞은 얼굴로 웅크린 채 붉게 물들어 있는 미영을 내려다보았다. 하얀 살결 위로 채찍이 남긴 붉은 선이 격자창처럼 여린 살을 긋고 있었다. 군데군데 엉겨 붙은 핏자국은 반쯤 말랐다가 움직일 때마다 다시 벗겨졌다. 검은 머리카락과 하얀 살결, 그리고 붉은 피의 조화는 김 의원을 동하게 만드는 핵심이었지만 정미영의 반응은 재미가 없었다.

가볍게 콧방귀를 뀌고 돌아선 김 의원이 방을 나가 서재로 들어갔을 때에는 기다리는 사람이 있었다.

"뭐야? 언제 왔어?"

"재미 좀 본 모양입니다?"

특수부 부장 검사인 조봉철이 능글맞게 웃으며 자리에서 일어섰다. 김 의원의 사법고시 1기 후배인 그는 나이는 네 살 어렸기 때문에 김 의원에게 깍듯이 형님 대접을 하고 있었다. 물론 그 이면에는 김 의원에게서 떨어지는 콩고물이 적지 않다는 사실이 숨어 있긴 했다. 상부상조라 해도 어디나 더 덕을 보는 사람은 있는 법이다.

"별로야. 다음 물건이 좀 괜찮은 모양이니 두고 봐야지."

"호오? 그래요?"

김 의원이 자리에 앉길 기다려 의자에 엉덩이를 붙인 조 검사가 빙그레 웃었다.

두 사람이 단짝인 이유는 나쁜 짓에 꿍짝이 잘 맞기 때문도 있었지만 성적 취향이 비슷하기도 했다. 은밀하고 파괴적인 즐거움을 공유하고 있는 것이다.

"그쪽에서 바짝 몸이 달았나 보군요?"

"요즘 갖다 대는 물건이 영 별로라고 쪼았거든. 하여튼 수준 낮은 새끼들은 잘하는 짓이 하나도 없어."

"영감 수준이 높아진 건 아니고요?"

"그런가?"

"암만 좋은 것도 자꾸 먹으면 물리니까요. 보는 눈이 점점 높아지는 것도 큰일입니다, 그려."

김주환이 비열하게 웃으며 양손을 비볐다.

"다음 물건이 진짜 기대작이라 하니 두고 봐야지. 확실히 예전에는 아껴 먹고 싶은 마음이 들었는데 요즘은 아니란 말이야."

"아껴 먹어요?"

조봉철이 눈썹을 치켜 올리며 순진한 척하는 통에 김 의원은 신이 났다.

"조 검사 아직 그 맛을 모르는구만. 반쯤 죽여놓고 데리고 다니면 모자란 것들이 통증을 참느라 창백해져. 그럼 당장 눕혀놓고 죽이고 싶지. 그걸 참는 묘미가……."

"어이고, 우리 영감님 악독하시기도 해라!"

김 의원이 너스레를 떠는 조봉철의 어깨를 툭툭 두드렸다.

"나 잘되는 게 자네 잘되는 일이야."

"암요! 이번 물건이야 사이 채우고 넘어가는 거니 그렇다 치고 다음 물건은…… 저도 좀 재미 보게 해주실 겁니까?"

"뭐 내 생각해봄세!"

화기애애하게 웃는 두 사람의 웃음소리가 서재 문턱을 넘었다.

김 의원의 사촌 동생이자 집안일을 보아주고 있는 김영애는 혀를 차며 약 상자를 들고 침실 문을 열었다.

"골프 라운딩 갈 때 데려갈 수 있을 정도로 치료해놔!"

문 여는 소리를 들은 김 의원이 방문 밖으로 고개만 쏙 내밀고 소리를 지르다가 살짝 인상을 찌푸렸다.

"에이! 관두자. 대강 해, 대강. 그년은 재미없어!"

김영애는 못 들은 척 방문을 닫았다. 운이 좋다고 해야 하나, 나쁘다고 해야 하나…… 집요하게 갖고 노는 거야 변함없겠지만 야외까지 끌려가서 그 짓거리를 당하느니 김주환이 흥미를 못 느끼는 게 나았다.

그래봤자 지옥이냐 불지옥이냐의 차이겠지만.

폭력은 점점 더 심해지고 잔인해질 것이다. 완전히 망가진 인형이 되어 죽든, 아니면 살아도 산 것이 아니게 될 때까지.

10

원중은 집으로 오지 않았다. 손 여사는 집으로 돌아가지
않고 거실 소파에 이불을 갖고 와서 잤다.

첫날은 그럴 필요가 없었다. 재인 역시 방에서 나오지 않
았기 때문이다. 밥도 먹지 않았다. 손 여사도 밥을 먹어라
마라 말하지 않았다. 선생들만 와서 시간을 지키고 아무
성과 없이 돌아갔을 뿐이다.

재인은 원중이 오지 않는다는 것을 알 수 있었다. 마녀
같은 손 여사가 다 말했을 거라고 추측했다. 애가 자기가
당할 짓을 다 알게 되었어요. 어쩌면 좋죠?

꽁지에 불이 붙은 것처럼 쫓아올 거라고 예상했던 것이
어긋나며 재인의 화딱지는 부피를 키웠다. 차원중에 대한
걷잡을 수 없는 증오가 뜨겁게 달아올랐다.

죽어도 상관없어? 그런 사람에게 날 보내려고 했어?

처음부터 몰랐던 것은 아니었다. 차원중이 원하는 것,
요구하고 있는 것. 신재인이 해야만 하는 것. 그런데 새삼
다시 분노하게 되는 것은 정도의 차이일까.

「망가뜨렸더니 망가져서 오더라고.」

이 말을 들었을 때 그토록이나 섬뜩하게 위험했던 이유. 망가져서 와도 상관없다는 의미가 담겨 있었기 때문이다.

기대한다고 하면서 기대하지 않는 듯한 느낌이 들었던 것도 이제는 이유를 알겠다.

그래서 더 화가 나나. 차원중은 처음부터 거짓말을 하지 않았다. 아무렇지도 않은 얼굴로 늘 진실만을 말해왔다. 그것을 곡해해 제멋대로 달콤하게 들은 것은 신재인 자신. 듣고 싶은 대로 들어버린 거다.

그래서 자기 자신을 원망하게 된다.

자꾸만 차원중이 아니라 자기 자신을 미워하게 된다.

아니야. 나쁜 건 차원중이야!

아니야. 아니야. 네가 바보 같은 거지.

차원중에게 그녀가 아무것도 아니라는 것을 새삼 확인한다. 웃어주는 얼굴, 따뜻하게 안아오는 손과 감아오는 나신의 감각…… 모든 것이 공허한 순간적인 마찰에 불과하다는 것을 뼈저리게 실감하게 되는 것이다. 다 거짓말. 몽땅 다 거짓말. 단 한순간도 진심 따위는 없었다. 없었다고 생각했지만 정말 없었다. 정말 다 거짓말.

"쓰레기."

도대체 어떻게 인간이 이럴 수 있을까.

입술을 비틀던 재인은 갑자기 웃음을 터트렸다. 아하하

하하하! 하고 큰 소리를 내며 웃었다.

어떻게 인간이 이럴 수 있냐는 질문은 비단 차원중을 위한 것만이 아니었다. 그렇게 따지면 재인 역시 마찬가지 아닌가? 미워하고 칼로 찌르고 자해하고, 그러고 나서도 여전히 마음 한구석에서는 차원중의 다정함에 기대고 있다.

처음부터 쓰레기라는 걸 알았으면서.

몇 번을 이런 식으로 당해야 이 바보짓이 끝날까.

이상하리만큼 온몸에 기운이 쑥 빠지고 어지러워 재인은 침대에서 하루 종일 보냈다. 천장을 보다가 자고, 다시 깨어 멍하니 천장을 보다 다시 잠들었다.

몸에 이상 증상을 느낀 것은 24시간쯤 지났을 때였다.

배가 고팠다.

배가 고픈 것은 당연할지 모르겠지만 정도가 심했다. 아사 직전까지 갔던 경험 때문일까? 심장이 두근두근 뛰고 알 수 없는 불안감에 온몸이 뒤틀렸다. 물 한 모금 안 마셨으니 입안이 바짝바짝 마르는 건 탈수 때문일 수도 있지만, 경험에 따르면 이 정도는 아니었다. 이명이 윙윙 울고 조바심 같은 것이 가슴과 배에서 보글보글 끓어올랐다. 그랬다가 다음 순간 손발에서 힘이 쪽 빠지면서 식은땀이 났다. 가만히 누워 있는데 숨이 차올랐다가 가라앉기를 되풀이했다. 피부가 불이 난 것처럼 뜨거웠다가 얼음처럼 차가워지고, 머릿속이 하얗게 번졌다가 깜깜하게 닫힌다.

One black winter night

결국 견디지 못하고 나가 밥솥을 열었다. 김이 폴폴 나는 밥을 입안에 떠 넣는데 참담했다. 무슨 일을 당해도 배는 고프다는 것이 짐승 같았다. 끅끅 울면서 밥을 먹는데 다행인 것은 분명히 깼을 손 여사가 자는 척해주었다는 거다.

　밥솥 한가득 있던 밥을 거의 다 먹고, 내친김에 식탁 위에 놓여 있던 약들마저 쓸어 먹은 다음 방으로 들어가려던 재인은 돌아서 나와 장식장으로 향했다. 내부가 거울이라 문을 열자 술병들 사이로 창백해 마치 유령 같은 그녀의 모습이 비쳤다.

　얼핏 보면 피부는 하얗게 반들거리고 눈은 깊어 예뻐 보였지만 재인은 알 수 있었다. 죽어가고 있다. 아무것도 아니게 되어가고 있다. 이렇게 몇 번이나 반복하면서 아주 깊은 곳에서부터 산산조각 나고 부서져, 신재인이라는 여자는 사라지게 되는 거다. 무엇이 될지는 알 수 없었지만 아주 다른 무언가가 되겠지.

　당하고 또 당하고 나서야 다시 깨닫는다. 세상천지 이런 바보가 없다. 도대체 어떻게 이렇게까지 어리석을 수 있을까?

　차원중.

　미워할 거야.

　언제 그쳤는지도 몰랐던 눈물이 왈칵 쏟아졌다.

　깨닫는다. 사랑을 받지 못했던 어린 시절도, 가난해서

자존심이 뭉개졌던 학교생활도, 혼자서 아등바등 살아냈던 잠깐의 평범했던 생활도 신재인을 부서뜨리진 못했다. 친오빠가 그녀를 팔았다는 사실도, 악취가 풍기는 잔인한 사람들도, 몸을 팔아야 한다는 현실도 견딜 수 있었다. 괜찮다. 별거 아니다.

그녀를 약하게 만드는 것은 사랑. 갈구하고 또 갈구하고, 기대하고 또 기대하고, 원하고 또 원하고…… 아니라는 걸 알면서도 웃고 마는 그 허망한 순간의 감정.

차원중.

차원중.

차원중.

왜 자꾸 너를 원하게 되는 거야. 왜 나를 사랑하지 않아. 나는 네가 쓰레기라도 너만 생각하는데 넌 왜 그러지 않아. 넌 왜 내가 상관없어. 내가 어떻게 돼도, 왜, 너는.

왜.

그러면서.

내게 웃어주는 거야.

차원중이 신재인을 망가뜨리고 있다.

손등으로 눈물을 훔쳐내며 재인은 아무 술병이나 대강 골랐다. 매켈런 어쩌구 씌어 있는 고급스러운 병을 대강 움켜쥐고 방 안으로 들어가면서 그녀는 이제는 죽고 싶지도 않다는 걸 깨닫고 다시 한 번 절망했다.

신재인은, 차원중이 보고 싶었다.

하지만 동시에 죽이고 싶었다.

공존할 수 없으리라 생각했던 이율배반적인 감정들이 작은 몸을 뒤흔들고 머릿속을 헤집었다.

차원중을 괴롭게 만들고 싶다. 그녀 때문에 화가 나고 당혹스럽고, 아픈 그를 보고 싶다. 피처럼 눈물을 흘리게 해주고 싶다.

그에게 아무것도 아닌 여자일 바에는 그것이 나았다.

무언가 깨졌다.

왜 나를 사랑하지 않아.

❄

차원중이 집으로 온 건 정확히 사흘 만이었다.

집 안에는 싸늘한 공기가 감돌고 있었다.

원중이 손 여사를 쳐다보자 그녀가 어깨를 으쓱하고 침실 쪽으로 시선을 던졌다. 저녁을 쓸어 먹자마자 술병을 하나 끼고 들어가는 재인을 손 여사는 말리지 않았다.

"어떻게 하실 건가요?"

"뭘 말입니까?"

손 여사의 물음에 짧게 대꾸한 원중은 담배에 불을 붙였다.

"다른 아이들이야 그렇다 쳐도 13번은 몰랐다면 말이 안 되지요. 조금 더 알았다고 해서 달라질 것도 없고."

변함없는 표정으로 손 여사를 응시하던 차원중이 하얀 담배 연기를 허공에 토해놓는다.

"저 아이는, 회장님을……."

"그게 뭔가 다른 점을 만들어낸다면 좋겠군요."

"?"

"한 번도 정말 내 사람을 보낸 적은 없었으니까요. 해보는 것도 나쁘지 않겠죠."

"계획하신…… 부분이라는 말씀이세요?"

이해가 안 가는지, 손 여사의 목소리가 갈라졌다.

김 의원의 침실로 밀어 넣기 직전까지 여자들에게 자신이 당할 일에 대해 함구하는 이유는 간단했다. 침실에 밀어 넣을 수 없게 되는 경우가 생기니까. 인간이란 일단 아무도 자신을 도울 사람이 없다는 걸 알게 되면 체념한다.

이렇게까지 사람을 바닥으로 내동댕이치고 나서 차원중이 무얼 기대하는지 손 여사는 알 수 없었다.

"전……."

손 여사가 말을 멈췄다.

"전 회장님을 존경했습니다."

손가락 깊숙이 담배를 끼운 채 피우고 있어 커다란 손이 얼굴을 반 넘게 가리고 있다. 알 수가 없다. 그저 담배를 피우고 있는 것뿐인지, 아니면 표정을 숨기고 있는 건지.

"하지만 새 회장님도 존경해요."

"압니다."

"두 분 사이의 문제는 제가 끼어들 일도 아니고 판단할 수 있는 일도 아니었죠."

"그렇죠."

"하지만 저 아이는……."

"13번."

무심한 목소리가 차게 손 여사의 말을 가로막았다. 움찔한 손 여사가 고개를 들어 원중을 쳐다보았다.

"13번은, 뭐요?"

"아닙니다."

감정이 담기지 않은 목소리가 돌아온 것은 한참 후였다.

"그만 들어가보세요."

손 여사는 짧은 명령을 그대로 수행했다. 아무 말도 않고서.

그러나 그것은 최소한의 인간적 유대마저 차단한 채 사람을 번호로 부르기를 종용하는 냉정함 때문은 아니었다. 감정이 담기지 않는 목소리가 무엇을 말하든, 담배를 피우는 척 가린 얼굴의 표정이 어떻든 죽어도 감출 수 없는 하나…… 깊고 깊은 눈에 넘실거리는 감정 때문이었다.

"내가 맞았을까 봐 무서워."

주양희가 오랜만에 집에 들어온 손 여사를 끌어안았을 때에는 몸이 차가웠다.

"무슨 말이야?"

"사흘 동안, 회장님이 오시지 않은 건 계산 때문인 거잖아?"

생각에 잠긴 얼굴로 손 여사가 조그맣게 물었다.

"글치. 난리난 애 만나서 뭐해. 기운 뺄 거 다 빼고 만나야지."

"나도 그렇겠지, 믿었는데……."

"?"

"계산 같은 건 없는 게 아닌가 싶어시."

주양희가 무슨 말이냐는 듯 인상을 찡그렸다.

"어디 회장님이 그럴 분이신가."

"그렇지?"

손 여사가 주양희의 등에 팔을 감았다. 차원중은 그런 사람이지. 그런 사람이어야만 하지.

혹여 13번이 초심자라 차원중의 예측에서 벗어난다고 쳐도, 계산에서 약간 어긋난다고 쳐도, 그래서 판을 다 형클어뜨린다고 해도 차원중은 그 판을 버릴 사람이지 그 판과 함께 부서질 사람은 아니지.

그렇겠지.

"그렇겠지?"

만약 아니었다면 언제부터 아니었던 걸까.

생각보다 더 일찍, 계산 같은 건 없어졌던 게 아닐까? 몰라서. 주변 그 누구도 이런 일이 낯설어서 아무도 눈치 못챈 채로. 심지어 차원중 본인조차 모르는 채.

차원중이 침실 문을 열었을 때에는 술 냄새가 지독했다.

"이렇게 되는 거군."

짧게 대답한 원중은 완전히 삶긴 개구리가 된 재인을 쳐다보았다.

얼음도 없이 스트레이트로 연거푸 들이켠 끝에 침대에 널브러져 뱅뱅 도는 시야를 즐기고 있던 재인이 힘겹게 시선을 돌려 원중을 바라보았다. 그의 얼굴이 두 개였다가 다시 합쳐지고 만화경처럼 뱅글뱅글 돌다가 멈췄다.

사이드 테이블에 놓여 있는 술병을 집어 들었던 원중은 병이 완전히 비어 있는 것을 확인하고 인상을 찌푸렸다.

"이런 식으로 쏟아부으면 급성 알코올 중독이 와."

"괜찮…… 아. 몸에 좋다는…… 약도 많…… 이 먹었거…… 든."

띄엄띄엄 말하는 목소리에는 힘이 하나도 들어가 있지 않았다. 재인은 완전히 술에 취해 있었다. 그리고 어쩌면 약에도. 이 와중에 영양제 챙겨 먹는 게 웃긴다는 생각도 들었지만 그러고 싶어서 그랬다. 말하면서도 중간중간 내가 무슨 말을 하고 있었더라…… 생각해야만 했다.

"끝내주네."

짧게 말한 원중이 침대에 걸터앉아 거칠게 재인의 멱살을 잡고 당겨 반쯤 감겨 있는 눈꺼풀을 뒤집어서 초점을 확인했다.

"아…… 파."

아프다고 하긴 했으나 재인은 뿌리치지도 않았다. 언젠가 한 번 이런 무력한 기분을 느꼈던 것 같은데……. 아니, 평생 그랬던 것 같기도 하다. 뜻대로 원하는 대로 되는 건 아무것도 없었다. 그래도 열심히 살려고 했던 것 같은데 언제나 세상은 지독하기만 했다.

아니, 가장 지독한 건 신재인일지도 모른다. 이런 상황에서도 마음이라는 것을 품고 또 스스로를 상처 입힌다.

"나 언제 가?"

"어딜?"

"김 의원한테."

"갈 준비가 된 것 같아?"

"응."

"생각해볼게."

원중이 붙잡고 있던 손에서 힘을 빼자 재인이 풀썩 침대 위로 나동그라졌다. 팔이 이상하게 꼬였지만 그녀는 그대로 쌕쌕 숨만 몰아쉬었다. 기분이 이상했다. 사흘 만에 원중을 본 건데 몹시도 낯설고, 그리운 기분이었다. 그가 집에 돌아오지 않는 동안 많은 생각을 했는데 막상 얼굴을 맞대자 무슨 생각을 했는지 전혀 알 수가 없었다.

"난 진짜 미쳤…… 나 봐."

휭하니 물을 가져왔던 원중은 물 컵을 든 채 어이없다는 표정을 지었다. 그러더니 차갑게 말한다.

"어떻게 따져도 정상은 아니지. 몰랐던 것도 아니면서 왜 새삼 난리야? 언제까지 이럴 거야? ……일어나."

원중이 물 컵을 내밀었지만 재인은 일어날 만한 상황이 아니었다. 그가 들고 있는 컵에 담긴 것이 생수라는 걸 인지하는 데만도 한참 걸렸다. 문득 그리고 보니 물이 마시고 싶은 것 같기도 했다. 몸이 움직이지 않는다는 걸 제외하면 말이다.

재인이 말끄러미 바라보기만 하고 움직이지 않자 원중은 한숨을 쉬고 침대에 걸터앉았다. 그러고는 물 컵을 허벅지에 살짝 올려놓고 알 수 없는 표정으로 그녀를 내려다본다.

"얼굴 보면…… 다 쥐어뜯으려…… 고…… 했…… 는데."

자신이 무슨 말을 하는 건지도 모르면서 재인이 중얼거리자 원중이 피식 웃었다. 그러더니 물을 한 모금 머금고는 그녀의 뒷덜미를 잡아당겨 입을 맞추고 밀어 넣었다. 타액과 섞인 차가운 물이 말랐던 입안을 채우고 목구멍으로 꿀꺽꿀꺽 달게 넘어갔다.

"더?"

딱히 더 먹일 생각은 없는 듯 눈빛이 정신이 들었나, 아닌가 살피듯 재인을 훑었다.

이번에 움직인 것은 재인이었다. 늘어진 빨래처럼 꼼짝도 않고 원중을 응시하던 그녀가 번개처럼 몸을 일으켜 그

에게로 덤벼든 것이다. 전혀 예측하고 있지 못했는지 그가
그녀가 미는 대로 넘어가 매트리스에 등이 닿았다. 동시에
그를 타고 오른 그녀의 체중이 그를 눌렀다.

"뭐하는 거야?"

짧게 헛웃음을 웃은 원중이 진심을 담아 물었다. 재인은
정확히 그의 남성 위에 앉아 있었다. 치골을 손으로 눌러
중심을 잡은 채 조용히 그를 바라본다.

"싫으면 밀어내면 되잖아."

사실 힘으로 하자면 재인이 온 체중을 다해 눌러도 원중
이 원하지 않으면 끝이었다. 하지만 그는 넘어가주었고 그
녀가 그의 위로 올라오는 것도 허락해주었다. 실제로 그녀
의 다리 사이에서 그의 남성에 힘이 들어가는 기색이 느껴
졌다. 눈빛에서도.

흐린 정신으로도 알 수 있었다.

이상한 이야기일지 모르겠지만, 원중은 들어와서 그녀
를 내려다보는 그 순간에는 화가 나 있었다. 왜 자기가 화
가 나 있는지 도무지 이해할 수 없었지만 재인이 느낀 것
은 분명한 분노였다. 그리고 그 알 수 없는 감정은 뭉치고
엉겨들어 폭발 직전으로 그의 안에 웅크리고 있었다. 겉보
기에는 여전히 여유만만한 차원중이었지만 위험한 냄새가
났다. 재인만이 알 수 있는.

아니면 이 모든 게 상상일 뿐일까? 착각일 뿐일까?

그것이 옳긴 했다. 신재인을 사디스트의 노리개로 만들

려는 놈이 술 좀 마셨다고 화를 내는 건 너무 달콤하니까.

하지만 그것과 별개로 그 분노의 냄새, 또 다리 사이에서 느껴지는 뜨거운 욕구 때문에 재인은 아래가 저릿해졌다. 그가 흥분시켜주는 일이 없이 느낀 첫 번째 욕구였을지도 모른다.

방 안의 공기가 질척하게 습도를 높였다.

"기운이 없어."

재인은 원중 쪽으로 몸을 기울이며 속삭였다.

"술을 그렇게 마시고 약까지 먹으면 누구나 그래."

원중의 목소리는 퉁명스러웠지만 팔을 뻗어와 그녀의 등을 감싸 안았다.

"약……."

원중은 중얼거리는 재인을 가슴과 가슴이 맞닿을 때까지 당겼다.

잠깐 동안 재인은 몸을 긴장시키고 있었지만 이내 이완되듯 풀어져 그에게 온전히 체중을 실었다. 그의 품은 따뜻했다.

"너하고 자고 싶어."

재인이 다시 중얼거렸다. 그의 가슴에 귀를 대고 있었기 때문에 심장 소리가 쿵 쿵 느리게 울렸다. 그녀가 그 말을 했을 때에는 약간 빨라진 것 같기도 했다.

"주정뱅이를 안는 취미는 없……."

재인이 손을 내려 원중의 남성을 쥐었기 때문에 그의 말

끝이 허공에서 흩어졌다. 그는 잠깐 사이를 두고 하……
하고 짧게 웃고는 양손으로 그녀의 뺨을 쥐어 시선을 맞췄
다.

"지금 뭐하는 거야?"

"커다래졌는걸."

재인이 딱딱하게 부풀어 있는 남성을 잡은 손에 힘을 주
었다. 주무르듯 조심스럽게 만지자 금세 살덩이가 부피를
키우며 단단해졌다. 하지만 그의 표정에는 변화가 없었다.
차게 응시하는 눈빛은 마치 아래에서 일어나는 일을 모르
는 듯했다.

"그만해."

원중이 재인을 단호하게 밀어냈다.

"싫어!"

손을 놓친 재인이 그의 어깨에 매달렸다. 양다리를 그의
허리에 감아 상체를 일으킨 그를 방해한다. 그 필사적인
몸짓에 원중이 어이가 없다는 듯 웃었다.

"뭐하자는 거야?"

"자자는 거야."

"또 손목을 끊겠다는 말로 들리는 게 무섭군."

차가운 어조와는 달리 원중의 눈에 뚜렷하게 보이는 것
은 분명한 욕구였다. 그녀가 엉덩이로 누르고 있는 허벅지
와 남성이 체온을 높이는 것이 생생하게 느껴졌다. 술과
약에 취해 그녀의 체온은 높았고 살성은 말랑말랑하게 녹

아 있었다. 감정을 잘 읽을 수 없는 눈이 재인을 느릿느릿 쓸어내렸다.

커다란 손이 재인의 가는 허리를 잡았다. 엄지로 배를 쓰는 동작은 무언가를 망설이는 듯했다. 무언지는 알 수 없지만 이러지도 저러지도 못하는 것처럼.

재인이 천천히 고개를 숙여 원중의 입술 위에 입술을 눌렀다. 그뿐인데도 입술을 뗐을 때에는 숨이 가빠져 있었다. 그녀는 자신이 숨을 멈추고 있었다는 것을 깨달았다. 그리고 또 하나…… 그녀의 허리를 잡고 있는 손에 땀이 축축하게 배어 있었다. 그의 숨소리도 확연하게 거칠어져 있었다.

그의 손이 움직인 것은 그녀가 그의 목덜미에 입을 대고 빨기 시작했을 때였다. 다소 서투른 키스였는데 그냥 내버려둔 그는 커다란 손을 내려 골반을 쓰다듬고 허벅지를 어루만졌다. 뜨겁고 축축한 손이 허벅지 안쪽 깊은 곳으로 진입하자 그녀는 뜨거운 숨을 내쉬었다.

"어린애처럼 안겨 있지 마."

"남자들이 싫어해?"

"그래. 원숭이도 아니고 이게 뭐야?"

꼴이 좀 우스울 수도 있을 거란 생각은 했지만, 여전히 성공적이라는 데는 이견이 없었다. 그의 목소리는 탁하게 잠겨 있었고 그녀를 바라보는 눈도 욕구가 다른 모든 것을 덮고 있었다.

원중은 재인의 허리를 붙잡아 받치고 침대에 눕혔다. 고개를 숙여 그녀의 목덜미와 쇄골, 어깨에 입을 맞추고 깊게 빨아들여 발간 자국을 남겼다.

재인의 차림새는 완전히 흐트러져 있었다. 검고 긴 머리카락이 하얀 시트 위에 아무렇게나 펼쳐졌다.

원중은 그녀가 입고 있는 커다란 셔츠를 위로 말아 올리고 드러난 가슴을 입안에 머금었다.

"아아!"

짜릿하게 직격하는 감각에 재인이 몸을 뒤챘다. 그의 손이 허리와 골반, 엉덩이를 계속 쓸어내렸다. 손아귀에 접어 넣으려는 것처럼 소유욕이 뚜렷하게 드러나는 움직임이었다. 그녀는 하얗고 가는 다리를 움직여 그의 허리에 붙였다.

"하지 마."

원중은 짧게 경고했다. 하지만 재인은 그가 무얼 하지 말라고 하는 건지 이해하지 못했다.

"지금 날 자극하면, 재미없을 거야."

"……뭘?"

느리게 물었지만 뭘 물었는지도 명확하지 않았다. 술을 너무 많이 마셨거나, 아니면 몸 안에서 뭔가 다른 일이 일어나고 있는 거다.

"이제는…… 마."

재인은 잠깐 사이 원중의 말을 놓쳤다. 그가 자신의 셔츠

를 거칠게 벗어던지고 나신이 되어 몸을 겹쳐오며 길게 젖
혔을 때였다.

놀랄 정도로 그는 빠르게 진입해왔다. 그래서인지 뜨거
운 남성이 몸을 가르고 들어올 때에는 거의 처음인 것처럼
아팠다. 머리가 하얘져서 허리를 비틀었지만 그는 놓아주
지 않았다.

"안 돼. 가만히 있어."

원중의 손이 맨살 등을 당겨 자신이 움직이기 편하도록
고정하고 허리를 움직였다.

"아! 아파!"

"아니야."

그의 남성이 끝까지 밀고 들어왔다. 그동안 그가 자제하
고 있었던 건지, 아니면 오늘이 뭔가 다른 건지는 알 수 없
지만 단 한 번도 느끼지 못한 깊이였다. 닿아서는 안 되는
부위에 그의 남성이 닿은 감각이 배 속을 휘저었다.

"지금 …… 때문에 너 감각이 예민…… 약이 술과 섞……
거야. ……게 젖어 있…… 없어."

원중의 말이 자꾸 끊겨서 들렸다. 그의 것이 완전히 파묻
혔다가 나가기를 반복하는 동안 거친 숨이 귓가에서 흩어
졌다.

"약……."

무언가 몸 안에서 이상한 것이 자라고 있었다. 가시가 박
힌 줄기가 덩굴을 이루며 자라나 혈관을 긁고 뼈를 감아 올

230

231

랐다. 손끝까지.

눈앞에서 폭죽이 터지는 것처럼 시야가 부서졌다. 그가 허리를 움직이는 매 순간이 놀랍도록 생생했다. 작은 움직임. 박동하는 혈관. 소용돌이치는 붉은 혈액.

입술을 크게 벌린 채 재인은 소리가 되어 나오지 않는 비명을 질렀다. 그가 한 번씩 박아올 때마다 영혼이 부서지는 것 같았다. 균열이 가 부스러기가 떨어지는 무언가가 지욱히게 먼지를 일으켰다.

"아!"

원중이 재인의 허벅지를 잡아당겨 허리에 바짝 붙이며 안에 들어가 있던 남성을 더 깊이 파묻었다. 서로의 가장 여린 살점이 꼭 맞물려 서로를 삼키듯 밀고 조여댔다.

"숨 쉬어."

커다란 손이 헐떡이는 재인의 턱을 붙잡고 입을 벌리게 했다. 그리고 허리를 숙여 마치 인공 호흡을 하듯 숨을 불어넣는다.

"정신 꽉 붙잡아."

짧고 간결하게 경고한 그는 다시 허리를 움직이기 시작했다. 퍽. 퍽. 퍽. 살과 살이 부딪치는 소리가 음란하게 귀를 울렸다. 깔려 있는 어둠은 마치 살아 있는 것처럼 스멀스멀 농도를 높이고 있었다.

쾅 하는 소리와 함께 재인의 등이 검은 바다가 내려다보이는 통유리창에 부딪쳤다. 그는 손을 감아 그녀의 머리는 보호해줬지만 등에는 별 관심이 없는 모양이었다.

재인은 원중의 목에 손을 감은 채 그의 허리에 다리를 감고 있었다. 그는 아까부터 그녀의 안에 들어와 있었다.

거칠게 입을 맞춰온 원중의 혀가 그녀의 혀를 뽑아버릴 것처럼 감아 당겼다. 입안을 무도하게 휘젓고 여린 살점을 샅샅이 핥아 맛보고는 다시 혀가 엉켰다. 단단하게 경직되어 있는 그의 허벅지가 그녀의 몸을 죄듯 고정시켰다.

먼저의 정사로 산산조각 났던 영혼은 하나하나가 다이너마이트인 것처럼 폭발해대고 있었다.

"부서…… 져."

재인의 목소리가 허공에 흩어졌다. 밀어 올리는 그의 힘이 너무 강건해 숨을 제대로 쉬기도 어려웠다. 몇 번이나 입을 벌리고 공기를 들이마시던 그녀는 이내 숨을 못 쉬고 고개를 뒤로 젖혔다. 눈앞이 자꾸 하얗게 번졌다.

그러면서 무언가 달라진다. 그녀의 안에서 무언가 달라진다.

유일한 온기였던 남자에게 안기면서 무언가 달라진다.

그 온기가 온기가 아니라는 걸 알고 있는 순간에도 따뜻하기만 한 그 남자의 이중성에 무언가 달라진다.

부서진다.

사랑하지 않아.

미워하지 않아.

죽고 싶지 않아.

죽이고 싶지 않아.

몰라. 몰라. 몰라. 이제. 아무것도. 몰라.

곧 죽어도 콘돔을 잊지 않던 남자인데 몇 번이나 파정하는 동안 그녀는 그가 전혀 피임을 신경 쓰고 있지 않다는 걸 알았다. 질척이는 정액과 애액에 맞물린 곳이 질펀했다. 아니, 몸 전체가 땀과 체액으로 젖어 있었다.

퍽퍽퍽, 살 부딪치는 소리가 마치 온몸을 난자하는 도끼질 소리처럼 잔혹하다.

"아아!"

결국 참지 못하고 재인은 원중의 어깨를 감싸고 있던 손톱을 세워 긁었다. 쳐올리는 힘에 눈앞에서 불꽃이 튀었다.

원중의 몸이 재인의 등 위에 겹쳐져 있었다. 그녀에 비해 그의 덩치가 현저하게 컸기 때문에 얼핏 보면 한 사람이 침대에 길게 누워 있다는 착각이 들 정도로 완전히 가리고 있다.

둘 다 지쳐 있었고 손가락 하나 까딱할 수 없다는 듯 움직이지 않았다.

한계까지 거칠었던 숨은 많이 가라앉았지만 높아진 체온은 채 식지 않아 두 사람 모두 땀범벅이었다.

완전히 소진되어 재인을 끌어안고 있던 원중은 길게 숨

을 내쉬고 몸을 굴려 그녀에게서 떨어졌다. 그러고는 그 이상으로 침대에 거의 흡수되기 직전으로 묻혀 있는 그녀의 뺨을 툭 건드렸다.

"자?"

거의 잠들어 있는 듯 보였던 재인이 원중의 목소리에 눈을 떴다. 거의 까부라져 있는 몸에 비해 그녀의 눈빛은 비교적 또랑또랑했다. 오히려 아까 술기운에 절어 있을 때보다 훨씬 컨디션이 나아 보였다.

원중은 왜 그럴 수 있는지 정확히 알고 있었다. 약물.

여자를 약에 중독시키는 이유는 간단했다. 중독이 되면 밥은 굶을 수 있어도 약을 안 먹을 수는 없다. 적절히 체내 농도를 유지해준다면 컨트롤은 말할 수 없이 쉬워진다. 본인이 뭘 하는지도 모르는 거다.

"나 언제 가?"

재인이 또다시 물어왔다. 까만 머루 같은 눈동자가 기묘한 윤기를 띠고 그에게 고정되어 있다.

"잘할 수 있을 것 같으면."

되는대로 한 말이었다. 사실 원중은 방금 자신이 무슨 생각을 했는지 알 수가 없었다. 약을 먹은 건 자기 자신인가 싶을 정도다. 혹시 중독자와 몸을 섞으면 약 기운이 옮는다는 말도 안 되는 부작용이라도 있는 걸까?

그럴지도.

"진짜 이제는 될 것 같은데."

재인이 조그맣게 한숨을 쉬며 몸을 비틀었다. 이마에서 코, 입술, 턱으로 이어지는 선이 선명하게 허공에 아로새겨진다.

원중은 방금 전까지 그를 스치고 지나간 생각들을 잡아보려 애썼다. 무언가가 자꾸만 머릿속을 건드린다. 놓쳐서는 안 될 것을 놓치고 있다는 막연한 불안감이 자꾸만 몸을 채운다.

"……증명해줘?"

고개를 돌린 채 물끄러미 원중을 바라보고 있던 재인이 나른하게 물었다.

"됐어. 자."

그런 재인의 눈을 쓸어 감겨주고 원중이 상체를 일으켰다. 그가 바닥에 떨어져 있는 타월을 집어 들어 허리에 두르고 성큼 나가려 할 때였다. 묘하게 위화감이 드는 목소리가 그의 발목을 잡았다.

"약……."

원중은 느릿느릿 돌아섰다.

언제 가져왔는지 재인은 약병 하나를 들고 있었다. 멀리서도 그는 그 약병이 무언지 알아볼 수 있었다.

"뭔지 알겠어."

"……뭐를?"

느리게 말한 재인의 목소리에 원중이 느리게 대답했다.

하지만 곰곰이 생각하는 얼굴로 약병을 내려다본 채 재

인은 미동도 않고 있었다. 긴 속눈썹이 눈 아래 그늘을 드리우고 있는 모습이 묘하게 차가웠다.

재인은 약병의 뚜껑을 돌려 땄다. 그녀의 하얀 손이 약뚜껑을 떨어뜨리는 모습을 원중은 가만히 바라보았다. 그리고 이내 빈손이 약을 한 알 집어 입안에 넣었다. 아주 맛있는 사탕을 먹듯이. 그리고 또 한 알.

시선은 곧장 원중을 향하고 있었다. 도발하듯.

"이게 뭔지, 알겠어."

"그러니까 뭐냐고."

"네가 말해줬잖아. 술과, 약물."

똑똑한 여자였다.

그리고 이제, 그 똑똑한 여자의 입술에는 미묘한 미소가 떠올라 있었다. 원중은 움직일 수 없었다. 속이 뒤집히는데, 왜 그런지조차 몰랐다. 무언가 상반되는 감정이 몸뚱이를 양쪽으로 갈라놓을 것처럼 비틀어대고 있었다.

"믿어도 돼."

재인의 눈꼬리가 길어졌다. 웃고 있는데 웃는 것 같지 않다는 것은 이상한 일.

"진짜 이제 됐어. 내가 뭘 해야 할지도 알았고, 할 수도 있을 것 같아."

맞춰오는 텅 빈 눈빛은 원중을 보는 건지, 아니면 그대로 투과해 등 뒤의 벽을 보는 것인지 애매했다.

"그 정돈 해줄게."

"……그래?"

상체를 일으키고 있는 재인은 여전히 나신이었고, 시트가 허리께에 감겨 있었지만 상체는 그대로 드러내 어깨에서 허리, 엉덩이로 이어지는 여성의 곡선이 허공에 아로새겨져 있었다. 하지만 보다 시선을 끄는 건 허벅지 아래부터. 시트 사이사이로 보이는 관능.

원중의 시선이 뽀얗게 윤기가 도는 허벅지 위에 붙박인 듯 꽂혔다.

겨울, 봄, 여름…… 세 계절을 보낸 재인은 이제 처음의 그저 예쁘장한 정도인 말라깽이가 아니었다.

"그다음은 그때 생각하지 뭐."

속삭이듯 말하며 재인의 입꼬리가 올라갔다.

원중이 고개를 치켜 올려 눈을 내리떴다. 마치 그렇게 보면 자신이 만들어낸 여자의 속을 들여다볼 수 있을 것처럼.

One black winter night

11

손 여사는 뚜렷한 불안감을 느꼈다.

불안이라는 것은 본래 희미하고 정체를 알 수 없을 때가 많다. 그러나 이번 불안은 좀 더 분명했고 위협적이었다.

폭풍에 시달려 갈리고 짓밟힌 신재인은 보통 사람들보다는 훨씬 더 강인한 정신력을 가졌을 수도 있다. 어지간한 취급에는 눈썹 하나 까딱 않고 되돌려줄 수 있는 무심함과 웬만한 폭력에 콧방귀 뀔 수 있는 담대함, 혹은 뻔뻔함 같은 것……. 하지만 어떤 철벽도 반드시 한 방에 무너지고 마는 취약점은 있기 마련이다.

재인은 조용했다. 손 여사가 예상했던 것보다 훨씬. 아니, 말도 안 될 정도로. 자기가 사형 선고를 받은 죄수나 다름없다는 사실을 모르는 것처럼, 기묘할 정도로 따랐던 남자가 자신을 오롯이 도구로만 취급했다는 것을 깨닫지 않은 것처럼.

하지만 확실히 달라졌다.

많이 달라졌다.

재인은 대부분의 시간을 멍하니 허공을 보면서 지냈다.

그것이 폭풍 전야처럼 느껴진다고 하면 오버일까? 그녀의 안쪽 깊숙한 곳에서 마지막 무언가가 끊어진 것 같다면?

울고 떼쓰고 짜증을 내길 바랐지만 재인은 밥도 잘 먹었고 잠도 잘 잤다. 어느 정도 약물의 효과가 있다는 걸 감안해도 지나칠 정도였다. 원중과 두드러지게 싸운 기색도 없었다. 현정배가 던지고 간 폭탄은 재인에게 아무런 영향도 미치지 못하는 것 같았다.

달라진 게 있다면 술을 마실 때가 많다는 것 정도? 딱히 맛이 없다면서 입에도 대지 않던 술을 반주 삼아 한 잔 두 잔 홀짝일 때가 많았고 밤을 지내고 왔을 때에는 빈 술병만 남아 있을 때도 있었다.

아니, 또 달라진 게 있다.

수업 시간에 과하게 성실했던 신재인이었다. 대개 이 바닥의 아이들이라는 것이 공부 머리는 없기 쉬웠고, 결정적으로 의욕도 없었다. 자신들의 역할이 뭔지 잘 알고 있었으므로 주로 외모에 신경 쓸 뿐 공부는 부수적인 것으로 치부하고 게을러지기 쉬웠다. 아니면 억지로 하거나.

신재인은 달랐다. 오히려 몸매를 가꾸는 건 마지못해 하는 기색이 있었지만 공부는 좋아했다. 역사라든지, 국어라든지, 정치, 언어…… 모든 것을 신기해하며 접근했다.

하지만 최근에는 그렇지 않았다. 뭐든 대강대강, 집중력이 현저히 떨어진 것이 보였다. 끼고 있던 태백산맥도 멀리 던져놓았고 멍하게 있을 때가 많았다. 술이 과한 다음

날에는 꼬박꼬박 졸기도 일쑤였다.

선생들은 마냥 당황할 뿐이었다.

오늘은 심지어 운동 시간에도 졸고 있었다. 한참 설명을 하다 재인을 바라본 트레이너가 어쩔 줄 모르고 황망하게 손 여사를 바라보았지만 그녀는 외면했다.

"이거야 원."

한쪽 다리는 소파 등받이에 올리고, 상체는 아래로 축 늘어뜨리고 있는 재인을 위에서 내려다본 원중이 혀를 쯧쯧 찼다. 눈을 떠 거꾸로 보이는 원중의 얼굴을 물끄러미 바라보던 재인이 킥 웃었다.

"웃어?"

원중이 재인의 어깨를 잡아 소파 위로 끌어올렸다.

"그러고 있으면 얼굴에 피 쏠려."

"괜찮아."

재인이 또 킥킥 웃었다.

"왜 웃어?"

"몰라. 오늘은 기분이 좋아."

기분이 좋은 이유를 원중이 발견하기까지는 30초도 걸리지 않았다. 그는 바닥에 나뒹굴고 있는 양주병 두 개의 라벨을 확인하고 헛웃음을 웃었다.

"이제 잔에도 안 따라 마셔?"

"배 속에 들어가면 다아 똑같아."

재인은 팔을 휘둘렀다.

잠깐 원중은 화가 난 듯 주방을 쳐다보았다. 하지만 손 여사가 재인을 다룰 수 없을 것이라는 건 진즉에 알았다. 강제로 술을 못 마시게 하려면 현정배를 갖다 붙여놔야 할 것이다. 그러면 쥐어박아서라도 아니꼬운 꼴은 보지 않을 테니.

잠깐 인상을 찡그리고 있다 식당으로 들어간 원중은 식탁 위의 약병 중 하나를 확인했다. 얼마나 먹었는가를 보는 것이다. 아직 반 넘게 차 있는 약병을 내려놓은 그는 심란하게 늘어져 있는 재인을 바라보았다. 그리고 그 상태로 말했다.

"이만 들어가보세요."

자기 할 일을 하고 있던 손 여사가 일어나 하던 일을 정리하고 일어섰다. 그녀가 짐을 챙겨 나갈 때까지 원중은 식탁에 걸터앉아 팔짱을 끼고 있었다. 오토록이 잠기고 집 안이 완전한 침묵에 잠겨들어도 원중은 움직이지 않았다. 그 자리에 그대로 선 채 짧게 말한다.

"이런 식으로 하는 게 도움이 될 거라고 생각한다면 착각이야."

"내가 뭘?"

정말 모르는 듯 물은 재인은 이내 다시 눈을 감았다. 원중이 와 있다는 것에 큰 관심이 없었다. 언젠가는 그가 오기만을 기다렸던 것 같기도 한데.

무거운 침묵이 젤리처럼 축축하게 응고된다고 느껴졌을 때쯤 몸을 일으킨 건 재인이었다.

그녀는 흐리멍덩한 눈으로 두리번거리며 원중을 찾다가 주방에서 발견하고는 배시시 웃었다. 가늘어진 그의 눈이 웃는 그녀를 담았다.

어깨가 넓게 파인 보트넥을 입고 있는 재인의 옷은 구겨질 대로 구겨져 한쪽으로 축 늘어져 있었다. 답답하지도 않은지 그녀는 아랑곳하지 않았지만 덕분에 뼈가 반듯하게 도드라져 있는 어깨가 하얗게 드러났다. 유난히도 붉은 입술에서 흘러내린 그의 시선이 닿은 곳도 거기였다.

비틀거리며 다가온 재인은 그의 코앞에서 앞으로 고꾸라지듯 쓰러졌다. 별로 당황하지도 않고 그녀의 허리를 낚아채 안은 그가 표정을 숨긴 채 그녀를 내려다보았다. 그러나 무감했던 얼굴은 다음 순간 무너졌다. 그녀가 그대로 몸을 앞으로 수그려 그의 바짓가랑이 사이에 입을 눌렀기 때문이다.

노골적이고 적나라한 행위에 할 말을 잃은 원중이 짧은 숨을 끊어 내쉬었다.

"뭐하는 거야?"

재인의 어깨를 틀어쥐며 원중이 눈살을 찌푸렸다.

"요즘 나한테 자주 하는 질문이네."

느릿하게 말끝을 끄는 재인의 시선은 여전히 그의 사타구니께에 가 있었다. 순간적이라 방어를 못 한 것도 있지만 그의 남성은 확실하게 자극에 반응하고 있었다.

재인은 손을 뻗어 원중의 벨트를 열었다. 그는 여전히 그녀의 어깨를 붙들고 있었지만 손에 힘이 들어가 있지는 않았다. 약간 불편하긴 해도 그녀는 그의 벨트를 풀고 단추를 끄른 후 지퍼를 내릴 수 있었다. 툭 소리가 나며 바지가 내려가자 억눌려 있던 남성이 속옷을 뚫을 듯 치솟아올랐다.

재인은 천천히 고개를 숙여 속옷 위로 입을 맞췄다.

"나 언제 김 의원한테 가?"

낮은 신음 소리가 원중의 목울대를 울렸다.

"진짜 잘할 수 있을 것 같아서 그래. 이런 기분일 때 가면 좋잖아. 너도, 나도."

"너도?"

"응, 나도."

천 위로 입을 맞춘 재인은 그다음에는 삼키듯 남성의 끝을 살짝 물었다. 타액과 천이 엉겨들며 기묘한 감각을 만들어냈다. 입술을 깨문 그가 고개를 설핏 뒤로 젖혔다. 좀 더 용기를 낸 그녀는 조금 더 크게 남성을 물었다. 처음에는 아주 가볍게, 그다음에는 조금 더 압력을 실어 입술로 문다.

"으음……."

눌린 신음 소리가 입술을 비집고 새어나왔다. 어깨를 잡고 있던 손이 그녀의 검은 머리카락 사이로 파고 들어와 아플 정도로 우악스럽게 쥐었다.

거추장스러운 속옷을 내린 재인은 늠름하게 서 있는 남성을 한입에 머금었다. 뜨겁고 축축한 입안의 느낌이 남성을 감싸자 그가 낮게 한숨을 쉬었다.

입안을 채워오는 부피감이 익숙해지길 기다려 그녀는 천천히 혀를 움직였다. 천천히 쓸 듯이 위로 아래로 움직였다가, 목구멍이 찔릴 것 같을 정도로 깊게 흡인하기도 했다. 남성의 끝, 맨들맨들하고 예민한 부위를 붉은 혀끝으로 핥다가 살짝 입술로 물고 그다음에는 압력을 실어 쭉 빤다.

간헐적으로 낮게 울리는 신음뿐, 그는 아무 말도 하지 않았다. 그녀의 몸에 손을 대지도 않았다. 그녀는 올려다보지 않았지만 그의 시선이 자신의 물건을 핥고 있는 그녀에게 꽂혀 있다는 것을 알 수 있었다. 이상한 이야기였지만 그를 자극하면서 그녀도 젖고 있었다. 호흡은 가빠지고 얼굴은 붉어진다. 저도 모르게 자극의 속도가 점점 빨라졌다. 짐승의 숨소리가 들린다고 생각했는데 그녀 자신이 내는 소리였다.

커다란 손이 머리 위로 살짝 올라온 것은 그녀가 완전히 집중해서 그를 절정으로 몰고 갔을 때였다. 그는 살짝 몸을 빼내며 파정했지만 그녀가 서툴렀기 때문에 정액의 일부가 얼굴에 튀었다. 무슨 일이 일어났는지 모르는 채로 멍하니 그녀는 그를 올려다보았다. 설핏 허리를 굽힌 채 무거운 숨을 토해냈던 그는 잠깐 동안 그런 그녀를 내려다보았다. 거의 눈을 깜빡이는 걸 잊은 사람 같은 태도였다. 느리게 눈을 깜빡인 것은 한참이 지난 다음이었다.

원중은 손을 뻗어 엄지로 재인의 얼굴에 튀어 있는 자신의 흔적을 재빠르게 문질렀다. 끈적끈적한 체액이 잘 닦이지 않아 그는 인상을 찡그리고는 무릎을 꿇고 있는 그녀와 눈높이가 맞을 정도로 몸을 수그렸다. 그러고는 재킷을 벗어 던지고 셔츠 단추 두어 개를 푼 다음 위로 훅 벗어서 그녀의 얼굴을 문지른다.

마치 세수하기 싫어하는 아이가 투정을 부리듯 고개를 젓는 그녀를 붙잡아 당겨 꼼꼼하게 닦아준 그는 이내 젖어 있는 그녀의 셔츠까지도 벗겨 내팽개쳤다.

"싫어⋯⋯."

재인이 벗겨진 셔츠를 주우려는 듯 손을 뻗자 그가 어이없어하며 셔츠를 발로 차 아예 멀리까지 내던져버렸다.

"더러워."

"더러운 걸 피하면서 살 수 있었던 적도 없어."

재인의 말에 원중의 미간에 약간 주름이 잡혔다.

"저건 최악도 아니라고."

덧붙인 말에는 표정이 사라졌다.

"⋯⋯최악은 뭔데?"

잠시 후 느릿하게 물어오는 목소리에서는 위험할 정도로 아무 감정도 느껴지지 않았다. 순식간에 빙점 이하로 온도가 내려간 듯했지만 재인은 아무것도 느끼지 못했다. 느꼈어도 상관없는 쪽에 가까울 수도 있었다.

"너."

"……."

"너랑 계속 자고 싶어."

사탕을 먹고 싶어, 라고 말하는 것과 같은 어조로 그녀가 말했다.

"저번에도 그 얘긴 했어."

"아냐. 계속."

원중이 자신을 똑바로 응시하고 있는 재인을 쳐다보았다. 시선이 마주친 단 한 점이 세상에 유일한 의미가 있는 지점인 것처럼.

"계속."

"……."

"계속."

"……."

"계속."

"……."

"그러지 않으면……."

말이 뚝 끊겼다. 마주친 시선이 떨어지지 않은 채로 눈동자가 마치 먼 곳을 보는 듯 아득해졌다.

원중은 눈살을 찌푸리며 살짝 고개를 앞으로 기울였다. 뒷말을 듣고 싶은 거다. 재인의 입안에서 웅얼웅얼 삼켜지는 말끝은 잘 들리진 않았지만 어딘지 슬펐다.

"널…… 어."

귀를 기울였던 원중의 표정이 얼어붙었다. 그는 고개를 바로 하고 그녀를 쳐다보았다. 그러나 재인은 그런 그를 아예 모르는 것처럼 눈을 깜빡일 뿐이었다.

한참 동안 그를 올려다보던 재인이 안아달라는 듯 팔을 뻗었다. 순진무구한 어린아이 같은 행동에 기묘한 침묵의 지배를 받던 공기가 술렁이기 시작했다.

그대로 멈춰버린 사진처럼 원중도, 재인도 움직이지 않았지만 둘 중 하나의 마음엔 격랑이 일고 있었다.

"이래서야 잘해낼 수 있을 것 같지 않은데."

차게 말한 원중의 목소리에 대답은 띄엄띄엄 돌아왔다.

"……아닐 텐데."

"……."

"지금 하고 있는 중인데. 사람 미치게 하는 거."

여전히 팔을 올린 채 재인이 배시시 웃었다.

"아니야?"

"주정뱅이에 약쟁이로밖에 안 보여."

"거짓말쟁이. 한 번이라도 솔직해질 수 없어?"

조그맣게 속삭인 재인의 눈이 느리게 감겼다. 철옹성에 세월의 풍파로 금이 가는 속도로, 재인의 몸이 뒤로 넘어갔다.

본능적으로 원중은 팔을 뻗어 재인의 손목을 잡았다. 가는 손목 위로 굳건한 손이 휘감겼다. 처음에는 살짝 잡았지만 점점 힘이 들어갔다.

연결된 피부를 통해 흔들림이 전해졌지만 재인은 여전히 꼼짝도 않고 있었다. 심지어 손을 잡혔다는 것도 모르는 얼굴이었다.

팔을 휙 잡아당긴 원중이 속절없이 자신의 품으로 떨어진 재인에게 거칠게 입을 맞췄다. 콰당 하고 의자가 사나운 소리를 내며 넘어갔다. 엎어져 단단한 팔에 몸을 의지한 그녀가 입을 벌려 그의 혀를 받아들였다. 무도하게 젓고 침입해오고 부술 듯 치밀고 들어오는 약탈자에게 가장 여린 살을 내어준 제물처럼.

입술과 입술 사이에서 뜨거운 숨이 흐트러졌다.

문득 재인은 아까 약을 얼마나 먹었던가…… 생각했다. 두 알만 먹겠다고 생각했던 것 같은데 어쩌면 세 알, 네 알쯤 집어 삼켰을지도 모르겠다. 정확한 이름까지는 몰라도, 그 약이 무언지 알게 된 후 그녀는 약에 집착했다. 영양제라 속이고 그런 약을 먹였다는 것에 대한 분노는 없었다. 몰랐던 것도 아니다. 필요하니까 먹였겠지. 더한 일이 있다 해도 이젠 놀라지 않을 테니까. 무슨 상관이야.

가는 허리를 감아 올린 손이 그녀를 안아 들었다.

거추장스러운 옷을 모두 벗고, 재인의 몸에 남아 있는 옷가지마저 걷어낸 그는 뜨거운 몸을 겹쳤다.

애무를 받는 동안 재인은 몽롱하게 꿈속을 유영하는 듯

한 느낌을 받았다. 커다란 손이 살을 쓸어오고 그녀조차 있는 줄 몰랐던 몸 안의 감각을 건드리고 일깨웠다.

정신을 차린 건 그가 그녀의 몸을 가르고 들어올 때였다. 벌린 다리 사이로 밀고 들어오는 압박감을 달래듯 키스를 퍼붓는 그의 검은 머리카락 사이로 손가락을 찔러 넣으며 짙은 숨을 내뱉었다. 고개를 뒤로 젖히자 그가 가슴 사이에 코를 묻어왔다. 그의 숨결이 피부 위를 뜨겁게 스치고 퍼졌다. 희미한 담배 냄새기 묻어 있었다.

그것은 씁쓸하면서도 달콤한 향이었다.

원중은 그의 허벅지 위에 앉아 허리를 뒤채고 있는 재인의 등을 붙잡아 지탱했다. 길고 윤기 나는 검은 머리카락이 그녀가 움직일 때마다 출렁이며 하얀 피부에 감겨들었다. 그녀의 안쪽 깊숙이까지 몸을 박아 넣으면서도 그는 시시각각 그녀의 얼굴을 확인했다. 아무런 잡념 없이 오로지 열락에만 탐닉한 표정이었다. 그가 가르친 열락이었다.

나른하고 느슨하고…… 그러면서도 절대 놓아주지 않는다. 맞닿은 몸은 서로의 체액으로 끈적거렸고 넘치는 호르몬이 달짝지근하게 공기 중으로 섞이고 있었다.

남자를 조바심 나게 만드는 법을 가르친 것은 원중이었다. 그러나 솔직히 말하자면 재인은 좋은 학생은 아니었다. 유혹적인 부분이 있었고 대가 세고 통통 튀는 발랄함이 있었지만 남자를 휘어감아 미치게 밀고 나가는 딱 하나…… 뭐라 이름 붙일 수 없는 그것이 아쉬웠다.

하지만 지금은…….

머리가 아파와 원중은 인상을 찡그렸다. 순간순간 불가해한 감정이 치밀고 올라왔다. 특히 이렇게 몸을 섞고 있을 때면 분명…… 원하는데 원하지 않는 것 같은 기묘한 이중성이 집중력을 흩뜨린다. 그것은 왠지 아찔한 감각이었다. 마치 까마득한 낭떠러지에 서 있는 것처럼.

그가 여자를 대하는 방식은 딱 두 가지였다. 쓸모가 있느냐, 쓸모가 없느냐.

그 외에는 뭐라도 상관없다고 생각해왔다.

그럼에도 불구하고 여전히, 무언가 마음에 걸린다고 생각했지만 이내 조여오는 아랫도리의 감각에 사라졌다. 그저 단 한 마디, 웅얼거리듯 재인의 입안에서 사라졌던 그 말들만 생각이 난다.

그러지 않으면…… 널 미워할 수 없어.

❄

원중은 아무 말도 하지 않았다. 바보가 아니니 재인이 왜 이러는지 모르지 않을 텐데 아무 말도 하지 않는다.

재인도 아무 말도 하지 않았다.

대화가 사라졌다.

사실 이전에도 대화라고 할 법한 것은 거의 일방적으로 재인의 종알댐이었다. 그는 잔소리 같지 않은 잔소리를 할 때를 제외하고는 대개 웃기만 하는 쪽이었다.

하지만 이제 종알댐도 사라지고 웃음도 사라졌다.

다만 이상하게도 몸만은 무섭도록 불이 붙어 아무 말 없이 벗은 두 몸이 엉켜들며 체온을 높이고 감각의 한계까지 서로를 몰아붙였다.

천천히 즐기듯 몰고 가는 섹스를 즐겼었는데 짐짐 거칠어졌다. 어디까지가 교육이고 어디까지가 이성을 잃은 것인지 알 수가 없었다.

손 여사가 있을 때면 마치 서로 없다는 듯 굴었지만, 그녀가 아래층으로 내려가고 나면 불붙듯 서로에게 탐닉했다. 한계에 도전하기라도 하듯 몸을 섞어대는데도, 이래도 몸이 부서지지 않나 의아할 정도인데도, 성적 긴장감은 뚫린 길을 찾지 못하고 팽팽하게 당겨지는 시위처럼 나날이 긴장감을 높였다.

당연히 낮에는 제정신일 수 없었다.

특히 체력이 약한 재인 쪽은 치명적이었다. 밤에 한숨도 못 잘 때가 많다 보니 선생들이 집에 왔을 때에도 침대에 있는 일이 많았고 어떻게 씻고 나가 앉더라도 꼬박꼬박 졸기가 일쑤였다.

일정이 끝나면 밥만 대충 먹고 그가 들어올 때까지 잤다. 자다가 눈을 뜨면 옆에 앉은 원중을 발견했다. 그가 "술 냄새."라고 말하며 인상을 찌푸리고 나서야 자신이 술을 마셨다는 걸 깨달을 때도 있었다. 약에 대한 의존도도 높아졌다. 하루하루가 끊긴 필름처럼 듬성듬성 지나갔다. 정신을 차렸을 땐 이미 몸을 무섭게 섞고 있는 날도 있었다. 어디까지가 꿈이고 어디까지가 현실인지 점점 모호해졌다.

그렇게 며칠이나 지났을까? 어느 날 눈을 떴더니 회색빛으로 물든 거실을 배경으로 유심히 내려다보고 있는 눈동자와 눈이 마주쳤다.

재인이 말끄러미 쳐다보자 원중이 부드러운 목소리로 말했다.

"일어나."

왜? 라고 묻듯 눈썹을 치켜 올리자 그가 손을 뻗어 그녀를 당겨 일으켜 세웠다. 곧장 두꺼운 옷이 걸쳐지고 목도리까지 둘둘 둘려졌다.

얼떨떨해져서 얌전히 몸을 맡기고 있자 그는 간단하고, 무척이나 다정하게 말했다.

"네가 좋아하는 외출이야."

어둠이 내려앉은 거리를 한참 달렸다.

남색의 밤과 대비되는 붉은 후미등이 줄지어 서 있는 것을 구경하던 재인은 차가 드문드문해져 볼 게 없어지자 시트에 몸을 기댔다. 차 안에서는 난방이 세게 돌아가고 있었지만 창 밖의 풍경은 앙상했다. 불빛이 없어서일까? 마치 세상이 끝난 후를 달리는 것 같았다.

어느새 다시 겨울이 시작되었다.

아닌 척 자꾸만 재인의 얼굴을 힐끔대던 원중이 결국에는 라디오 소리를 줄이며 물었다.

"어디 가는지도 이제 안 물어?"

자신의 얼굴이 비치는 창을 멍하니 응시하며 재인이 대답했다.

"나는 네가 이대로 어딘가의 야산에 가서 날 묻어도 놀라지 않아."

원중은 웃지 않았다.

"하긴…… 김 의원에게 보내야 하니 묻진 않겠구나."

여전히 시선을 멀리 둔 채 재인이 중얼거렸다. 그 뒤통수를 바라보는 원중의 얼굴이 차창에 어른거렸다.

다시 앞으로 시선을 돌리며 원중이 잘랐다.

"어차피 지금 상태로는 안 돼."

"의외로, 괜찮을지도 모르지."

"……"

"네 생각에도 그렇지?"

히죽 웃은 재인이 눈을 감으며 시트에 몸을 파묻었다.

"왜 이렇게 춥지?"

"금단 현상이 좀 있을지도."

"나 약 계속 먹는데."

"그렇군."

One black winter night

이틀 전부터 원중은 재인에게 투여하던 약물을 중단했다. 다만 공식적으로는 아니었고 비슷한 모양의 두통약으로 바꿔 넣었다. 왜 그랬는지는 그 자신도 명백하지 않았다.

계산을 포기한 건 조금 된 일이었다.

원중이 자신의 머릿속을 짚어보려 노력하고 있는데 갑자기 잊고 있던 것이 떠오른 양 재인이 고개를 돌려 그를 바라보았다.

"그러고 보니……."

뭔가 하고 슬쩍 시선을 주었던 원중은 이어진 말에 가볍게 헛기침을 했다.

"나 카섹스는 해본 적이 없어."

작은 손이 쑥, 원중의 가랑이 사이로 들어왔다.

당황해서, 진심으로 당황해서 원중이 오른손으로 그녀의 손을 잡았다. 섹스에 대한 개념이 아예 사라진 것인지 점점 점입가경이었다. 문제는 그런 그녀를 보는 그의 기분이었다. 무언가 당황스러운 것을 넘어선 감정이 느껴졌다. 하지만 그것조차도 가장 큰 문제는 아니었다. 가장 큰 문제는, 그가 그 감정의 이름을 도저히 알 수 없다는 것이었다.

"안 돼."

"왜? 좋아하잖아."

"밖에서는 그러면 안 돼."

"차 안이야. 밖 아니잖아."

"밖이야."

손안에서 작고 차가운 손이 꼬물댔다. 결국 그는 한 손으로는 그녀의 손을 꽉 잡은 채 운전을 해야만 했다. 너무나 작은 손이라 당황스러웠던 것을 제외하고 나쁘지 않은 일이었다.

몇 번이나 꼼지락대던 재인은 차가 거가대교를 지날 때쯤에야 불평 섞인 한숨을 내뱉고는 포기했다.

"집이나 여기나."

보닛 위에 앉혀놓고 옷매무새를 가다듬어주는데 재인이 투덜거렸다. 어깨를 움츠리고 손은 주머니에서 빼질 않은 채였다. 추웠다. 바닷바람이라 쌀쌀하긴 해도 그렇게까지 추운 날씨는 아닌데 몸이 찼다. 금단 증상이었다.

"언제는 집에서 시켜 먹을 수 있는 짜장면도 나가서 먹자더니."

"해보니까 별거 아니더라고. 뭐든 그래. 사실 다 별거 아닌데 난 왜 그렇게 갖고 싶었을까."

잠깐 멈칫했던 손이 아플 정도로 목도리를 꽉 여몄다. 그러고는 주머니 속에 꽂혀 있는 손을 꺼내 두툼한 남성용 장갑을 끼우고는 도로 호주머니에 넣어준다.

"한겨울도 아닌데 숨 막혀 죽겠어."

"너 지금 몸 정상 아냐."

"걱정하는 척하지 마."

"왜? 내 재산인데. 너한테 거는 기대가 많다고 내가 이야기 안 했어?"

밉살맞게 대꾸하는 원중을 재인은 노려보았다. 지금이라면, 사람도 없고 어둡고 추워서 화딱지가 머리끝까지 치솟는 지금이라면, 누가 그녀의 손에 칼 하나만 들려주면 그를 찌를 수 있을 것 같았다.

"칼을 어떻게 잡아야 내 손이 안 다친다고?"

"왜? 찌르려고?"

겨드랑이 밑에 손을 넣어 재인을 아래로 내려주며 원중이 비아냥거렸다.

"안 가르쳐줄래."

"왜?"

"지금이라면 네가 성공할 것 같아서."

"살고 싶긴 한가 보네."

"아니. 네 손에 죽고 싶은 건지는 생각을 좀 해봐야 해. 기다려."

원중은 재인의 손을 붙잡고 성큼성큼 걷기 시작했다.

바다와 육지를 경계로 바위가 날카롭게 경사를 이루고 있기도 하고 평편하게 펼쳐져 있기도 한 길을 잠시 따라 걷자 조그마한 커피숍이 나왔다. 뭐 이런 데 커피숍이 있어 싶은 그런 위치였다. 비닐 장막을 씌워 따뜻하니 안락해 보이긴 했다.

"들어가."

재인의 등을 떠민 원중은 그녀의 등 뒤로 문을 닫고 담배를 피워 물었다.

흐릿한 비닐의 장막 사이로 재인은 원중이 고개를 숙여 담뱃불을 붙이고, 그 담배 끝이 빨갛게 타올랐다 식고, 고개를 들자 바람이 검은 머리카락을 흔드는 것을 지켜보았다. 찬바람을 맞고 서 있는 동안에도 그는 무심했고, 흔들림 없어 보였고, 단호했다.

하얀 연기가 공기 사이로 섞여드는 것이 일렁일렁, 마치 꿈처럼 느껴졌다.

"이리 와요, 아가씨."

손을 늘어뜨린 채 멍하니 서 있는데 등 뒤에서 듣기 좋은 부드러운 음색이 들렸다. 돌아보자 30대 후반쯤…… 잘생겼다기보다는 인상이 좋게 생긴 남자가 미소 짓고 있었다. 키는 컸지만 날씬했고 약간 긴 갈색 머리카락이 이마를 덮고 있어 순하게 보였다.

"뭐 마시겠어요? 커피?"

바다가 보이는 자리에 재인을 앉히고 남자가 조용히 물었다.

"아니면 단거?"

대답이 없자 커피, 콜라, 사이다, 코코아, 녹차…… 흔한 차 이름들이 줄줄이 나왔다. 그래도 대답을 못 듣자 남자는,

"그럼 좋아요. 내가 특제 코코아를 타줄게요. 마시멜로도 듬뿍 넣어서."

멋대로 결론을 내리고는 돌아섰다.

그 뒷모습을 가만히 보다가 재인은 주변을 돌아보았다. 급조된 것이 분명해 보이는 커피숍이었다. 온실처럼 비닐하우스로 되어 있고 테이블도 그녀가 앉은 것을 제외하면 네 개가 더 있을 뿐이었다. 카운터도 조악했고 군데군데 구획을 나누어놓은 나무 장식이라고는 붉은 꽃이 새겨진 자개 화병이 전부였다. 난방이라고는 난로 비슷하게 생겼지만 나무를 때는 것은 아닌 게 분명한 난방 기구가 전부였다. 그래도 따뜻하긴 했다.

"내킬 때만 여는 불법 영업소죠."

수상쩍어 하는 재인의 눈초리를 의식했는지 코코아가 가득 든 커다란 머그잔을 내려놓으며 남자가 눈을 찡끗했다.

"불법?"

"뭐 제가 법 없이도 살 수 있는 사람이라 그러기로 했거든요."

농인지 진담인지 알 수 없는 말을 하고는 남자는 재인의 앞자리에 앉았다. 뭐야? 하고 쳐다보자 빙글빙글 웃기만 했다.

"풍경이 꽤 괜찮죠?"

"아무것도 안 보여."

어이가 없어 대답하자 남자가 가볍게 웃었다. 실제로 그러했다. 낮이야 어떨지 모르겠지만 밤이 내려앉은 바닷가는 멀리 파도 소리만 귀를 울릴 뿐 하늘도, 바다도 모두 칠흑이었다.

"풍경은 눈으로 보는 게 아니에요."

남자의 시선이 창 밖으로 향했다.

"가만히 봐요. 이 풍경은 슬픈 풍경이거든요."

처음에는 황당했지만 남자의 표정이 너무 진지했으므로 저도 모르게 재인은 그의 시선을 따라 밖을 응시했다.

커피숍 안에는 음악이 흐르지 않았으므로 남자도, 재인도 아무 말도 하지 않자 침묵이 내려앉았다. 기분 탓일까? 한참을 아무것도 보이지 않는 어둠을 응시하고 있는 동안 파도 소리가 점점 커지더니 이상하리만큼 가깝고 구슬프게 들린다.

"어디가 슬퍼?"

"사는 건 원래 슬퍼요."

"헛소리하지 마, 짜증 나니까. 저 풍경이 슬프다고 했잖아."

"아, 그거."

남자는 짧게 웃었다.

"저 바위가 상사암이에요. 삼돌이라는 종이 어렸을 때부터 함께 자란 주인집 딸 국화를 사랑했지요. 국화를 위해 모든 것을 다 해줄 생각이었어요. 그녀가 어떤 사람인지는 이미 중요하지 않았죠. 그가 그녀를 사랑하는 건 사람이 공기로 숨을 쉬는 것만큼이나 자연스러운 일이었으니까. 하지만 인생이라는 것이 그렇게 간단하지만은 않죠. 신분이라는 벽은 쉽게 넘을 수 없는 거고 연모한다는 사실이 알려지자 삼돌이는 치도곤을 당했어요. 하지만 그를 절망시킨 것은 모진 매질이나 모욕적인 언사가 아니었어요. 국화의 외면이었죠. 분명 두 사람의 마음이 맞닿았던 순간이 있는데, 가족들의 압박과 신분이라는 고정관념 속에서 국화는 삼돌이를 외면했거든요. 결국 만신창이가 된 그는 시름시름 앓다가 죽었어요."

재인이 인상을 찡그렸다.

"그게 끝이야?"

"아뇨."

남자가 묘하게 웃으며 고개를 저었다.

"삼돌이가 죽자 주인집 사람들은 그의 시신을 이 바다에 던졌어요. 국화는 어쩔 줄 몰라 했지만 차라리 잘됐다고 여기기도 했죠."

"미친 거 아냐? 서로 좋아했다면서?"

"사람은 자신의 마음을 모르는 물건이랍니다. 좋아한다고 생각했는데 아닐 수도 있고, 아니라고 생각했는데 그럴 수도 있죠. 그걸 알게 되는 건 최후의 최후…… 그 사람이 무얼 버렸나, 어디까지를 버렸나 확인한 후에야 가능해요."

가만히 남자를 쳐다보던 재인이 툭 물었다.

"너 차원중 친구지?"

"네?"

"둘 다 말 같지 않은 소리를 참 말처럼 해."

뭐가 그리 재미있는지 남자는 경박스러울 정도로 요란하게 웃었다. 한참을 웃고도 웃음기를 지우지 못해 이야기의 다음을 들려주는 목소리는 그 비극성에 비해 무척이나 밝았다.

"삼돌이의 시신을 바다에 버린 그날, 주인집에 뱀이 나타났어요. 뱀은 곧장 국화에게로 가 그녀의 몸을 감았죠. 세게 조여대지는 않았지만 무슨 짓을 해도 떨어지지 않았어요. 국화가 울면 그녀의 눈물을 받아먹으며 그렇게 하루하루 시간이 지나갔죠. 결국 국화도 이 바위에서 몸을 던졌어요."

"복수한 거구나."

재인의 말에 남자가 쓰게 미소 지었다.

"글쎄요…… 그냥 곁에 있고 싶었던 게 아닐까요?"

"죽이면서까지?"

"때론 그럴 때가 있죠. 죽이더라도, 망가뜨리더라도……아니, 이미 죽였더라도 놓을 수 없는 거요."

섬뜩해진 재인이 어깨를 움츠리는 순간 커피숍의 문이 열리고 차가운 바람이 쏟아져 들어왔다. 얼음바람과 함께 들어온 원중이 옷을 털며 하얀 숨을 내뱉었다.

"눈이 와."

남자는 원중에게도 코코아 한 잔을 갖다주고는 사라졌다. 그와 그녀는 말없이 의자에 기대 앉아 눈이 보슬보슬 내리기 시작한 밤바다를 바라보았다. 아까 남자의 말을 들었기 때문인지 그녀는 깜깜한 어둠 속에 무언가 도사리고 있는 것 같은 느낌을 받았다. 음흉하고 이기적이고, 하지만 동시에 애절하고 안타까운……

"무슨 일 있어?"

재인이 불쑥 물었다.

창 밖만 보고 있던 원중이 살짝 고개를 돌려 그녀를 바라본다. 여전히 창에서 눈을 떼지 않던 그녀는 그가 아무 말도 없자 어깨를 으쓱했다.

"없음 말고."

"오늘, 업장 하나가 뒤집어졌어."

"……"

"데리고 있던 아이 하나가 여자를 빼돌리려고 했다더군. 빚도 많은 애였는데 여튼…… 그랬어."

"또 좋은 일 하려는 애를 잡았군. 넌 좋겠다. 지옥 가면 제일 좋은 자리는 맡아놨겠어."

"……"

"그런 걸 정리하는 것도 네 일이야?"

"내 일의 일부지."

"……왜 그랬대?"

"글쎄."

"어떻게 됐어?"

"어떻게 됐을 것 같아?"

"둘 다 죽었어?"

원중은 대답하지 않았다. 무겁게 한숨만 내쉬고 다시 창밖으로 고개를 돌렸을 뿐이다. 한참을 그의 옆모습을 보던 재인은 마지막 질문을 삼켰다. 둘 다…… 죽었어?

재인의 시선을 느끼지 못한 채 원중은 생각에 잠겨 있었다.

사람 사는 곳일 수 없는 지옥에서도 사랑은 꽃핀다. 삭막한 환경이라 피우기 힘든 꽃망울이 올라오면 잡초처럼 질겨 그 생명력이란 온실에서 자란 꽃과 비교할 바가 되지 못한다.

무모해진다. 쌓아온 모든 것, 심지어는 생명까지도 아낌없이 던져버린다.

짐승은 짐승답게 살아야 하는 건데, 쓰레기는 무슨 짓을 해도 쓰레기인데…… 사랑이라는 약은 마치 아닐 수도 있다는 착각을 불러일으킨다.

그건 진즉에 알고 있었던 건데, 기분이 더러워졌다는 게 문제였다. 비웃어야 하는 순간에 가슴이 덜컹 내려앉았다.

쓴 입술을 문질러 닦은 원중은 그제야 자신에게 꽂혀 있는 재인의 시선을 느끼고 고개를 돌렸다. 재인이 기다렸다는 듯 입을 열었다.

"사랑은 파괴적인 거야?"

아무것도 모르는 얼굴을 하고 물어오는데 말문이 턱 막혔다.

"네 친구가 해준 이야기도 그렇고…… 네가 심란한 이유도 그렇고……. 생각해보니 난 사랑을 몰라."

잠깐 동안 아무 말이 없던 원중은 엉뚱한 대답을 했다.

"김지원은 내 친구가 아니야."

하지만 어차피 대답을 들으려고 한 질문도 아니라 재인은 그저 어깨를 웅크렸을 뿐이다.

그렇게 고개를 숙이고 있는 재인의 동그란 정수리 위로 원중의 시선이 꽂혔다. 그것은 참으로 이상한 기분이었다.

왜 이 아이를 여기로 데리고 오고 싶었지.

아무렇게나 널브러져 아무것도 아닌 채로 자고 있는 모습을 보면서, 왜 기분이 복잡했지.

한참 동안 미동도 않는 재인을 바라보던 원중은 고개를 돌렸다. 창 밖에는 하얀 눈이 소복소복 쌓이고 있었다. 올 겨울은 유난히도 춥고 깊고 쓸쓸했다.

12

재인이 김 의원에게 가기로 정해진 날이 가까워졌다. 원중은 감정이 담기지 않은 목소리로 일정을 통보했다.

"나 안 보내면 안 돼?"

재인이 신문을 읽고 있는 원중에게 물었다.

"왜?"

그는 신문에서 눈을 떼지 않은 채로 무심히 대답했다. 그러는 옆모습은 여전히 아름다워서, 무심코 손을 뻗어 반듯한 이마나 날렵한 콧날, 차갑지만 때론 세상에서 가장 뜨겁기도 한 입술을 매만지고 싶어서, 재인은 스스로에게 화가 났다.

"가기 싫어."

"사람이 자기 좋은 일만 하고 살 순 없어."

"안 갈래."

"네 맘대로 되는 게 아냐."

"내 몸인데 왜 내 맘대로가 아냐?"

원중이 눈살을 찌푸리고 재인을 쳐다보았다. 화가 난 얼굴이었다. 요 근래 그는 참을성이 없어졌다. 본디 무슨 일이 있어도 포커페이스를 잃지 않는 사람이었는데 성마른 기색을 그대로 드러내는 일이 많아졌다. 기분도 내내 나빴고 짜증도 늘었다. 하지만 오늘의 표정은 그 이상이었다. 한 번도 보지 못한 표정을 하고 있었다. 눈꼬리는 치켜 올라갔고 미간에는 잔뜩 주름이 잡혀 있다.

"잊었군. 내가 왜 널 여기에 데려왔는지."

"하지만, 달라질 수도 있는 거잖아."

"안 달라져."

얼음이 뚝뚝 떨어지는 소리를 하고 원중이 신문을 접어 테이블 위에 올려놓았다. 더 이상 상대할 가치도 없다는 얼굴이다. 순간 욱 하고 치밀어 올라 재인은 그에게 덤벼들었다.

"보내지 마! 이 쓰레기 같은 자식아! 난 네가 좋단 말이야!"

소리를 빽 지르는 순간 눈앞이 깜깜해지더니 바닥에 나뒹굴었다. 뺨이 화끈하게 달아올랐다. 가차 없이 주먹을 휘두른 원중이 엄격한 표정으로 그녀를 내려다보았다.

"주제 파악을 못하나 본데…… 여기서 넌 상품이야."

순간 재인은 깨달았다. 처음 받아주고 달랜 것은 그럴 필요가 있어서였다. 그가 유도한 대로 그녀는 그를 사랑하게 되었고 말 잘 듣는 양처럼 교육을 받고 여자가 되었다. 하지만 이제 와서 필요한 것은 정을 떼는 일이었다. 그는 더 이상 그녀에게 관심이 없었다.

항상 느긋하게 웃던 모습은 완벽한 가식과 거짓이었던 것이다.

"하긴……."

마음속에서 무언가 산산조각 나며 재인이 시니컬하게 웃었다.

"여기서 하나 다른 놈이랑 하나 다를 것도 없긴 해. 난 다리만 벌리면 되는 거고 고추야 이 고추나 저 고추나 눈 감으면 거기서 거기 아냐?"

부러 난잡한 말을 한 것은 원중이 질색한다는 걸 알아서였다. 아니나 다를까, 그의 안색이 확 불쾌해졌다. 타고난 단단한 몸에 힘이 들어가는 게 보여 그녀는 그가 화를 눌러 참고 있다는 것을 알았다. 멈추지 않았던 것은 멈출 이유가 없었기 때문이었다. 그녀가 잃을 게 뭐가 있겠는가?

"다른 놈하고도 해봐야 섹스가 뭔지 알 텐데…… 가기 전에 다른 놈을 붙여주는 게 어때? 어차피 김 의원은 처녀성에는 관심이 없다며. 내가 더 감겨야 좋은 거 아냐?"

"입 다물어."

목소리가 낮게 착 깔렸다. 그것만으로도 충분히 위협적이라 굳어버리는 어깨를 억지로 펴며 재인은 그를 자극했다.

"왜? 김 의원이 나한테 실망할까 봐? 그런 의미에서 나에게 잘 보이는 게 어때? 내가 얌전한 척하다가 무슨 짓을 할지 모르잖아. 사실은 차원중이 널 망치라고 날 보냈다고 일러버리면 어떻게 해?"

철썩! 하고 조금도 힘이 조절되지 않은 커다란 손이 날아와 그녀의 뺨을 후려쳤다. 종이 인형처럼 날아가 바닥에 나뒹군 그녀의 위로 그가 날렵하게 타올랐다. 앗 할 틈도 없이 두 번째로 손이 날아왔다.

철썩! 철썩! 철썩!

둔탁한 충격에 금세 입안이 터져 비릿하게 피가 물렸다. 머리가 얼얼하다 나중에는 커다랗게 부푸는 느낌뿐이었다. 비명을 지르는 입을 우악스러운 손이 틀어막았다.

재인은 필사적으로 몸부림을 쳐보았지만 어마어마한 힘의 차이를 극복할 방법은 없었다. 구타가 멈춘 것은 말 그대로 이름도 잊어버릴 정도로 혼쭐을 낸 다음이었다. 차원중은 무얼 해도 적당히 하는 법이 없다.

움켜잡아 완력으로 누른 그가 무섭게 다그쳤다.

"다시 말해봐."

"김 의원…… 내가 너 엿 먹이라고…….”

"다시."

"할 거야. 꼭…… 망가뜨리랬더니 망가져서 왔다고 했지? 널 망가뜨리라고 할 거야. 기대해."

"다시!"

원중이 흔드는 대로 가는 몸이 덧없이 흔들렸다. 마치 사나운 파도와 싸우고 있는 배를 탄 느낌이라 재인은 눈을 꼭 감았다.

"절대로…… 네 맘대로는 안……해줄 거야."

헐떡이는 재인은 갑자기 고요해진 공기에 눈을 떴다. 기묘한 표정으로 원중이 그녀를 내려다보고 있었다. 흔들던 힘도, 다그치던 목소리도 완전히 사라져 마치 태풍의 눈 한가운데에 있는 것만 같다.

재인과 원중 사이는 팔 하나 뻗을 필요도 없을 정도로 가까웠다.

짙은 눈 위로 잔혹한 결정이 빛을 긋고 지나갔다. 그리고 곧장 태풍이 몰아쳤다. 무시무시한 힘으로 몸을 가리고 있던 여린 천이 찢겨 나갔다. 있는 힘을 다해 허리를 비틀어도 소용이 없었다. 반항하는 허리를 거칠게 눌러 잡은 그는 부풀어 오를 대로 오른 단단한 남성을 그녀의 안으로 박아 넣었다. 준비되어 있지 않던 몸이 그가 허리를 움직일 때마다 찢겨 나가는 것만 같았다. 퍽퍽퍽, 몸이 부딪쳐올 때마다 아래가 빠지는 것 같았다. 부어오른 눈에는 제대로 보이는 것도 없었다. 그저 닥치는 대로 팔을 휘두르며 그를 떼어내려고 할 뿐이었다. 물론 속수무책이었다. 얼굴은 뜨거워지다 못해 폭발할 것 같았다. 숨이 턱턱 막히고 눈앞이 번졌다.

놓여난 것은 난폭하게 난자당한 끝에 그가 사정한 후였다.

"상품 가치가 없으면 고깃덩어리에 지나지 않아. 그러고 싶어?"

지퍼를 올리며 원중이 잔혹하게 내뱉었다. 늘어져 시트에 얼굴을 묻은 채 가늘게 몸만 떨던 재인이 겨우 눈만 치켜 뜬 조그맣게 물었다.

"날 조금도 좋아하지 않아?"

"미치겠군!"

짧게 한숨을 내쉰 그가 고개를 저었다.

"그딴 게 중요해?"

"나한테는, 중요해."

잠깐 눈살을 찌푸리고 있던 원중은 이해할 수 없다는 듯 내뱉었다.

"아니. 그건 중요하지 않아. 중요한 건, 너는 김 의원을 잘 꼬셔서 내가 원하는 걸 알아낼 거라는 거야."

"내가 왜? 그래봤자 죽는 거…… 내가 모를 줄 알아?"

"첫째, 사람은 다 죽어. 지금 죽으나 조금 나중에 죽으나. 둘째, 처음에 내가 그랬지? 어디 한 번 보자고, 누가 이기나. ……누가 이긴 것 같아?"

쿵 하고 심장이 떨어졌다. 조금이라도 몸에 힘이 남아 있었다면 일어나 난동을 부렸을지도 모르겠다. 정곡이었다.

눈물이 그렁그렁 차오르기 시작하는 눈동자로 본 원중의 얼굴에는 명백한 승리감이 떠올라 있었다.

그가 이겼다.

재인은 숨을 몰아쉬며 패배를 인정했다. 사나운 척 애정을 갈구했던 신재인은 상냥한 척하는 차원중에게 마음을 빼앗겨버렸다. 신분이 다르다는 걸 알면서도, 상대의 마음이 100% 자신의 것이 아니라는 걸 알면서도 미소와 좋은 향에 홀려 끝내는 죽어갔던 삼돌이처럼…… 바보 같은 신재인은 차원중에게 그녀가 무엇인지 알면서도 마음을 주었다. 계속 확인하고 또 확인하고, 몇 번이고 자신은 상품에 지나지 않는다는 걸 확인하면서도 마음속 어딘가에서는 아닐 거라고 미련하게 기대하고 있었다.

그런 자신이 미워 재인은 펑펑 울었다. 가슴이 찢어지는 것 같았다. 어쩌면 실제로 찢어져버린 걸지도 몰랐다. 피가 쏟아져 나와 붉은 꽃처럼 온몸을 적셨다. 아니, 칼에 찔려 있었다.

재인은 가슴에 박힌 칼을 황망한 기분으로 내려다보았다. 은빛의 잘 벼린 칼날의 절반쯤이 그녀의 가슴에 꽂혀 있었다. 그 칼 손잡이를 쥐고 있는 것은 원중이었다.

고개를 들자 그가 입술을 비틀어 보기 싫게 웃고 있었다.

"내가 필요한 일을 하지 않을 거라면 널 살려둘 이유가 없지. 말버릇 더럽고 밝히는 계집애 따위…… 따로 더 쓸모가 있을 수도 있지 않겠어?"

"차, 차원……."

목구멍에서 피거품이 끓어 하고픈 말이 나오지 않았다. 그저 헐떡이는데, 그는 가차 없었다. 그의 칼날이 서걱서걱 그녀의 피부를 가르고 안구를, 혀를, 심장을, 폐를 하나하나 도려냈다. 아무것도 없이 텅 빌 때까지.

그러는 동안 재인이 느낀 것은 아픔보다는 슬픔이었다. 차원중이 그녀를 죽인다는 사실보다는 그녀를 사랑하지 않는 사실이 더 큰 절망이었다. 도대체 왜 이런 마음이 생기는 걸까?

아아, 어쩌면 삼돌이가 왜 뱀이 되어 국화의 몸을 감았는지 알 것 같기도 했다. 떨어지고 싶지 않은 마음, 죽여서라도 날 사랑하게 만들고 싶은 마음. 사랑해. 사랑해. 날 사랑해줘. 갖고 싶어. 갖고 싶어. 왜 나를 사랑하지 않아.

나를 사랑하지 않는 네가 미워. 사랑해. 미워. 사랑해. 미워. 사랑해.

왜 나를 사랑하지 않아.

"헉!"

숨을 몰아쉬며 눈을 든 재인은 가슴을 움켜쥐었다. 빠른 손으로 얼굴도, 배도…… 차원중이 갈라냈던 모든 곳을 더듬어보고 나서야 그녀는 꿈을 꾸었음을 깨달았다. 상사암에 다녀온 이후로 계속 같은 꿈을 꾸고 있었다. 원중이 그녀를 강간하고 죽이는 꿈이다. 그녀가 알고 있는 그는 진짜가 아니다. 그에게 그녀는 그저 도구일 뿐, 죽어도 상관없는 존재다. 아니, 아니, 이건 꿈일 뿐이야. 정말? 그래? 어디까지가 꿈이고 어디까지가 진실일까.

눈물이 철철 흘러 뺨을 적시고 방울방울 떨어진다.

"으흑!"

재인은 몸을 앞으로 수그리며 흐느꼈다.

용서할 수 없다. 그가 처음부터 그녀를 속이지 않았더라도…… 너는 철저히 상품이라고 몇 번이고 고지했더라도 그 달콤한 목소리, 다정한 눈빛, 사랑스럽게 어루만져오는 손길…… 몇 천 마디 말보다 더 깊이 스며들었던 것들.

그 끔찍한 기만을 절대로 용서할 수 없었다. 죽어도 상관없는 상대에게 베푸는 잔혹한 꿈. 그 거짓을 절대로 용서할 수 없다.

이런 마음을 뭐라고 부르는지 재인은 몰랐다. 아무도 그녀에게 사랑 따위를 가르쳐주지 않았다. 그저 어느 순간 이 자리에 서 있었다. 이 자리의 이름이 사랑인지, 증오인지도 모르는 채로.

여전히 눈을 뗄 수 없이 머릿속을 꽉 채우고 있는 전부를 상처 입혀 갈갈이 찢어버리고 싶은 마음. 내가 아팠던 만큼 너도 아파보라는 마음.

이 마음의 이름 따위는 절대로 궁금해하지 않을 거다.

그저 나로 인해 우는 네가 보고 싶어.

❄

초겨울이라고 볼 수 없는 강풍이 부는 소리가 아침부터 불길했다. 엘리베이터만 타면 되는 출근길이지만 손 여사는 괜스레 옷매무새를 여미었다.

문을 열고 들어왔을 때 원중은 이미 집 안에 없었다. 그가 요 근래 밤늦게 들어왔다 새벽같이 나간다는 걸 알고 있었다.

차원중은 어떤 의미에서는 알기 쉬운 사람이었다. 어렸을 때에도, 나이가 들어서도, 그 속에서는 무슨 생각을 하는지 몰라도 적어도 겉으로는 일관성을 유지했다.

하지만 요즘의 그는 달랐다.

현정배는 처벌받지 않았다. 주양희가 몇 대 쥐어박은 게 다라는 말이 손 여사를 불안하게 만들었다. 일을 망칠 수도 있는 행동을 한 부하를 처벌하지 않는 것은 있을 수 없는 일이었다. 단 하나, 본인이 일을 망치고 싶은 마음이 있을 때를 제외하고는.

초짜가 화투판을 뒤흔들고 있는 느낌.

아니, 그 이상일 것만 같은 느낌.

"일어나서 준비해."

거실 소파에 누워 있는 재인에게 다가가다 손 여사는 흠칫했다. 꼼짝도 않고 있어 잠든 줄 알았는데 눈을 뜨고 있었다. 멍하니 허공에 정지되어 있는 시선에는 초점이 없었다.

"13번!"

달려들어 어깨를 잡는 순간 차가운 손이 손 여사를 밀어냈다.

"차원중이 안 들어왔어."

희미하게 쇳소리가 섞인 목소리를 타고 술기운이 느껴졌다. 분명 원중이 집 안에 있는 술을 다 치워버리라고 했는데 주방에 있는 약술을 꺼내다 마신 모양이었다.

손 여사는 한숨을 내쉬었다.

"너 자는 동안 들어왔다 나가신 거야."

"아냐. 한숨도 안 잤어. 안 들어왔어."

"너 지금 야⋯⋯."

손 여사가 말을 멈추고 입을 다물었다.

증상은 기묘했다. 손 여사는 중독 증상으로도, 금단 증상으로도 신재인 같은 경우를 본 적이 없었다. 가끔은 너무나 멀쩡했고 가끔은 거의 정신 나간 것처럼 보이기도 했다.

하지만 어떻게 따져도 이상하다. 김 의원에게 보내는 애들에게 먹이는 약은 중독성은 있을망정 판단력까지 흐리게 만들지 않는다. 장기 복용할 수 없을 정도로 비싼 약이다. 다른 더러운 약에 비하면 금단 증상 역시 깔끔한 편이다. 이렇게까지 순식간에 바닥으로 떨어질 수가 있나.

곰곰이 생각하던 손 여사는 가타부타 말없이 돌아서서 식탁으로 가 약을 확인했다. 정확히 줄어 있었다. 오히려 더 많이 줄어 있었다. 재인이 몰래 한두 알 씩 더 먹는다는 건 알고 있었다. 당연한 일이었고 그 정도야 용인해줄 수 있는 수준이었으므로 참견하지 않았을 뿐이다.

거실 쪽으로 고개를 돌려보았지만 재인은 다 상관없다

는 듯 누워서 소파 아래로 늘어뜨린 다리를 흔들고 있을 뿐이었다.

가늘게 들리는 콧노래 소리가 어딘지 위험했다.

확실한 이상 증후가 시작된 것은 트레이너가 와서 골프 수업을 하다 말고 서서 졸기 시작한 재인 때문에 당황하고 있을 때였다. 시큰둥한 태도로 일관하다 잠깐 사이에 고개를 꼬박꼬박 흔들기 시작하자 트레이너는 일단 손 여사를 쳐다보았다. 그래봤자 도와주지 않는다는 건 이미 알고 있다. 도와줄 수도 없는 일이었다. 포기한 트레이너가 재인에게 세수하고 오라고 시키는 것까지 듣고 손 여사는 청소를 하기 위해 침실로 갔다. 자리를 비우는 게 더 나으리라 여겼던 것이다. 트레이너가 좀 고군분투하겠지.

청소기를 돌리고 물걸레질을 하고 시트를 갈고 정리할 것을 다 하고 나오려는데 문이 열리지 않았다. 대수롭지 않게 몇 번 달그락달그락 문고리를 돌리다가 처음에는 뭔가 걸렸나 생각했지만 다음 순간 피가 발밑으로 쏠렸다.

"이 선생님! 이 선생님!"

문을 두드리며 소리 질러보았지만 100평이 넘는 펜트하우스다. 침실 쪽의 소리가 거실까지 들리지 않는다는 건 이미 알고 있었다.

"13번! 13버…… 신재인!"

탕 하고 문을 두드린 손 여사는 당황스러운 숨을 진정시키려 서성이기 시작했다. 문이 막혀 있다. 맘만 먹으면 할 수 있는 일이었는데 경계하지 않은 것이 실수였다.

신재인이 도망칠까? 아니, 차라리 그렇다면 더 나을 텐데 그럴 것 같지 않다는 게 두려웠다. 이미 지난번의 탈출 소동으로 녹록지 않다는 걸 깨달은 그녀였다. 요 근래의 신재인이 이상하기는 했으나 바보가 된 건 아닐 터였다. 단순히 여기를 나가는 것만으로 끝나지 않는다는 것은 뼈저리게 느꼈을 디다.

비로소 손 여사는 그녀가 느꼈던 불안의 이름을 깨달았다. 자포자기였다. 신재인이 자기 자신을 다잡고 있는 동안에는 어떤 식이든 괜찮았다. 도망쳐야겠다고, 언젠가는 복수하겠다고 이를 갈 때에는 간단했다. 못하게 하면 되니까.

하지만 자기 자신이 원하는 것이 뭔지 모르는 사람은 위험했다. 언제 어떻게 터질지 모르는 폭탄만큼 위험한 게 또 있을까?

숨을 몰아쉬며 손 여사는 주변을 돌아보았다. 휴대전화는 옷, 가방과 함께 창고방에 넣어두었다. 침실에는 당연히 전화 따위는 없다. 고층 펜트하우스라 창문이 열리지도 않는 구조였다.

입술을 잘근잘근 깨물다 못해 손톱을 물어뜯으며 그녀는 초조하게 닫힌 방문을 노려보았다.

트레이너인 윤준호가 흑야회와 인연을 맺게 된 건 그리

오래되지 않은 일이었다.

어렸을 때부터 운동을 했던 그는 집안 환경이 좋지 못해 스타급 골프 강사인 선생님 아래에서 비서 노릇을 했다. 주로 그의 회원들을 관리하는 일이었다. 헬스 트레이닝이 가능했기 때문에 서비스처럼 수업을 해주면 좋아들 했다. 그 선생님이 흑야회의 여자를 관리하기 시작하면서 그도 연관되었다.

요구 조건은 간단했고, 하는 일에 비해 페이도 좋았다.

여자들은 하나같이 예뻤고 의외로 순진하게 느껴질 때도 있었다. 특히 신재인은 더 그랬다. 마음에 드는 여자 있으면 말하라고 낄낄대던 어깨들이 특별 관리 대상이라고 혹여라도 허튼 생각은 말라고 엄포를 놓았음에도 보는 순간 윤준호는 그녀가 애틋했다. 당돌하게 구는 여자들일수록 여린 맘을 숨기려 그럴 때가 많았는데 재인은 그 정도가 아니었다. 어리게 생겨서 유난히도 뾰족하게 내뱉는 말투는 공격적이라기보다 가여웠다. 당할 대로 당해 이를 세운 어린 강아지를 보는 느낌이랄까. 그녀에게 완전히 무심할 수 없었던 건 그 때문이었다.

그러나 처음에는 가시를 세우던 재인이 차츰 마음을 연다고 생각했던 건 착각이었을까? 티격태격하는 게 전부이긴 했어도 마주하는 눈동자에 친근감이 깃들기 시작했다 여겼는데 어느 순간 그녀는 아예 다른 사람이 되어버렸다. 아예 무관심함을 넘어서 가끔은 그가 누군지 알아보기나 하나 싶게 되어버렸다.

그것이 화가 나기도 하고 마음이 아팠다. 별별 일들이 다 일어나는 세상이고, 선생님으로부터 무서운 사람들이니 조심하라 경고를 들었으나 눈앞에서 생명력 넘치던 한 여자가 무너지는 모습에 마음속 깊이 분노가 끓어오르기도 했다. 무언가를 해주고 싶다 생각해 손만 달싹이다 힘없이 돌아 나오는 일이 반복되었다.

그렇디 해도 병든 닭처럼 졸던 재인의 눈빛이 달라졌을 때에는 당황했다.

세수하고 오라고 보낸 재인이 오지를 않아 찾아 나섰더니 주방 뒷방 쪽에서 나왔다. 인기척을 느끼고 돌아보는 눈빛은 여전히 흐릿했지만 좀 다르기도 했다.

준호가 당황하고 있는 사이, 재인은 거리를 좁혔다. 훅 하고 코끝에 달큰한 냄새가 끼쳤다. 비누 냄새 같기도 했고 그냥 살 냄새 같기도 한.

뭐라 할 틈도 없이 품 안이 꽉 찼다. 가슴팍에 파고드는 말랑말랑한 작은 몸을 어쩔 줄 모르고 받아 안았던 준호가 깜짝 놀라 팔을 만세하듯 뗐다. 그래도 등에 감긴 여린 팔이나 안겨든 체온은 꿈쩍도 하지 않았다.

"뭐, 뭐하세요?"

"너 나랑 자고 싶지 않아?"

"이거 놔요!"

준호는 재인의 어깨를 붙잡아 떼려다가 다시 손을 치켜

들었다. 목에 팔을 두르고 매달려 바짝 몸을 붙이고 있는지라 힘을 쓰기가 용이하지 않았다. 완전히 패닉 상태에 빠진 것도 일조했다.

입술이 맞닿았다. 그제야 스며드는 숨결 사이로 짙은 술 냄새가 흐드러졌다.

"읍!"

불쑥 들어오는 혀에 놀란 준호가 저도 모르게 있는 힘껏 뿌리쳤기 때문에, 재인은 그대로 나뒹굴었다. 너무나 힘없이 나동그라져서 놀란 그가 숨을 들이마시며 내려다보았지만 그녀는 아픈 걸 아예 못 느끼는 사람처럼 손가락으로 자신의 입술을 매만질 뿐이었다.

"다른 사람 입술은 이렇구나."

감탄도 아닌 애매한 말을 흘린 재인은 입술을 만지던 손가락을 낯선 생물 보듯 내려다보았다.

"별다를 것도 없네."

중얼거린 목소리는 몹시도 작아 거의 들리지 않을 정도였다.

어떻게 대응해야 좋을지 찾지 못하고 준호가 손을 늘어뜨린 채 멍하니 있는 동안, 재인은 고개를 돌려 그를 바라보았다.

"나랑 자자."

"미, 미쳤어요?"

허둥대며 준호는 뒷걸음질 쳤지만 그의 시선은 흘러내

린 재인의 셔츠 사이로 드러난 어깨뼈에 꽂혀 있었다. 하얗고 자그마한 어깨 위에 도드라진 작은 뼈에서 시작된 선이 목덜미까지 날렵하게 날아올라 시선을 앗아간다.

"너도 나랑 해보고 싶잖아."

재인이 일어나 다가왔다. 주춤거리면서도 준호는 부정하지 못했다.

예쁘다는 건 처음부터 알고 있었다. 까맣게 윤기가 흐르는 머리카락과 대비되는 눈부시게 하얀 쫀득한 피부, 일이니 억지로라도 생각하지 않았지만 막상 이렇게 다가오니 도무지 정신을 차릴 수가 없었다.

"그거 알아? 입술은 그냥 입술이야. 자는 것도 아마 그럴 거야."

"이, 이봐요!"

"그걸 알면 내 마음이 달라질까? 응? 내가 바보 같아? 바보 같아서 싫어?"

하얗고 가는 팔이 목에 감겼다. 단련된 준호로서는 한 손에 부러뜨릴 수 있을 정도로 가녀린 팔이었지만 지금은 천근과도 같은 무게를 지니고 있었다. 눈앞이 아찔해지고 숨을 쉬기 어려웠다. 이미 아래는 부풀어 올라 터질 듯했다.

"취했어요. 정신 차려요. 언제 술을 이렇게 마신 거예요?"

"순간은 지나가기로 약속되어 있어. 지나간 건 아무것도 아니지. 정말 나하고 안 자고 싶어? 이 순간도 지나갈 텐데?"

가는 목소리 속에 담긴 묘한 어조에는 애수를 불러일으키는 지점이 있었다. 움직임을 멈추고 준호는 재인을 내려다보았다. 그에게 매달려 있는 그녀의 눈망울은 깊고 이채를 띠고 있었다. 세이렌의 노래에 유혹당한 뱃사람의 느낌이 이랬을까?

"내가 안 예뻐?"

"……."

"내가 싫어?"

"싫은 건 아니지만……."

윤준호는 말끝을 흐렸다. 지금 자신이 무얼 하는 건지 혼란이 오기 시작했다. 아무것도 생각이 나지 않고 품 안에 안겨 있는 체온과 무게만이 전부처럼 느껴졌다.

"싫은 거 알아."

준호의 가슴에 얼굴을 파묻으며 재인이 한숨을 내쉬었다.

"나도 내가 싫은데. 나 되게 역겹지? 재수 없고. 못되고. 저질이고. ……그러니까 ……ㄴ중도 나를 안 좋아하는 거겠지."

마지막 말은 웅얼웅얼 입안으로 삼켜져 거의 들리지 않았다.

"아무도 날 좋아하지 않아. 그러길 바란 적도 없었어. 응?"

답답해져서 준호는 재인의 어깨를 붙잡아 눈을 맞췄다.

"왜 그렇게 말해요. 그쪽이 얼마나 예쁜데……."

체중을 감당할 수 없는 사람처럼 힘없이 그의 손아귀에 몸을 맡기고 있던 재인이 준호의 말에 희미하게 그를 바라보았다.

"정말?"

"……그래요."

멍하게, 세상의 것 같지 않던 표정을 짓고 있던 재인의 얼굴이 급격하게 무너졌다. 얼굴을 일그러뜨리고 마치 아이처럼 소리 내어 울며 그녀는 흐느꼈다.

"그런데 왜 나는 이런데. 왜 아무도 날 사랑하지 않아. 왜 날…… 왜…… 나는, 나는, 나는 왜…… 좋아하는 거야. 왜 좋아하지 않을 순 없는 거야. 왜 나를 보지 않는 걸 견딜 수 없는 거야. 왜 계속 생각하는 거야."

차라리 세상을 다 증오할 때에는 괜찮았다. 제일 괴로운 것은 바라는 것이 생겼을 때였다.

아빠와 오빠라는 악마들 틈에서 하루하루 버틸 때에는 차라리 괜찮았다. 미움뿐이었고 기대도 없었으므로 상처받지도 않았다. 하루라도 빨리 도망치고 싶은 마음뿐이었다.

하지만 가출해서 알바를 시작하고, 몸 누일 공간을 찾고, 좋은 사람들의 도움을 받아 착실히 생활이라는 걸 쌓아가기 시작했을 때에는 달라졌다. 오빠가 다시 나타나고, 그 손아귀에 발목을 잡혀 다시 바닥으로 추락했을 때에는 지옥이 따로 없었다. 차라리 죽는 것이 더 낫다는 고통.

이번에도 그랬다.

차원중을 죽이겠다고. 언젠가는 이 쓰레기 같은 놈들에게서 도망쳐 몽땅 다 경찰에 신고해버리겠다고 증오를 불태울 때에는 차라리 살 만했다.

왜 마음속에 들어왔을까.

거짓인 게 분명한, 가식적인 그 다정한 목소리, 뜨거운 손길에 왜 영혼을 팔아버렸을까.

어차피 쓰레기인데. 모르지 않았으면서, 쓰레기끼리 뭘 하겠다고…… 아니란 거 다 알았으면서, 아니라고 생각해놓고도 왜.

아니, 아니, 마음이 흔들리고, 설레고, 좋아하고, 마음을 완전히 빼앗겨놓고도 머릿속 어딘가에서는 인정하기 싫었던 거다. 눈을 맞춰오며 웃는 그 다정함이 거짓이라는 것을. 그에게 그녀는 아무것도 아니라는 사실을.

그래야 살 수 있으니까.

그런 생각을 하지 않아야, 적어도, 지금은 행복하니까.

그런 거짓이 깨어지는 순간 얼마나 아픈지 모르고.

"어떻게 해…… 어떻게 하면 좋아…….”

어깨를 들썩이며 재인은 울었다. 아무것도 모르겠다. 차라리 머리가 부서져버렸으면 좋겠다. 그 안에 꽉 찬 차원중을 생각하지 않을 수 있다면.

어쩔 줄 모르고 재인을 내려다보던 준호의 얼굴에 결의

가 들어찼다. 그는 다른 건 몰라도 남자였다. 그리고 우는 여자를 나 몰라라 하는 법을 배운 적이 없었다.

그는 천천히 몸을 숙여 재인을 안았다.

흐느끼던 재인이 힘을 꽉 주어 그녀를 끌어안는 그의 어깨에 팔을 둘렀다. 그녀가 원하는 체온은 아니건만, 낯선 체온도 끔찍하게 뜨거웠다.

"조봉철?"

턱을 괸 채 딴생각에 빠져 있던 원중이 고개를 들었다. 동시에 허벅지 위에 대강 올려두었던 장부가 툭 소리를 내며 떨어졌다.

양희가 무릎을 꿇고 장부를 들어 툭툭 털었다. 아까부터 들고만 있을 뿐 시선 하나 장부 위를 스치지 않았다. 원중답지 않게, 그는 영 딴생각 중이었다.

"예. 본디도 김주환 의원 패거리로 분류되긴 했습니다만 최근 무섭게 세력을 키우고 있습니다. 김 의원이 오냐오냐 해주는 거 보면 선을 잘 지키는 놈 같고요."

"흠……."

"줄을 대놓을까요?"

"나쁘지 않겠군요."

투미한 대답에 양희의 눈썹 끝이 슬쩍 꿈틀댔다.

"……괜찮으십니까?"

사이를 두고 물어온 양희의 질문에 원중이 그를 쳐다보

앉다.

젊은 차원중이 흑야회를 장악할 수 있었던 이유는 간단했다. 그는 뛰어났다. 신중한 사람이었고 빈틈이라고는 없었다. 언젠가 버릴 카드도 모두 쥐고 가다 기가 막힌 순간에 패로 사용했다. 잠재적 라이벌로 여겨졌던 주양희마저도 결국에는 심복으로 만들어 데리고 다녔다. 라이벌은 제거하거나 제거당하는 것이 통설인 이 바닥에서 주양희를 곁에 두고 있는 차원중을 두고 말이 많았다.

순전히 본인의 능력으로 금자탑을 쌓은 자는, 흔들릴 경우 불안과 불신을 불러일으키게 된다.

"아니요."

짧게 대답한 원중의 목소리에는 많은 것이 함축되어 있었다. 양희를 물끄러미 바라보는 눈은 단호한 성품에 어울리지 않게 생각이 많았다.

"아버지가 쓰러지시고 처음 주 이사님께 한 말을 기억합니까."

"……예."

어째서 그때의 이야기를…… 하고 주양희가 몸을 긴장시켰다.

김형태가 갑자기 쓰러지고 흑야회가 전운에 감싸였을 때, 아직 마음을 정하지 못하고 있던 양희를 찾아온 차원중은 간단히 말했다.

「나는 흑야회를 갖고 싶어요. 하지만 내가 못 갖게 되더라도 주 이사님의 것이 되지는 않을 겁니다. 그냥 제 옆에 서세요.」

차원중은 신중한 사람이었고, 손에 쥐고 있는 패를 드러낼 때는 확실히 그러기로 결정했을 때였다. 그는 묘하게 욕심이랄지, 세속적인 욕망과 무관한 그런 종류의 사람이었다. 그런 차원중이 흑야회를 갖고 싶어 할 때에는 분명 이유가 있었다. 양희가 욕심을 낼 경우 일이 어려워질 수도 있다는 것은 명확했다.

"누군가 묻더군요. 그냥 살기만 하면 되는 거냐고. 그런 게 무슨 의미냐고."

주양희는 입을 꾹 다물었다.

"그렇다고 생각하십니까?"

김형태가 차원중을 입양한 것은 눈빛이 좋아서였다. '아버지'였다. 조직 폭력배라고 해서 하늘에서 떨어진 것이 아니니 가족이든 친구든 정이 들고 연연해하는 인연이 있기 마련이었다. 김형태에게는 그것이 차원중이었고, 차원중에게는 그것이 김형태였다.

김형태가 한때 데리고 살았던 여자의 유골함을 든 김지원이 나타나기 전까지는 그랬다.

흑야회가 한참 세력을 키워가고 있을 때였고, 내부에서 2인자는 차원중이 아니라 김지원이어야 한다고 술렁이기 시작했다. 이합집산이 시작되었다. 그 사이에서 김형태의 선택이 무엇이었는지 이제 와서는 알 수 있는 사람이 없다.

갑작스러운 뇌.졸.중으로 식물인간이 되어버렸으니까.

한참 동안 사무실 안에는 침묵만이 가득했다.

이 바닥에서는 2인자란 죽느냐 사느냐의 문제였다. 김형태가 그렇게 의도하지 않았어도, 김지원은 아무 생각 없었다 해도 차원중 입장에서는 아니었다. 김지원이 나타나고 김형태가 쓰러지기까지 5년여 동안 차원중은 네 번의 교통사고와 일곱 번의 습격을 받았다.

카르네아데스의 판자.

자신이 살기 위해서 어쩔 수 없이 타인을 죽여야 했을 때에는 죄가 성립되지 않는다.

그것이 현재 차원중이 서 있는 자리였다. 오로지 살기 위해, 살다 보니 살아가고 있었다.

"주 이사님께는 사과하죠."

"예?"

"나이가 들었다고 한 말, 내가 틀렸어요."

무슨 말인가 잠시 기억을 더듬던 양희는 처음 신재인을 데려왔을 때 느꼈던 불길한 예감을 기억해냈다. 손 여사가 한 말도 떠올랐다. 초보자가 판을 뒤흔든다.

"중국 쪽 일은 알아서 처리하세요. 조봉철 검사도, 일단은 줄을 대어놓읍시다."

무거운 숨을 내뱉고 원중이 가볍게 말했다. 그는 이내 피곤하다는 듯 손을 올려 이마를 짚었다. 요 근래 예민해져 있는 티가 역력한지라 양희는 곧장 허리를 굽혀 인사했다. 물러날 참이었으나 뜻대로는 되지 않았다. 책상 위의 전화기가 요란한 소리를 내며 울기 시작한 것이다.

인상을 찡그린 양희가 수화기를 들었다. 손 여사의 다급한 목소리가 허공을 찢은 것은 그가 수화기를 귀에 가져다대기도 전이었다.

– 13번이 문을 잠갔어요!

손 여사답지 않게 헐떡이는 목소리에 주양희의 얼굴이 찌푸려졌다.

"무슨 말이야? 진정해…… 소리 지르지 말고."

– 주양희? 아아…… 회장님은?

"계셔."

– 빨리 집으로 와. 13번이 문을 잠갔어. 난 지금 침실 욕실 전화로 걸고 있어.

"문을 잠갔다니? 13번이 도망이라도 친다는 이야기야?"

– 이 병신아!

성질이 치솟은 듯 전화기 저편에서 손 여사가 바락 소리를 질렀다.

– 지금 트레이너와 단둘이 있다고!

여전히 양희의 이해력이 상황을 따라가지 못하고 있는 동안, 원중이 벌떡 일어서 바람처럼 사무실을 빠져나갔다.

13

원중은 세 번이나 실패하고 나서야 겨우 차에 시동을 걸었다. 뒤늦게 뒤따라 달려왔던 양희는 간발의 차로 그의 차를 놓치고 거친 엔진음을 뱉어내며 달려 나가는 검은색 벤츠의 뒤꽁무니를 바라봐야만 했다.

신호 위반은 몇 번이나 했는지, 사고에 얼마나 가까웠었는지 따질 겨를도 없이 겨우 아파트에 도착하자마자 그는 벼락처럼 달려 엘리베이터에 올랐다.

엘리베이터가 상승했을 때에야 원중은 자신이 숨을 헐떡이고 있다는 것을 깨달았다. 화가 날 정도로 느리게 바뀌는 숫자를 노려보며 평소의 템포를 되찾으려 했지만 잘되지 않았다. 머릿속이 엉망진창으로 헝클어져 있었다.

이런 일은 익숙지 않았다. 바로 움직인 것은 타고난, 그리고 훈련된 반응이었다. 하지만 차를 타고 오는 동안 진정함이 옳았다. 머리로 냉철하게 생각하고 상황을 판단해 결정했어야만 했다. 그런데 되지 않았다. 머릿속에서 온갖 불길한 생각들이 엉켜들다 어디까지가 가능성이고 어디까지 상상인지 모르게 되어버렸다. 정확히 무슨 일이 일어나

느지 짐작할 수 없는데, 마음에 안 드는 것만은 명확했다.

아니, 어쩌면 알고 있는 건지도 모르겠다.

엘리베이터가 다시 열렸을 때 원중은 차분하려 노력하며 오토록의 비밀번호를 눌렀다. 그래도 평소보다 빠른 전자음이 삐삐삐, 지나간 후 문이 덜컥 열리는 소리가 났다. 성급하게 문을 잡아당겼지만 뜻대로 되지 않았다. 안에서 체인을 건 것이다. 그의 눈썹이 휘어졌다.

쾅!

체인이 걸려 있는 문이 요란한 소리를 내며 흔들렸다.

"13번!"

소리를 질렀던 원중은 하아 하고 뜨거운 숨을 뱉어내며 차갑게 식어 있는 현관문에 이마를 댔다. 악문 이 때문에 턱이 단단하게 굳었다.

"신재인. 이 문 열어."

훨씬 자제된 목소리를 내어보았지만 오래가지는 않았다. 좁은 문틈 사이로 보이는 것이 없는 것이 더욱 그를 들끓게 했다. 그렇다고 생각했다. 하지만 이내 그는 생각을 바꿔야만 했다.

"신재인!"

소리를 지르며 문을 쾅쾅 부서뜨릴 듯 잡아당기는 동안 안쪽에서 인기척이 들렸다. 문을 열고 나오는 소리…… 움직임을 멈추고 눈을 가늘게 떴던 원중은 이내 나타난 재인의 모습에 숨을 멈췄다.

재인은 완벽한 나신이었다.

어느새 땅거미가 내려앉은 시간, 도시의 네온이 별빛처럼 반짝이는 배경을 뒤로하고 선 하얀 나신이 말갛게 빛났다. 검고 긴 머리가 치렁치렁 내려와 어깨와 가슴을 덮고 있었다. 마치 꿈을 꾸는 듯한 얼굴로 재인은 약간 열린 문을 응시했다.

"문 열어."

이를 악물고 내뱉은 말은, 기실 아무 의미도 없었다. 재인이 반응하기도 전에 꼭지가 돌아버린 원중에 의해 쾅! 현관문이 떨어져나갈 듯한 비명을 질렀다.

그제야 문틈 사이로 자신을 보고 있는 사람이 원중이라는 걸 깨달은 것처럼 재인의 눈동자에 초점이 잡혔다.

"재밌잖아."

조그맣게 말하는데도 원중의 귓가에 닿는 재인의 목소리는 더 이상 선명할 수 없다. 마치 아주 가까이에서 속삭이는 것처럼. 목소리 끝에 담긴 냉소와 알 수 없는 자조까지도 손에 잡힐 듯.

"이런 수도 있었네. 널 못 들어오게 하는 건 왜 생각 못했을까?"

"문 열라고 했어."

"싫어."

"손 여사라도 열어줘. 사람을 가둬놔?"

"좋은 거 배웠지. 전에는 상상도 못했던 일이었는데 말이야."

움켜잡은 문고리에 힘이 들어갈 뿐, 미동도 않고 재인을
노려보는 눈동자가 천천히 그녀의 나신을 훑었다. 시선이
내려갈수록 그의 눈동자가 흔들렸다.

그런 원중을 놀리듯 신재인은 문 쪽으로 다가왔다. 그녀
가 다가서는 모습을 가만히 보고 있던 이맛살이 구겨졌다.
그녀의 목덜미, 쇄골 바로 위쪽에 생긴 붉은 자국에 그의
시선이 꽂혔다. 그가 만든 것이 아니었다.

쾅!

문이 거의 부서질 듯 울었지만 지은 지 얼마 안 되는 튼
튼한 체인은 꿈쩍도 하지 않았다. 이제 말을 할 생각도 못
하고 목 끝까지 치밀어 오르는 거친 숨을 씹어 뱉으며 원중
은 재인을 노려보았다.

"뭐하는 짓이야?"

"아직도 내가 준비가 안 된 것 같아?"

재인이 느릿느릿 말했다.

"더 보여줘야 하나."

원중의 눈이 가늘어졌다. 그런 그를 보는 그녀의 눈꼬리
가 길게 늘어진다.

"미칠 것 같지 않아? 김 의원도 같은 기분을 느끼게 할
수 있을까, 내가?"

"신재인, 문 열어."

재인이 코웃음 쳤다.

"너 웃긴다? 내 이름 알고 있었네. 악착같이 13번이라고 부르더니. 미안한데 이제 13번이 더 익숙해."

"그 새끼도 익숙할지 한번 생각을 해보지."

살벌하게 날아온 협박에 재인의 눈에 힘이 들어갔다. 칼을 박아 넣듯 쏘아보았지만 좁은 틈새로 날아오는 눈빛도 만만치 않았다. 어둠이 내려앉은 거실의 기온이 겨울 들판처럼 내려갔다.

실제로 한기를 느낀 듯 재인은 팔을 감싸 안았다. 그래도 눈에 힘은 풀지 않고 버티어 선다.

이 이율배반적인 감정이 뭔지 모르겠다. 통쾌하면서도 불안하고 슬프면서도 웃고 싶다. 발밑이 낭떠러지인 것처럼 까마득히 멀어졌다가 머릿속에서 불꽃이 튀기는 것처럼 번쩍였다가…… 아아, 무언가 부족해. 생각을 할 수가 없어.

내가 지금 뭘 하고 있는 거지?

고개를 숙이자 무서우리만큼 파랗게 질린 손이 보였다. 길고 가느다란 손가락이 허공에 떠 있는 모습은 그녀의 몸에 달린 거라 믿기지 않을 정도로 낯설었다. 멍하니 생각하며 양손을 늘어뜨리고 서 있는데 문고리를 으스러뜨릴 듯 붙들고 있던 원중이 칼로 긋듯 서늘하게 한 걸음 뒤로 물러섰다.

그 자리를 대신 채운 건 양희였다. 그는 애써 그녀를 바라보지 않으려 시선을 피하며 커다란 렌치를 문틈 사이로 들이밀었다. 우악스러울 정도로 폭력적인 힘에 의해 단단하기만 해 보였던 사슬이 끊겨나갔다.

문이 쿵 소리를 내며 젖혀지고 곧장 들어온 원중은 신발도 벗지 않은 채 거실을 가로지르며 상의를 벗어젖혔다.

재인은 그러거나 말거나 망연한 얼굴로 서 있었다. 눈앞에서 일어나는 일을 잘 이해하기 힘들었다. 성큼 다가선 원중이 그녀의 어깨를 옷으로 감싸 당겨 안는 순간 몸이 무너져 내렸다. 정신도 동일한 속도로 가파르게 부서졌다.

그의 품에 안긴 채 재인은 원중이 무서운 눈으로 뒤쪽에서 따라 들어온 양희와 어깨들에게 눈짓한 것을 알았다. 살기등등하고 포악한 발걸음 소리에 속이 다 뒤집힐 것 같았다.

곤한 숨소리가 옅게 공기 중으로 흩어졌다. 침대에 걸터앉은 원중은 죽은 듯 쓰러져 자는 재인의 등 뒤로 흐트러진 머리카락을 쓸어 넘겼다.

복잡했던 머릿속은 아직도 정리되지 않았다. 하지만 터질 듯한 분노와 살의는 말끔하게 사라지고 없었다.

옷이 재인의 어깨에 닿기도 전에 그녀의 몸은 무너져 내렸다. 땀이 촉촉이 배어 있던 맨몸은 뱀이 감기듯 그의 몸에 차게 감겨들었다. 금단 증상이라는 걸 바로 알았다. 자신이 무슨 짓을 하고 있는 건지도 거의 모를 터다. 그렇다 해도 그녀가 선생님은 건드리지 마…… 라고 속삭였을 땐 부아가 치밀었다.

"언제부터 선생님이라 불렀다고."

중얼대는 자신의 목소리가 낯설었다. 트레이너를 찾아 두라 명령하긴 했지만 다시 재인을 손에 넣는 순간 무의미 해졌다. 이 모든 것에서 트레이너는 논외자라는 자각이 있 었다. 이건 온전히 차원중과 신재인의 문제였다.

자신의 감정을 곰곰이 짚어보려 했지만 머릿속이 영 맑 지 않았다. 눈앞에 있는 신재인이 집중을 흐리는 요인이었 다. 아무것도 모르는 얼굴로 순진무구하게 자고 있는 세상 제일의 요부.

「아직도 내가 준비가 안 된 것 같아?」

「더 보여줘야 하나.」

어디서부터 잘못된 건지는 알 수가 없었다. 다만 단단히 잘못되었다는 생각은 들었다.

원중은 눈꼬리를 살짝 찡그렸다. 깊게 숨을 내쉬어보았 지만 답답함은 풀리지 않았다.

"땅 꺼지겠다……."

조그마한 목소리에 고개를 돌리자 까만 머루 같은 눈동 자가 그를 바라보고 있었다. 깜빡깜빡 느리게 움직이는 눈 꺼풀 아래의 눈동자의 초점은 기묘하게 흐트러져 있었다.

"왜 한숨을 쉬어?"

"잠이나 자."

"꿈을 꿨어."

"……."

"네가 나에게 화를 냈어."

"꿈은 아닌 것 같은데."

"그래?"

"……."

"왜 화가 났어?"

원중은 머릿속이 엉클어지는 걸 느꼈다. 흐트러지지도 않은 머리카락을 쓸어 올리고 그는 몸을 약간 앞으로 수그려 허벅지 위에 팔을 기댔다. 마른세수를 몇 번이나 하는 동안 재인은 그저 막막한 얼굴로 그를 보고 있을 뿐이었다.

"그 새끼랑 잤어?"

노골적으로 날아온 언어에 재인은 눈만 깜빡였다.

"잤어?"

"아니."

조그맣게 대답이 돌아왔다.

"난 너하고만 자잖아. 무섭더라고. 다른 남자하고 자는 게."

너무나 순순한 대답에 원중의 눈이 깊어진다.

"신기한 게 섹스는 다 똑같을 줄 알았더니 다르더라. 만지는 것도, 박아대는 것도."

머릿속에서 무언가가 툭 끊어졌다.

단숨에 몸을 움직여 엎드려 있는 재인의 어깨를 틀어잡아 눕힌 원중은 그녀를 똑바로 내려다보았다. 거친 행동에도 익숙한 그녀는 눈 하나 깜빡하지 않았다. 호흡이 거친 것도 원중뿐이었다. 재인은 거의 숨을 쉬지 않는 사람처럼 보였다. 핏기 없는 창백한 하얀 피부, 짙은 눈썹, 눈동자, 그리고 너무나 붉은 입술.

"잤어?"

"방금 대답했는데 또 물으면 내가 뭐라고 답해?"

재인은 놀리듯 대답하고는 그를 말갛게 쳐다보았다. 그 바람에 원중은 자신의 질문이 비정상적임을 알았다. 이미 대답을 들은 질문이었다. 그가 원하는 것이 무언지는 몰랐다. 다만 머릿속이 무섭게 끓어오르고 있었다.

"똑바로 말해."

"정말?"

자신이 무슨 말을 하는 건지는 아는 건가 알 수 없는 표정으로 재인이 되물었다. 표정은 그렇지 않은데 목소리만은 마치 놀리는 듯, 네가 감당할 수 있겠어? 라고 들렸다. 아니면 원중의 착각일지도 몰랐다.

머릿속이 완전히 엉클어졌다. 움켜쥔 가는 팔목에서 거세게 뛰고 있는 맥박만이 선명할 뿐. 이유 없이 쿵쾅대던 심장은 이제 파열할 듯 가슴을 두드리고 있었다. 호흡이 뜨겁게 허공에 흩어졌다.

원중이 거칠게 입술을 눌렀다. 목이 꺾어지며 재인이 숨이 넘어가는 소리를 냈다. 꼼짝도 못하게 움켜쥔 팔을 하나로 모아 고정하고 다른 손으로는 단호하게 매끈한 몸을 쓸어내린다. 부피감이 선명한 가슴과 가늘게 미끄러지는 허리선, 그리고 골반을 감싸 쥐는 손등 위로 불끈 힘줄이 솟아올랐다.

"싫…… 어! 싫다고!"

재인이 바동거렸지만 원중은 그녀를 놓아주지 않았다. 턱을 꽉 붙들린 채 입술이 벌어지고 강제로 호흡이 쏟아져 들어왔다. 아프도록 가슴을 쥐어짜고 다리를 벌리게 한다. 손을 마구 휘저어 그의 목과 어깨를 때리자 거칠게 붙잡아 봉쇄해버린다.

"싫어! 이 미친놈아! 싫어! 싫어!"

완력으로는 이길 수 없다는 걸 알면서도 재인은 마구 울부짖었다. 머리를 흔들다 침대 헤드에 쾅 소리가 나게 부딪치자 원중이 양손으로 그녀의 골반을 잡아 훅 끌어내렸다. 그리고 그대로 다리를 벌려왔다. 지퍼 내려가는 소리가 소름 끼치게 그녀의 귀를 찢었다.

"하지 마아아아아아아아아!"

허리를 활처럼 휘며 비명을 지르는 순간 온몸을 압박해오던 힘이 사라졌다. 거짓말처럼.

숨을 헐떡이며 재인이 상체를 약간 세웠다. 벌어진 그녀의 다리 사이로 반쯤 흐트러진 옷차림의 원중이 보였다.

몸싸움의 흔적이 여실하게 남아 있는 모습으로 그는 그녀를 바라보고 있었다. 약간 가늘어진 눈이 향해 있는 건 눈물범벅이 된 그녀의 뺨이었다. 마치 원중은 눈물을 처음 보는 사람 같은 얼굴을 하고 있었다.

"꺼져."

울먹이며 말하는 재인의 목소리는 처연했다.

"창녀도…… 하루에 두 명은 안 받아."

원중이 아연한 얼굴을 하는 걸 보면서 재인은 승리감과 동시에 세상이 끝난 것 같은 깊은 슬픔을 느꼈다.

❋

현정배는 인상을 쓴 채 집으로 들어왔다. 원중은 그럴 필요 없다고 했지만 양희는 몰래 정배에게 집 안의 상황을 살펴보고 오도록 지시했다.

무슨 일이 일어난 건지는 안 봐도 훤했다. 망할 기집애가 또 뭔가 사고를 친 것이다.

"아무 일 없습니까."

주방으로 들어가며 묻자 무언가를 정리하고 있던 손 여사가 인상을 북 쓰고 한숨을 내쉬었다. 손 여사야 언제나 양희보다는 원중과 비슷한 결정을 내리는 사람이었다. 그녀가 주양희는 걱정 많은 노인네로, 현정배는 피 끓는 깡패로 보고 있다는 것은 비밀도 아니었다.

"직접 확인해요."

쌀쌀한 대답에 현정배는 입술을 씰룩이고 침실로 향했다.

그는 요 근래 폭발하기 직전이었다. 원래 불같은 성미인 그다. 차원중에 대한 충성심으로 버티고는 있지만 상황이 불만스러워 돌아버릴 지경이었다. 주로 신재인과 관련된 것이었다. 그는 이 계집애가 처음부터 마음에 들지 않았다.

차원중은 아무 일 없다는 듯 일정을 소화해내었지만 그가 흔들리고 있다는 것은 일자무식인 현정배의 눈에도 확연했다. 주양희가 모르는 척하는 것이 속이 뒤집힐 따름이다. 그 원인이 신재인이라는 건 열 살짜리 어린애가 보아도 확연한 건데.

짜증스럽게 방문을 열었을 때다.

방 안에서 꼼짝도 안 한다니 침대에 이불을 푹 뒤집어쓰고 누워 있겠거니 했다. 의사가 여러 번 다녀갔고 링거도 꽂고 있다고 했다. 하지만 침대 바로 옆 링거대에서 늘어진 바늘 끝의 수액이 카펫을 진한 회색빛으로 물들이고 있었다.

재인은 창문에 기대어 앉아 있었다. 위아래 통유리로 되어 있는 창은 위쪽만 열 수 있게 되어 있는데 그것을 다 열어젖히고는 팔을 창틀에 기댄 채 밖을 보고 있는 것이다. 열린 창으로 들어오는 차가운 겨울바람이 암막 커튼을 흔들고 모양으로 달아놓은 반투명의 시폰 커튼을 마구 날렸다.

"……야."

아예 인기척을 못 느끼는 모양이라 현정배는 이맛살에 주름을 잡은 채 재인을 불렀다. 그러나 그러는 목소리는 왜인지 그 자신이 듣기에도 힘이 없었다.

약간 위험하다 싶을 정도로 몸을 앞으로 기댄 채 창 밖을 바라보고 있는 그녀의 얼굴은 창백했고 표정이 없었다. 핏기 없는 하얀 피부와 대비되는 검은 머리카락이 날릴 때마다 드러나는 야윈 어깨…… 몸매를 다 가리는 커다란 셔츠에 레깅스를 입고 있었지만 처음 만났을 때보다 많이 마른 것이 눈에 들어왔다. 운동으로 탄력이 있어졌다면 또 그런 것이고, 마음고생을 해 말랐다면 또 그런 것이고.

"야!"

아무런 반응이 돌아오지 않았으므로 현정배는 조금 더 목소리를 키웠다. 그제야 문득 그녀는 고개를 살짝 돌렸다. 그를 발견하고도 표정의 변화는 없었다. 그저 아, 저기에 웬 덩어리가 하나 있네…… 하는 얼굴로 쳐다보고는 다시 고개를 돌려버린다.

"에잇!"

성큼성큼 걸어간 현정배는 재인의 어깨를 밀어내고 창문을 쿵 소리가 나게 닫았다.

"추워. 난방비는 지가 낼 것도 아니면서 한 겨울에 뭐하는 짓이야?"

동그란 스툴 위에 오도카니 앉아 있던 재인은 정배가 밀어내는 대로 순순히 몸을 비켰다. 벽에 등을 기댄 채 앞으로는 다리를 교차시켜 무릎을 안듯 감싸 쥔다. 시선은 이번에는 똑바로 그에게 향해 있었다. 표정은 여전히 무감했지만, 검은 눈동자 속에는 분명 정배가 담겨 있었다.

"뭘 봐? 미친년이……."

평소 성질대로 욕설을 내뱉었다. 사실 신재인을 만나고 나서 그 어떤 때보다, 그녀는 '미친' 상태에 가까웠다. 그런데도 어째서인지 목소리에 평소 같은 성질이 담기질 않았다. 꼴 보기 싫은 애가 꼴 보기 싫은 표정으로 그를 쳐다보고 있는데 손이 올라가지도 않고 눈을 곧장 맞추기도 어렵다.

"너 약 가지고 있어?"

"뭐?"

생뚱맞은 물음에 정배가 고개를 갸웃했다.

"그때…… 약 가지고 온 거 너잖아. 약이 갑자기 사라졌을 때."

정배는 손 여사가 약을 더 가지고 오라고 했던 것을 기억해냈다. 비싼 약인데 좋은 건 알아서 미친년이 다 처먹었다고 생각했었다. 어디에 팔아넘긴 게 아닌가 의심하지 않은 건 그럴 기회도 없다 싶어서였다.

"그거 다시 갖다줘."

"정신 나간 게 지금 뭐라는 거야? 내가 약장수인 줄 알아? 그게 얼마짜리인지나 알고 이래?"

중독성이 있는 마약인지는 모르겠지만…… 지금 신재인의 상태는 약 때문인 것 같기도 하다고 정배는 어렴풋이 짐작했다. 그는 그 약에 관해서라면 중독 증상을 제대로 본적이 없었다. 어차피 그 약을 먹는 아이들은 오래 살지 못할 것이었다. 어쩌면 재인은 좀 특이 체질일지도 몰랐다.

아니면 과다 복용일까? 차원중이 이렇게까지 오래 데리고 있었던 사람이 없었으니까.

"그 약을 다 먹었어?"

질문에 대한 답을 듣지 못할 것 같아 정배는 성큼 걸어가 약상자를 들고 왔다. 확인해보니 약은 적정량이 줄어 있었다. 비타민이라고 속였기 때문에 뭐가 뭔지는 몰랐을 테지만 예민한 아이라면 약을 먹었을 때의 기분 변화쯤은 알 수 있었을지도 모른다.

"약 있는데 왜 더 달래?"

"그냥 더 줘."

"더 먹는다고 좋은 거 아냐. 작작 처먹어."

"다른 거야."

"뭐?"

"그거…… 뭔가 다른 거야. 다시 갖다줘."

무슨 소리인지 이해를 못하고 정배가 눈살을 찌푸렸다. 하지만 재인은 자기 할 말은 다 했다는 듯 다시 고개를 돌려버렸다. 그나저나 아까부터 애는 왜 이렇게 휘청대는 거야?

가만히 있지 못하고, 마치 어디선가 바람이 부는 것처럼 재인은 희미하게 떨고 있었다.

"너 어디 아파?"

손을 뻗어 가는 팔뚝을 쥐는 순간 움찔했다. 피부가 얼음장 같았다.

"놔, 이거."

딱히 힘이 센 건 아니지만 단호하게 재인이 정배를 밀어냈다. 약간 인상을 쓰자 동그란 미간에 주름이 잡혔다.

"약이나 갖다줘."

몸을 벽에 기대 늘어뜨린 채 고개를 뒤로 젖힌 재인이 시선을 비스듬히 내려 정배를 쳐다보았다.

"아니면 너도 나랑 잘래? 나랑 자고 싶어?"

정배의 눈썹이 치켜 올라갔다.

모두가 쉬쉬했지만 트레이너와의 사달은 이미 알고 있었다. 골프 트레이너의 새끼 강사였던 어린놈은 서울로 곧장 튀었다고 했다. 하지만 그래봤자 얼마 가지 않아 잡혀 올 것임을 모두 알고 있었다. 원중은 무심한 척했지만 양희는 알고 있었다. 그냥 넘어가면 기강 자체가 흔들린다. 얼마 전 업소에서 눈이 맞은 연놈들을 단호하게 처벌한 것도 같은 맥락이었다.

"이년이 누굴 죽이려고……."

중얼거려보았지만 어쩐지 호흡은 거칠어졌다.

흐트러져 있을 뿐 재인은 도발적인 자세를 취하고 있는 것도 아니었다. 오히려 자포자기에 가까워 보였다. 이리저리 치여 닳고 닳은 종이 인형처럼 아무렇게나 구겨져 있는데 그것이 영 신경 쓰였다.

자꾸만 시선이 헐렁한 셔츠가 가리고 있는 가슴과 가는 몸매, 그리고 둥근 엉덩이를 훑었다. 입안이 바짝바짝 마르는 느낌이었다.

이런 여자였나?

언제부터?

"응?"

재인이 묘하게 콧소리를 내고는 작은 발을 들었다. 양말을 신지 않은 데다 체온이 떨어져 있어 파랗게 질린 작은 발이 천천히 자신의 중심부로 다가오는 것을 현정배는 완전히 무방비한 상태로 보고만 있었다. 고양이 앞에서 최면에 걸린 생쥐가 이럴까 싶을 정도로 머릿속에 아무것도 떠오르지 않았다. 발은 닿지도 않았는데, 상상만 하는 것으로도 발기해버렸다.

"현 실장!"

멍하니 있던 정배가 퍼뜩 정신을 차린 것은 뒤에서 손 여사의 목소리가 날아왔을 때였다. 그는 헉 하고 숨을 몰아쉬고 나서 아직도 허공에 있는 재인의 발을 확 쳐냈다. 몸이 휙 돌아가면서 중심을 잃었지만, 재인은 큰 소리로 웃었다.

"이…… 이…… 미친년이!"

"현 실장!"

손을 번쩍 치켜들었던 현정배는 빠른 걸음으로 다가와 재인과의 사이를 막아선 손 여사 덕에 손을 내리칠 기회를 놓쳤다. 한 걸음 물러서며 그는 손 여사의 작은 몸집으로 도 다 가려지는 재인을 있는 힘껏 노려보았다.

"약 가져와. 그럼 자줄게. 너네 보스가 잘 가르쳐서 니 잘해."

끊겼다 이어졌다…… 웃음을 멈추지 않은 채로 재인이 천박한 말을 지껄였다. 어째서인지 산전수전 다 겪은 현정 배의 얼굴이 벌겋게 달아올랐다. 별별 더러운 말을 다 들 은 세월…… 훨씬 더 저질스러운 말도 할 수 있는 그인데.

"이 미친년아! 12번 년이 뒈져간대. 숨이 깔딱깔딱한다 니까 너도 곧 끝이야!"

"현 실장! 진짜!"

짝 소리와 함께 손 여사의 손이 현정배의 뺨을 때렸다. 그리고 인정사정없이 두툼한 그의 팔을 붙잡고 밀어냈다.

"아아, 그러면 시간이 얼마 안 남았네. 결정은 빠를수록 좋겠어…… 응? 내가 죽기 전에 한 번 자봐야지? 생각 많 이 하다가는 놓친다?"

아랑곳 않고 현정배를 놀리면서 재인은 깔깔 웃었다. 이 상한 웃음이었다. 어딘지 광기가 감도는데…… 슬펐다.

현정배를 밀어내고 침실 문을 닫기 직전 손 여사는 계속해서 웃어대는 재인을 돌아보았다. 깔고 앉아 있는 스툴이 백척간두라도 되는 것처럼, 뭐라 말할 수 없이 위태로워 보였다.

※

눈을 깜빡일 때마다 시간이 썽둥썽둥 잘려나갔다. 별 무늬가 없는 회색 천장이 빙글빙글 돌며 명암을 달리했다. 그러다가 눈을 감고, 어쩌면 잠깐 자고, 아니면 그냥 눈을 뜨고…… 닫힌 창문 밖으로 보이는 먼바다가 까맣게 가라앉아 있는 모습이 서글펐다.

그러다가 문득 시야에 다른 것이 잡혔다. 회색 천장을 머리에 인 채 재인을 내려다보는 얼굴. 차원중이었다.

차원중은 처음 만났을 때와 비슷하게 단정한 차림새였다. 정 떨어지게도 흐트러지지 않은 모습으로 머리카락도 깔끔하게 빗어 넘겼고 옷차림도 나무랄 데가 없었다. 까다로운 성격이니 분명 좋고 비싼 것만 사서 입는 것일 터이다.

항상 비슷한 색을 띠고 있는 눈빛은 명암이 짙게 깔린 밤공기 속에서 거의 짙은 잿빛으로 보였다.

"차원중?"

늘 보던 얼굴인데 새삼 낯설어 재인은 그의 이름을 불렀다. 그리고 보면 손 여사는 그가 들어왔다는데 본 적이 없고, 분명 보이는데 없다고 했다. 지금 보고 있는 것도 환영 같은 걸지도 모른다.

하지만 대답이 돌아왔다.

"그래."

막상 대답이 돌아오자 달리 할 말이 생각나지 않아 재인은 눈을 감아버렸다. 차원중이었다. 차원중이 그녀의 앞에 있었다.

"나랑 잘래?"

왜 이렇게 물었는지는 재인도 몰랐다. 잠깐 어이없어하던 차원중이 차게 되물었다.

"도대체 넌 그 말밖에 몰라?"

한참 생각하던 재인은 겨우 그의 질문에 대한 답을 찾아냈다.

"다른 말은 잘 생각이 안 나."

꽤 정확한 답변이라 생각했는데 차원중은 그저 심란한 모양이었다. 표정은 전혀 균열이 가지 않았지만 눈동자가 묘하게 흔들렸다. 하지만 착각일 수도 있었다. 근래에 느껴지는 그의 표정들은 현실인지 아니면 바라는 것을 보는 것인지 구별할 수가 없었다. 그녀가 느끼기에는 꼭 그가 그녀를 사랑하는 것 같았으니까. 손을 내밀면 꼭 안아줄 것처럼.

한참 동안 원중은 재인을 내려다보고 있었다. 그녀가 눈

을 감았다가, 한참을 감고 있다가, 사라져버렸을까 두려워
하며 눈을 다시 떴을 때에도 미동도 않은 채 그 자리에 있
다.

결국 또 입을 연 것은 재인이었다. 참으로 지독한 인간이
라 생각하며 그녀가 물었다.

"나 김 의원한테 언제 가?"

"곧."

성격만큼이나 짧고 간결한 대답이 돌아왔다.

"잘할 수 있을까?"

"그럴 것 같다며."

"응."

원중이 시선을 비켰다. 그러는 뺨이 경직되어 있었다.

성질 더러워 보이는 입술이다…… 생각하면서도 재인은
그 입술이 뜨겁게 입을 맞춰주었을 때를 생각했다. 길고
단단한 팔이 어깨를 감싸오며 품 안에 당겨 안을 때의 감촉
을, 맨살과 맨살이 닿을 때…… 아예 감촉이 다른 남자의
피부와 마주 문질러질 때의 그 느낌을 떠올린다.

"자."

그러는 동안 원중은 다시 재인을 쳐다보고 짧게 고지했
다. 감정이 담기지 않은 목소리였다. 그리고 돌아서는 데
도 군더더기가 없었다. 무심코 잡고 싶은 마음이 들었지
만, 재인은 간신히 참아냈다. 멀어지는 등은 너무나 반듯
하고 넓어서 비위가 상할 정도였다.

원중의 모습이 시야에서 사라지고 나서도 재인은 그가 거실을 가로질러 자신의 침실로 가는 것을 그릴 수 있었다. 망설임 없는 발걸음, 쫙 편 어깨와 가볍지만 경박스럽지 않은 몸놀림…… 그녀 머릿속의 원중이 자신의 침실 문고리를 돌려 당기는 순간 달칵 하고 소리가 났고, 들어가서 문을 닫는 순간 쿵 하고 소리가 났다.

저도 모르게 피식 웃으며 몸을 모로 세우고 웅크렸을 때였다.

머릿속의 원중은 가만히 있는데, 쾅! 하고 문이 거칠게 젖혀지는 소리가 귀를 울렸다. 놀라서 눈을 번쩍 뜬 재인이 상체를 일으켰다.

빠른 걸음으로 다시 방 안으로 들어온 원중은 옷을 벗다 말고 돌아선 듯 셔츠 단추 서너 개를 풀어헤친 상태였다.

"너 무슨 생각을 하는 거야?"

"뭐?"

어이가 없어 되묻자 다가온 원중이 침대에 무릎을 짚은 채 재인의 양팔을 붙잡아 일으켜 세워 코앞까지 당겼다.

"현정배를 유혹해? 정신이 나간 거야? 내가 모를 줄 알았어? 아니면 트레이너 건을 봐줬더니 내가 호구로 보여?"

얼떨떨해져서 그를 바라보았다. 차원중이 모를 거라는 생각은 당연히 하지 않았다. 모르게 해야 할 이유도 몰랐다. 왜?

"무슨 말을 하는 건지 전혀 모르겠어. 내가 왜 그러면 안 돼?"

찡그린 원중의 얼굴 위로 뭔가가 긋고 지나갔다.

"넌 내가 죽어도 상관없잖아. 죽는 건 괜찮은데 다른 남자랑 자는 건 안 돼? 김 의원은 죽을 때까지 때리기만 하고 섹스는 안 한대?"

묻는 말투는 의도한 것은 아니었지만 다그치는 투는 아니었다. 그저 어이가 없었으므로 어이가 없는 채로 물어보았다. 거의 해맑게 들릴 정도였다.

시선이 허공에서 부딪쳤다. 원중 쪽은 거친 숨을 누르고 있었으나 재인 쪽은 숨이 거칠 이유도 없었다. 화가 나지도 않았으므로 노려보는 것도 아니었다. 그저 대답을 요할 뿐이었다.

대답 대신 키스가 입술 위로 내려앉았다. 거칠게 입을 맞춰온 원중은 그대로 재인을 눕힌 채 입술을 떼지 않고 자신의 옷을 벗어 젖혔다. 그러고는 그녀의 셔츠를 벗겨내고 온몸에 키스를 퍼붓기 시작했다.

"아!"

커다란 손이 익숙한 방식으로 골반을 감싸고 입술로 피부를 흡인하자 재인이 짧은 신음 소리를 냈다. 시선은 회색빛 천장에 고정한 채였다. 마치 머리와 몸이 분리된 것만 같았다. 몸은 뜨겁게 원중에게 내어준 채인데 머리는 어딘가 차갑게 남아 있었다.

금세 완전한 나신이 된 원중은 역시 나신이 된 재인의 등을 감싸 안아 뜨겁게 끌어안았다. 물샐 틈도 없이 맞물린 육체 사이로 이질적인 체온과 체온이 선명하게 느껴졌다. 너무 달라 지금 무얼 하고 있는지 선명해지고 마는. 다리와 다리가 엉키고 잔뜩 흥분해서 온도와 부피를 키운 남성이 재인의 배를 찔러댔다.

온몸을 꼼짝도 못하게 사로잡아놓고, 단호한 손으로 턱을 고정한 원중의 눈이 날카롭게 그녀의 얼굴을 훑었다.

"그래. 그러면 안 될 이유는 없지."

말과는 다르게 눈빛은 복잡했다. 안에서 끓어오르는 무언가를 누르는 남자의 눈빛은 섹시했다. 닿은 피부, 환각처럼 느껴지는 맥박, 뜨겁게 끓어오르는 소유욕이 소름 끼치도록 공기를 색정적으로 만든다.

턱을 단단히 붙들고 있던 손을 놓은 원중은 냉정한 손짓으로 재인의 다리를 벌리고 들어왔다. 그러나 차갑기 그지없는 태도로도 숨길 수 없는 무언가가 있었다. 그것을 알 수 있다는 것이 그녀는 신기했다. 늘 무슨 생각을 하는지 도무지 알 수 없다고 생각한 남자인데, 아니, 지금도 무슨 생각을 하는 건지는 모르겠는데…… 그 어떤 때보다…… 마치…….

아니야.

재인은 입술을 깨물었다. 차원중이라는 남자가 원래 이렇지. 원래 이랬지. 기대감을 주고, 마치 마음을 준 것처럼, 마음이 통한 것처럼, 원래 이랬었지. 매번, 그렇게 속앉았었지.

원중이 거칠게 몸을 파묻어오는 순간 재인은 눈을 감았
다. 뜨겁게 채워오는 감각에 금방 숨이 달뜨고 심장 박동
이 거칠어진다. 머릿속이 아득하게, 다른 그 무엇도 중요
하지 않은 것처럼 오직 감각으로만 채워졌다.

몸은 위태롭게 섞였다. 손짓 하나, 얽혀드는 다리의 온
도는 자포자기한 것 같기도 하고, 절박한 것 같기도 했다.
폭력적이라고 말할 수 있을 정도로 거칠기도 했다. 끝끝내
몸에 배어 있던 자상함을 벗어던지고 원중은 그녀의 몸을
자신의 소유물처럼 다뤘다. 그가 밀고 들어왔다 몸을 뺄
때마다 밑이 빠질 것 같은 압박이 느껴졌다. 위로위로 치
받는 감각에 얼굴이 터질 듯 뜨거워져 그녀가 할 수 있는
일이라고는 밭은 숨을 내뱉는 것뿐이었다. 피부가 찢겨나
갈 듯 아프고 커다란 손이 목줄을 죄어오면 그대로 숨이 넘
어갈 것만 같았다. 두려움에 몸부림치고 싶다는 충동이 불
끈 치밀어 올랐지만 또 그러면 뭐 하겠냐는 생각에서 몸에
힘을 빼고 있노라니, 원중은, 놀라울 정도로 빨리, 파정했
다.

"하아!"

몸을 겹친 채 원중이 분에 못 이긴 것처럼 뜨거운 숨을
내뱉었다. 아직도 그녀의 안에 들어와 있는 그의 남성은
파정을 했음에도 부피를 완전히 줄이지 않고 그녀를 채우
고 있었다. 그대로 그는 등을 매끈하게 이완시켰다. 굳어

315

진 턱은 조금도 기분이 풀리지 않은 얼굴이었다.

"기분이 좀 좋아졌어?"

차오르는 숨을 누르며 재인이 망연히 묻자 원중의 얼굴이 일그러졌다.

"까불지 마."

말이 뚝 끊겼다.

"내가 뭘?"

원중의 속을 모르는 것처럼 재인이 물었다. 머리만 따로 노는 것 같은 감각은 그녀만의 것이 아니었다. 그토록 뜨겁게 몸을 섞고 난 후에도 원중의 머릿속은 얼음이 가득 차 있는 것처럼 추워 입을 열 때마다 하얀 입김이 뿜어 나오지 않는 것이 이상할 정도였다.

한쪽은 첨예하게, 한쪽은 망연하게 맞부딪친 시선이 누그러진 건 여전히 결합되어 있는 아래에서 밀고 올라온 열기에 재인이 숨을 들이마셨을 때다. 뺨이 붉게 물든 채 가만히 숨을 내뱉자 그가 묘한 표정으로 그녀의 뺨을 검지로 쓸어내렸다. 눈동자의 빛이 한 번도 본 적 없는 빛으로 깊어졌다. 깊고 깊은 겨울밤, 물기를 잔뜩 머금은 바람이 부서지는 듯한 빛.

그 사이로 수많은 감정이 파도치듯 부서졌다.

재인은 체중이 느껴지는 그의 아래에 깔려 있던 손을 빼냈다. 절대로 놓아주지 않겠다는 듯 그녀의 손가락 하나하나를 붙들고 있던 그는 의외로 간단하게 그녀가 움직이는 것을 허용했다. 어쩌면 알고 있었을지도 모른다. 그 손이 그의 목을 감으리라는 것을……

원중의 어깨 위에 팔을 올리고 체중을 실은 재인이 고양이처럼 몸을 폈다. 양다리를 벌려 그의 허벅지 위로 앉으며 입술을 느릿느릿 그의 입술 근처로 움직인다.

"너 몸이 뜨거워."

대답 대신 낮은 신음이 돌아왔다.

"……나도 그래?"

재인은 천천히 원중의 입가에 자신의 입술을 문질렀다. 그리고 뺨과 뺨을 쓸었다. 경직되어 있던 그의 뺨이 느슨하게 풀리고 목을 조금 틀어 그녀의 귓가에 입을 맞추기 시작했다. 뜨거운 호흡이 귓가의 잔털을 간질였다.

결합한 채였으므로 복잡한 과정은 필요 없었다. 뺨을 부비며 동그란 엉덩이를 움켜쥐고 당긴 그는 짙은 숨을 내쉬었다. 경직된 턱은 풀렸으나 그는 여전히 억누를 수 없는 무언가를 억누르는 것 같은 표정을 하고 있었다.

"가만히 있어."

찬 목소리였지만, 차지만은 않았다. 오히려 애원하는 기색이 있었다. 착각이든, 착각이 아니든.

"아직 안 끝났어."

아무리 오만하게 말한다고 해도.

"그래."

재인이 짧게 말하자 원중은 숨을 내쉬었다.

이번에는 느린 섹스였다. 섹스라기보다는 어린 새들이 온기를 나누는 방식에 가까울 정도로 끊임없이 서로의 일부를 문지르고 쓰다듬으면서.

어디선가 달큰하고 또 시큼한 냄새가 났다. 어디서 이런 냄새를 맡았더라 생각했던 재인은 이내 기억해냈다.

우유와 생크림을 섞고 레몬즙을 뿌려 만든 가정식 코티지치즈…… 이걸 가르쳐준 사람은 제주댁이었다. 제주댁. 이름 모를 남자. 트레이너. 그리고 차원중. 미워할 거야. 하지만.

끓이기 시작하면 점점 되직해지며 섞이는 그 소용돌이처럼 감각은 소용돌이처럼 짙게 절정을 향해 달렸다.

"아아……."

머릿속이 텅 비어가는 그 지점, 재인은 눈을 뜨고 원중을 바라보았다.

약간 인상을 쓴 채 감고 있던 눈을 원중이 뜬 것도 완벽하게 같은 순간이었다.

눈이 마주쳤고,

언어로 표현할 수 없는 무한한 감정에 숨이 차올랐다.

"너 가기 싫으면 그냥 여기 있을래?"

흠뻑 젖은 땀이 차갑게 식도록 몸을 겹친 채 누워 있다가 원중이 말했다.

"갑자기 왜?"

재인이 원중을 쳐다보며 물었다. 다시 시선이 원중을 보는 건지, 아니면 그의 뒤쪽의 벽을 보고 있는 건지 모르게 흐려져 있다.

"가기 싫으면 그냥 있어."

"여기서 내가 뭘 해?"

"지금까지는 뭘 했어?"

"그리고 보니 요즘은 수업도 안 했구나. 안 가면 어떻게 돼?"

"네가 무슨 상관이야?"

"곤란해지는 거 아냐?"

"글쎄."

"다른 애를 보내려고?"

말없이 원중이 손을 뻗어 재인의 머리카락을 매만졌다.

처음부터 수업 같은 건 상관없었을지도 모른다. 골프를 잘 쳐야 김 의원을 유혹할 수 있다는 생각은 처음부터 한 적이 없다.

그저 만약을 대비한 것뿐.

다만 신중한 차원중이 몰랐던 것 하나. 누군가 신재인에게 매력을 느낄 거라는 생각이. 그가 그녀에게 매력을 느끼고 있다는 뜻이라는 사실.

그동안 왜 깨닫지 못했나 이해할 수 없을 정도로 자명한데.

말하는 순간 그동안의 두통이 거짓말인 것처럼 마음이

가라앉았다. 그 많은 감정적 충돌이 아무 이유 없었던 게 아닌가 싶기도 했다.

그러나.

"싫어."

"뭐?"

"갈래."

맑아졌던 머릿속이 그대로 하얗게 번지며 빠른 속도로 얼어붙었다. 몸을 비튼 인중은 재인을 내려다보았다.

재인은 웃고 있었다.

"너…… 미치겠구나?"

회색빛에 잠겨 있는 천장은 마치 밤이 내려앉기 시작한 시각의 바닷빛처럼 출렁거렸다. 눈을 지그시 감았던 원중이 다시 눈을 떴을 때에도 재인의 입가엔 희미한 미소가 남아 있었다.

"이제 나 준비된 것 같지?"

심장 위로 서늘하게 얼음을 박아 넣은 것 같은 감각이 원중을 덮쳤다.

아무것도 모르는 얼굴로 눈을 감은 재인은 이내 고른 숨소리를 내며 잠이 들어버렸다.

14

일주일간 몹시도 바빴다.

하루 종일 숍을 돌며 머리부터 발끝까지 정성껏 치장했다. 마사지가 좀 더 강도 놓고 세분화되었으며 먹는 음식도 달라졌다. 선생들이 딱 끊긴 대신 스타일리스트 하나가 붙었다.

감정 없는 인형처럼 몸을 맡긴 채 재인은 단 하나 외에는 아무 생각도 하지 않았다.

「너 가기 싫으면 그냥 여기 있을래?」

"나쁜 새끼."

"예?"

저도 모르게 중얼거리자 발톱을 정성스럽게 갈아주던 네일 아티스트가 허리를 펴며 눈을 동그랗게 떴다.

"아니야."

"아, 네……."

어색하게 웃어 보인 아티스트가 다시 허리를 굽혔다.

동그랗게 보이는 정수리에 시선을 고정한 채, 재인은 다시 원중을 생각했다.

나쁜 새끼. 진심도 아니면 사람 마음을 흔들지나 말든가. 다 아는데 지 내키는 대로…… 꼴리는 대로…… 터진 입이라고 아무 말이나……. 세상에서 가장 다정한 목소리로 가장 끔찍한 말을 속삭인다. 기대하게 만들고, 상상하게 만들고, 그래놓고 아니라며 그건 너의 착각이라고 여전히 웃는 얼굴로 심장을 찢어놓는다.

미쳐버렸으면 좋겠다.

자기 손으로 가슴을 찢고 심장을 꺼내 터트려버렸으면 좋겠다.

계속 쳐다보았지. 그런 표정은 처음이었지. 자존심 강한 남자라 드러내지 않으려 얼굴은 굳어 있었지만, 단단한 얼음에 생긴 균열처럼 희미하게 다른 감정이 보였었지.

아니야. 이런 생각조차 하지 마. 차원중에 대해 생각하지 마. 상상하지 마. 보고 싶은 걸 보는 거야.

"나쁜 새끼."

중얼거리며 재인은 창 밖으로 고개를 돌렸다.

위아래로 긴 통유리창 밖에서는 누가 보아도 나 깡패요 하는 남자들이 서서 담배를 피우며 말간 하늘빛을 더럽히고 있었다. 거의 봄이 가까워졌다는데 투명한 유리창 사이로 느껴지는 공기는 쨍하니 차가웠다.

"차원중은 왜 안 와?"

밥을 먹다 말고 옆에서 지키고 서 있던 어깨에게 물었다. 주양희는 아니고, 현정배도 아니고, 당연히 차원중도 아니다. 손 여사는 집 밖으로 나오지 않는 사람이고. 누군지 알 바 없다. 관심 있는 건 그런 게 아니니까.

어깨는 기가 막힌다는 표정으로 흘깃 재인을 내려다보고는 다시 시선을 앞으로 향했다.

"차원중은 어딨어?"

"어디 이름을 함부로 불러? 회장님이 네 친구냐?"

"친구는 확실히 아니지."

자조적으로 웃으며 말하자 어깨가 뜨끔한 표정으로 고개를 돌려버린다. 그런 그의 소매를 잡아끌며 재인이 다시 물었다.

"차원중은 어딨냐니까?"

"사무실에 계시지 어딨겠어?"

흘깃 고개를 돌렸다 말끄러미 올려다보는 눈을 마주하자 불에라도 댄 것처럼 손을 쳐내는 어깨의 목소리는 쌀쌀맞았다. 하지만 얼굴이 약간 벌게져 있었다. 아까부터 그가 그녀를 훔쳐보고 있다는 것을 재인은 눈치채고 있었다.

어렸을 때부터 예쁘다는 소리를 많이 들었지만 꾸미고 살지 않았던 그녀였다. 하지만 차원중의 집에 들어가면서 운동을 하고 좋은 걸 먹자 몸매가 탄탄해지고 피부 색이 달라졌다. 남자를 알았다는 것이 주효했을지도 모른다. 집중적으로 꾸미기 시작하자 재인 본인조차 거울을 지나갈 때마다 시선이 돌아갈 정도로 인형 같아졌다.

남자는 물론이고 지나가던 여자조차도 절로 시선이 자석처럼 끌려왔다. 이상하게 본인이 무심해질수록 더 그런 것 같았다.

재인의 머릿속에 차원중만 찰수록 점점 더 예뻐진다.

"그럼 오늘도 차원중 못 봐?"

"앞으로 볼 일 없어. 오늘 옷 고르고 마사지 하고 나서는 이동할 거야. 내일은 김 의원님을 볼 거고."

"어?"

예상치 못한 어깨의 말에 재인이 움찔했다.

그럼 그날이 마지막이었다고? 한참 동안 재인을 바라보던 짙게 가라앉은 잿빛 눈동자, 근육이 아예 굳어버린 것처럼 생기라고는 느껴지지 않던 얼어버린 얼굴, 일부가 되어버린 것처럼 어둠 속에 가만히 서 있다가 돌아선 그것이…… 끝이라고?

난생처음 거절의 쾌감에 승자가 된 것처럼 못된 소리를 내뱉는 그녀를 바라보던 그 얼굴이?

끝?

망치로 한 대 얻어맞은 것처럼 멍해졌다. 그리고 이어 심장이 거세게 달음박질치기 시작했다.

항상 한 발 앞서 나가는 건 차원중이다. 왜 이렇게 어리석을까.

"망할!"

매몰차게 거절해놓고 못된 말을 퍼부어놓고 내내 신경 쓰고 있었나? 그녀가 할퀴었지만, 여전히 차원중은 승자다. 신재인이 약자이므로. 더 많이 신경 쓰고 더 많이 생각하므로.

차원중은 버리는 쪽이고 신재인은 버림받는 쪽이므로.

멍하게 있던 재인이 숨을 몰아쉬자 내내 넋 놓고 얼굴을 바라보고 있던 어깨가 꿈에서 깬 듯 흠칫 어깨를 움츠리곤 서둘러 멀어졌다. 마치 그녀가 몹쓸 전염병이라도 된다는 얼굴이었다.

❄

사무실의 문을 열었던 양희는 코끝에 훅 끼쳐드는 술 냄새에 발걸음을 멈췄다. 새벽의 여명이 희끄무레하게 사무실 내부에 감돌고 있었다. 그는 잠깐 현기증을 느꼈다. 어설픈 빛은 빛과 그림자를 더욱 짙게 해줄 뿐이었다.

"회장님."

짧게 원중을 부르고 등 뒤로 문을 닫았다. 커다란 의자에 파묻히듯 앉아 있던 원중이 고개를 슬쩍 들었다가 다시 원래 자세로 돌아갔다.

13번이 김 의원에게 가는 날이었다.

모두가 알고 있었지만, 몰랐던 것이 있다. 차원중이 이렇게까지 흔들릴 것이라고는 그 아무도 예측하지 못했다.

굳건한 장벽이 무너지듯, 차원중은 일주일 내내 조금씩 허물어졌다. 아무렇지도 않은 표정이었지만 아주 조금씩, 부서져 내린 모래알갱이가 발치에 쌓이는 것을 가장 가까이 선 주양희는 알 수 있었다.

뭐가 문제냐고 묻고 싶었지만 그러지 않은 것은 차원중조차 모르고 있지 않을까 싶어서였다. 어쩌면 아무도 모르는 문제일지도 모른다.

그리고 손 여사의 말이 옳았다. 아무도 모른다, 는 말에서 사랑이라는 단어를 떠올리는 걸 보면 주양희는, 남자들은 어쩌면 여자들보다 더 감정적일지도 모른다.

사랑이 뭔지도 모르면서 사랑이라니.

"서울 쪽에서 보고가 들어왔습니다. 새밀유통 쪽에서 저희와 거래를 트고 싶다고 제안해왔다고 하는데 그 조건이⋯⋯."

주양희의 목소리는 언제나 그렇듯 낮고 무뚝뚝했지만 알아듣기 쉬운 톤이었다. 하지만 익숙해질 대로 익숙해진 그 목소리가 하는 말의 의미를 원중은 거의 이해하지 못하고 있었다. 주양희도 모르지 않으리라. 그저 모르는 척하고 있을 뿐이다.

미동도 않은 채 그야말로 석상처럼 앉아 원중은 마음의 동요 따위는 전혀 느낄 수 없는 얼굴을 하고 있었다.

머릿속에는 한 가지 목소리밖에 들리지 않았다.

가늘고, 그러면서도 낭랑하게 울림이 있는…… 때로는 경쾌하리만큼 밝았다가 때로는 감정을 잔뜩 싣고 덤벼오는…… 그런가 하면 숨길 수 없는 애정, 도무지 어떻게 저럴 수 있을까 싶을 정도로 순수한.

가장 순수하고 가장 더럽혀진.

「분해서.」

「네가 입을 맞추는 것도, 날 안아주는 것도 좋았어.」

「네가 천하의 쓰레기라는 걸 다 아는데 내가 미쳐버렸단 말이야!」

「나랑 자자.」

「그러지 않으면…… 널 미워할 수 없어.」

「내가 무슨 선택권이 있겠어? 이제 와서 내 의견 존중하는 척하지 마. 내가 여기 있겠다고 하면 여기 있는 거야? 애초부터 나는 여기 있고 싶지 않았는데?」

「왜? 네 맘대로 여기 뒀다가…… 그러고 싶은 마음이 사라지면 도로 보내게?」

「됐어. 갈 거야. 네가 그러라고 했으니까.」

「네가 원하는 걸 갖게 해줄게. 난 이제 그럴 수 있으니까.」

단 한 마디도 틀리지 않았는데 왜 아팠는지 모르겠다. 원하는 걸 얻을 수 있어야 하는데 왜 흥분되지 않는 건지 모

327

르겠다.

쓰레기장에 뒹굴어도, 아무리 나쁜 짓을 해도, 적어도 원중은 자기가 한 짓에 대한 대가에 인색하지 않았다. 그를 죽이고 싶어 하는 사람이 있는 것이 당연했고 미워하는 것도 옳았다.

그런데 왜 아팠을까. 왜 심장이 찢어지는 것 같았을까.

"해운대 쪽 업장에서 지분 매매를 하고 싶다는 보고가 들어왔습니다. 처남에게 일부를 넘기고 싶다는데 가족사인 듯하지만 일단 새 업장주에 대한 조사를 하…….'"

담담하게 보고를 하던 양희의 말은 허리를 굽혀 발치에 두었던 술병을 집어 드는 원중의 행동에 중단되었다.

"회장님……."

저도 모르게 아연한 목소리를 내었던 양희가 입술을 굳게 다물었다. 술병을 따 비어 있는 술잔 가득 술을 따르는 원중의 행동은 군더더기 하나 없이 말끔했다. 양희는 원중이 며칠째 알코올 외에는 거의 입에 넣은 것이 없다는 사실을 알고 있었다. 하지만 일주일간의 폭음과 불면, 절식은 언뜻 그의 예기(鋭氣)에 전혀 영향을 미치지 않은 듯 보였다.

그는 모르고 있는 것뿐이다. 자신에게 일어난 일을.

불가해하다는 단어는 바로 이런 때 쓰는 것임을 양희는 절감했다. 헤매고 있다. 차원중은.

주양희가 처음 차원중을 만났을 때 그는 아직 소년이었

다. 본질적으로는 맑은 아이였다. 어쩌면 순진하다고 할 수도 있었을 테고 해맑다고 할 수도 있었을 것이다.

하지만 사람의 마음이란 얼마나 부서지기 쉬운 것인가?

양희는 아직 어렸던 차원중이 자신의 손에 묻은 피를 말끄러미 내려다보고 있던 것을 기억한다. 하얀 피부 위에 엉겨든 진득한 붉은 액체가 검게 산화되는 동안 그는 약간 인상을 쓴 채 낯선 듯 자신의 손을 내려다보고 있었다. 무슨 일이 일어난 것인지 모르겠다는 순진무구한 얼굴로.

처음 사람을 죽인 날이었다.

김형태의 아들이 되기 위해서 차원중이 처음으로 사람을 죽인 날. 죽이지 않으면 죽는다는 협박과 죽이지 않으면 가족이 될 수 없다는 경고에 아직 어리던 소년이 사람을 죽인 날.

문득 양희는 목구멍을 타고 끓어오르는 신음을 삼켰다. 그것은 온전한 두려움에서 비롯된 것이었다.

차원중의 속내를 들여다보는 일은 어려웠다. 그 후로 내내 그랬다.

무서운 사람이라고, 그렇게만 생각했다. 누구라도 부서질 만한 일을 겪고 나서도 조금의 흔들림도 보이지 않는 그는, 잘생긴 얼굴과 예의바른 태도로 상대의 호감을 끌어내놓고 인두겁을 쓴 사람이라면 누구나 망설일 일들을 서슴지 않고 해버리는 그는, 보통 사람이 아니라고.

하지만 착각이었던 게 아닐까?

이미 차원중은 부서져 있었고, 그리하여 빈껍데기로 살고 있었던 게 아닐까?

단순하게 그저, 확인하고 싶다는 마음만…… 무얼 확인하고 싶은 건지 주양희가 알 리가 있겠느냐마는 무언가 단하나, 그날 시작되었던 의문 하나만을 붙잡고 살아온 게 아닐까? 그 외에는 아무것도 의미가 없었던 게 아닐까?

그런데. 의미가. 생겨버린 게. 아닐까.

그렇다면 어떻게 되는 걸까? 산전수전 다 겪은 양희로서도 쉽게 예측할 수 없었다. 지금 차원중이 자신의 상태를 제대로 몰라서 이러는 거라면, 만약 알게 되면, 어떻게 되는 걸까?

소름이 등골을 타고 쭉 흘렀다. 식은땀이 바짝 나는 기분에 양희는 저도 모르게 손을 말아 쥐었다.

양희가 그러는 동안 원중은 채운 술잔을 다 비우고 한 잔을 더 따랐다.

술을 마시는 것 외에는 아무것도 관심 없다는 듯 술잔을 들던 원중은 문득 생각난 것처럼 잔을 내려놓고 미간을 짚었다. 약간 인상을 쓰자 생긴 주름 위로 길고 섬세하게 생긴 손가락이 닿았다.

"이사님……."

서서히 밝아지기 시작한 창이 만들어낸 역광이 차원중의 실루엣을 또렷이 새겨주고 있었다. 아찔하리만큼 강한 명암, 최면에라도 걸린 것처럼 멍하니 서 있던 양희가 나지막한 목소리에 화들짝 놀라 자세를 바로 했다.

"네…… 네?"

"장부를 이사님이 가지고 계시는 게 좋겠습니다."

"……네?"

느리게 되물은 것은 심장이 발아래로 떨어지는 느낌 때문이었다.

이 일을 하다 보면 장부야 수없이 많아진다. 하지만 지금 차원중이 말한 '장부'는 흑야회의 핵심이었다. 그게 유출되면 그동안 어디에 어떻게 돈을 댔든 다 제 앞가림을 하느라 급급해질 거였다. 어디에선 컴퓨터를 이용한다 뭐다 하지만 모두 수기로 작성해 캐비닛에 쌓아둔다는 오래된 방식을 고수하는 이유는 간단했다. 잘 관리만 하면 언제 어떻게 털릴지 모르는 컴퓨터와 비교할 바가 되지 못한다.

흑야회도 그랬다. 정말 중요한 것은 차원중이 관리한다. 주양희조차 열람만 가능할 뿐이다.

"회장님."

목소리 끝이 갈라졌다.

"컨디션이 좀 안 좋은 것뿐이에요."

티 나게 핏기가 가신 양희를 진정시키려는 것처럼 원중이 대수롭지 않게 말했다. 하지만 말끝에 묻은 술 냄새 때문에 효과는 없었다.

본인도 느꼈는지 원중은 자리에서 일어섰다.

"회장님!"

몸을 펴는 순간 머리를 치고 지나가는 현기증에 앞으로 휘청이자 양희가 기겁해서 한 걸음 나섰다. 그러나 양희의 손이 닿기도 전에 다시 중심을 잡은 원중은 허리를 쭉 펴고 잠깐 고개를 젖힌 채 서 있었다.

그것은 분기점이었다. 혹은 분수령.

어디로도 갈 수 있었다.

차원중의 심장 속에서 폭풍이 휘몰아치고 있다고 해서 반드시 파멸로 달려야 하는 건 아니었다. 상처가 나겠지만, 피가 나겠지만, 신재인은 오늘 김 의원에게 넘겨진다. 오늘이 지나면 할 수 있는 일은 없었다.

어쩌면 모든 것은 다시 예전으로 돌아갈 수도 있었다.

사랑이 그러하지 않은가?

양희는 어린 시절 그를 거세게 후려쳤던 사랑들을 기억했다. 결코 사랑해서는 안 될 사람, 절대로 그와 어울리지 않는 여자들을 마음에 담고 괴로워하고 아파했었다. 조바심이 나 발을 동동 구르고 갖지 못하는 것들에 대한 미련을 술로 풀었다.

하지만 어땠던가. 모든 것이 다 지나가듯 사랑도 지나가지 않던가.

대개의 사랑은, 그러하지 않던가.

양희는 차원중이 흔들리지 않길 바랐다. 김형태가 처음 쓰러졌을 때 욕심이 나지 않았다면 거짓말이겠지만 차원중이 흑야회를 접수한 지금, 양희는 이편이 훨씬 낫다는 것을 인정하지 않을 수 없었다.

아니, 아니 모르겠다. 그런 계산 따위 다 집어치우고…….

차원중이 눈앞에서 무너지는 모습을 보고 싶지 않았다. 이 이상한 감정이 뭔지 모르겠지만, 실로 그랬다. 원칙대로라면 2인자인 주양희로서는 좋은 기회…….

문득 양희는 지금 일어나고 있는 일을 깨달았다.

흔들리고 있다.

차원중에게서 시작된 지진의 여파가 양희에게도 미치고 있었다. 조직 전체가 지금은 위기 상황인 거다. 오로지 실력으로 1인자가 되었기 때문에 흔들리면 차원중만 위험해질 거라는 생각은 오산이었다. 실력으로 1인자가 되었기 때문에, 차원중이 흔들리면 다 위험해지는 거다.

아니, 아니, 또 틀렸다.

시작은 차원중이 아니었다.

시작은, 별것 아니었던 아주 작고 시시하고 그 누구에게서도 사랑받지 못했던 아무것도 아니었던 여자.

재인이 다른 곳으로 옮겨진 후 일시적인 실업자가 된 손 여사는 시간이 되지 않았는데 들어오는 양희를 발견하고 눈썹을 치켜 올렸다.

"웬일이야? 이 시간에?"

손 여사의 물음에 대답하지 않고 뚜벅뚜벅 들어온 양희

는 소파에 털썩 주저앉아 마른세수를 했다. 테이블에 다리를 올린 채 지친 얼굴로 천장을 응시하는 그의 옆에 다가앉은 손 여사가 불안한 눈빛을 했다.

"오늘이지? 13번⋯⋯."

양희는 고개를 끄덕였다.

"회장님은 어때?"

"사무실에 계셔. 오늘 일정은 중지시키셨어."

손 여사의 얼굴이 어두워졌다. 그러나 억지로 밝게 목소리를 키웠다.

"지나가겠지. 그동안이 이상했던 거지. 로봇도 아니고 이 일을 하면서 단 한 번도 흔들리지 않는다는 게 이상한 거지. 우리 누구나 한 번쯤은 겪는 일을 회장님은⋯⋯ 조금 늦게⋯⋯. ⋯⋯당장은 좀 흔들릴 수 있겠지만, 신경 쓰일지 모르겠지만."

"그럴까?"

주양희가 무뚝뚝하게 대꾸하고는 입술을 만졌다. 험하게 살다 보니 생긴 깊은 상처를 굳이 지우지 않은 건 잊지 않기 위해서였다. 항상 그랬다. 상처는 수없이 생겨도 어떤 상처들은 상처 이상의 자국을 남긴다.

"나는 전 회장님이 한 번쯤 행복해질 수도 있었다고 생각해."

손 여사가 주양희를 바라본다. 아들이 아비를 친다는 하극상 속에서 단 한 번도 바뀐 주인에 대해 언급하지 않았던 그를.

"새 회장님을 사랑하는 동안. 그 둘이 가족이었던 동안."

"……."

"우리가 하는 일이 이 모양이라고 해도. 쓰레기 같은 일상을 반복한다고 해도. 그러니까 더욱 지켜야만 하는 게 있다고 생각했어. 소중하게 생각해야만 하는 게 있어."

주양희가 손 여사의 어깨에 팔을 둘렀다.

"그게 없으면 살 수 없어."

손 여사의 어깨에 입술을 묻으며 중얼거리는 목소리는 지독하게도 외로웠다.

"우린 사람이 아니지만, 사람이 아니니까, 긴 겨울밤을 걸으면서 반드시 옆에 있어줄 사람이 필요해."

"여보."

"내가 달리 어떻게 살 수 있었겠어? 뭘 알아?"

"……."

"회장님은 나보다 더했다고."

눈물이 묻은 주양희의 목소리에 손 여사가 그를 끌어안았다.

가장 잔인하고 바보 같은 인간들.

산다는 것이 어째서 이렇게 실수를 되풀이하고 나락으로 직행하는 처연한 것이어야 할까. 빛 속에서 평범하게 산다는 것이 왜 이렇게 어렵기만 한가.

"전에 당신 읽던 책에 뭐…… 뭐였지?"

양희가 몸을 세우며 손 여사를 바라보았다.

"뭐 말하는 거야?"

"무슨 세계를 깨고 나오는 거. 내가 모른다고 무시했잖아. 당신이 나더러 여길 떠나자고 하면서 이야기해준 거."

"지난 이야기는 뭐하러 해. 회장님을 두고 갈 수 없다고 했었잖아."

"그러니까."

"……."

"근데…… 그거, 알이 깨지면 끝 아냐?"

새는 알을 깨고 나온다. 알은 곧 세계다. 태어나려는 자는 한 세계를 파괴하지 않으면 안 된다.

새는 어디로 날아갈 것인가.

깨어진 알은.

❄

현정배는 정 떨어지는 얼굴로 재인을 밀어놓고 사라졌다. 신이 나서 죽을 것 같은 얼굴이었다. 그로서는 오래된 고민거리 하나가 떨어져나가는 셈이니 당연할지도 몰랐다.

걸음을 더 떼지 않고 테이블에서 세 발짝쯤 뒤에 서 있는 재인은 마치 인형 같았다. 균열 하나 느껴지지 않는 도자기 같은 하얀 피부에 블러셔로 억지로 만들어낸 핑크빛 홍

조, 날렵한 눈매를 따라 검은 윤곽을 그리고 있는 아이라인과 긴 속눈썹, 투명하고 생기 넘쳐 보이는 입술. 검은 타조 가죽 클러치 백을 쥔 채 몸에 잘 붙는 미니드레스를 입고 선 재인은 눈앞에 앉아 있는 남자를 바라보았다.

김주환.

사진으로 본 것보다 더 나빴다. 점잖은 척 미소 짓고 있지만 안경테 뒤로 보이는 눈빛에는 번들번들 윤기가 돌고 있었다. 재인은 절대로 이 남자를 좋아하게 될 일은 없을 거라는 걸 확신했다. 아무것도 모르고 왔더라도 그랬을 거다.

"앉아요."

"진짜 싫어!"

하이톤의 목소리로 젠틀하게 건넨 말이 끝나기도 전에 날카롭게 날아온 힐난에 김 의원이 움찔했다.

"목소리가 그게 뭐야? 넌 말하지 마."

어이없어 입이 떡 벌어졌지만 동시에 희미한 희열 같은 것이 얼굴에 도는 것을 재인은 놓치지 않았다. 치밀어 오르는 구역질을 꾹 누르고 그녀는 다가가 테이블에 앉았다. 정말 망쳐버릴 거라면 벌써 그럴 수 있었다.

그러지 않을 거다.

차원중을 위해서가 아니다.

눈앞의 변태를 위해서? 당연히 아니지.

신재인에게 남은 건 이제 단 하나뿐이었다. 차원중, 복수할 거야. 네가 얼마나 성공적이었는지 두 눈으로 똑바로 확인해.

"말버릇이 험한 아가씨네요. 레이디는 그럼 안 돼요."

"레이디 같은 소리 하고 있네. 니 취향 다 알거든? 밥이나 먹어."

애써 배운 예법은 내팽개치고 재인은 세팅되어 있는 빵을 집어 들었다. 부들부들 떨리는 걸 감추기 위해 애쓰며 그녀는 마른 입안에 퍽퍽하게 씹히는 빵을 넘겼다.

왠지 모르겠지만 알겠다. 지금 그녀가 하는 방식이 맞다는 것을.

차원중은 질색하겠지만 이 남자는 좋아할 거다. 왜인지 몰라도, 알 수 있었다. 아니나 다를까, 웃음이 터졌다.

"아아, 그래. 물건이라더니. 진짜로군."

눈을 빛낸 김주환이 느긋하게 의자에 등을 기댔다. 식욕보다는 성욕이 더 도는 얼굴이었다.

"먹고 싶은 건 모두 먹어도 좋아요."

멍청이들. 열두 명의 여자들을 희생시키면서도 몰랐던 거다.

골프 같은 거, 영어 같은 거, 역사 같은 거…… 우아한 언행 따위 김주환에게는 아무런 의미가 없다. 남자의 성욕이 언제부터 스펙 따라갔던가? 언제부터 변태 새끼들이 대화 통하는 여자를 좋아했어?

"그럴 예정이야. 넌 적당히 먹어."

재인이 쏘아붙이자마자 문이 열리고 애피타이저가 세팅되어 들어왔다. 아무 말 없이 디시를 내려놓고 돌아서는 웨이터를 붙잡은 것은 김 의원이었다.

"여기 와인도 가져오지. 간만에."

"예. 어떤 걸로 올릴까요?"

"이 가게에서 제일 비싼 걸로."

김 의원의 눈빛이 탐욕스럽게 재인의 얼굴을 훑었다.

"그럴 가치가 있는 안주를 얻은 것 같으니까."

재인은 계속 차원중을 생각했다. 짙은 선팅이 되어 있는 차 밖의 풍경에 시선을 두고서도, 고급스러운 자재를 사용한 빌라에 들어서면서도, 김 의원을 닮은 듯한 여자의 안쓰러워하는 눈빛과 마주쳤을 때에도, 계속해서 차원중을 생각했다.

왜인지 몰라도 마지막의 마지막이 되자…… 쓸데없는 기대감이 가슴을 벅차게 채워왔다. 여기 있을래 라는 말이 진심이었다면 데리러 오지 않을까. 그냥 한 번 해본 말도, 시험한 것도 아니었다면 쫓아오지 않을까.

허튼 기대.

쓸데없는 미련이라는 걸 안다. 책을 많이 읽지는 않았지만 그래도 차원중 덕분에 읽은 책에서는 다 그랬다. 사람들은 어리석은 짓을 했다. 어리석은 짓을 하는 이유는 간단했다. 미련과 착각 때문이었다.

사람이란 참 약하지.

다를 건 없다.

신재인은 차원중을 사랑하고,

차원중은 신재인을 사랑하지 않는다.

말로는 얼마든지 다정할 수 있고, 말로는 얼마든지 상냥할 수 있고, 심지어 행동도 그랬다. 정말 좋아하는 듯, 귀엽다는 듯, 감정을 담은 눈동자…….

차원중은 한결같았지. 처음부티.

내가 머리통을 부숴놓으려고 덤벼들었을 때에도, 칼로 배를 겨냥했을 때에도, 나를 안을 때에도, 누군가를 죽일 때에도 한결같았지. 계속.

"옷을 벗어."

정신을 차려보니 어느새 침실 문이 등 뒤로 닫혀 있었다. 재인은 눈앞에 있는 커다란 침대를 물끄러미 쳐다보았다.

"취향은 고급스럽네."

차원중도 그랬다. 결국 그 좋다는 거위 털 베개와 이불을 재인에게도 사줬었다. 커피숍에 갔던 날 이후에 집에 생긴 자개 화병도 좋은 취향이었다. 깡패 주제에 쓸데없이 눈이 높다고 생각했다. 또, 뭐가 있었더라?

"고맙군."

김 의원이 낄낄 낮게 웃었다.

「너 가기 싫으면 그냥 여기 있을래?」

One black winter night

"나쁜 새끼."

"뭐?"

"너 말고."

재인이 퉁명스럽게 말하고 돌아섰다. 그딴 말을 차라리 하지나 말지. 신경 쓰이게.

"까부는군. 곧 그러지 못할 테지만."

턱을 치켜들었던 김 의원은 이내 고개를 젓더니 비열하게 웃었다.

"아니, 옷을 벗지 마. 너는 특별 취급을 해주지. 그냥 엎드려."

김 의원이 침대 아래에서 채찍을 꺼내들었다. 미영 때 꺼낸 검은 채찍이 아니었다. 그는 특별히 매듭이 지어져 있는 채찍과 돌기가 박힌 채찍 등등을 신중하게 골라 꺼냈다. 벌써 아랫도리에 묵직하니 힘이 실려 있었다. 뭣도 모르거나, 아니면 빤하게 바들바들 떨던 계집애들만 보다 진짜 마음에 들었다.

"아니, 아니, 무릎을 침대에 대고 손을 짚어. 개처럼 엎드리라고."

"아, 요구 많네!"

"곧 요구대로 하게 될 거야."

옷을 입히고 때리면 좀 더 오래 즐길 수 있다. 김영애는 옷감이 상처에 말라붙어 아이들이 아파한다고 뭐라고 했지만 고통스러워하는 것이 바로 그가 원하는 것이라는 걸 사람 좋은 사촌은 상상하지 못하리라.

이 아이는 좀 더 오래 버틸 것 같았다. 어디까지 할 수 있을까 기대감에 심장이 마구 폭주했다.

"비명을 지르지 마. 참으라고. 고통을 인내하는 얼굴을 보고 싶으니까."

시험 삼아 바닥을 휘리릭 갈기자 당돌하게 굴었던 작은 몸이 살짝 움츠러들었다. 정복욕이 혈관을 타고 징기즈칸처럼 달렸다. 그래, 이 기분이다. 자신의 몸 안에 흐르던 피를 보고, 지독한 아픔을 느끼면 아무리 기가 센 고양이도 가르릉대며 말밑에 엎드리기 마련이지.

의기양양해져 김 의원은 다시 한 번 채찍을 허공에 후려쳤다.

철썩!

바닥을 치는 차가운 소리에 재인이 생각한 것은, 여전히 차원중이었다. 뭘까? 왜 자꾸 생각날까? 이제 다 끝났는데, 왜 자꾸 이렇게 머릿속에 차원중만 가득할까?

원래 그런 걸까?

아니면 진짜 뭔가 놓치고 있었던 걸까?

"좋아. 곧 순한 양을 만들어주지."

철썩!

흥이 극에 달해 김 의원은 계속해서 채찍을 휘둘렀다. 그러거나 말거나 재인은 머릿속에 떠오른 생각에 집중했다.

미쳐 날뛰는 김 의원은 꼴사납고 웃길 뿐이었다. 그보다 더 중요한 일이 있었다. 몸은 여기에 있어도…… 몸은 한 번도 신재인의 맘대로 되었던 적이 없다. 그러면서 배운 것은 적어도 생각만은…… 생각만은 자유로…….

철썩!

허공을 날카롭게 가른 채찍이 이번에는 재인의 등 위로 떨어졌다. 날카로운 파열음과 함께 옷 위로 감기는 채찍의 감각이 선명하게 살갗으로 파고들었다.

"!"

재인은 신음 소리를 내지 않았다. 허리를 약간 꺾으며 입술을 물었다. 두 가지 중 어떤 마음이었는지 모르겠다. 이 딴 놈에게 지고 싶지 않다는 마음이었을까, 아니면 이러는 쪽이 김 의원의 흥을 더 돋울 거란 마음이었을까?

모른다. 이제는 아무것도 모른다.

철썩!

두 번째 채찍이 와 닿자 입술을 물었던 이에 힘이 들어갔다. 흡 하고 옅은 비명이 입술 사이로 비집고 튀어나가려다 도로 삼켜졌다.

철썩!

재인이 허리를 크게 꺾는 순간 세 번째 채찍이 내리쳐졌다.

쿵!

주방에 있던 김영애는 손을 멈췄다. 물기도 없는 싱크대를 문지르던 행주를 내려놓고 돌아서서 귀를 기울인다. 방금 무슨 소리였지?

"신경 끄자."

다시 행주를 집어 들었던 김영애의 움직임이 멎었다.

언제까지 이 꼬라지를 봐야 하지.

탁 행주를 던진 김영애는 싱크대를 움켜쥐었다.

처음에는 긴주환이 이 정도인지까지는 몰랐다. 어렸을 때부터 눈초리가 안 좋은 사촌이었으나 자주 보지 않았으니 어떤 사람인지 알 도리가 없었다. 집안일을 봐주겠냐는 제의에 응한 건 사람 좋기만 하던 남편이 보증으로 집안을 홀랑 들어먹었기 때문이었다. 싸우다 지쳐 집을 나온 김영애에겐 선택의 여지가 없었다.

변호사인 데다 혈육이니 호의인 줄 알고 받아들였던 것은 실수였다.

처음에는 깜짝 놀랐다.

혼자 사는 남자이니 나이가 많다 해도 여자를 데리고 오는 것까지는 이해하려고 했다. 돈을 주고 산다는 것까지도 어쩌면 눈감아야 할지 모르겠다 생각했다. 대한민국이니까. 그 반듯한 사촌의 어두운 이면을 본 것이라고 정당화했다.

"하! 반듯한 사촌?"

반듯이라니 혀를 잘라도 못할 말이었다.

지금에 와서 한이 되는 것은 처음 피투성이의 여자를 보았을 때 신고하지 못한 것이다. 이제 와서는 신고해봤자 방조죄라든가 공범이라든가…… 여자들을 치료해주라고 하기에 동정심에서 도운 것이 이렇게 멍청한 일이 될 줄이야! 가여운 여자들을 돕는다 생각했는데 자기 자신을 망치고 있었던 것이었다.

그때였다.

다시 한 번 쿵 하고 아까보다 더 또렷하게 무언가 쓰러지는 소리가 났다. 확실히 김주환의 침실에서였다. 보통은 아닌 듯했던 아가씨와 들어간 지 10분도 지나지 않았는데.

쾅!

문 쪽을 물끄러미 보고 있는데 문이 열렸다.

"이런."

처음 생각한 것은 아가씨가 도망쳐 나왔나 하는 것이었다. 취미 생활을 즐기는 김주환은 안쪽으로 문을 잠가놓았지만 학대를 견디지 못한 아가씨 중에서 어떻게든 문을 열고 튀어나올 때가 있었다.

하지만 이번엔 아니었다.

"어?"

서둘러 몸을 숨기던 김영애가 얼어붙었다.

보통 이럴 때면 김주환이 쫓아 나와 여자의 머리채를 잡고 다시 방으로 들어가므로 못 본 척하는 것이 상수였다. 그런데 이번에는 쫓겨나온 것이 김주환이었다. 상의는 벌거벗은 채, 하의는 단추와 지퍼가 풀려 덜렁거리는 상태로 허둥지둥 튀어나왔던 김주환이 헐거워진 바짓단에 걸려 앞으로 고꾸라졌다.

"아이코, 니미 씨펄!"

어울리지 않는 쌍욕을 뱉어내는 걸 보면 상당히 당황한 게 분명했다. 뒤따라 나온 것은…… 여자다.

등에서부터 옷이 찢어져 너덜너덜해진 것은 안 보아도 무슨 일인지 짐작이 가는 상황이었다. 어리둥절한 건 두 사람의 태도였다. 얻어맞은 것이 분명하게 헝클어진 여자의 눈은 불을 뿜고 있었고 김주환은 정신을 못 차리고 바닥에서 기고 있었다.

"이 미친년이!"

자신의 앞에 우뚝 서 있는 신재인을 보고 김주환이 언성을 높였다. 그는 김영애가 보고 있는 것도 아랑곳 않고 거추장스러운 바지를 벗어던졌다. 그리고 마치 야생 짐승을 으르듯 양손을 앞으로 뻗는다.

"물건이라더니 최고야! 진짜 제대로 왔어! 너 어디 한 번 혼나봐라!"

"한 번 혼내봐라, 이 변태 같은 새끼야!"

김 의원이 덤벼들자 몸을 피하던 재인이 그의 뺨을 후려갈겼다. 철썩! 하고 요란한 소리가 울렸지만 김 의원은 당하지만은 않았다. 손을 뻗어 재인의 머리채를 휘어감아 당기는 바람이 그녀의 가녀린 몸이 휘청 앞으로 꺾였다.

"아악!"

머리채가 송두리째 뽑혀나가는 고통 때문에 재인이 비명을 질렀다. 물론 그녀 역시 만만치는 않았다. 잘 갈린 손톱으로 그의 팔을 할퀸 것이다.

"으윽!"

인상을 찌푸리면서도 김 의원의 두 눈에는 쾌감이 번뜩였다. 벌어진 양 콧구멍에서 콧김이 훅훅 뿜어 나왔다. 완벽한 이상형을 만난 그는 제대로 흥분 상태였다.

"감히 나한테 상처를 내다니."

팔에 길게 그어진 붉은 세 줄을 확인한 김 의원이 입술을 비틀었다. 그리고 있는 힘을 다해 재인을 내동댕이친다.

"가르쳐야 할 게 많군, 고양이 씨!"

"이놈이고 저놈이고."

나뒹구느라 머리를 세게 부딪쳤음에도 재인의 기세는 조금도 줄어들지 않았다. 온몸이 안 아픈 데가 없지만 눈에 힘을 주고 김 의원을 노려본다.

"강아지라느니 고양이라느니…… 그렇게 짐승이 좋으면 수간을 하든지. 왜 사람을 놓고 짐승타령이야?"

"입이 아주 살아 있어. 좀 더 고상하면 좋겠지만. 가능해?"

"너 하는 거 봐서. 일단 내 볼일 먼저 보고."

피가 뚝뚝 흐르는데도 조금도 기가 죽지 않는 재인을 보고 김 의원은 만족스럽게 웃었다. 그는 채찍을 바꿔 들었다. 이 물건은 좀 더 세게 나가도 쉽게 죽어 나자빠지지 않을 것 같았다. 재미있는 게임을 즐길 수 있을 것 같은 느낌이 들었다. 온몸을 난자해 붉게 물들이고 에이프런만 입혀서 요리를 하게 만들어야겠다. 그게 가능했던 애가 3번이었던가? 7번이었던가? 그 외에는 영 재미없었다. 울고불고 비련의 여주인공인 척하는 것들은 금세 시름시름 앓거나 반항 의욕을 잃곤 했다.

"영어 할 줄 알지? 영어로 말해봐."

"뻑큐다, 이 변태 새끼야!"

껄껄 웃으며 김 의원이 다시 채찍을 휘둘렀다. 피하려 해보았지만 고통 때문에 움직임이 둔해졌던 재인은 고스란히 징이 달린 채찍을 얻어맞아야만 했다. 아까와는 달리 제대로 자세를 잡지 않고 날아온 채찍은 등뿐 아니라 온몸을 휘감았다. 대개의 경우 김 의원은 얼굴은 지켜주려 했지만 이번에는 신경 쓰지 않았다. 이 물건은 얼굴에 상처가 있어도 섹시할 거라 확신했기 때문이다. 아니, 더 좋을 거다. 예쁘장한 얼굴이 다시는 회복되지 못할 정도로 망가졌을 때의 절망감은 여자를 깊이 있게 만들어주니까.

"악!"

"비명 지르는 건 질색이지만 넌 특별히 용납해주지!"

"이 변태 새…… 끼!"

채찍이 인정사정없이 어깨를, 등을, 엉덩이와 골반을, 허벅지를 후려갈겼다. 채찍이 지나간 자리마다 옷이 찢어지고 살점이 떨어져 나갔다. 강약을 잘 조절하는 김 의원이지만 죽지 않는 재인의 반항기에 이성을 잃고 있었다.

얼마나 채찍질이 이어졌을까?

죽은 듯 꿈틀거리지도 않고 몸을 웅크리고 있는 재인을 보고서 퍼뜩 정신 차린 김 의원이 채찍을 쥔 손을 떨어뜨렸다.

"설마 벌써 나가떨어진 건 아니겠지?"

머리끝까지 뜨겁게 치솟았던 흥분이 가라앉았다. 그는 항상 이게 문제였다. 평소에는 그럭저럭 절제가 되는 편이지만 정말 마음에 드는 장난감을 찾으면 이성을 잃어버린다. 가장 아끼는 것을 가장 먼저 부수는 타입이었다.

"야?"

낭패다 싶어 김 의원이 재인에게 다가갔을 때다. 웅크리고 있던 재인이 번개같이 몸을 일으키며 이를 세워 그의 손가락을 꽉 물었다.

"으아아아악!"

생각지도 못하던 반격에 놀라고, 손가락을 끊어낼 듯한 공격에 혼이 빠져 김 의원이 비명을 질렀다.

동시에 재인이 그의 머리털을 꽉 잡고 마구 흔들었다.

"이거 놔! 놔! 이…… 미친!"

빽!

저도 모르게 다시 발로 힘껏 차고 나서야 겨우 손가락을 재인의 입에서 회수했을 때에는 피가 흥건하게 잇자국을 따라 맺혀 있었다.

"허!"

기가 막히긴 했으나 탄성에 가까웠다. 심장이 두근두근
뛰었다. 이 장난감을 길들이는 일은 얼마나 즐거울까?

"진짜 보다보다 너 같은 미친년은 처음이야. 맘에 들어."

"난 네가 맘에 안 들어!"

재인이 김 의원의 머리를 세게 들이박았다. 뻑! 하는 소
리와 함께 김 의원이 벌렁 나자빠졌다.

얼마나 지났을까?

김 의원은 이번에는 조심해서 웅크리고 있는 재인에게
다가가 어깨를 틀어줬었다. 온통 난장판이 되어 있었다.
곰을 잡았어도 이러진 않았을 거라 생각하다 거울을 보니
자신이 곰보다 더한 걸 잡았다는 확신이 들었다.

꼴이 엉망이었다. 머리는 쥐어뜯겼고, 얼굴은 링 위에서
10라운드를 다 뛰었어도 이보다 나았을 듯하다.

온몸이 땀으로 절어 있었다. 진짜 오랜만에 야성 그대로
끝까지 갔음에 틀림없다.

"맘에 들어."

꼼짝도 않고 늘어진 재인의 코 아래 손가락을 대 호흡을
확인하고 맥박도 씩씩하게 뛰고 있다는 걸 확인한 그는 침
대 기둥에 재인의 양팔을 묶었다.

아껴서 먹고 싶은 생각도 있었지만 그러기엔 너무 흥분

상태였다. 아주 조금만, 조금만 맛을 볼 요량이었다. 묶은 건 물론 아직 길들지 않은 장난감이 심하게 반항할까 봐였다.

정신 차리지 못한 재인을 묶고 찢어진 옷들을 대강 헤쳐 핏빛 상처가 뱀처럼 휘감은 하얀 살을 드러낸 김 의원은 노골적으로 감탄사를 흘렸다. 이렇게 아름다운 장난감은 처음이라고 해도 과언은 아닐 것이다. 이 정도면 작품이라고 함이 옳지 않을까? 현 뭐라는 깡패가 기대해도 좋을 거라 이빨을 털더니…… 처음으로 깡패의 말도 믿을 만할 때가 있다는 걸 알았다.

비릿하게 웃은 김 의원이 아랫도리로 손을 가져갔다.

15

주양희가 아침 일찍 출근했을 때 차원중은 이미 사무실에 있었다.

불이 켜져 있지 않은 사무실은 내려져 있는 블라인드 사이로 새어 들어오는 여명을 제외하고는 어둠에 잠겨 있었다. 시트 깊이 몸을 파묻은 채 미동도 않는 원중 역시 그 어둠의 일부였다.

"김 의원에게서 연락이 왔습니다."

여전히 원중은 움직이지 않았지만 주양희는 그의 신경이 바짝 곤두서 있음을 느낄 수 있었다.

잠깐 동안 주양희는 원중의 반응을 기다렸다. 그의 반응을 도저히 예측할 수 없었기 때문이다. 보통은 상대가 어떤 반응을 보일지 예상하기 쉽다. 그러나 지금만은, 적어도 신재인과 관련된 모든 것은 차원중에게 있어서 미지수였다.

그러나 차원중은 어떠한 힌트도 주지 않았다. 마치 어떠한 움직임이든 자신의 통제를 벗어날까 봐 무서워하는 사람처럼.

결국 주양희는 대비 없이 사실만을 전달해야만 했다.

"아마······."

"······."

"홀딱 빠진 듯합니다."

생각대로였다. 아니, 생각 이상이었다.

「최고야! 맘에 드는군! 아픔을 참고 요리하는 것만큼 섹시한 게 없지. 그년이 꼭 내 시중을 들게 하고야 말겠어. 제뼈가 무슨 색인지 눈으로 확인하고 나서도 그렇게 기가 살아 있을 수 있나 궁금해. 그런 암코양이를 굴복시켜 내 발바닥을 핥게 하는 기분이 뭔지 주 이사 같은 사람은 모를 거야.」

아마 기대했던 만큼의 성과를 내고도 이렇게 곤란해지기는 쉽지 않을 거다. 주양희는 김 의원이 절대로 신재인을 포기하지 않으리라는 것을 알았다. 다른 어떤 여자애를 갖다 대더라도, 그 여자가 어떤 미인이더라도, 남자는 꽂힌 여자가 아니면 의미 없다. 특히 김 의원처럼 취향이 선명한 사람의 경우에는 더욱.

문제는······.

"잘됐군요."

원중이 차게 말하면서 몸을 일으켰다. 그늘이 진 얼굴에서 읽을 수 있는 표정은 없었기 때문에 양희는 그의 말을 제대로 이해하지 못했다. 언뜻 듣기에는 드디어 원하는 것을 얻을 수 있지 않겠냐는 계산적인 말로 들렸다.

뚜벅뚜벅 걸어와 주양희를 스쳐 문 앞까지 간 차원중은 불을 켰다.

갑작스레 밝아진 시야에 주양희가 손차양을 만들어 눈을 가렸다. 그 아래로 몸을 돌려 그를 보고 있는 차원중과 눈이 마주쳤다.

차원중은 무표정했다.

지난 밤 내내 잠이라고는 구경 못해본 사람처럼 눈은 움푹 들어가 평소의 총기를 읽을 수 없고, 턱 주변에 거무스름한 수염이 돋아 있었지만 그것이 전부였다. 한없이 건조하고도 또 건조한 그 얼굴이 주양희가 읽을 수 있는 전부였다.

"원하는 건 뭐든지 말하라더군요."

"……그래요?"

잠깐 원중의 얼굴에 표정이라고 할 만한 것이 떠올랐다. 주양희가 이해할 수 있을 만한 것은 아니었다.

좋다, 아니면 싫다. 단순한 주양희가 예측할 수 있는 원중의 표정은 둘 중 하나였다. 원하는 대로 김 의원이 신재인을 맘에 들어 해서 기쁘거나, 아니면, 견딜 수 없거나.

하지만 지금 원중을 사로잡고 있는 것은 둘 다 아니었다. 그것이 무언지는 도저히 짐작조차 가지 않는다.

아니, 어쩌면 둘 다인 걸까?

주양희는 망설였다.

원중에게 말해도 될까? 제 손으로 내어준 파랑새를 손에 쥐어 신이 난 김 의원이 골프나 같이 칠까 제의해왔다고. 원하는 게 있으면 뭐든 들어주는 걸 넘어 제대로 들뜬 모양이라고.

사랑에 빠져서 그 여자에 대해 이야기하고 싶어 하고 그 여자를 보여주고 싶어 한다고 하면 원중은 어떤 마음이 될까? 그런 이야기를 해도 되는 걸까?

"그게 전붑니까?"

마음을 정하지 못하고 주양희가 머뭇거리고 있자 원중이 차분하게 물어온다. 대답을 안 할 수는 없었다.

"주말에 골프 어떠시냐고 묻더군요."

무슨 의미인지 모를 리 없다.

자기 자신의 트로피를 자랑하고 싶은 정복자의 마음을 차원중이 이해하지 못할 리가 없다. 늘 시큰둥하던 김 의원이기에 더욱 그랬다.

"거절할까요?"

섣부르게 나서지 않겠다고 결심했으나 주양희는 저도 모르게 차원중의 마음을 읽었다. 대답은 느리게 돌아왔다. 답답하리만큼.

"약속 잡으세요. 찬바람을 맞으면서 공을 치는 것도…… 나쁘진 않지. 원하는 걸 얻어냅시다."

잠깐 동안 주양희는 차원중을 가만히 보고 서 있었다.

얼어붙은 겨울밤은 빛도 멀리가지 못한다. 아무리 밝은 등을 들어도 얼어 있는 어둠을 녹이지 못한다. 차원중의 마음이 그런 걸까. 신재인을 만나고 나서 달라졌다고 생각했는데, 오히려 따뜻한 온기를 느껴본 겨울밤은 더더욱 차갑게 얼어붙어 그 어떤 빛도 자리할 수 없게 되어버린 걸까.

언제보다도 깊은 겨울. 어두운 밤.

김영애는 기묘한 얼굴로 재인을 흘끔거렸다. 도무지 짐작이 안 가는 여자애였다.

첫날 그 난리를 치면서 김 의원을 작살내어놓기에 대가 세고 삼하기 이를 데 없는 아이인 줄 알았는데, 혼자 있을 때에는 얌전했다. 아니, 얌전한 것 이상으로 반응이 없었다. 꼭 태엽이 다 풀린 인형처럼 멍하니 앉아서 허공에 시선을 고정한 채 꼼짝도 않는다.

그날도 그랬다.

거의 초주검이 된 여자애를 끌고 들어가 묶기에 끔찍한 꼴을 보겠구나 싶었는데, 웃긴 상황이 벌어졌다.

서지 않은 것이다.

신재인이라는 이 여자아이가 얼마나 독하게 물고 뜯으며 버텼는지, 여자가 탈진했을 때에는 김 의원도 녹아웃 상태였다. 하기야 묶는 손도 바들바들 떨리던데 아무리 발정난 개라도 할 수 없었겠지.

어쩐지 고소하고 통쾌했었다.

그 마음은 축 처져 꿈쩍도 않는 남성을 몇 번 어루만지다 포기한 김 의원이 잠들고 한참 있다 눈을 뜬 여자가 자기 옆에서 잠든 그를 발로 차 침대 밖으로 밀어냈을 때 한층 더 깊어졌다. 평생 살면서 여자에게 반해보긴 또 처음이었다.

자다가 봉변을 당한 김 의원은 주먹질을 하긴 했지만 결국 졌다. 어떻게든 기를 꺾고 말겠다며 투덜투덜 다른 방에서 잔 것이다. 말짱하게 출근해야 하는 김 의원 입장에서는 불리한 것이 한둘이 아니었다.

"디데이는 아마 주말로 잡을 거예요."

갖다놓은 밥도 먹지 않은 채 멍하니 앉아 있는 여자에게 김영애가 슬쩍 말을 건다.

가슴이 두근두근했다. 늘 치료를 하면서도 한 마디 말도 걸지 못했던 김영애다. 왠지 죄스럽고, 말해봤자 달라지는 것도 없고, 또 괜히 엉겨 붙을까 봐 무섭기도 했었다. 그런데 이게 무슨 용기인지 알다가도 모르겠다.

재인이 살짝 고개만 움직여 김영애를 보았다.

"그때까지 기운을 내려면 먹어요. 상처 아프지요? 진통제 좀 줄까요?"

"줘."

짧은 대답이 어쩜 그리 마음을 들썩이게 하는지!

얼른 진통제와 물을 가지고 돌아왔을 때 재인은 밥을 먹고 있었다. 등이 아플 텐데도 자세가 곧다. 아마도 잘 교육받은 아가씨임에 분명했다.

"이런 데 올 사람 같지 않은데."

"이런 데 올 사람 따로 있어?"

재인은 김영애를 바라보았다. 이건 또 뭔가 싶다.

세상 꼴이 아무리 우습다 해도 이 여자는 왜 자기를 록스타 보듯 보는지 이해가 안 간다. 사이코가 많긴 많은 모양이었다.

"아!"

감아놓은 상처가 당겨 재인이 몸을 움츠렸다. 이렇게 며칠이나 더 버틸 수 있을지 자신이 없었다.

그래도 이겼다.

이길 수 있을 거라 생각도 못했는데 생각보다 멍청하고 약해빠진 늙은이였다. 얻어맞으면서 좋아하는 꼴이라니!

"아파요? 많이 아파요?"

"안 아프겠어?"

다가오는 김영애를 탁 밀쳐내고 노려보았다. 어차피 같은 인간이다. 그런 인간 말종을 도와주고 시키는 대로 다시 상처가 날 여자들을 치료하면서 신고조차 안 하는.

"미, 미안해요."

기가 죽어 어깨를 움츠리는 찌질한 모습에 구역질이 날 것 같아 재인은 고개를 돌렸다.

그러다가 움츠러들고 만 것은…… 제주댁 생각이 나서

였다. 다시 고개를 돌려 김영애를 본 재인은 입술을 깨물었다.

아무 생각도 없이 선량한 여자였다.

그것이 무언지 재인이 가장 잘 안다.

재인 역시 팔려 왔으면서도 아무 생각 없이 짜장면과 탕수육을 먹었고, 토해냈고, 그러고도 차원중을 믿었다. 살아야 했기에 제주댁에게 피해가 갈 줄 알면서도 도망쳤었다. 그러고도 차원중에게로 쏟아지는 마음을 어쩌지 못했었다.

왜 이렇게 바보 같을까.

너무나 뻔한 일을 왜 하지 못하고 이러고 살까.

재인은 눈을 감았다.

자꾸만 멍해졌다. 생각하기가 싫어서 멍해지는 거다. 이 상황에서 도망가고 싶으니까 멍해지는 거다. 아무 생각도 하지 않는 것만큼 편한 게 어딨어? 책임 같은 거 안 져도 되고 몰라도 되고.

"밥 더 줘."

"네?"

"소화제도 가져와."

"아, 그, 그래요. 잠깐만 기다려요."

"주말이 디데이라는 건 무슨 소리야?"

"어제는 흥분해서 잊은 것 같지만……."

감추는 기색 따위는 없었다. 오히려 김영애의 어투에는

응원이 가득 담겨 있었다.

"임시국회가 회기를 시작해서요. 주말이라고 나을 건 없겠지만 어제 상황으로 보면 어떻게 해서든 뺄 것 같아서."

"바빠?"

"바쁘죠."

"알았어. 그러니까 지금 당장 다시 들어올 일은 없다는 거지?"

재인이 몸을 일으키더니 비틀비틀 거실로 나섰다. 그러고는 소파에 고꾸라지듯 쓰러진다.

"어?"

쫓아 나온 김영애가 어쩔 줄 모르고 눈을 감은 채 누워 있는 재인을 보았다.

"바, 밥은…… 더 안 먹어도 되겠어요?"

김영애의 목소리도 듣지 못한 채 재인은 곧장 수직적인 잠 속으로 빨려 들어갔다. 안 아픈 데가 하나도 없었다. 꿈 속에서라면 좀 나아질까.

차원중이 그랬지.

어떻게든 사는 게 중요하다고. 그 이상 뭐가 있냐고.

여기까지 오자 그 말이 맞다는 생각이 든다는 게 웃겼다. 그래, 살아야지. 버텨야지. 그래야지 차원중을…… 다시…….

암전.

❄

"저…… 저…… 조폭 노무 시키들! 벼락으로 똥꼬 튀겨 죽일 놈들!"

유니폼을 입은 채 골프장 카운터에 앉아 TV를 보던 성정 필은 저도 모르게 사투리로 욕설을 내뱉었다. 서울에 올라온 이후로 사투리를 싹 고쳤는데 가끔 흥분하면 저도 모르게 튀어나온다.

TV에서 한참 나오고 있는 뉴스는 요즘 거칠어지고 있는 흑야회에 대한 소식이었다.

비교적 균형을 이루어오고 있던 서울의 밤거리가 위태롭게 휘청거리고 있다는 리포트를 전하는 앵커의 뒤로 반쯤 불에 탄 클럽이 비춰지고 있었다. 이권을 둘러싼 도를 넘은 다툼에 경찰이 조직 폭력배와의 전쟁을 선포했다는 마무리는 썩 믿음직스럽지 않았다.

"뭐 쓸데없는 걸 보고 있어요?"

커피를 타 온 조희경이 자리에 앉으며 채널을 건강 프로그램으로 돌려버렸다. 나이도 어린 게 항상 제멋대로 구는 게 맘에 안 들었던 성정필이 눈을 부라렸다.

"이래서 나라가 문제야! 젊은 사람들이 뉴스를 안 봐."

"뉴스가 믿을 만해야 보죠. 아랫것들이 조직 폭력배와의 전쟁을 선포한다 뭐한다 말로만 하면 뭐해요? 윗것들은 붙어먹고 있는데!"

"알지도 못하면서 왜 이렇게 부정적이야? 다 생각이 있으시겠지."

조희경이 혀를 끌끌 차며 TV에 시선을 고정했다. 홀짝홀짝 텀블러에 담긴 커피를 마시는 옆모습이 영 거슬렸다.

"아따, 커피는 조 실장만 먹나? 나도 커피 마실 줄 아는데."

"타 드세요."

요즘 것들은 영 성질이 못돼먹었다고 성정필은 이를 갈았다. 쓸데없이 거칠게 예약 화면을 켜며 중얼거린다.

"오늘은 한 팀밖에 없네. 직원들은 왜 다 나와 있으라고 한 건지. 김주환? 이 사람 국회의원이잖아?"

말없이 조희경이 커피만 들이켠다.

"이 골프장이 은근 높은 분들이 많이 온단 말이야. 첨엔 회원권도 비싸고 해서 운영이 되려나 싶었는데."

"……."

"맘에 드는 게 아무래도 여기 대표가 사람을 좀 가리나봐? 사기꾼, 조폭 나부랭이들은 잘 안 보이는 것 같아서 하는 말이야. 물 흐리면 정말 운동 좋아하는 사람들이 오기 힘든데 생각이 있는 사람이야. 물 관리가 좋아! 아주 좋아!"

"조폭이 싫으세요?"

"싫지. 온갖 나쁜 짓은 다 하면서 호의호식하잖아. 조폭 노무 시키들, 아주 다 벼락을 맞아야 할 것들이야!"

조희경이 피식했다.

"말조심해요. 그 조폭 노무 시키가 성 과장님 월급 주고 있으니까."

말과 동시에 문이 열리더니 주양희와 현정배가 들어왔다. 그리고 그 뒤로 두어 명의 어깨들을 마치 호위 무사처럼 거느린 차원중이 천천히 걸어 들어왔다.

김주환은 기분이 좋았다.

"내가 이제야 차 회장과 말이 통하는 느낌이야."

껄껄 웃는 입 옆이 부르터 있었다. 얼핏 보이지 않지만 눌러쓴 모자 아래 눈두덩 위도 살짝 부풀었다. 어지간한 것 이상의 격투가 있었음이 명백해 보이건만 하얀 입김을 연신 내뱉으며 떠들어대는 얼굴은 공에 관심이 전혀 없었다.

"그러시다니 다행이네요."

빙긋이 미소를 짓는 차원중도 평소와 비슷해 보였다. 비록 따라붙은 주양희는 서늘한 눈빛을 모를 수 없었으나 적어도 그를 제외하고는 눈치챌 수 없을 만큼의 미묘한 온도 차였다.

주양희를 섬뜩하게 만드는 것은 김 의원의 태도였다.

"이제 와 이야기지만 차 회장 수준을 살짝 의심할 뻔했거든."

본디도 말조심을 하는 인간은 아니었으나 오늘따라 거

의 미친 것처럼 나댔다. 소풍 전날의 아이들이 이럴까? 들 뜬 것은 확실해 보였다.

그리고 그것을 확인할 때마다 차원중은 무섭도록 가라 앉았다.

"어려운 일인 건 알아. 잘해낸 것도 알아. 내가 잊지 않 을 거야."

김 의원이 차원중의 어깨를 두덕였다.

"이번에는 오래오래 갓고 놀려고. 아주 맘에 들거든. 정 말."

"의원님, 공 치셔야죠."

캐디가 주의를 환기시키고 나서야 아, 그래? 하고 김 의 원은 대충 공을 날렸다. 그러고는 엉뚱하게도 공이 날아간 방향이 아닌 반대쪽을 본다.

"누굴 기다리십니까?"

당장이라도 터질 것 같은 차원중보다 더 예민해져 있는 주양희가 정중하게 물었다. 김 의원이 빙구처럼 실실 웃었 다.

"응. 내가 여기 오라고 했거든. 신재인."

주양희뿐 아니라 현정배, 그 외에도 병풍처럼 그냥 서 있 기만 하던 흑야회 멤버 모두의 머리 위로 느낌표가 새겨졌 다. 약속이라도 한 것처럼 모두의 시선이 슬쩍 차원중에게 로 향했다.

채를 짚은 채 눈을 서늘하게 내리깐 차원중은 미동도 않고 서 있었다.

"왜? 좀 보기 불편한가?"

여자를 사고파는 물건쯤으로 여기는 김 의원으로서는 이해할 수 없는 분위기였다. 그로서는 신재인도 적당히 어디서 찾아 교육시켜 보냈겠거니 생각하고 있는 것이다.

"골프를 잘 못 쳤던 걸로 기억합니다만."

모두가 당황하고 있는 사이 차원중이 차분하게 대답했다.

"아, 그거?"

김 의원이 껄껄 웃었다.

"골프 같은 거 못 쳐도 무슨 상관이야. 옆에 서 있는 것만으로도 흥분되면 되는 거지. 사실 여자란 그런 거 아니겠어? 남자의 전투력을 끓어오르게 하는 거, 그게 전부야."

축축한 혀로 아랫입술을 핥으며 김 의원이 입맛을 다셨다.

"이상한 애야. 한 마디도 안 지고 따박따박 대꾸하는데도 짜증스럽지 않고. 요 며칠은 내가 제대로 잠을 못 잤어. 아주 녹초가 될 때까지 몰아붙이더라고."

생각만 해도 좋은지 어깨를 들썩이는 김 의원의 뒤로 골프 카트가 다가오고 있었다. 차원중의 시선이 움직이는 걸 보고 뒤를 돌아본 김 의원이 반색을 했다.

"오는구만!"

365

카트에서 내리면서 차원중과 눈이 마주쳤다.

재인이 한 생각은 약기운에 비몽사몽했던 어느 날, 차원중과 함께 간 커피숍에서 들은 이야기였다.

삼돌이가 국화의 몸을 감아든 것은 죽이고 싶었던 게 아니라는 말이 무엇인지 알겠다. 복수하고 싶었던 것도 아니라는 것도 알겠다. 무얼 해야 할지 몰랐을 뿐이라는 거. 그저 무언가 해야 했고, 하다 보니 거기까지 간 거다. 그것이 국화를 죽인다는 사실을 알았다고 해도 멈출 수는 없었겠지. 무언가를 해야 했으니까. 옆에 있고 싶었으니까.

"왔어?"

김 의원이 다가와 다정한 척하는 것을 재인은 가만히 봤다.

"응."

순순히 대답하자 김 의원이 의외라는 표정을 한다. 그러면서도 또 좋아하는 꼴을 보고는 한없이 같잖아졌다. 남자들은 뭐 이리 쉬워?

"이리 와봐. 채 잡는 법은 알아?"

"모르겠어?"

슬쩍 차원중 패거리들을 일별하고 김 의원을 따라갔다.

다들 얼굴이 볼 만해 재인은 승리감 아닌 승리감을 맛보았다.

주양희는 새파랗게 질려 있었고 현정배는 똥 씹은 표정이 뭔지를 제대로 보여주고 있다. 그리고 차원중은…….

차원중은······.

위아래로 깔끔하게 골프복을 차려입은 채 무표정한 차원중은 잠깐 신재인을 쳐다봤을 뿐이었다. 무섭도록 남남인 그 눈빛에서는 그 아파트에서 다정하던 얼굴을 상상할 수 없다. '너 여기 있을래?'라고 묻던 그 남자인 것 같지도 않다. 철저하게 낯선 눈빛에서 익숙한 것은 빨갛게 달아올라 있는 귀뿐이다. 차가운 겨울바람에 붉어진 건지, 아니면 다른 감정인지 알 수 없는 귀가 타오를 듯했다.

"아!"

언젠가 차원중이 했듯 신재인의 자세를 잡아주려 등 뒤로 가슴을 겹쳤던 김 의원이 비틀거리며 물러났다. 재인이 팔로 밀어낸 거다.

"아, 미안미안."

놀랍게도 김 의원은 바로 사과를 해왔다.

매일 밤 어떻게든 때리고 상처내고 더 아프게 하려고 고민했던 그놈이 맞나? 이중성에 치를 떨며 재인이 눈을 가늘게 떴다.

"등에 상처가 있다는 걸 깜빡했어."

히죽 웃으며 혀로 입술을 핥는 얼굴은 징그러웠다. 당연히 깜빡하고 한 짓은 아니었다. 그랬으면 사과하는 척 묶인 멍이 퍼렇게 남은 바로 그 부위를 꾹 잡아 누르지도 않았을 거다.

"!"

온몸을 후려치는 격통을 누르며 재인이 김 의원을 노려보았다. 정말 제대로 된 변태였다. 사람들 앞에서 어디까지 참나를 시험하는 거다.

그것을 느낀 것은 재인뿐만은 아니었다.

주양희도, 다른 어깨들도, 심지어 현정배조차 더러운 기분에 고개를 돌리고서 외면하고 있었다. 무표정한 것은 오직 차원중뿐이었다.

"너 말이야."

조그맣게 속삭이며 재인이 김 의원의 귀에 입술을 가져다댔다. 누가 보면 애교라도 부리는 듯한 동작이었지만 기실 살벌한 이야기가 오고 갔다.

"까불면 여기서 욕해줄 거야. 난 여기서 옷 벗고 상처 다 내보여도 잃을 게 없어. 요즘 휴대전화 카메라도 좋던데 어디서 누가 볼 줄 알고 이렇게 까불어?"

재인의 눈이 김 의원의 몸뚱아리를 훑었다.

"돌면 나만이 아니라 네 옷도 다 벗길 테니까 알아서 해."

김영애에게서 이미 김 의원이 뒤로는 온갖 구린 짓을 해도 체면 잃는 걸 싫어한다는 팁을 얻은 터다. 변태 짓을 이렇게 공공연히 하면서도 아무도 모른다는 사실에 또 집착한다니, 변태의 스펙트럼은 재인이 상상하는 것 이상임에 분명하다.

"알았어. 알았어. 지금 아주 좋아."

칭찬하는 척하며 김 의원이 재인의 등을 문질렀다. 불에 덴 듯한 통증이 등 전체에서 엉덩이 곡선을 따라 흘렀다.

터지려는 비명을 인내하며 김 의원을 노려보자 그가 숨을 몰아쉬며 헐떡댔다. 어지간히도 짜릿하고 좋은 모양이었다.

"쿡!"

가볍게 웃는 소리가 모두의 주의력을 끈 것은 그때였다.

살짝 고개를 숙인 채 차원중이 웃고 있었다.

"차 회장, 뭐가 그렇게 재미있나?"

고개를 든 차원중의 눈과 마주치는 순간, 김 의원은 설명할 수 없지만 한기를 느꼈다. 똑바로 마주쳐오는 눈이 마치 얼음송곳처럼 찔러왔다.

"공이 아니라 딴 데 정신이 팔려 있으시니……."

감정을 담지 않고 말하는 차원중의 시선이 신재인에게로 움직였다.

"오늘 라운딩은 제가 이기겠습니다."

바람이 불어와 눈이 쌓인 코스를 스치고 날자 눈송이들이 거꾸로 날아올랐다. 건조한 눈꽃들이 허공에서 춤추다 서쪽으로 넘어가는 태양빛에 스며들었다.

의미 없는 공치기가 계속되었다.

흥분해 있는 것은 제대로 눈을 뜰 수 없을 정도로 들떠 있는 김 의원뿐이었다. 재인은 반쯤은 한심한 기분으로,

나머지 반은 짙은 혐오감으로 눈을 내리깐 채 서 있었다.

막 나간다는 것의 좋은 점은 이런 거다. 웃어줄 필요도 없고, 박수칠 필요도 없고……

재인은 억지로라도 차원중 쪽을 보지 않으려는 중이었지만 시선이 마치 자석을 붙여놓은 것처럼 그에게로 향했다. 어떠한 흔들림이라도 보이지 않을까 기대했으나 적어도 재인은 찾을 수 없었다.

캐디를 제외하고 여자는 재인 혼자뿐이었다. 재인이 치는 공은 제멋대로 날아갔으나 그 누구도 신경 쓰지 않았다. 김 의원 혼자 의미 없이 잘해 잘해를 반복하며 상처를 꾹꾹 누르며 쾌감을 얻을 뿐이었다.

말하자면 변태 쇼의 극치였다.

끌려온 캐디들이 아는지 모르는지는 모르겠으나 적어도 김 의원은 자신이 무얼 하는 중인지 알았고 차원중 패거리들도 그랬다.

상처받은 여자를 전시해놓고 고통을 참아내는 모습을 혼자만 안다는 기묘한 변태 성향의 최정점과 같은 라운딩. 어떤 사람들은 김 의원을 행운아라 부를지도 모르겠다. 이것을 가능하게 해주는 여자를 찾는 것도 어려운 일일 테니. 그런 의미에서 정말 김 의원은 신재인이 소중했고 흑야회의 어떤 이권도 봐줄 마음이 있었다.

딱!

흔들리는 기색이라도 보이면 귀여울 텐데 차원중은 완

벽한 폼으로 공을 날려댔다. 호언장담했듯이 딴 데 정신 팔린 김 의원이 댈 바가 아니었다.

"요즘 좀 시끄럽던데."

차원중이 공을 치고 물러나길 기다려 김 의원이 먼저 말을 꺼냈다. 그 정도로 너그러워져 있는 상태였다.

"걱정할 거 없어."

차원중이 김 의원을 쳐다보았다.

"알고 더 과격한 건가?"

"공 치시죠."

김 의원이 입꼬리를 실룩대며 앞으로 나섰다. 그 뒷모습을 가만히 응시하던 차원중은 약간 사이를 두고 서 있는 재인에게로 시선을 돌렸다.

어떻게든 무심하려 노력하면서도 예민하게 차원중을 느끼던 재인은 당연히 그 시선을 알았다. 그래도 모르는 척 버티고 있는 동안 두 사람 사이의 공기가 비틀리고 조여든다. 마치 두 사람의 몸이 한때는 하나였던 자석처럼 서로 붙기 위해 안간힘을 쓰는 것처럼 공간이 아우성을 쳤다.

키스하고 싶었다.

재인이 느낀 것은 당장 달려가 차원중의 멱살을 잡고 입을 맞추고 싶다는 것이었다. 이 상황에서도 이런 미친 생각은 무엇일까.

그러나 눈을 감아도, 커다란 손이 생각난다. 마디가 굵은데도 길어서인지 섬세해 보이는 그 손이 그녀를 어루만지던 것이 선명하다. 그 손을 잡고 싶다. 그 손을 가슴 위로 당기고 납작한 배를 쓸게 해 가장 뜨거운 곳으로 향하게 하고 싶다.

그리고 그런 생각을 할수록 두 사람의 간격은 무섭도록 멀게 느껴졌다.

"이건 네가 쳐봐."

이 골프장에서 유일하게 행복한 사람인 김 의원이 고개를 돌려 재인을 불렀다.

"귀찮아? 그래도 와서 쳐. 꼬워도 참고."

재인이 노려보는 이유도 벌써 안다. 사법고시에 패스하고 눈치로 승수를 올리다가 줄 잘 서서 국회의원이 된 사람답다.

무성의한 태도로 터덜터덜 걸어간 재인이 대충 공을 치고 물러섰다. 그나마 배운 것도 소용없게 만드는 엄청난 샷이었다. 예의상의 박수도 튀어나오지 않았다.

이동이 시작되었다.

김 의원은 꼭 사랑에 빠진 사람처럼 굴었다. 아니면 진짜 사랑에 빠진 건지도 모르겠다. 자기 취향인 여자를 오랜만에 만났으니.

이동하는 내내 재인에게 치근거리고 그녀는 질색팔색을 하고 밀어내는 상황이 벌어졌다. 김 의원은 마치 좋아하는 여자아이 고무줄을 끊고 달아나는 사춘기 소년처럼 재인을 괴롭혀댔다. 차원중 패거리의 눈을 아예 무시하고 있었다. 사람을 사람 취급을 안 하다 보니 여기까지 오는 모양이지만 주양희나 현정배 입장에서는 미치고 팔짝 뛸 일이었다.

딱!

차원중이 다시 공을 때렸다. 페어였다.

짝짝짝!

습관적인 박수 소리 속에서 김 의원이 치는 소리가 제일 컸다.

"단단히 작정했군."

보통 골프를 같이 한다고 하면 이야기가 많은 편이다. 서로 주고받을 것을 이야기하기까지 정치나 경제, 여자를 안주거리로 삼아 씹어대기가 일쑤다. 하지만 이번 라운딩은 무섭도록 말이 없었다. 김 의원 입장에서는 보여주기에 더해 자기 자신의 변태 성욕을 고쳐시키기 위한 시도일 뿐이었고 차원중은 그런 그를 가만히 놓아두고 있었다. 분위기를 알아차린 캐디들도 잔뜩 몸을 사리니 넓은 18홀의 골프장이 이리 불편할 수가 없다.

김 의원이 앞으로 나선 사이 차원중은 당연한 듯 돌아오다 재인의 옆에 섰다. 유난할 것 없는 거리였지만 아까보다는 가까웠고, 아는 사람들은 긴장하기 딱 좋았다.

아주 잠깐 손이 스쳤다. 저릿하게 온몸의 신경 세포가 비쭉 섰다.

딱!

김 의원이 공을 쳤다. 이번에는 꽤 잘 나간 타구였다.

"오호?"

만족한 듯한 김 의원이 재인을 불렀다.

재인이 잠시 서 있다가 앞으로 나갔다. 그리고 이번에는 아까와 달리 제대로 자세를 잡고 섰다. 그래도 매일매일 개인 레슨을 받으며 배운 폼이었다. 필드에 나간 적은 한 번도 없지만 배우긴 제대로 배웠다.

딱!

팔을 있는 대로 펼쳐서 풀스윙!

잠깐 침묵이 지나갔다가 짝짝짝 박수가 터졌다. 김 의원이었다.

"뭐야? 꽤 치잖아? 할 수 있는데 안 한 거였어?"

"방향은 엉망이야."

"그러니까 '꽤'라고 한 거야. 폼은 그림 같았거든. 완벽했어."

"좋은 선생한테서 배워서."

재인의 말을 잘못 이해한 김 의원이 차원중을 보며 엄지를 세워 보였다.

좋은 선생은 그 귀여운 트레이너는 아니었다. 딱 한 번이었지만 원중이 재인의 골프 자세를 잡아준 적이 있다. 재인에게 골프가 재미있었던 것은 그때뿐이었다.

엄청난 스코어 차이로 차원중이 이기고 모두들 카페테

리아로 자리를 옮겼다. 김 의원이 우겨대 간단한 티타임이 시작되었다.

차원중의 단단한 가면은 끝끝내 깨지지 않았다.

재인은 하는 꼴들이 보기 싫어 일어섰다.

"어디 가?"

"어디 가?"

"어디 가?"

우습게도 물어온 건 세 명이었다.

김 의원이야 당연할지 몰라도 차원중은 좀 이상했다. 하지만 가장 이상한 건 현정배이긴 했다.

현정배가 스스로가 어이없다는 듯이 뒤로 물러난 후, 김 의원이 차원중을 바라보았다. 넌 뭐냐는 것이 분명한 눈빛에 원중은 변명할 생각이 없어 보였다. 어쩌면 할 필요가 없는지도 몰랐다.

"주 이사가 따라가요."

이 한 마디로 김 의원은 납득했다. 자신과 같은 걱정을 한 모양이라고 멋대로 생각한 거다. 아니, 어쩌면 같은 걱정일까?

"여기서야 도망가봤자 독 안의 쥐 아닌가?"

"도망치는 것 외에도 여러 가지를 할 수 있으니까요."

단정하게 잔을 들어 차를 마시는 차원중의 눈동자가 번뜩이는 것을 본 사람은 재인뿐이었을까?

쾅!

화장실에 들어가고 나서 얼마 지나지 않아 문을 밀고 들어온 건 차원중이었다. 그대로 재인의 어깨를 틀어쥔 그가 격렬하게 그녀를 벽에 밀어붙였다.

"아!"

그제야 재인은 원중이 주양희를 딸려 보낸 이유를 알 수 있었다. 보나마나 화장실 문 앞을 지키고 있을 테지. 그 치밀함이 치가 떨리게 싫다.

그러나 이어진 격렬한 키스에 생각이 달아났다. 얼마나 닿고 싶은 입술이던가?

벽에 닿은 등 뒤로 불같이 일어나는 통증조차 느껴지지 않을 달콤하고도 달콤한 감각이었다. 재인은 원중의 머리통을 붙잡아 끌어안고 그의 입술을 열렬하게 받아들였다.

원중의 손이 재인의 뒷덜미를 붙잡아 고정했다. 커다랗고 섬세한 손이 목을 감는 감각이 선명했다.

재인의 몸을 만지면 아프다는 걸 아는 것처럼 원중은 그녀의 몸에 손대지 않았다.

키스는 짧았다.

몸이 떨어진 이후로 마주친 눈빛은 두 사람 모두 얼음장보다 찼다.

"오늘 어땠어?"

집으로 돌아오는 길 김 의원은 아이처럼 물었다.

함께한 지 며칠 되지도 않았건만 김 의원의 태도는 날마다 변했다. 변태였다가 강압적이었다가 어린애 같았다가…… 팔색조라고 해도 할 말 없을 변모였다.

"애인처럼 굴지 마."

"그냥 애인 해도 될 것 같은데."

"죽을 때까지 팬다면서? 그런 애인이 어디 있어?"

"죽이는 건 아니잖아."

김 의원이 낄낄 웃었다.

"적어도 난 안 죽여. 내가 지루하다고 하면 지들이 알아서 치우거든. 어떻게 되었는지는 내 알 바 아니고."

김 의원이 손이 재인의 뺨을 쓸었다.

"넌 좀 오래갈 것 같으니까 무서워할 필요 없어. 맘에 들어. 진짜로. 살살 한다고 약속하는 건 아니야. 그럼 재미없으니까."

"너 혼난다."

손을 탁 치우며 창 밖으로 시선을 돌리는데 음흉한 질문이 날아왔다.

"너…… 차원중 그 조폭 새끼하고 뭐 있지?"

놀란 티를 드러내지 않은 건 재인이 그만큼 성장했다는 뜻일 것이다. 철렁 내려앉은 가슴을 꾹 누르며 재인은 고개를 돌려 김 의원을 쳐다보았다.

"내가 눈치도 없는 멍청이인 줄 알지?"

오늘 하루 종일 김 의원의 행태는 세상천지 멍청이 그 자체였는데……. 그게 연기였단 말인가? 열 길 물속은 알아도 한 길 사람 속은 모른다더니, 누군가를 알면 알수록 더 어려워진다.

"립스틱은 왜 지워졌어? 난 손도 안 댔는데."

"과소평가했네."

재인이 차분하게 중얼거렸다.

"이렇게까지 변태인 줄 알았나…… 악!"

느닷없이 어깨를 틀어쥐며 팔을 꾀어버리는 손길에 재인의 입술을 비집고 신음이 새어나왔다.

"그래서 얼마나 재미있었는지 알아? 차원중 그 새끼, 속이 뒤집어질 텐데 아무렇지도 않아 하는 꼴이라니. 난 이런 게 좋아. 인내. 진짜 내 심장이라도 내어주고 싶을 지경이야. 이런 재미, 평생에 다시 또 볼 수 있을까?"

재인의 뺨에 뺨을 갖다 대어 부빈 김 의원이 그녀의 목덜미에 코를 묻고 깊게 숨을 들이마셨다.

"너 때문에 미치겠어."

아주 가까이에서 마주친 눈에서 흥분을 읽은 재인은 역겹다기보다는 가여운 기분이 들 지경이었다.

"그럼 나하고 살래?"

재인의 물음에 김 의원은 정말이지 이상한 표정을 지었다. 안경 너머의 날카로운 눈빛이 순간적으로나마 꺼벙해져서 껌뻑인다.

"이렇게 말고. 제대로."

"제대…… 로?"

"때리게는 해줄게. 너 그래야 좋다면서."

무슨 말인지 모르겠다는 듯 김 의원이 어리둥절해서 재인을 쳐다보았다.

"근데 여기 말고 어디 멀리 가자. 너 그 정도 돈은 있는 거잖아. 일 안 하면 못 먹고 살아?"

"무, 무슨 헛소리를 하는 거야?"

"싫으면 말고."

몸을 비틀어 김 의원의 손에서 벗어난 재인이 다시 차창에 붙어 바깥을 보기 시작한다. 그 뒷모습을 한참이나 보던 김 의원이 이상하다는 듯 묻는다.

"넌 안 무서워?"

"뭐가?"

"내가 너 때리잖아. 죽일 수도 있잖아."

"안 무서워, 그런 건."

아프긴 하지만. 약에 중독되어서 그런지 사실 고통도 그렇게 심하지 않다. 아니면 그저 고통에 익숙해졌을 뿐일까?

어쨌든 재인의 입장에서 언제나 육체적 고통은 견디기 쉬운 편이었다.

"그거 알아? 오래 컨테이너에 갇혀 있다가 문이 열리면 빛 바깥에 뭐가 있는지 안 보여. 보여야 나갈지 말지 결정할 수 있잖아? 그런데 아무것도 안 보이니까 할 수 있는 게 없는 거야. 그럴 때 누가 '이 밖에 뭐가 있소!' 하고 외쳐주면 좋을 텐데 나한테는 그런 적이 없어. 여기가 더 나쁠까, 아니면 나가는 게 더 나쁠까? 나갔을 때가 더 지옥이 아닐 거라고…… 어떻게 확신해? 뭐가 있는지도 모르는데."

그게 더 괴롭다.

모른다는 사실이.

차원중의 마음을 전혀 알 수 없다는 사실이.

이 모든 것이 어디로 갈지 알 수 없다는 사실이 너무나 지치고 무의미하다.

재인이 손가락 끝으로 부풀어 오른 입술을 어루만졌다. 그러나 그 뜨거운 키스가 거짓말일 수 있나…….

16

계절의 여왕은 겨울이라고 생각한다.

그 깊이 때문에.

봄처럼 화사하지도, 여름처럼 화려하지도, 가을처럼 운치 있지도 않지만 그 깊고 메마른 잔혹함 때문에 겨울은 아름답다.

재인에게는 특히 그랬다.

겨울 아침이나 겨울 낮은 잘 떠올릴 수가 없다. 재인에게 있어 겨울이라 함은 밤, 보랏빛으로 물든 하늘에 앙상하게 가지를 드리운 나무들이 바람이 부는 대로 우수수 소나기 같은 소리를 내며 흔들렸다.

심각해진 얼굴로 생각하기 시작한 김 의원과 말이 없는 재인을 실은 자동차가 아파트 단지로 진입했다. 지하 주차장으로 이어지는 경사길에서 재인은 위화감을 느꼈다. 김 의원이 생각에 잠겨 있지 않았더라면 역시 눈치를 챘을 것이다.

"저⋯⋯."

땀이 날 것 같은 목소리로 운전기사가 김 의원의 주의를 환기시켰을 때는 이미 늦은 뒤였다. 차는 검은 양복을 입은 남자들의 한가운데에 있었다.

에너지 절감을 위한 센서등이 깜빡깜빡해 주차장은 절반 넘게 어둠에 잠겨 있었다.

뚜벅뚜벅뚜벅.

느린 걸음 소리가 누구의 것인지 재인은 눈을 감고도 알 수 있었다.

하지만 그것을 제외하고는 아무것도 알 수 없었다. 지금 무슨 일이 일어나고 있는 걸까?

"이, 이게 무슨 짓이야?"

단정하게 차 문이 열린 순간 김 의원은 노여워했다. 그러나 그 노여움이 제대로 맺히기도 전에 강제로 차 밖으로 끌려 나가 나뒹구는 꼴이 되어버렸다.

"차, 차원중! 이러고도 괜찮을 것 같아?"

완전히 당황하여 김 의원이 악을 썼다.

"무슨 생각으로 그러는 거야, 왜 그러는 거야?"

김 의원의 시선이 열린 문 사이로 보이는 동그래진 눈을 향했다.

"저, 저년 때문인 거면…… 데리고 가. 말, 말로 하면 될 걸 왜 이, 이래. 자, 자네가 데려오고서 이제 와서, 나, 난, 저년이 아니더라도."

"입 다물어."

얼음보다 찬 목소리로 말한 원중이 차 문을 탕 소리가 나게 닫았다. 그리고 재인의 시야를 가리듯 차를 등지고 서 김 의원을 내려다본다.

"왜, 왜 이러는 거야."

"나도 모르는 걸 묻지 않아줬으면 좋겠는데."

치켜든 쇠몽둥이가 윙 하는 바람 소리와 함께 내리쳐졌다.

"악!"

비명을 지른 것은 재인이었다.

"아아아아아악!"

눈앞의 잔인한 장면에 재인이 몸을 움츠리며 마구 소리를 질러댔다. 또야. 또 이런 식이야. 피비린내…… 싫어. 견딜 수 없어. 왜.

웅크린 채 덜덜 떨고 있는데 차가 움직이기 시작했다. 운전기사가 액셀을 밟은 거다. 고개를 들어서 보니 왼쪽 차장에 점점이 붉은 피가 튀어 있었다. 누구의 피인지 굳이 확인하지 않아도, 창 밖을 내다보지 않아도 상상할 수 있었다.

눈을 감아도 들리는 무언가 깨져나가고 부서지는 소리, 들은 적 없는 잔혹한 소리가 어떤 의미인지 모를 수가 없다.

"머, 멈춰!"

재인이 앞으로 달려들어 운전기사를 제지했다. 끼이익

하고 귀를 찢는 브레이크 음과 함께 차가 멈춰 섰다.

"어, 어딜 내려요?!"

차 문을 열고 내리려는 재인을 운전기사가 잡았다.

"악!"

엉망인 몸은 운전기사가 손만 대도 통증을 호소했다.

"미친놈들이야. 내리면 다 죽어요."

운전기사는 도리어 차량의 도어 록을 걸어버렸다. 뒤에서는 문을 열 수 없게, 운전석에서 막아버린 거다.

찰칵찰칵찰칵 문을 열려고 하던 재인이 운전석을 붙잡고 소리 지른다.

"이거 풀어줘!"

"내리면 죽어요! 이대로 다 밀고 경찰한테 가야 해!"

"너나 가고 내려달라고!"

"미쳤어요?"

실랑이가 벌어졌다. 이긴 건 당연히 신재인이다. 살고자 하는 자는 죽고자 하는 자를 결코 이길 수 없으니까.

"아, 맘대로 해요!"

결국 도어 록을 풀어주면서 운전기사는 이해가 안 간다는 얼굴이었다. 그의 눈에는 재인이 불길을 향해 뛰어드는 불나방이나 다름없었을 터다.

쨍그랑!

재인이 차에서 구르듯 뛰어내렸을 때 쇠몽둥이가 바닥을 구르는 소리가 났다. 그녀를 내려놓은 차는 검은 연기

를 내뿜으며 그대로 내달려 주차장을 크게 우회해 튀어나
갔다.

재인은 눈을 감았다. 온통 세상이 깜깜해졌다. 차라리
모든 감각이 마비되었으면 좋겠다. 눈앞에 보이는 잔인한
풍경도, 피 냄새도, 아무것도 모르고 싶다.

그러나 뚜벅뚜벅 느리게 걷는 구두 소리가 멈추고, 사이
를 두고 치익 하고 담뱃불 붙는 소리와 깊게 숨을 들이마시
는 익숙한 숨소리까지 모를 수는 없었다.

재인은 내달렸다.

누군가 재인을 막아 붙잡아 당겼다.

"놔, 이거!"

팔다리를 붙잡아 제지하는 다른 양복들을 사납게 공격
했다. 누군가가 손을 들자마자 엉켜들던 양복들이 모두 떨
어졌다. 누가 막아섰는지, 누가 놓아주었는지는 관심 밖이
었다. 다시 달리자니 가슴이 뻐근하게 아파왔다.

어디로 가는지 궁금했었지. 여기구나. 여기였어.

차원중과 눈이 마주쳤다.

담배를 빨던 차원중이 석상이 된 것처럼 그대로 멈추고
재인을 바라보았다. 온통 피를 뒤집어쓴 그는 마치 방금
지옥에서 돌아온 야차 같은 얼굴을 하고 있었다.

철썩!

달려든 재인의 손이 날아가 원중의 뺨을 후려갈겼다.

"뭐하는 거야? 왜 이래?"

원중의 눈이 어둠 속에서 빛났다. 어떠한 폭력적인 순간에도 흔들리지 않던 남자였다. 그러나 지금 오르락내리락하는 가슴은 그 느린 움직임에도 불구하고 그의 심정을 대변해주고 있었다.

"네가 원했던 게 이런 거 아니었어? 내가 이러길 바랐던 거 아니었어? 왜 이래? 원하는 대로 딱 되었는데 왜 이러냐고? 이게…… 무슨 일이야?"

"몰라."

"몰라? 몰라? 지금 그걸 말이라고 해? 이 멍청이!"

휘청거리는 재인을 붙잡든 원중이 잡아당겨 안았다. 휘어진 허리를 끌어안고 가득 품에 안는다. 마치 처음부터 그것만 생각한 것처럼.

"나더러 어떻게 하라고……."

탈진하여 허탈하게 중얼거리는 재인의 눈에 눈물이 차올랐다.

어떻게 해야 할지 모르는 것은 재인만이 아니었다. 살면서 처음으로, 생에 매달리기로 결심하고 처음으로 원중은 아무 계획도 가지고 있지 않았다.

더 이상 생에 매달리고 있지 않았다.

그리고 동시에 그 어떤 때보다도 살고 싶었다.

"다 전부 네가 이랬어. 너 때문이야! 네가 이렇게 만들었어!"

재인이 무차별적으로 원중을 향해 주먹질을 해댔다. 밉

다. 미웠다. 도대체 어떻게 하자는 건지, 무슨 생각을 하면 일을 이따위로 만들 수 있는 건지, 세상 똑똑한 척은 다 했으면서 가장 멍청하다. 숨이 멎을 만큼 멍청해. 가능하다면 이대로 죽어버렸으면 좋겠다. 죽일 수 있었으면 좋겠다.

원중이 재인을 아프게 바라보았다. 그가 무슨 생각을 하는지 재인은 짐작도 할 수 없었다. 처음부터 지금까지, 단 한순간도 그를 이길 수가 없다.

하지만.

"네가 이겼어."

낮게 울리는 목소리가 재인의 전신을 훑고 지나갔다.

끝이 보이지 않는 긴 터널을 무작정 걷다가 마침내 희미한 빛을 발견한 순간의 전율이 온몸을 덮쳤다.

그것은, 슬픈 느낌이었다.

"……왜 이렇게 우린 멍청해?"

재인의 눈물이 뚝뚝 하강했다.

왜 이렇게 되는 것일까. 어디서부터 어떻게 잘못되었길래 매번 틀린 선택을 하는 걸까. 한 번쯤은 쉬워도 될 텐데. 한 번쯤은 제대로 편해도 될 텐데.

나락으로 떨어지기 시작하면 절대 두 번의 기회란 없는 걸까?

모든 것을 돌이킬 수 있다면.

어떻게든, 돌이킬 수 있다면.

한참 동안 맞아주던 원중이 재인의 양팔을 움켜쥐고 눈을 맞췄다. 언제나 까마득한 겨울밤 같았던 눈이 평소와는 다른 온기로 그녀를 담았다.

고개가 꺾이며 입술이 삼켜지고 그다음에는 허리가, 단단히 움켜쥔 팔 안에 온전히 체중을 실으며 젖혀진다.

긴 키스였다.

누구의 잘못일까.

우리는 왜 여기까지 왔을까.

애애애애앵 하는 경찰 사이렌 소리가 멀리서 가까워지기 시작했다.

❄

주택을 개조해 만든 2층 공간은 협소했다.

뭔가 잘 못 지어서인지 바람이 통로가 되어버린 계단은 시베리아 같았다. 부분부분 얼어 있는 얼음은 겨우내 얼어 있었는지 단단하기 그지없다.

"더러워 죽겠네. 생긴 대로 논다더니. 이게 무슨 꼴이야?"

좁은 야외 계단을 통해 올라가 짐이 가득 쌓인 공간을 지나며 재인은 툴툴댔다. 그러다 문득 시선이 페달이 빠진 유아용 자전거로 향했다. 이미 탈 수 없을 정도로 망가진 자전거가 문 앞에 놓여 있었다.

비닐로 방풍을 한 알루미늄 문 앞에서 재인은 잠깐 망설였다. 문패랍시고 조악하게 걸어놓은 나무판대기 위의 이름은 '신성원'이었다. 그것도 아버지 이름인 '신철우'를 매직으로 벅벅 지우고 써놓았다.

잠시 그 이름을 쏘아보던 재인이 돌아서려 할 때였다.

"엄마 갔다 올게. 동생 잘 챙기고 있어!"

큰 소리를 내며 바삐 걸어 나오던 여자가 재인을 보고 흠칫 놀라 걸음을 멈췄다.

"아, 나는……."

어떻게 말해야 할지 몰라 주춤대며 재인이 입술을 깨물었다. 여자가 있다니? 신성원한테 여자가 생겼나? 설마? 이런 집, 그런 남자에게 시집오는 여자가 있을 리가? 아니, 남녀 사이에 그런 건 모르는 일이었지. 그렇다면 어쩌면 아이가 자전거를 탈 정도면 신성원이 재인을 팔아넘겼을 때쯤에도 이 여자가 여기서 살고 있었을지도 모르겠다.

"누구…… 세요?"

눈치를 보던 여자가 조심스레 물어왔다.

"그러는 그쪽은 누구예요? 여긴……."

여긴 어디라고 말해야 할까? 재인의 집이라고 할 수 있을까? 중학교 때 나온 뒤로 한 번도 돌아오지 않았던 곳인데?

"전 이 집 주인이에요."

"주인?"

"네."

"신성원하고는 무슨 사이인데요? 아니면 신철우하고는?"

무슨 사이?

재인은 허탈하게 웃었다. 사이 따위는 없었다. 아무 관계도 없다. 무슨 생각을 하고 여기까지 찾아왔나 알 수가 없다.

집을 팔고 도망갔나 보지. 그것도 아니면 둘 다 사이좋게 죽어버렸을 수도 있고. 꼭 그만큼의 사람들이었으니 어떻게 되었다 해서 놀랄 일이 아니었다.

뭐하러 왔나.

뭘 확인하러.

"됐어. 아무것도 아니야."

그냥 돌아서는 마음이 말로 할 수 없이 추웠다. 등 뒤로 따라붙는 여자의 경계가 익숙했다. 어디에도 그녀가 있을 곳은 없었다. 속한 사람이 없었다.

이제 세상에서 그녀의 이름을 불러줄 사람은 없…….

"신…… 재인 씨?"

등 뒤에서 날아온 이름에 재인의 걸음이 벼락처럼 멈췄다.

온몸이 굳어버린 것 같아서 삐꺽거리며 돌아섰다. 살짝 인상을 찌푸린 채 머리를 쓸어 올리며 여자가 긴가민가하듯 눈을 가늘게 떴다.

"맞아요? 신재인 씨?"

"날…… 어떻게 알아?"

여자의 눈이 동그래졌다.

"맞아요? 세상에! 정말이에요?"

총총 다가와 재인의 손을 잡은 여자의 손은 말라 있었고…… 따뜻했다.

여자는 신성원의 부인이 맞았다. 올케라고 하기는 웃기는 관계이긴 했다. 이미 헤어졌으니까. 헤어진 게 맞다고 볼 수 있을지 모르겠지만.

벤치에 나란히 앉아 황량한 하늘을 바라보니 시린 바람이 뺨을 핥았다.

신성원과 얽힌 건 오롯이 자신의 잘못이라고 시작한 여자의 이야기는 길고 지루하고 흔해서 슬펐다. 아이를 낳고 아이 아빠라고 참아보고 말도 안 되는 시아버지와 합가해서 재인이 겪었던 지옥을 고스란히 경험했다.

그러던 중 남자가 찾아왔다고 했다.

"키도 크고 잘생긴 남자였어요. 입술 위 이쪽쯤에 상처가 있는 아저씨와 함께였어요."

여자가 손을 오른쪽 입술 위에 갖다 댔다. 주양희의 상처가 있는 부위였다. 키가 크고 잘생긴 남자가 누군지 짐작가는 상황이었다.

"이름은 말해주지 않았는데 난 그렇게 고급진 양복을 입

은 사람은 처음 봐서 무턱대고 믿었죠. 아니, 믿지 않을 이
유가 없었어요."

지옥에서 해방시켜주겠다는 제의였기 때문에 여자 입장
에서는 차원중이 악마였더라도 좋았다. 그 악마가 원한 것
은 아주 간단한 것이었으니까.

신재인이라는 여자가 언제가 찾아오면 건네주라고 한
통장과 도장을 내어주며 여자는 눈을 빛냈다.

"신성원 그 새끼가 나한테만 손댔을 땐 살 수 있었어요.
하지만 아이들한테까지 손대는 건 그냥 둘 수 없었어요.
내가 먼저 죽이느냐 아니면 죽느냐였어요."

여자라고 해서 눈치 못 챈 것은 아니었다. 소리소리 질
러대는 신철우와 신성원을 질질 끌고 가는 양복 입은 남자
들은 굳이 입을 열지 않아도 뭘 하는 사람들인지 짐작 가는
외모였다. 하지만 무슨 상관이랴? 이들이 인간이 아니라
상체는 사람이고 하반신은 짐승인 반인반수에 입에서 불
을 뿜고 있었다 해도 눈감았을 것이다.

지옥이 끝나고 새 삶을 얻었으니까.

"처음에는 얼떨떨했어요. 어떻게 살아야 할지 몰랐죠.
갑자기 모든 게 너무나 달라져서요."

그 마음이 어떤 건지 재인보다 더 잘 알 사람은 없었다.

단 한순간도 자기 맘대로 할 수 없었던 인생이 하루아침
에 달라졌다. 마냥 자유로울 줄 알았는데 세상에 내동댕이
쳐진 것 같은 기분이 든다는 것은 이상했다.

더 이상 미워해야 할 사람도 없고, 살다가 악착같이 대들어야 할 필요도 없고, 마음이 넘어가지 않도록 단속하지 않아도 되는 삶이란 뭘까. 적응할 수 있을까.

"뭐가 옳은지 사람들은 어떻게 그렇게 잘 알까요? 그걸 몰라서 나는 이렇게 산 걸까요?"

"나도 궁금해."

짧게 대꾸한 재인이 하얀 숨을 토해냈다.

"지금부터 잘할 수 있을까요?"

남들은 태어나는 순간 세상을 살기 시작하지만 여자도, 재인도 어쩌면 지금이 시작인지도 모른다.

"뉴스를 봤어요."

재인을 빤히 쳐다보던 여자가 조그맣게 덧붙였다.

"그 남자였지요…… 아파트 주차장 사건. 누군가가 죽고 많이 다치고, 또, 음, 난리가 난 거요."

김 의원의 아파트 주차장에서 벌어진 사건은 대한민국을 뒤흔들었다. 살해당한 현직 국회의원이 변태 취향을 가졌다는 것, 여자들을 잔혹하게 학대해왔다는 것이 사촌이자 집안일을 돌봐주던 여자에 의해 밝혀졌다. 관련 책만 십여 권이 나올 정도로 여론이 들끓은 사건이다.

더불어 정계의 비리 역시 파헤쳐졌다. 흑야회가 줄을 대고 있던 수많은 정치인들이 고스란히 까발려지고 관리해오던 업소가 무너졌다. 서울 밤거리를 평정하고 있던 흑야회의 붕괴는 대한민국 밤의 붕괴였다.

구역 싸움을 시작한 조직 폭력배들이 붕괴하고 재건되고 다시 붕괴하는 동안 경찰은 조직 폭력배의 계보를 다시 쓰느라 바빴다. 뉴스는 매일 바뀌었다. 나쁜 놈도, 착한 놈도.

"그게 당신 때문인가요?"

여자의 물음에 재인은 답하지 않았다.

재인이 정답을 모르는 이야기를 할 수는 없었다.

❄

봄이 왔다.

길고 추웠던 겨울이 마침내 끝나고 꽃이 피었다. 두툼하게 껴입고 다니던 사람들의 옷차림이 가벼워지던 그날, 주양희는 신재인을 보았다.

모든 항소를 포기한 차원중의 면회를 마치고 나오던 길이었다. 봄꽃이 눈송이처럼 핀 그 길에 재인이 서 있었다.

"잠깐."

차 문을 연 현정배의 어깨를 두드리고 주양희는 천천히 걸어서 신재인에게로 갔다. 등 뒤로 동생들이 동요하는 게 느껴졌다. 신재인을 알아보는 것이다.

"오랜만입니다."

커다란 가방을 든 신재인은 봄이 온 걸 모르는 것 같은 얼굴이었다. 여전히 두꺼운 옷을 껴입고 있었고 눈빛도 황

량했다. 하얗다 못해 창백하게 느껴지는 피부는 금방이라도 산산조각 날 것처럼 위태로웠다.

"얼굴이 좋지 않아요. 아팠나요?"

재인은 대답하지 않고 주양희를 물끄러미 바라보았다.

"아프지 마십시오. 회장님이, 걱정하시니까."

"아직도 회장이야?"

"여전히 회장님이시죠."

주양희가 빙그레 웃었다.

흑야회는 돌이킬 수 없는 타격을 입었다. 외부적으로도 그랬지만 내부적인 문제가 더 심각했다. 1인자의 부재란 언제나 집단의 괴멸을 불러온다.

"김지원이…… 회장이 되었다고 들었는데."

"뉴스를 열심히 보는군요."

차원중이 회장이 되면서 실종되었던 김지원이 나타난 것은 그 무렵이었다. 어디에 숨었는지 아무도 몰랐는데 나타나 조직을 수습했다. 현재 차원중의 뒤를 수습하고 있는 것 역시 놀랍지만, 김지원이었다.

김형태의 친자임이 밝혀지며 논란의 중심이었던 김지원이 어떻게 살고 있었는지, 어쩌다 돌아왔는지 아는 사람은 없다. 궁금해하는 사람도 없다.

다만 모든 것이 다시 정상 궤도로 돌아갔다는 것만이 중요했다.

단 한 사람, 차원중을 제외하고.

아니, 한 명 더일까? 누구나 알지만 아무도 모르는 이름 13번 신재인.

"회장님 걱정은 하지 마세요. 시간이 약간 걸리겠지만 나오실 테니."

"차원중 걱정은 안 해."

재인이 쏘아붙였지만 주양희는 조용히 웃기만 했다.

"그렇습니까. 그럼 다행이고요. 당신은 당신 걱정만 하면 좋겠거든요."

잠깐 침묵이 내려앉았다. 그렇게 많은 이야기를 할 수 있는 사이는 아니다. 누군가의 안부를 묻기에도 애매한 사이.

"……나쁜 짓은 계속 할 거야?"

"우리가 안 해도 누군가는 할 테니까요."

주양희는 설핏 눈썹을 치켜 올렸다.

"우린 벗어날 수 없습니다. 누구처럼은 말입니다. 이렇게 사는 것밖에 몰라요. 다른 건 배운 적이 없으니까."

"그 누가 나야? 난 아직……."

못 벗어났어…… 하는 말을 재인은 삼켰다. 어떻게 해야 할지 모르니까, 계절이 바뀌어 따뜻해진 지금에도 재인은 여전히 차원중을 잊지 못하고 있다.

"벗어났어요."

주양희가 조용하게 일렀다.

"못 벗어났다고 생각하신 부분은 굳이 벗어날 필요 없는 부분일지도 모르죠."

"무슨 개소리야?"

"당신이 벗어나길 바라서 모든 것을 다 버린 사람이 있습니다."

신재인을 그냥 놓아주는 것은 어차피 불가능했다. 차원중이 허락하더라도 조직의 논리는 어떤 식으로든 그녀를 상하게 했을 것이다.

"그건 의미가 있죠. 어떤 무뢰배에게도."

멀리서 현정배가 주양희와 이야기를 하는 재인을 보다가 고개를 돌렸다.

"다신 찾아오지 마세요."

주양희가 손을 뻗어 재인의 옷을 여미어주었다. 그리고 잠깐 아직도 겨울인 얼굴을 내려다보다 돌아선다.

"나, 난……."

그 뒤에 대고 재인이 다급하게 외쳤다.

"어떻게 살아야 할지 모르겠어. 어떻게 해야 하는 건지 모르겠어. 예전에는 알았는데 지금은 모르겠어."

처음 집에서 도망칠 때에는 어떻게 살고 싶은지가 명확했다. 그것이 망가지고, 차원중을 사랑하고, 모든 것이 무너진 지금은 그때와 달랐다. 그때로 돌아갈 수는 없다. 그렇다면 어떻게 살아야 하는가.

걸음을 멈춘 주양희가 천천히 돌아섰다. 봄의 햇살이 너울너울 두 사람 사이에서 춤을 춘다.

"행복해지세요. 그걸 위해 뭘 하고 싶은지 생각하면……
간단할 겁니다."

주양희가 천천히 허리를 굽혀 재인에게 인사했다. 처음
있는 일이었다. 양희를 따라서 멀리 차를 지키고 있던 어
깨들도 허리를 숙였다.

어쩌면 기억도 나지 않는 추운 겨울의 맹세를 재인은 지
킨 걸까? 다 무릎 꿇리겠다고, 다 망하게 하겠다고, 복수하
겠다고 이를 갈았던 그때와 지금은 천차만별이니.

"난 견딘 것밖에 없어."

죽고 싶었는데 참았다. 인내하고 참고 견디고 버티
고…… 할 수 있는 게 그뿐이라 생에 매달려 있었다. 아무
리 생이 그녀를 뒤흔들더라도 악착같이, 숨을 쉬었다.

주양희가 고개를 끄덕이고 미소 지었다.

그것이 가장 어려운 일이며, 잘해냈다는 듯이.

주양희가 차로 돌아가고 검은색 차량이 줄줄 떠날 때까
지 재인은 그대로 서 있었다. 따뜻한 봄 햇살이 더운 겉옷
을 따뜻하게 데우고 있었다.

한참을 서 있던 재인은 겉옷을 벗었다. 부드러운 바람이
꽁꽁 싸여 있던 어깨를 다독이고 날아간다.

"봄이네."

손을 뻗은 재인이 잡히지 않는 무언가를 잡으려는 듯 손
가락을 구부렸다.

단 한 번도 뜻대로 되지 않았던 삶이 이제는 온전히 재인의 손안에 있는 걸까? 아니, 그럴 리 없다. 원래 삶이란 그런 것이 아니다. 누군가 그녀를 쥐고 놓아주지 않더라도 그렇게 되지는 않는다.

왜냐면 재인 자신의 마음도…….

어차피 살면서 가장 좋은 길을 택하는 건 불가능하다. 자기 자신의 마음도 뜻대로 되지 않을 때가 많으니.

재인은 잠시 내려놓은 가방을 내려다보았다. 차원중이 남겨준 통장 속에는 5만 원권으로 커다란 가방을 가득 채우고도 남을 돈이 들어 있었다. 그만큼의 돈을 처음 본 재인은 그걸 몽땅 다 인출했고, 매일매일 들고 다녔다.

처음에는 가슴이 두근두근했는데 매일매일 들고 다니다 보니 무거운 종이더미에 지나지 않았다.

잠깐 냉랭하게 가방을 내려다보던 재인은 뒤로 돌았다. 천천히 한 걸음 한 걸음 가방에서 멀어진다. 한 번 돌아보긴 했는데 걸음을 멈추진 않았다. 그냥 계속 걷는다. 계속, 계속, 계속. 점점 걸음이 빨라지다가 어느샌가 뛰고 있었다.

봄바람이 재인의 긴 머리카락을 팔랑팔랑 날렸다.

머리를 잘라야지. 길고 치렁거리는 머리가 아니라 산뜻하게, TV에서 많이 보이는 세련된 스타일도 괜찮을 거야. 아니면 빠글빠글 볶은 머리? 운동은 계속 해야겠다. 몸을 움직이면 쓸데없는 생각을 안 할 테니까. 그리고 또……

뭐가 있을까? 뭘 하고 싶었더라?

행복해지기 위해서는…… 뭘 해야 할까?

재인이 걸음을 멈췄다.

턱을 치켜든 채 잠시 푸른 하늘을 본다. 하얀 양떼구름이 푸른 하늘을 달리듯 펼쳐져 있었다.

뒤돌아선 재인이 달려가 가방을 집어 들었다. 제법 무게가 나가는 가방을 품에 안고 도도도 다시 달리기 시작한다.

숨이 차올랐다. 앞으로 할 수 있는 것들이, 하고 싶은 것들이 가득해서.

누군가를 미워하지 않고, 누군가를 원하면서도 원한다고 말 못하는 시간은 지나고,

이제 오롯이 사랑만 할 수 있기를.

마침내 긴 겨울이 지나고 아무것도 빼앗기지 않는 계절이 시작되었다.

뭐라고 해도 재인은 도시 사람이었다.

중학교 때 지낸 산동네는 주택이 다닥다닥 붙어 있었고 하늘이 가깝긴 했지만 엄연히 마을버스가 시간마다 다니는 문명의 혜택을 받은 곳이었다. 집을 나와 지낸 동네는 더했다. 편의점이라는 세상이 만들어낸 최고의 신세계에서 일했던 여자 아닌가?

물론 도시라고 했을 때 가장 쉽게 떠올릴 수 있는 것은 겨울에서 겨울까지, 1년을 보낸 아파트겠지만.

펜트하우스, 문을 열면 별빛과도 같은 도시의 화려함이 바로 코앞에 펼쳐져 있었다. 저 멀리 보이는 바다는 아득한 우주 같아 유리창에 한참을 붙어 있다 보면 눈을 감고 싶어졌더랬다.

이제는 모든 것이 제자리를 찾았다.

인간이 땅에 박제시켜놓았던 별빛들이 하늘에서 초롱초롱 빛나는 강원도의 작은 동네는 조용했다. 그 동네에서도 약간 떨어진 곳에 어떤 예술가가 짓다가 급살을 맞았다던가 하는 집에 혼자 살고 있는 재인은 더더욱 소중했다.

처음 그 집을 보여주었던 부동산에서는 폐가나 다름없다며, 재수가 없다며 다른 데를 보자고 했다. 그래서 재인은 그 집을 샀다. 그동안 재수가 없었다면 이제부터는 재수가 있을 거라면서.

"동질감을 느끼는 건 아냐."

까불지 말라는 듯 재인은 집에 대고 말을 걸었다. 멍멍! 진돗개가 대신 대답을 했다. 주인만 알아보고 타인에게 엄격하다 해서 데려온 워구는 아무래도 진돗개가 아닌 셋이 분명했다. 집을 지키는 데에는 전혀 도움이 되지 않았다. 어찌나 사람을 좋아하는지 멀리 그림자만 얼씬거려도 신난다고 꼬리를 치며 짖어댔다. 그 통에 사람이 들고 나는 건 모를 수 없으니 그만하면 되었다고 재인은 포기하고 말았다.

생전 처음 하는 인생은 마치 게임 같았다. 괜찮은 집을 사고 안전장치를 한다. 컴퓨터를 사고 켜는 법이나 검색하는 방법을 배운 다음 무얼 하고 싶은지, 무얼 할 수 있는지를 고민한다. 인터넷이란 생각지도 못하게 대단했다. 아는 게 없어서 어떻게 하나 싶었는데 클릭 몇 번에 아는 것 중 무얼 선택해야 하는지 알 수 없는 상태가 되어버린다.

동네에는 이상한 소문이 퍼졌다.

재인이 서울에서 열 손가락 안에 들 정도로 부잣집 딸내미인데 어느 날 골프공에 머리를 맞고 바보가 되어버렸다는 거다. 다른 공도 아니고 골프채도 아닌 골프공이라는 디테일 덕에 재인은 이 이야기가 마음에 들었다. 약간은 모자라고 약간은 미친 딸을 버릴 수 없어 부모가 이 먼 강원도 땅으로 유배를 보냈다는 이야기는 살짝 낭만적인 부분이 있는 것 같기도 했다.

어디가 낭만적이냐 하면…… '버릴 수가 없다'는 부분이다.

버릴 수가 없다는 건 얼마나 사람을 미치게 하는 일일까? 동시에 얼마나 달콤한 일일까? 누군가가 자신을 도저히 버릴 수 없었으면 좋겠다고 재인은 꿈꿨다. 그러니 소문에 취해 있다고 해서 나쁠 이유는 하나도 없었다.

이런 소문 덕인지 동네 사람들은 재인에게 친절한 편이었다. 가끔 소고깃국이니 나물 같은 걸 가지고 와 귀찮게 구는 것도 좋았다. 사람들과 이야기하는 건 무섭지만 또 설레는 일이었다.

아주 천천히 재인의 인생은 정상 궤도에 진입했다.

❄

"누나, 상추는 그만 심는 게 낫겠어."

쭈그리고 앉아 호미질을 하던 재인은 손을 멈추지 않은 채로 대답했다.

"상추 심은 거 아냐. 살짝 씨 뿌렸는데 계속 나. 그리고 나 네 누나 아냐."

"아줌마는 아니잖아요. 내가 뭐라고 불러요? 재인 씨?"

당돌하게 덤벼드는 남자, 아니, 꼬맹이는 이제 겨우 일곱 살 되는 장규현 군 되시겠다. 마을 통장 집 아들이 서울에서 하던 치킨가게를 말아 먹고 아내와 아이를 데리고 귀향한 것이 재작년이었다. 재인을 누나라고 부르며 귀찮게 한 것이 만 2년째인 셈이다.

집안 환경 탓에 애어른이 되어버린 것이 신경 쓰여 좀 치대게 두었더니 요즘은 아예 애인 노릇이다.

"난 누나하고 결혼할 거야."

"넌 나하고 결혼 못해."

"왜?"

"내가 안 할 거니까."

규현이 훗 하고 거만한 표정을 지었다.

"누나 요즘 분위기가 파악이 안 되나 봐? 연하가 대세야. 날 좋아하게 될 거야."

"쓸데없는 소리. 네 매력에 대한 자신감을 버려. 그러지 않으면 내가 아니라 그 누구도 못 사귈 거야."

제발 규현이 집에 좀 갔으면 좋겠다고 생각하는데 원구가 컹컹 짖기 시작했다. 아는 사람이 오는 소리는 아니었다. 여전히 반가워하는 목소리이긴 했으나 '넌 누구니?'라는 짙은 물음이 깔려 있는 짖음이었다.

목을 길게 빼 길 쪽을 응시한 재인이 얼어붙었다.

초여름이었지만 날은 제법 더웠다. 스트라이프 반팔 티

셔츠에 청바지를 입고 있는 남자는 낯설기 그지없어 처음 보는 사람인 것 같기도 했다. 하지만 더운 듯 이마를 훔치는 순간 드러난 팔뚝은 몹시도 익숙해 어젯밤에 보고 어루만진 바로 그것 같기도 하다.

"누나?"

어쩔 줄 모르고 허공에서 손을 멈춘 재인이 이상하다는 듯 규현이 눈을 깜빡였다.

빠른 걸음으로 곧장 걸어온 원중이 자신을 보고 있는 재인을 발견하기까지는 오랜 시간이 필요하지 않았다.

담벼락은 낮았고 문이라고 해봤자 그냥 사유 재산의 경계를 표시하는 정도로 걸쇠조차 없는 집이었다. 여자 혼자 사니 방범이 제일이라는 열쇠 아저씨의 말대로 현관문은 이중삼중으로 자물쇠를 달았지만 현관은 원중의 키라면 그냥 넘어 들어와도 그만인 나지막한 담장이었다.

하지만 원중은 멈춰 선 채로 재인을 쳐다보았다. 그러다가 부드럽게 말을 건다.

"농사짓는 중이야?"

하도 그 말이 뻔뻔하고 아무렇지 않아 재인은 기가 막혔다.

"문 좀 열어줄래?"

"누구세요?"

본능적으로 경계심을 품은 규현이 따지고 들었다. 원중은 분명 재인의 옆에 규현이 붙어 있다는 것을 알았을 텐데도 처음 발견했다는 듯 눈을 치켜떴다.

"손님이 있었군."

생전 처음 만나는 사이인데도 자신의 막내동생뻘도 아
닌 아이를 원중은 가볍게 무시했다.

"집에 가라, 꼬마. 어른들은 바빠."

"내 손님이야."

그럴 생각은 조금도 없었지만 재인은 규현을 잡아당기
며 감쌌다. 규현이 불만스럽게 재인을 올려다보았다. 그녀
의 그런 행동이 자신의 편을 드는 것이 아님을 짐작하는 것
이다. 아직 어렸지만 이 두 사람 사이에 있는 무언가를 감
지할 수 있다. 그것이 자신이 끼어들 일이 아님도. 그래서
열이 받았다. 2년이나 된 내 여자인데.

"어어?"

손을 꽉 잡아오는 힘에 놀라 아래를 내려다보았던 재인
이 완전히 당황했다. 규현이 훌쩍훌쩍 울고 있었다. 한 손
으로는 재인의 손을 잡고 다른 손으로는 연신 눈물을 닦으
면서. 얼굴이 금세 눈물범벅이 되었다.

"왜, 왜 울어?"

당황해 재인이 쭈그리고 앉아 눈을 맞추자 서러움이 폭
발한 규현이 우왕 하고 입을 크게 벌리며 울었다.

규현의 엄마가 연신 허리를 꿈뻑이며 싫다고 발버둥치
는 아들을 끌고 간 후, 원중과 재인 사이에는 깊은 침묵이

내려앉았다. 엄마와 아들이 사라진 지 한참이 되었는데도 그 길에 시선을 둔 채 두 사람 모두 움직이지 않는다. 누군 가 그들을 보았다면 둘 다 그대로 석고상이 되어버리는 것 이 아닌가 걱정했을 만큼의 시간이 지났을 때 원중이 몸을 돌려 재인을 끌어안았다.

잠깐 동안 재인은 머리카락을 흩트리는 원중의 숨소리 를 들었다. 도대체 얼마 만일까? 아득히 옛날인 것 같은데, 다 잊었다고…… 이제는 밤에 깨어 울부짖는 일도 없고 돌 아누울 때마다 왼쪽 심장이 빠개지는 것 같은 통증도 사라 졌다고 생각했었는데 이게 무슨 일일까?

"왜 왔어?"

냉정하게 밀어내는데 숨이 다 막혔다.

"보고 싶어서 미치는 줄 알았어."

"나는 안 보고 싶었어."

자기 자신의 목소리가 이상하게 멀리서 들리는 것 같은 기분이었다. 재인은 자신이 울먹이는 중일까 봐 걱정스러 웠다.

"깡패 새끼 따위…… 쓰레기 따위……."

"그렇지만 넌 날 좋아하잖아."

"누가 좋아한대?"

바락 소리를 지르자 원중이 다시 재인을 끌어안아버린 다. 이번에는 좀 더 세게.

여전히 원중은 조금도 서두르지 않는 여유만만한 태도

였다. 허둥대는 법이라고는 조금도 없다. 그런데 어째서일까? 재인이 좀 더 나이를 먹어서일까? 미묘한 조바심이 느껴졌다. 그저 재인의 등 뒤로 팔을 돌려 끌어안고 있는 것뿐인데 그가 무리하고 있는 중이라는 것을 알 수 있었다. 아무렇지도 않게 지껄이고 있지만 잔뜩 겁에 질려 있다.

"나 갈 데가 없어."

"여기에도 방 없어."

"거짓말. 방 많아 보이는데."

"네 방은 없어."

"방 같은 거 필요 없어. 그냥 옆에만 있게 해줘."

"원구 집에서 자. 집 안은 안 돼."

뻔뻔하리만큼 졸라대던 원중의 침묵이 무엇을 의미하는지 처음에 재인은 몰랐다. 그러나 천천히 이해하는 순간 귀가 빨갛게 달아올랐다.

"개 이름이 원구야?"

부드럽게 물어오는 목소리는 마치 설탕을 탄 듯 달콤했다.

"아니야!"

재인이 소리를 질렀다. 그리고 원중을 밀어내고 바닥의 흙을 한 줌 주워 뿌렸다.

"가! 싫어! 가버려!"

돌아서서 도도도 도망치듯 계단을 올라가 현관문을 열고 들어갔다. 열쇠 아저씨가 시킨 대로 맨 아래의 자물쇠부터 하나, 또 하나, 마지막 하나까지 철컥 철컥 철컥. 굳게 잠기는 소리마다 마음을 굳게 먹으면서.

철컥 철컥 철컥.

철컥 철컥 철컥.

철컥 철컥 철컥.

자물쇠는 세 개인데 잠기는 소리가 열두 번 났다. 아니, 잠겼다가 열리고 또 잠겼다가 열리는 소리다.

재인이 힘없이 문을 열었을 때 원중은 바로 문 앞에 서 있었다.

"소파로 충분해."

원중이 재인의 등 뒤를 힐끗 보았다.

"저거 맘에 든다. 딱 자기 좋은 사이즈일 것 같아."

초여름이지만 밤은 썰렁했다.

소파가 키보다 조금 짧아 다리를 밖으로 내놓은 채 원중은 담요 하나만을 떨렁 덮고도 깊은 잠에 빠졌다. 커튼을 치지 않은 창으로 달빛이 그를 비추고 있었다.

재인은 자신의 방 문고리를 잡은 채 그런 원중을 바라보았다.

언제 나온 걸까? 어떻게 이렇게 일찍 나온 걸까? 온갖 나쁜 짓은 혼자 다 했던 차원중이다. 아무리 흑야회의 뒷배가 좋다 해도 너무 이른데.

궁금한 게 산더미였지만 묻고 싶지 않았다. 물어보면 그를 허용하는 느낌이 들까 봐 두려웠다. 차원중이 착각할까 봐 무서운 게 아니라 자기 자신이 착각할까 봐 무섭다. 이 대로 그를 끌어안고 싶어질까 봐 무섭다.

다시 돌아갈까 봐 무섭다.

낯선 곳의 평화는 재인에게 꽤나 소중한 것이었다. 마당에 심은 가지니 상추니 쑥갓이니 하는 채소들이 자라는 것도, 원구에게 손이 많이 가는 것도 좋았다.

하루는 순식간에 지나갔다. 어떤 감정의 흔들림도 없는 나날들이었다.

그리고 소파 위에 누워서 조용히 가슴을 들썩이는 저 남자는 이 모든 것을 단숨에 붕괴시킬 수도 있는 위험한 폭탄이었다.

재인은 소리 없이 문을 닫았다. 그리고 있는지도 몰랐지만 기특하게도 달려 있는 방문의 잠금 장치를 걸었다.

차원중은 소파에서 사흘 동안 잤다.

"오빠야?"

구멍가게에서 만난 규현 엄마는 사흘 전 보았던 잘생긴 남자의 안부를 곧장 물어왔다. 추호도 남녀 관계로 인식하지 않는 그녀가 재미있기도 했다. 하기야 이 동네에서 신재인의 이미지는 이 구역의 미친년 같은 거라 연애와는 아예 한데 붙여 상상이 안 가기 때문일지도 모른다.

"나 좋아하는 남자야."

"진짜?"

무슨 심정인지 불퉁해져 내뱉자 규현 엄마의 눈이 동그래졌다.

"거짓말!"

"왜 거짓말이야? 지금도 나 좋다고 쫓아온 거란 말이야. 우리 집 소파에서 사흘이나 잤어. 내가 방문을 안 열어줘서."

탁 하고 규현 엄마의 손이 재인의 어깨를 때렸다.

"왜 방문을 안 열어줘? 그렇게 잘생겼는데!"

"나쁜 놈이니까."

"나빠? 그렇게 잘생긴 남자가?"

과연 남편 얼굴 뜯어먹고 산다는 여자다웠다. 사업 능력이고 뭐고 없는 남편인데 오로지 잘생겼다는 이유만으로 결혼해서 아이를 낳고 젊은 나이에 이 시골 마을로 와놓고도 불평 한 마디 없는 여자의 정체는 얼빠였던 것이다.

"넌 안 좋아하는 거야?"

규현 엄마가 아이에게 말하듯 물었다. 너 따위는 사랑을 몰라, 이런 말투였지만 재인으로서는 가소로울 뿐이다. 좀 어리바리하기는 해도 나름대로 정상적인 남자를 만나 연애하고 결혼한 규현 엄마는 '좋아한다'는 감정의 처절함을 조금도 상상할 수 없으리라.

"왜 안 좋아해? 남자는 얼굴이 전부야. 아무리 화가 나는 일이 있어도 자다 깨서 그 얼굴을 보면 행복해질걸?"

철없는 규현 엄마의 말에 재인은 피식 웃고 말았다.

"!"

설거지를 하고 마른행주로 싱크대를 정리하고 돌아서던 원중이 흠칫 놀라 멈춰 섰다. 소리 없이 다가온 재인이 바로 등 뒤에 서 있었다. 두 사람의 간격은 깻잎 한 장 들어가면 딱 맞붙을 정도로 가까웠다.

"왜 이래?"

원중이 살짝 거리를 벌리려는데 재인이 도로 붙어 섰다. 원중의 눈이 가늘어졌다.

"내가 뭔가 하길 바라는 게 아니라면 적당한 거리를 유지하는 게 나을 것 같아."

경고하면서 원중은 헐렁한 셔츠가 가리고 있는 재인의 어깨와 가슴, 그리고 발끝까지를 순식간에 훑어보았다.

한밤뿐만 아니라 낮에도, 새벽에 잠이 깬 재인이 물 한 잔 마시러 나왔다 들어갈 때에도 따라붙는 시선을 모를 수가 없었다. 참을 수 없다는 듯 열기를 띤 눈은 당장이라도 다가와 재인을 안을 듯했지만 원중은 실천에 옮긴 적이 없었다.

"왜 그래?"

재인이 아무 말도 않고 빤히 쳐다보고 있자 답답해진 듯 그가 셔츠를 한 번 당겼다 놓았다. 애당초 목을 죄지도 않는 넉넉한 셔츠다.

"정말 얼굴 보면 화가 풀리나 보는 거야."

"무슨 소리야?"

어리둥절해하는 표정을 지었으나 재인은 원중이 그녀의 말을 제대로 귀담아듣지 않는다는 것을 알았다. 그의 눈동자는 그녀의 목덜미에 박혀 있었다. 하얗게 빛나는 여린 살에 얼굴을 묻고 싶어 한다는 것이 너무나 선명했다.

"그만 쳐다봐."

견딜 수 없다는 듯 커다란 손으로 원중이 재인의 눈을 감겼다. 그러나 도리어 재인은 바짝 몸을 붙이고 셔츠 아래로 손을 넣어 단단한 그의 허리를 더듬었다.

맨살이 손에 닿는 순간 짜릿하게 전기가 올랐다.

처음에는 어떻게 해야 좋을지 알 수 없다는 듯 손을 들고 있던 원중이 천천히 그녀의 등에 손을 감았다. 밀어내지 않는다는 것을 확인한 그는 숨을 몰아쉬었다. 그러고는 고개를 숙여 그녀의 목덜미에 입을 묻는다. 뜨거운 혀가 그녀의 여린 피부와 어깨뼈를 핥았다.

금세 숨이 가쁘게 차올랐다.

원중은 그녀의 허리를 감아 안아 올려 침실로 움직였다. 그대로 눕히고 군더더기 없는 동작으로 옷을 벗겨냈다. 셔츠를 걷어 올려 드러난 납작한 배에 입을 맞추고는 낮게 신음하면서 벌써 맨다리를 쓰다듬고 있었다.

"이게 꿈인가."

그의 한 마디 한 마디가 재인의 피부 위에서 부서져 내렸다.

"재인아."

그가 손을 돌려 동그란 엉덩이를 만지며 온몸에 키스를 퍼부었다. 마치 평생토록 이 순간만을 꿈꾼 사람 같았다.

재인도 그랬다.

마치 떨어져 있었던 순간이라고는 없는 듯했다. 손이 닿는 바로 그 순간부터 온몸의 세포가 아우성치며 머릿속이 하얗게 비었다.

손을 뻗어 원중의 셔츠를 잡아당기자 그가 상체를 세우고 셔츠를 벗어던지려 했다.. 그러나 어째서인지 그답지 않게도 제대로 움직이지 못한 채 버벅거리고 있었다. 결국 재인이 꼬인 팔을 풀어주고 나서야 셔츠를 벗어 던진 그가 낮게 숨을 몰아쉬며 그녀를 내려다본다. 익숙하고도 낯선 어깨와 가슴, 탄탄한 배가 시야를 가득 채웠다. 근육이 팽팽하게 긴장하는 것이 다 보였다.

"재인아."

온몸을 더듬고 어루만지며 원중은 몇 번이고 재인의 이름을 불렀다. 그것 외에는 아무것도 기억나는 단어가 없는 사람 같았다. 그러다 더 이상 참을 수 없게 되자 한계까지 부풀어 있는 남성을 그녀의 중심부에 대고 비볐다. 저릿한 자극에 재인 역시 저도 모르게 신음이 튀어나왔다.

"아아……."

이미 젖을 대로 젖어 있는 여성이 미끄덩하게 남성을 받아들였다.

원중이 재인을 채워오는 순간은 눈앞이 다 아찔하게 도는 것 같았다. 뭘 어떻게 했는지 기억할 수도 없는데 그가 그녀의 안으로 들어왔고 이미 하나가 되어 있었다. 그녀의 안이 미친 듯이 조여들었다. 마치 절대로 놔주지 않으려는 마음을 대변하는 것처럼. 얼마나 오래 기다려왔는지, 무얼 원하는지 머리는 몰랐던 것이 몸은 알고 있는 것만 같았다.

아아, 알겠다. 얼굴을 보면 화가 풀리는 게 아니라 어쩜 화가 난 적이 없는 건지도 몰라.

그 모든 악몽에도 불구하고.

왜인지는 몰라도.

원중이 허리를 움직이자 안쪽이 뜨겁게 요동치기 시작했다. 절대로 잊을 수 없는 격정적이고도 뜨거운 감각이 온몸을 휘감고 뇌에 하얗게 번졌다. 아래가 움찔거리며 전율이 전기처럼 저릿하게 피부를 훑는다.

"사랑해."

눈앞에서 불꽃이 일었다.

❋

오래 컨테이너에 갇혀 있다가 문이 열리면 빛 바깥에 무엇이 있는지 보이지 않는다.

그러니 발 디딘 지금 이곳이 천국인지 지옥인지는 알 수 없다. 그래서 웅크리고 있기에 빛은 언제나 유혹적이고 희망을 품게 만든다.

주양희가 말했다.

못 벗어났다고 생각하는 부분은 굳이 벗어날 필요가 없는 부분일지도 모른다. 억지로 도망치다 보면 왜 도망치고 있는가를 잊어버릴지도 모른다. 행복하기 위해서 무얼 해야 하는가만 생각하라고 했으니 일단 지금 당장만 생각해 보는 것도 좋겠지.

지금 당장은 행복하기 위해서 네가 필요하다.

끝도 시작도 아닌 어디쯤,

어제보다는 낫다고 여겨지는 지점에서.

— fin.